Stimmen zu *Spiegel der Erde*

»Sulers Sinn für das Wundersame ist ansteckend, und ihre Prosa verströmt ihre grenzenlose Ehrfurcht vor der Natur. Spirituelle Naturliebhaber werden diesen meditativen Band zu schätzen wissen.«

Publishers Weekly

»Ich bin erstaunt, wie ein kleines Buch so viel Weisheit enthalten kann. Jeder Absatz ist wunderschön geschrieben und, was noch wichtiger ist, so tiefsinnig. Aufschlussreich, erbaulich und lebensbejahend: *Spiegel der Erde* geht tief und reicht hoch. Dieses Buch, in dem es sowohl um ökologische als auch um persönliche Heilung geht, bietet dem Leser einen Weg zurück zu Selbstakzeptanz, Verbundenheit und Zugehörigkeit und befähigt ihn so, sich für die Erde einzusetzen.«

Rosemary Gladstar, Kräuterkundige und Autorin von *Medicinal Herbs*

»Asia Sulers Herz fließt über, wenn sie ihre Leser anleitet und dazu inspiriert, in sich hinein und hinaus in den Spiegel der Natur zu schauen, um so das Mitgefühl für sich selbst zu vertiefen. Suler erzählt mit Klarheit, Wärme und Offenheit von ihrer persönlichen Transformation, auch von den schmerzhaften Seiten. Dieses wunderschöne Buch lädt die Leser ein, zu sehen und zu erfahren, wie unsere persönliche Heilung der ganzen Welt Heilung bringen kann. *Spiegel der Erde* ist ein Mittel gegen Verzweiflung; es gründet im Lebensnetz und in der Liebe der Autorin zur Welt.«

Robin Rose Bennett, Autorin von *Healing Magic*

»Wenn du das Land heilen, heilige Räume erwecken oder die Natur regenerieren möchtest, wird dieses Buch dich zum Ursprung deiner Verbindung mit der Welt bringen. Hier solltest du beginnen.«

Sarah Thomas, Gründerin der
Upper Clarity School of Stone Medicine

»Was Asia Suler schreibt, ist im wahrsten Sinne des Wortes heilsam: Ihre Worte tragen die heilenden Eigenschaften der Erde in sich. Dies ist ein Buch, mit dem man leben kann – ein Buch, das einen wieder nach Hause bringt. Teils persönlicher Heilungsweg, teils ein Loblied auf die lebendige Welt und teils Weisheitslehre, ist *Spiegel der Erde* die wild mitfühlende, wild liebende Orientierung, die wir alle in diesen Zeiten brauchen, um zu der uns angeborenen freudigen Ganzheit zurückzufinden.«

Sylvia V. Linsteadt, Autorin von *Our Lady of the Dark Country*

»Asia Suler legt dir einen Mantel aus Kiefernzweigen um die Schultern, nimmt deine Hand und führt dich in ein inneres Heiligtum aus Frühlingsblüten, uralten, mondbeschienenen Hainen und wiederauflebenden Myzelgespinsten. Du wirst wie verwandelt wieder auftauchen, die Taschen voll mit jadegrünen Erkenntnissen über die natürliche Welt, und dein Herz erstrahlt in der Wahrheit deiner Wildheit und erdig-weichen Güte. Asia hat einen Wegweiser geschaffen, der als unerschrockener und zärtlicher Führer in die Ewigkeit dienen kann.«

Juliet Blankespoor, Autorin von *Der heilende Garten*

»Dieses aufschlussreiche Buch führt die Leser auf einen heilsamen Weg zurück zur Weisheit der Erde, die uns allen zugänglich ist – ob in einem Stück Glimmer oder in der geologischen Erinnerung an uralte Meteoritenschauer. Mit ihrer weitreichenden Erfahrung und ihrem anmutigen Schreibstil hilft Asia Suler uns, eine innige, liebevolle und großherzige Beziehung zur natürlichen Welt wiederzufinden. Dies ist ein Buch, das ich immer wieder lesen und weitergeben werde, und ich werde meine Freunde drängen, es jetzt zu lesen.«

Perdita Finn, gemeinsam mit Clark Strand
Autorin von *The Way of the Rose*

»Es ist nicht ungewöhnlich, dass Bücher über ökologisches Bewusstsein den Leser irgendwo zwischen Hilflosigkeit und Verzweiflung stranden lassen. Was für eine wohltuende Erleichterung ist es dann, ein Buch zu finden, das uns zu einer wechselseitigen Heilung unserer selbst und der Erde führt, indem wir eine tiefe und dauerhafte Beziehung zu der uns umgebenden Landschaft kultivieren, was im Grunde ganz einfach ist. Von der feinfühligen Einleitung bis zu den detaillierten Beschreibungen der Blüten des Hundszahns (»wie winzige Feen, die das Moos um ihre Füße herum genau betrachten«), Buchen (»rund und elegant wie eine Schnapsflasche«) und dem besonderen Schimmer von Glimmer (»wie die Milchstraße, die sich freigiebig über die dunkle Erde ergießt«) webt Suler ein Ökosystem der Heilung, in dem sowohl der Mensch als auch die natürliche Welt eine wichtige Rolle spielt. Mit persönlichen Geschichten über die Heilung von Krankheit und Trauma sowie mit Übungen, die die Leser bei ihren eigenen Erkundungen anleiten, bietet *Spiegel der Erde* ein lebendiges Beispiel dafür, wie man Gemeinschaft und Gleichgewicht wiederherstellen kann.«

Maia Toll, Autorin des Buches *Wild Wisdom*

»Asia Sulers außerordentliche Fähigkeit, mit ihren Metaphern eine Fülle lebendiger Bilder zu schaffen, hat mich wieder in die Mitte meiner Zugehörigkeit versetzt, und das fühlt sich wie eine Heimkehr an. Manchmal heftig, aber immer weichherzig und ehrlich, sind Sulers Erfahrungen ein Leuchtfeuer, das den Weg zum spiegelnden Wasser erhellt, wo die Natur nicht nur als Spiegel, sondern auch als wohlwollender Lehrer dient. Dieses Buch ist ein Juwel, das man immer wieder lesen möchte, da es jedes Mal eine weitere Klärung der Spiegel der Erde mit sich bringt.

Pam Montgomery, Kräuterkundige, Lehrerin und
Autorin von *Plant Spirit Healing*

»Asias Worte sind gleichermaßen tröstlich und lehrreich. Selbst in den dunkelsten Zeiten kann ihre Arbeit die innere Landschaft erhellen und uns einen Weg zu zeigen, wo es vorher keinen gab. Auf wundersame Weise bietet sie uns nicht nur Geschichten, sondern Zaubersprüche, die uns einen Weg durch unsere Welt bahnen und unser Leben so viel heller machen. Das Buch, das du in deinen Händen hältst, ist ein wahrer Schatz, dessen Gaben in dir leben und dich auf deinem Weg begleiten werden, lange nachdem du die letzte Seite umgeblättert hast.«

Sophia Rose, Kräuterkundige und Schriftstellerin

»*Spiegel der Erde* ist eine schöne Erinnerung daran, dass unsere Einweihung in die Natur ein lebenslanges Lernen ist. Als eine, auf die als Kind mehr projiziert wurde, als dass sie spiegeln durfte, war es so wohltuend, Asia Suler über die Natur als unseren ewigen Spiegel sprechen zu hören. Sie bietet einzigartige Einsichten, durch die sich diese göttliche Wahrheit von einer bloßen Idee zu etwas Greifbarem, Persönlichem und Wirklichem entwickelt. Wir werden daran erinnert, dass wir alle eine einzigartige Beziehung zu unserer leiblichen Mutter haben, und dasselbe gilt für die Große Mutter. Dieses Buch weckt in uns die Erinnerung daran, dass eine Beziehung zur Natur sowohl persönlich als auch allumfassend ist.«

Maryam Hasnaa At-Tauhidi, Gründerin der New Earth Mystery School und der Resonance Apothecary

»Lies dieses schöne Buch von Asia Suler, und deine Welt wird sich wieder drehen. Du wirst nicht nur sehen, dass die Welt dein Spiegel ist, sondern auch, dass die Welt *dich* anschaut. Du wirst von der Weide lernen, dass das, was bricht, neues Leben gebären kann, und von der Buche, dass es in Ordnung ist, länger an den Blättern festzuhalten, als das Lehrbuch sagt. Asia kommt mit einem Weidenzweig in der Hand, um uns bei der Heilung zu helfen, indem wir dem verzeihenden Land unsere Beichte ablegen, uns an den Regenerationszyklen der Erde ausrichten und uns daran erinnern, dass die Parzellen unseres Lebens – wie Gärten – Grenzen brauchen. Als beliebte Kräuterkundige und Hüterin der Erde entpuppt sich Suler als bezaubernde Poetin des Bewusstseins, die uns aufrüttelt, unser Leben zu heilen, indem sie bessere Geschichten darüber erzählt.«

Robert Moss, Autor des Bestsellers *Dreaming the Soul Back Home*

»*Spiegel der Erde* ist eine herzergreifende poetische Erkundung unseres Heilungsweges als Menschen: zur Selbstannahme, zur Überwindung unseres Traumas und vor allem zur Erinnerung daran, dass die Heilung der Erde bei uns beginnt. Asia führt den Leser geschickt auf den Weg, unsere Erinnerung daran wiederzubeleben, dass wir ein Teil der Erde sind und die Erde ein Teil von uns ist, und dass Heilungsarbeit das Wichtigste ist, was wir heutzutage tun können.«

Sajah Popham, Autorin von *Evolutionary Herbalism*

»*Spiegel der Erde* ist ein Buch der Hoffnung in Zeiten, die sich hoffnungslos anfühlen, ein von der Natur gesegneter Aufruf zu Heilung und heilsamem Handeln. Asias sanfter Geist zeigt uns den Weg, uns zu transformieren und neu auszurichten, nicht getrennt von der Welt, sondern im Dienst an der Welt. Wenn Sie sich auf dieses Buch einlassen, werden Sie neu verwoben mit dem Gewirk der Natur und tief verbunden sein mit unserer wechselseitigen Heilung.«

Heatherash Amara, Autorin von *Warrior Goddess Training*

Asia Suler

Spiegel der Erde

Es gibt heute unbedingt viele gute Gründe, das weibliche Geschlecht wieder besser sichtbar zu machen. Dies ist seit mehr als 40 Jahren auch Anliegen unseres Verlages. Ob dies durch Gendern erreicht wird, darf man jedoch hinterfragen, immerhin geht es um unsere *Mutter*sprache. Sicher ist, dass der grammatische Genus nichts über das Geschlecht (Sexus) aussagt. Deswegen halten wir uns als Verlag beim Gendern bewusst zurück. Ausführliche Begründung dazu unter www.neue-erde.de/derdiedas

Asia Suler

Spiegel der Erde

Die Segnungen der Natur
und unser Gutsein

NEUE ERDE

Bücher haben feste Preise.
1. Auflage 2025

Asia Suler
Spiegel der Erde

Übersetzt aus dem Englischen von Andreas Lentz.

This translation published by exclusive license from North Atlantic Books and by the agency of Agence Schweiger.

Umschlag:
Foto: canadastock/shutterstock.com
Gestaltung: Dragon Design, GB

Lektorat: Deutsches Lektorenbüro, Würzburg

Satz und Gestaltung:
Dragon Design, GB
Gesetzt aus der Palatino

Gesamtherstellung: KS Printing, Shanghai, China
Printed in China

ISBN 978-3-89060-871-6

Neue Erde GmbH
Cecilienstr. 29 · 66111 Saarbrücken
Deutschland · Planet Erde
www.neue-erde.de · info@neue-erde.de

MIX
Papier aus verantwortungsvollen Quellen
FSC® C100257

In der Mitte der Erde gibt es eine Quelle, die klar wie Regenwasser hervorquillt. Aus weichem Waldboden entspringend, sprudelt diese Quelle seit Anbeginn der Zeit und wird noch lange nach uns weiterfließen.

In der Mitte der Erde befindet sich ein Strom des Wohlwollens.

Und du bist eingeladen, wieder davon zu trinken.

Inhalt

Vorwort 1

Einführung: Ein Buch über Glimmer 3

Teil Eins: Der Schimmer

Sich selbst sehen

1: Grenzen des Gartens und das Paradies auf Erden 22

2: Florida und innere Welten 50

3: Die Jahreszeiten des Traumas 76

4: Die, die ihr Laub behalten 104

Teil Zwei: Der Spiegel

Sich selbst wertschätzen

5: Zarter Frühling 120

6: Die Dosis verringern 143

7: Die Welt sieht dich 168

8: Junge Wälder 191

Teil Drei: Das Leuchten

Sich der Welt schenken

9: Weidenwasser 216

10: Die Zuckerbienen 237

11: Kastanienhaine und das Aufkeimen von Hoffnung 252

12: Der Reishi-Baum 278

Danksagungen 307

Anmerkungen 309

Über die Autorin 317

Stichwortverzeichnis 319

Vorwort

Bücher nehmen dich mit auf eine Reise. Als Leserin war mir das von Anfang an klar, aber ich hatte keine Ahnung, wie tief es geht, wenn ich selbst die bin, die das Buch schreibt. Der Anstoß, dieses Buch zu schreiben, kam vor fast zehn Jahren. Zunächst war es ein sanftes Stupsen, wie ein Windhauch durchs offene Fenster. Mit der Zeit wurde das Gefühl immer drängender. Lange Zeit fühlte es sich an, als wachte ich morgens mit einer Katze auf, die sich auf meiner Brust zusammengerollt hatte – warm, schnurrend, schwer, unnachgiebig. Doch jedes Mal, wenn ich wirklich anfangen wollte, war ich ratlos, weil ich nicht genau wusste, worum es in meinem Buch gehen sollte.

In jenen Tagen verbrachte ich unzählige Stunden damit, aus den gewölbten Glasfenstern unserer Kleinstadtbibliothek zu blinzeln, während mein Computer vor sich hin dümpelte. Es dauerte Jahre, bis ich erkannte, dass das, was mich drängte, dieses Buch zu schreiben, genau das war, was ich überhaupt erst *brauchte*, um dieses Buch zu schreiben. Denn obgleich das Buch jeden Morgen selbstgefällig wie eine Katze erschien, konnte ich nicht wirklich loslegen, weil ich tief in mir überzeugt war, es nicht zu können. Ich musste mich auf den in diesen Kapiteln beschriebenen Weg zur Selbstakzeptanz begeben, um mich so klar zu sehen, dass ich verstand, was ich zu sagen hatte. In diesem Prozess *wurde* ich erst zu der Person, die »Spiegel der Erde« schreiben konnte.

Die Geschichten in diesem Buch sind die Aufzeichnungen von meinem Weg zur Verwirklichung – eine Landkarte der göttlichen Offenbarungen –, so wertvoll für mich wie eine Kette von Rubinen. Geboren aus den weiten Hartholzhainen der Appalachen, den wilden Quellen Floridas, den versteckten Parks von New York City und einer ganzen Reihe anderer wilder Orte, sind diese Geschichten jene Gleichnisse, die mir halfen, zu meiner Zugehörigkeit zur Erde zurückzufinden und auf die Rolle zu vertrauen, die ich bei der umfassenderen Heilung spielen sollte.

Schließlich, nach fünf Jahren mit neuen Anfängen und dem Verwerfen von Entwürfen, machte ich eine lebensverändernde Erfahrung: An einem mit Weiden bestandenen Ufer konnte ich mir selbst vergeben. Die Botschaft jenes Tages – auf die ich später in diesem Buch zurückkomme – ließ mich erkennen, worauf ich die ganze Zeit eigentlich hingeschrieben hatte. Es handelt sich nicht bloß um eine Sammlung tröstlicher Naturgeschichten oder um einen lyrischen Leitfaden für ökologisches Lernen. Es ist vielmehr ein Buch mit einer radikalen Prämisse: der persönlichen und ökologischen Heilung. Es ist eben jenes Buch, das ich schon die ganze Zeit *gelebt* habe.

Im Laufe der folgenden Jahre sammelte ich die wichtigsten meiner von der Erde erhaltenen Offenbarungen – und erlebte unterwegs noch ein paar mehr. Durch das Schreiben habe ich den Weg des Selbstmitgefühls, auf den mich die Erde geführt hatte, neu gebahnt, damit ich ihn jederzeit wieder gehen kann. Damit ich ihn mit *dir* gehen kann.

Wir machen unsere Wege, indem wir sie gehen – und *dies* ist der neue Weg, den unsere Erde von uns will. Ein Weg zurück zu Selbstannahme, Verbundenheit, Zugehörigkeit und Wohlwollen. Ein Weg, der zu einer Welt führt, in der alles Leben als wertvoll angesehen wird – und in der jede von uns zum Erkennen der wunderbaren Gaben kommen kann, die wir zu teilen haben.

Denn deine Gaben sind genau das, was den kommenden Übergang auf der Erde möglich machen wird.

Ich dachte immer, ich bräuchte ein erderschütterndes Ganzheitserlebnis, um zu dem Menschen zu werden, der sich in seinen Gaben und seinem Mut gefestigt genug fühlte, um ein Buch über Selbstmitgefühl zu schreiben. Aber jetzt, nachdem ich diesen erdigen, aufgeweichten, von Blumen und Moos übersäten Weg gegangen bin, vom Rauschen des Baches sanft begleitet, weiß ich, dass die Medizin, nach der wir uns sehnen, genau hier unter unseren Füßen liegt; man muss nur nach unten schauen.

Schau in die Spiegel der Erde, und Heilung wird dich willkommen heißen.

Einführung:
Ein Buch über Glimmer

Es ist Mittsommer in den südlichen Appalachen, und die Luft ist zum Schneiden. Man spürt das Wasser, das vom Wind getragen an einem vorbeistreicht, wie ein Atemhauch auf Seide. Ich laufe durch den Wald, barfuß und langsam. Das dichte Blätterdach hat die Schwüle gemildert, und meine Fußsohlen sind kühl auf dem Boden. Je weiter ich gehe, desto mehr verlangsamen sich meine Schritte, bis ich schließlich vor Staunen innehalte. Ich bleibe stehen, blicke auf den Waldboden unter mir und spüre, wie die Welt plötzlich auf dem Kopf steht. Mit meinem Verstand weiß ich, dass ich auf den Boden schaue, aber ein unvermitteltes wunderbares Schwindelgefühl sagt mir, dass die Erde umgedreht wurde und ich nach oben falle, in das sternenklare Weltenall. Überall glitzert und funkelt es – Milliarden und Abermilliarden von Glimmerflecken glitzern über den Waldboden. Es sieht aus, als würde sich die Milchstraße großzügig über den dunklen Boden verteilen. Ich bin barfuß im Wald und laufe zwischen Sternen umher.

Wenn du von Asheville aus nach Norden in das Herz der Blue Ridge Mountains von North Carolina fährst und dann scharf rechts abbiegst, um eine weitere halbe Stunde lang in den Falten der Berge weiterzufahren, kommst du zu einer alten Glimmermine. Glimmer hat in diesem Teil der Appalachen eine lange Geschichte; der Abbau dieses Minerals war einst ein großes Geschäft in diesen Bergen. Glimmer hat eine einzigartige chemische Struktur, die ihn sowohl zu einem Isolator macht, der die Wärme drinnen hält, als auch zu einem Leiter, der die Wärme durchlässt. Legt man ein Glimmerblatt zwischen eine heiße Kohle und einen Räucherkegel, verwandelt es den Kräuterturm in vollkommen unverkohlte Asche. Der als *Isinglass* vermarktete Glimmer wurde im neunzehnten und frühen zwanzigsten

Jahrhundert zur Herstellung von Fenstern in Holzöfen und für die Stirnseiten von Petroleumlampen verwendet.[1]

Schon Jahrtausende zuvor war Glimmer bei den indigenen Völkern dieser Berge ein wichtiger Bestandteil von Zeremonien, so auch bei den *Tsalagi* oder Cherokee, den ursprünglichen Bewohnern der Gegend um das heutige Asheville. Glimmer aus den südlichen Appalachen wurde über Pilger- und Handelsrouten bis zu den legendären Hügeln der Hopewell-Kultur in Ohio transportiert.[2] In den riesigen, von Menschenhand geschaffenen Erdwerken dieser Kultur wurden vor zweitausend Jahren Glimmerstücke aus den Appalachen vergraben, die zu Klauen, Pfeilen, menschlichen Körpern, Bären und Ovalen geformt waren. Einige Archäologen meinen, die kreisförmigen Glimmerstücke könnten für die *Spiegelweissagung* hergestellt worden sein – eine Wahrsagepraxis, bei der man in eine reflektierende Oberfläche blickt, um Visionen aus dem Jenseits zu erhalten.

Zu der Zeit, als ich meine Reise zur Glimmermine unternahm, lebte ich bereits seit mehreren Jahren in den Bergen im Westen von North Carolina und arbeitete als Kräuterkundige. Fasziniert von allen Aspekten der Naturmedizin, war ich an diesem Tag mit einer Gruppe von Steinesuchern in den Wald gekommen, um nach verschiedenen Edelsteinen, darunter Aquamarinen und Granaten, zu suchen. Doch während meine Begleiter sich weit über den Hang verstreuten, um die Abraumhalden der alten Mine zu durchkämmen, konnte ich nicht aufhören, den Glimmer zu meinen Füßen zu bestaunen.

Als ich dort im Wald stand, streifte eine sanfte Brise den Saum meines verblichenen Baumwollrocks. Mein Zopf, der fest wie ein Seil über meine linke Schulter hing, reichte bis zur Erde. Langsam beugte ich mich hinab, wobei mein Rock mich wie ein Wasserfall umspielte, und hob eine Sternenscherbe vom Boden auf. Ich zog den Glimmer aus seinem kleinen Krater in der Erde hervor. Es war das dickste Stück, das ich je gesehen hatte, mit seltsamen Schichtungen, die wie die Seiten eines zerlesenen alten Buches hervorstanden. In meiner Handfläche glitzerte die Spitze wie ein alter Spiegel und warf das diffuse Waldlicht auf mein Gesicht. Als ich ihn leicht drehte, funkelte mich der Stein an, und ich errötete in einer Art kindlichem Stolz. Es fühlte sich an, als würde mir meine Oma zuzwinkern, während ich in meiner Sonntagskleidung im Dreck spielte.

In diesem Augenblick wurden mir zwei Dinge bewusst: die Schwere der Selbstzweifel, die sich in mir versteckt hatten, und die Tatsache, dass das Heilmittel überall vorhanden war. Es fühlte sich an, als ob die großmütterliche Präsenz des Glimmers mir ins Ohr flüsterte: »Mach dir keine Sorgen, du bist *gut*, mein Mädchen.« Fast alle meine Kameraden waren jetzt außer Sichtweite und suchten nach exotischeren Stücken, aber ich konnte dieses Stück Glimmer nicht weglegen. Es war ein Spiegel, und die Selbstannahme, die ich darin sah, war genau das, was ich brauchte, um zu heilen.

Die Brise bewegte die Blätter der Ahornbäume und zauste mein Nackenhaar. Meine Füße, die wie festgewurzelt waren, hatten den Erdboden auf die Temperatur meines Körpers erwärmt, so dass ich zwischen meinen Fußsohlen und dem Boden keinen Unterschied mehr wahrnahm. Der Glimmer in meiner Hand blinkte wie ein Morsecode, und ich empfing die Botschaft – sie war so einleuchtend und einfach, dass mir nach Weinen zumute war.

* * *

Die Erde *möchte,* dass wir unser Gutsein erkennen – denn damit beginnt die Heilung.

Was hat dich hergeführt?

Einige Jahre vor dieser Begegnung mit dem Glimmer hatte ich alles in mein Auto gepackt, was ich aus meiner winzigen Wohnung in Brooklyn mitnehmen konnte, war den ganzen Tag durch sintflutartigen Frühlingsregen gefahren und erreichte bei Einbruch der Dunkelheit die Blue Ridge Mountains. Ich war an der Chestnut School of Herbal Medicine angenommen worden und ließ mein ganzes Leben in der

Stadt hinter mir, um im Süden neu anzufangen. Damals dachte ich, ich wüsste, was Kräuterkunde ist. Wenn ich jetzt zurückdenke, wird mir klar, dass ich keine Ahnung hatte. An jenem ersten Tag in der Schule war ich die einzige in der Klasse, die nicht wusste, was eine Tinktur ist oder wie man Kräutertee zubereitet. Ich erinnere mich, wie ich beim gemeinsamen Mittagessen einen vollen Teller auf meinem Schoß balancierte und kaum etwas essen konnte. Es war nur eine Frage der Zeit, dachte ich, bis jemand herausfände, dass ich eine Schwindlerin war. Noch heute kann ich nachfühlen, wie stark meine Selbstzweifel waren. Zum Glück war aber mein Lerneifer noch stärker. Als ich in die Berge zog, stürzte ich mich mit Haut und Haar in die Kräuterkunde. Ich widmete mich einer Ausbildung, die eine Brücke zu meinem Lebenswerk werden sollte, und meine Lehrmeisterin war die Erde.

Nach meinem Abschluss an der Kräuterschule gründete ich ein kleines Geschäft namens One Willow Apothecaries. In den ersten Jahren verkaufte ich pflanzliche Arzneimittel und bot von zu Hause aus Beratungen an. Wie ich mich weiterentwickelte, entwickelte sich auch das Geschäft – es wandelte sich von einem einfachen Versandhandel mit pflanzlichen Produkten zu einer fächerübergreifenden Bildungseinrichtung, in der die Menschen lernen konnten, sich seelisch mit der Erde zu verbinden. In meinen Unterricht bezog ich alles ein, was ich selbst über die Verbindung mit der lebendigen Welt gelernt hatte: Ökologie, Mykologie, Geologie und erdbezogene mystische Überlieferungen. Schon bald begann ich, auf Konferenzen im ganzen Land zu sprechen, auch wenn ich erst ein paar Jahre unterrichtet hatte; aber ich tat es mit einer Leidenschaft, die so unmittelbar und gehaltvoll war wie ein ätherisches Öl. Ich leitete Retreats und nahm Menschen für Workshops mit in die Wälder. Schließlich gründete ich eine Online-Schule. Heute, über ein Jahrzehnt nach meinem ersten unbeholfenen Unterrichtstag, ist One Willow zu einem internationalen Bildungszentrum geworden. Und ich habe meine wahre Berufung als Guide gefunden, als jemand, der Menschen hilft, ihre tiefe Verbindung mit der Erde – und mit dem Grund ihres tiefsten Selbst – wiederherzustellen.

Im Laufe der Jahre wurde mir immer wieder die gleiche Frage gestellt: *Wie bist du dazu gekommen*? Immer wenn mich das jemand fragte, wusste ich, wie die wirkliche Frage lautete: *Wie hast du es geschafft, deinen Lebensunterhalt aus der Verbindung mit der Natur zu bestreiten? Und wie kann ich das auch?* Doch ich kann diese Frage nicht beantworten, ohne zunächst über meine ersten Tage in den Bergen zu berichten; und darüber zu sprechen, wie ich in den Bergen gelandet bin, mit nackter Seele und auf der Suche nach Verbindung, als hinge mein Leben davon ab; und nicht ohne über das zu sprechen, was vorher war.

Alles, was du in deinem Leben erlebt hast, ist wie zu Sand zermahlene Muscheln, ist wie die windgepeitschte Küstenlinie, die dich hierhergeführt hat. So seltsam und kurvenreich der Weg manchmal auch erscheint, mit den Gezeiten wechselnd oder in der Brandung verschwindend, am Ende ist der Weg immer genau richtig, weil man angekommen ist. Wenn man mich fragt, was mich hierhergebracht hat, sage ich normalerweise, ich sei in die Berge gezogen, um Pflanzen und Steine zu studieren – und um der Erde nahe zu sein. Die tiefere Wahrheit ist, dass ich in diese Berge und in ein der Natur gewidmetes Leben gelangt bin, weil ich selbst dringend der Heilung bedurfte.

* * *

Nach jener langen, regennassen Fahrt in den Süden, wo ich ein neues Leben beginnen wollte, lebte ich eine Woche lang in einer Herberge, bevor ich die heruntergekommene Mietwohnung am Rande der Stadt fand, die für die nächsten vier Jahre mein Zuhause sein sollte – ein kleines blaues Haus aus den 1920er Jahren mit einem so stark abgesenkten Boden, dass ich keinen Bleistift auf den Küchentisch legen konnte, ohne dass er herunterrollte. Für mich war das Haus der Himmel. Zu dem Häuschen gehörten rund 1000 Quadratmeter grasbewachsener Hang, auf dem ich einen Garten anlegen konnte, ein ruhiges Schlafzimmer zum Lernen mit Aussicht auf die Falten des Bergrückens über der Talsohle – ein Horizont, der zu meinem Prüfstein werden sollte, als ich nun begann, mich von den Strapazen zu erholen, die ich in meinem Übergang zum Erwachsensein durchlebt hatte.

Ich war erst Mitte zwanzig, als ich in jener ersten Nacht, eine Woche vor Beginn der Kräuterschule, in dem blauen Häuschen meinen Schlafsack ausrollte, und doch hatte ich in meinem Leben schon einiges erlebt. Eine Reihe von missbräuchlichen Beziehungen und Traumata hatten meine Teenagerjahre geprägt, dicht gefolgt von lähmenden gesundheitlichen Problemen, darunter eine Krankheit mit chronischen Schmerzen namens Vulvodynie. Sie betrifft die Muskeln und Nerven der Vulva und des Beckenbodens und kann von leichten Beschwerden bis zu quälenden Funktionsstörungen reichen. Leider befand ich mich am äußersten Rand dieses Spektrums. Ich war mitten im Studium, als ich die Diagnose bekam. Im Unterricht zu sitzen, fühlte sich an den meisten Tagen an, als säße ich auf einem Nagelbett. Ich zählte die Minuten, bis ich in den Wald gehen konnte, um allein zu sein, mich auf die Erde zu legen, zu weinen und Kräfte für den nächsten Tag zu sammeln. Während meiner gesamten Studienzeit war ich sozusagen in zwei Schulen: auf dem Vassar College und in der Heilakademie der Natur. Meine Zeit in den Hörsälen von Vassar war intellektuell anregend, und ich werde nie vergessen, was für ein Privileg es war, dort studieren zu dürfen, aber meine Zeit in der Natur war mein Balsam, meine sichere Zuflucht und ein Klassenzimmer für meine Seele.

Als Kind der Vororte von Philadelphia wuchs ich nicht in enger Verbindung mit der Natur auf. Ich wusste, dass man Weinbergslauch essen kann, dass Bienen stechen und dass dunkle Wolken ein mögliches Gewitter ankündigen, aber meist war die Natur für mich nur so etwas wie ein verwaschenes Aquarell. Als ich zum ersten Mal chronische Gesundheitsprobleme bekam, veränderte sich mein Umgang mit allen und allem – auch mit der Natur. Wenn die Schmerzen am schlimmsten waren, fühlte ich mich nur im Wald wirklich getröstet. Obwohl meine Wunden für die meisten Menschen unsichtbar waren, wurden sie von der lebendigen Welt gesehen. Bei den Bäumen und Bächen konnte ich ganz ich selbst sein – voller Schmerzen, verwirrt, suchend und tieftraurig. Ich ging als verwundetes Wesen in den Wald, und der Wald nahm mich an, als sei ich nie anders als ganz gewesen. Je mehr ich mich mit ihm verband, desto stärker konnte ich die großartige Weisheit der Erde wahrnehmen. Ein lebenslanger Schleier lüftete sich vor meinen Augen. Ohne ihn sah ich, dass die nichtmenschliche Welt empfindungsfähiger, intelligenter, wohlwollender und lebendiger ist, als mir je gewahr geworden war.[3]

Heute, nachdem ich mit Tausenden von Schülern und Klienten aus aller Welt gearbeitet habe, weiß ich, dass wir oft auf genau diese Weise anfangen, unsere Verbindung zur Erde zu heilen. Eine Katastrophe ereilt uns, ein Trauma folgt, die Härte des Lebens trifft uns zu schwer, als dass wir sie alleine ertragen könnten, und unsere Seele fliegt auf der Suche nach Trost geradewegs durch die Fenstertür, die uns von der Außenwelt trennt. Wenn wir im tiefsten Innern Heilung brauchen, wird uns die Natur immer wieder zu sich nach Hause holen – nicht nur in die Eichenwälder oder Buchten am Wasser, sondern auch zu den Wohnungen in uns selbst, von denen wir uns entfremdet haben. Wenn ich über die Tage der chronischen Schmerzen spreche, sage ich oft, dass die Welt in meinem Körper so unangenehm war, dass ich nach draußen gehen musste. Aber jetzt weiß ich, dass die Intelligenz meines Körpers mich in den Wald trieb, weil er verstand, dass ich zu mir heimfinden würde, wenn ich die hellen, von Weiden gesäumten Teiche, diese Spiegel in der Erde, besuchte. Mein Körper wusste, dass diese Heimkehr der erste Schritt zur Heilung war – für mich selbst und für die Welt.

Ein Cheerleader für die Seele

Es gibt interessante ökologische Übereinstimmungen zwischen Ostchina und den Appalachen. Wann immer dieses Thema zur Sprache kommt, nicken sich Botaniker wissend zu. »Die Wälder Ostasiens und der südlichen Appalachen sind sich so ähnlich«, bemerkt der Ökologe George Constantz, »dass man sie kaum auseinanderhalten könnte, wenn man von einem zum anderen spränge«.[4] Manche meinen, diese Ähnlichkeit reiche bis in die Zeit des Superkontinents Laurasia zurück, als diese beiden Regionen der Welt enge Nachbarn waren.[5] Obwohl sie auf tektonischen Platten auseinandergedriftet sind, sind sich diese beiden Lebensräume über die Jahrtausende so ähnlich geblieben, dass viele aus China stammende Pflanzen hier gut gedeihen, darunter japanische Ahorne, Wasabi und asiatischer Ginseng.

Wie sich herausstellte, blühen hier auch sehr alte chinesische Heiltraditionen. Zwei Jahre nach meinem Abschluss an der Kräuterschule, als ich noch in meinem blauen Häuschen lebte, stieß ich auf Praktiker der daoistischen Steinheilkunde, die ebenfalls in diese Berge verpflanzt worden waren. Jeffrey Yuen, ein älterer Lehrer und daoistischer Priester in der achten Generation, hat die Jade-Purity-Linie der chinesischen Medizin hier in die Berge verpflanzt, ein einzigartiges Juwel in der Tradition der chinesischen Heilkunst. Ich befand mich im ersten Jahr meiner Ausbildung in daoistischer Steinheilkunde bei Sarah Thomas – einer gefragten örtlichen Akupunkteurin und Lehrerin dieser Linie –, als ich die verlassene Glimmermine besuchte und die für mein Leben wesentlichste Botschaft fand: *Die Erde möchte, dass wir unser Gutsein sehen, denn die Heilung der Selbstverurteilung ist wesentlich für die Heilung der Welt.*

Am Tag nach unserem Besuch in der Mine traf sich Sarahs Klasse zu einem Vortrag. Mitten in der sommerlichen Hitzewelle saßen wir in einem abgedunkelten Wohnzimmer: fünfundzwanzig Studenten mit Stift und Papier, bereit, das *Ben Cao* für Glimmer zu schreiben.

Ein Ben Cao, im Westen *Materia medica* genannt, ist das gesammelte, schriftlich niedergelegte Wissen über ein bestimmtes Heilmittel – in diesem Fall einen Stein. Die Informationen in einem Ben Cao stammen aus den unterschiedlichsten Quellen – darunter klinische Erfahrungen, wissenschaftliche Studien und alte Texte – und können Tausende von Jahren zurückreichen. Wir hatten bereits das Ben Cao von einem Dutzend anderer Steine erarbeitet; heute wollten wir über Glimmer sprechen. Während es sich die Schüler auf der Couch gemütlich machten, begann Sarah zu erklären, warum Glimmer so heilkräftig ist. In der chinesischen Medizin wird Heilung ganzheitlich verstanden; es gibt keine Unterscheidung zwischen Körper, Geist und Seele. Steine werden wie Kräuter auf Rezept verabreicht, und jeder Stein hat seine eigenen heilenden Eigenschaften. Wir lernten bald, dass die Fähigkeit des Glimmers ist, uns unser Gutsein zurückzuspiegeln.

Der Glimmer, auch *Mo Xi Shi* oder Quellstein genannt, hilft, uns an unsere göttliche Natur zu erinnern und die Spinnweben zu entfernen, die unsere Fähigkeit, unseren Eigenwert zu erkennen, beeinträchtigen. Glimmer ist ein Spiegel, und er zeigt uns unser wahres Selbst. »Gebt einem Klienten während einer Behandlung ein Stück Glimmer in die Hand«, verriet Sarah, »und es wird ihn daran erinnern, wer er ist: ein göttliches Wesen, das von Natur aus gut ist, ganz gleich, wie schwer der Weg war. Wie ein Cheerleader für die Seele erinnert uns der Glimmer daran, dass es genügt, die zu sein, die wir sind, um der Erde Licht zu bringen. Bei einer Akupunkturbehandlung kann Glimmer wie ein Stein der Wiedergeburt wirken, der einer angeschlagenen Seele und einer müden Welt einen Neuanfang beschert.« Während Sarah sprach, schrieb ich so schnell wie möglich mit und konnte die Tränen kaum zurückhalten. Es hätte keine passendere Bestätigung geben können für das, was ich am Tag zuvor in dem Wald, dessen Boden mit Glimmer übersät war, empfunden hatte. Es war die Bestätigung, nach der meine Seele so lange gesucht hatte.

* * *

Hätte man mich in den ersten Jahren meiner chronischen Schmerzen gefragt, wo der größte Schmerz sitzt, hätte ich auf die gereizten Nerven und Muskelfasern meines Beckenbodens verwiesen. Unabhängig davon, wie stark unsere körperlichen Schmerzen sind, haben die meisten Verletzungen ihre Wurzeln in unserem emotionalen Boden.

Als ich am College war und die Diagnose Vulvodynie erhielt, sagten die Ärzte, meine einzige Möglichkeit bestünde darin, die Nervenenden aus diesem Bereich meines Körpers operativ entfernen zu lassen. Nachdem ich all die Nachmittage im Wald verbracht hatte – und miterlebt hatte, wie sich die Erde nach heftigen Regenfällen oder Rauhreif selbst heilte –, verzichtete ich auf die Operation und beschloss, meinen eigenen Weg zu gehen. Es war ein gewundener steiniger Weg der Heilung, welcher Physiotherapie, Ernährungsumstellung, Trauma-Integration und die ständige Pflege der lebendigen Welt beinhaltete; aber als ich fast fünf Jahre später in mein kleines blaues Haus in den Bergen kam, war ich schmerzfrei.

Das Verschwinden der körperlichen Schmerzen war ein Wunder, aber als ich in die Appalachen kam, wusste etwas in mir, dass es, wie beim Glimmer mit seinen vielen Schichten, immer noch Schichten gab, die geheilt werden mussten. In der Kräuterkunde sprechen wir vom spiralförmigen Weg der Heilung. Wenn du immer tiefer gehst und die Quelle deiner Kraft und die Gaben freilegst, die du in die Welt bringen sollst, wirst du immer wieder auf dieselben Lektionen stoßen. Mit jeder Umdrehung erreichst du eine neue Ebene der Vollendung, des Mitgefühls und des Verständnisses. Wahre Heilung verläuft nicht linear; sie ist ein Labyrinth. Auf unserem Weg haben wir die Möglichkeit, uns der alten Wunde mit neuen Perspektiven und gereiften Kräften zu nähern und mit jeder Runde auf eine neue Ebene der Heilung zu gelangen.

Wenn wir an einer Überzeugung festhalten, die dem Wachstum unserer Seele nicht förderlich ist, wird unsere Seele versuchen, über unseren Körper unsere Aufmerksamkeit zu gewinnen – manchmal mit einem Zustand oder einem Vorfall, der so offenkundig ist, dass wir nicht länger ignorieren können, was in uns vorgeht. Von dort aus werden wir durch die Schichten unserer emotionalen Wunden geleitet, den ganzen Weg hinab bis zu der Wurzel, an der alles begann: dem ersten nicht stimmigen Glaubenssatz.

Als ich an jenem Tag in der Mine im Wald stand, mit einer Ansammlung von Glimmer zu meinen Füßen, hatte ich das, was man einen »Erleuchtungsmoment« nennt. Ich nahm den kleinen Spiegel in die Hand und holte einen Teil meiner Seele zurück. Damit kam die Wahrheit ans Licht, die ich mir nach meinem schwierigen frühen Erwachsenwerden, nach meiner Diagnose und in den Jahren der Heilung nicht eingestehen konnte. Als die Sterne in der Erde auseinanderfielen, erkannte ich endlich, was dieser verborgene Glaube war – eine Gedankenform wie eine Klette, die so tief in den Fasern meines Wesens steckte, dass sie mir bis jetzt nicht bewusst gewesen war.

Irgendwo in meinem Inneren glaubte ich, nicht wirklich gut zu sein.

Der elterliche Spiegel der Erde

Es gibt viele Gründe, warum jemand dazu kommt zu glauben, er sei nicht gut. Das Gefühl eines inneren Mangels kann sich durch offene Unterdrückung, Missbrauch, Mobbing oder Vernachlässigung bösartig ausbreiten, aber es kann auch subtil wachsen und sich aus einer Vielzahl verborgener Quellen speisen – von der religiösen Erziehung bis zu den sozialen Medien. Die meisten von uns haben in ihrem Leben Erfahrungen gemacht, die uns an unserem grundlegenden Gutsein zweifeln ließen, sei es, dass wir in der Schule nicht dazugehörten oder keine Bestätigung von unseren Eltern erhielten, sei es, dass wir in den sozialen Medien von einem Troll angegriffen wurden oder unseren Arbeitsplatz verloren. Für diejenigen unter uns, denen soziale Fragen oder die Umwelt am Herzen liegen, kann allein der Blick auf die von Menschen verursachten Ungerechtigkeiten dazu führen, dass wir nicht nur an unserer eigenen Tugend, sondern ganz grundsätzlich am Gutsein der Menschheit zweifeln. Im Mittelpunkt vieler Bemühungen um Verbesserungen steht ein impliziter Pessimismus: die unausgesprochene Überzeugung, dass der Mensch von Natur aus unweigerlich Unfrieden mit sich bringt.

Obwohl ich mit meiner Heilung schon so weit gekommen war – von New York City in die Appalachen, den chronischen Schmerz überwunden und die ersten Schritte auf meinem Weg als Lehrerin gemacht hatte –, sah ich beim Blick in den Spiegel dieses Glimmers den Keim meiner Verletzung. Ich sah den Anteil von mir, der glaubte, nicht würdig, nicht liebenswert, unzulänglich und hoffnungslos fehlerbehaftet zu sein – und ich empfand tiefe Zärtlichkeit für diesen neu entblößten Teil von mir. Ich erkannte mit Erschrecken, dass dieser Glaube an meine eigene Unwürdigkeit der Grund für all die Verletzungen war, die ich in meinem Leben erfahren hatte, einschließlich meiner Bereitschaft, Missbrauch, Zurückweisung und Überforderung zu akzeptieren. Und ich erkannte, dass ich nicht allein damit war.

Ob es uns bewusst ist oder nicht, viele von uns meinen, nicht genug zu sein. Hinter so vielen Nöten, die wir als Menschen erleben, steckt dieser Irrglaube. Auf einer tiefen und sehr persönlichen Ebene zweifeln wir an unserem Gutsein, und diese stille Sorge ist genau das, was uns aus unserer Zugehörigkeit entfernt hat – zuerst zu uns selbst und dann zur Erde.

Bevor das Spiegelglas erfunden wurde, war die Natur einzige Möglichkeit, uns im Spiegel zu sehen: ruhige Gewässer, Glimmerstücke, die Schwärze in den Augen eines anderen. Obwohl wir heute Spiegel, Kameras und Selfies haben, können wir immer noch nicht sehen, wer wir wirklich sind. In der Natur gibt es jedoch einen Ort, an dem es möglich ist, in unmittelbaren liebevollen Kontakt mit unserer Seele zu treten: Wir brauchen nur in den wohlwollenden Spiegel der Erde zu schauen.

In einer gesunden Elternschaft besteht die Rolle der Betreuungspersonen unter anderem darin, das Kind zu spiegeln. Wenn Kinder beginnen, sich als Individuen zu erleben, ist es die Aufgabe der Eltern, diese Gefühle und das angeborene Gutsein des Kindes widerzuspiegeln, damit es sein Selbstwertgefühl und die notwendigen Lebenskompetenzen entwickeln kann. Viele von uns haben diese frühe Phase der gesunden Rückspiegelung nur unzureichend erlebt. Aber unabhängig davon, wie unsere Herkunftsfamilie aussah, haben wir alle immer noch Zugang zu einer wichtigen Quelle der Fürsorge, denn die Natur ist der elterliche Spiegel, der uns nie im Stich lassen wird.

Auf einer sehr unmittelbaren Ebene ist die Natur unsere lebenslange Betreuerin. Sie ist die Quelle, aus der unser Leben hervorgeht, und ein Spiegel, der uns hilft, wenn wir uns selbst aus den Augen verloren haben. Wann immer wir aus unseren Verstecken hinausschauen, reflektiert uns die Natur die Tiefe unseres Gutseins – nicht, weil es in der Natur Gegenstände gibt, auf die wir uns projizieren, oder weil die mehr-als-menschliche Welt keine Persönlichkeit und keine eigenen Empfindungen hat, sondern weil die Wesen der natürlichen Welt unsere Verwandten, unsere Ältesten und unsere Lehrer sind. Wie die Potawatomi-Autorin und Botanikerin Robin Wall Kimmerer in ihrem Buch *Braiding Sweetgrass* [deutsch: *Geflochtenes Süßgras*)] erzählt: »In einigen indigenen Sprachen bedeutet das Wort für Pflanzen ›die, die für uns sorgen‹.«[6] Wenn wir uns in der ganzen Welt sehen, erinnern wir uns daran, wer wir sind.

Das Leben in der rein menschlichen Welt ist unnatürlich und hart für die Seele. So, wie unsere Nachbarschaften und Gemeinschaften heute aufgebaut sind, haben wir selten Gelegenheit, bei den wohlmeinenden Ältesten und den Spiegeln der mehr-als-menschlichen Welt zu sein. Ist es da ein Wunder, dass unsere Selbstwahrnehmung so verzerrt ist? Doch die Außenwelt hat nie aufgehört, uns zu zeigen, wer wir sind.

Manche Menschen denken, die Natur sei dem Menschen gegenüber gleichgültig; aber ich habe durch meine eigenen Erfahrungen, die Geschichten meiner Schüler und die Weisheit, die von den indigenen Kulturen auf der ganzen Welt überliefert wurde, bestätigt gefunden, dass dies einfach nicht stimmt. Die Natur ist bewusst, und sie ist wohlwollend. Sie *möchte* uns ein gesundes Selbstmitgefühl vermitteln, denn wenn die Selbstliebe intakt ist, werden wir zu besseren Bewohnern der Welt.

In einer kürzlich durchgeführten Studie fanden Forscher heraus, dass Selbstmitgefühl tatsächlich unser Verantwortungsgefühl, unsere Moral und unser Einfühlungsvermögen gegenüber anderen erhöht.[7] Ein stabiles Selbstwertgefühl steht auch in einem positiven Zusammenhang mit Dingen wie Neugier und dem Wunsch, uns zu fordern.[8] Die Fähigkeit, unser Gutsein zu erkennen, ist eine wesentliche Voraussetzung dafür, dass wir zu schöpferischen, mitfühlenden und inspirierten Kräften für eine Veränderung der Welt werden. Wenn wir uns im Spiegel der Erde erblicken, können wir uns um diesen Ort, den wir unser Zuhause nennen, kümmern und unsere Gaben zum Wohle des Ganzen einbringen. Die Erde möchte, dass wir auf die Bäume, die Flüsse und die Steine schauen, denn wenn wir uns in ihnen widergespiegelt sehen, werden wir wieder ein Teil von allem.

In den letzten Jahren ist das Interesse an Naturheilmitteln explodiert, aber die tiefste Heilung rührt von den *Beziehungen* her, die neu zu schmieden die Erde uns auffordert. Als ich mit meinen Schmerzen in den Wald ging, beruhigten mich nicht nur die aromatischen chemischen Verbindungen der Bäume; ich wurde durch die Art und Weise, wie sie mir die Hand reichten, geheilt. Ich erinnere mich noch gut an einen bestimmten Baum, einen ausladenden Ahorn mittleren Alters, der durch jahrelange Kletterei von Schülern in Mitleidenschaft gezogen worden war. Ich besuchte diesen Baum fast jeden Tag und brachte ihm kleine Geschenke wie Federn, die ich gefunden hatte, oder Steine, die wie Herzen geformt waren. Ich hatte Lederstücke dabei, mit denen ich versuchte, Äste zu flicken, die von Kletterern angebrochen worden waren. Wenn niemand in der Nähe war, sang ich dem Baum etwas vor. Dann eines Tages, als ich den vertrauten Pfad entlangging, spürte ich, wie ein großer Energieball den Pfad herabgerollt kam und direkt in meine Brust sprang. Es fühlte sich an, als landete mit Wucht ein Welpe auf mir, der mich überschwenglich begrüßte. Das Gefühl war so heftig, dass sich mir die Nackenhaare sträubten. Für den Bruchteil einer Sekunde sah ich mich tatsächlich nach einem Hund oder einem Menschen um; die Energie war so handfest. Dann blickte ich den Weg hinunter und sah es: Es war der

Ahorn. Mein Freund wusste, dass ich kommen würde; der Baum begrüßte mich nicht nur, er hieß mich willkommen. Ich spürte, wie etwas in mir ganz weich wurde. *Wie konnte ich schlecht sein, wo ich doch von dieser Welt so sehr geliebt wurde? Wie könnte irgendetwas oder irgendjemand auf dieser Erde wirklich schlecht sein, wenn diese Welt auf so wunderbare Weise einfach gut ist?*

Ein Buch der Spiegel

Überall auf der Erde gibt es Spiegel, klar wie Glimmer, die dir immer wieder dein Gutsein zeigen. Ganz gleich, wo du dich befindest – inmitten deiner verknäulten Selbstzweifel, auf deinem spiralförmigen Weg der Selbsterkenntnis –, wird es willkommene Spiegelungen geben, die dich wie Leuchtfeuer nach Hause geleiten. Wirf einen Blick in deinen Hinterhof – die Geschichten sind da, dich zu halten, zu trösten und in den Schoß zurückzuholen. Mache dich auf die Suche nach dir selbst, und irgendwann wirst du Glimmer finden. Gewöhnlich, spektakulär, strahlend und vertraut: etwas Vielschichtiges, das dir Licht bringt; ein Wesen, das in der Lage ist, der Hitze dieser Zeiten zu widerstehen und in Bahnen zu lenken, was dir in dieses Leben mitgegeben wurde. Du bist so viel wunderbarer, als dir bewusst ist.

Dieses Buch, das du in den Händen hältst, ist mit seinen Kapiteln ein Handschmeichler aus Glimmer. Jede Seite ist eine reflektierende Schicht, die dir hilft, dich selbst zu sehen. Jedes Kapitel ist eine Bestätigung der Erde, ein kleiner Spiegel, der dir zeigt, wer du bist und wie sehr du geliebt wirst. Jeden Tag wird uns suggeriert, etwas an uns sei unnatürlich oder dysfunktional – sei es die Scham darüber, wie lange wir brauchen, um uns von einem Verlust zu erholen; der Glaube, unsere Sensibilität sei ein Makel; die Sorge, wir seien zu unbedeutend, um etwas verändern zu können; oder die Angst, unsere Traumata hätten uns unheilbar geschädigt. Dieses Buch und die Übungen, die jedes Kapitel begleiten, sind wie ein Spiegel aus Glimmer, der dir deinen Wert zurückspiegelt und jede von Menschen ausgelöste Scham zum Verschwinden bringt, weil du erkennst, wie sehr du willkommen bist in dieser Welt.

Im Mittelpunkt dieses Buches steht die Überzeugung, dass das Wiedererkennen unseres Gutseins ein entscheidender Teil der notwendigen Kurskorrektur ist. Die Erde teilt diese reflektierenden Geschichten mit uns, klar wie Quarzsplitter, weil *Selbstmitgefühl ein Beitrag zur ökologischen Heilung der Welt ist.*

Meinen Geschichten liegt das Verständnis zugrunde, dass die zentrale Wunde unserer Kultur – die Verletzung, die uns dazu gebracht hat, uns von der Erde abzuspalten und giftige Wertvorstellungen anzunehmen – nicht das Ergebnis irgendeines Fehlers in der menschlichen Psyche ist, sondern das Ergebnis von Trauma und Selbstverurteilung. Die indigene Wissenschaftlerin und Community-Organisatorin Lyla June sagte einmal in Anlehnung an die Weisheit ihrer Ältesten Patricia Davis: »[In unserer Kultur] sagen wir, dass die Menschen nicht in Erbsünde, sondern in ursprünglicher Schönheit geboren werden.«[9]

Viele von uns gehen davon aus, wir müssten zuerst uns selbst ändern, wenn wir die Welt verändern wollen, doch in diesem Buch vertrete ich die Überzeugung, dass es Selbstannahme ist, was uns zur Heilung fehlt. Nur wenn wir uns selbst mit mitfühlendem Verständnis begegnen, können wir Zugang zu einer verborgenen Kraft finden, zu den neuen Denkweisen und den Offenbarungen, die uns wieder in die Erdgemeinschaft zurückfinden lassen. Wenn wir immer stärker aus unserer ursprünglichen Schönheit heraus leben anstatt aus den Wunden, die uns in Selbstzweifel stürzen, bringen wir unsere ungeheure Schöpferkraft wieder in Übereinstimmung mit dem größeren Traum der Welt.

In diesem Buch begeben wir uns auf einen dreistufigen, von Glimmer erhellten Weg. *Der Schimmer* der Natur bannt unseren Blick und lädt uns ein, uns selbst klarer zu sehen, *der Spiegel* überführt diese Selbsterkenntnis in den Glanz der Selbstwertschätzung, und *das Leuchten* befähigt uns, ein strahlendes Selbstmitgefühl zu verkörpern, eine Qualität, die der Schlüssel ist, um diese Zeit der ökologischen Not zu meistern und die Gaben zu kultivieren, die wir in diese Welt zu bringen haben.

Im Mittelpunkt dieses Buches steht eine Frage, die einfacher zu beantworten ist, als ich es mir hätte vorstellen können, als ich das glänzende Stück Glimmer vom Boden aufhob: Was sind die Gaben, die wir als verletzliche, fehlbare und unglaublich fürsorgliche Menschen darbringen können, um das Blatt zu wenden – in einer Zeit, in der die Umwelt so tief verletzt ist, in einer Zeit, in der alle tiefsitzenden Wunden unserer Trennung zum Vorschein kommen? In diesem Essayband findet sich die Antwort, die uns die Welt zurückspiegelt, hell wie eine Ansammlung von Glimmerbrocken am Boden.

* * *

Selbstmitgefühl *ist* ein Geschenk für diese Welt.

Teil Eins

Der Schimmer

Sich selbst sehen

1

Grenzen des Gartens und das Paradies auf Erden

Sie blickte sich nervös im Raum um, bevor sie ihre Hand hob. Ihr Arm zitterte, und ich merkte, dass sich hier eine dieser Fragen anbahnte, die vielleicht mit ein paar Tränen enden würde. Sie begann ihre sorgfältig einstudierte Frage, aber schon nach den ersten paar Worten wusste ich genau, was sie fragen wollte – und wie ich ihr antworten konnte. Jedes Mal, wenn ich Intuitive Pflanzenmedizin unterrichte, einen Kurs, in dem die Studenten lernen, sich mit dem Bewusstsein der grünen Welt zu verbinden, taucht diese Frage auf. Ich weiß meist vorher, dass sie kommt, denn ich spüre, wie die Sorgen wie Gewitterwolken auf mich zurollen. Normalerweise lautet das Geständnis in etwa so: »Ich liebe es, einen Garten anzulegen, aber seit ich mich auf einer tieferen Ebene mit den Pflanzen verbunden habe, fühle ich mich jedes Mal schuldig, wenn ich versuche, Unkraut zu jäten oder etwas wegzuschneiden. Was soll ich tun?« Wenn ich diese Frage höre, lächle ich immer aus tiefstem Herzen und sende eine Welle des Verständnisses aus. Ich weiß genau, wie die Fragenden sich fühlen – wie oft habe auch ich mich schon gefragt, ob es mir zusteht, einen wuchernden Strauch auszureißen oder eine Löwenzahnwurzel wegzuhacken. Aber dann gebe ich eine unerwartete Antwort. Denn neben ihren vielen Vorteilen, Schönheiten und Segnungen sind Gärten auch dazu da, uns Grenzen aufzuzeigen.

Die Leute sagen, Gartenarbeit sei nichts für empfindsame Seelen, und in gewisser Weise haben sie recht. Von außen betrachtet sieht die Gartenarbeit nach Narzissen und sonnigen Tagen aus, aber hinter jedem blühenden Blumenbeet stecken harte Arbeit und noch härtere Entscheidungen. Unkraut jäten, wuchernde Pflanzen zurückschneiden, invasive Arten bekämpfen – wunderschöne Gärten beruhen auf Grenzen und den damit verbundenen schwierigen Entscheidungen. In dieser Hinsicht ist die Gartenarbeit jedoch die *ideale* Medizin für die empfindsame Seele. Gärten sind Schulen für Fortgeschrittene in der Kunst, Grenzen zu ziehen. Ich kenne keinen Ort, an dem es einfacher oder offensichtlicher ist, eine der wichtigsten Lektionen der physischen Existenz zu lernen: dass Grenzen uns helfen zu gedeihen.

Viele von uns sind in einer Kultur aufgewachsen, in der wir keine Ahnung haben, wie gute Grenzen aussehen – oder wie lebensfördernd sie sein können. Jenen weichherzigen Menschen, die sich von Natur aus zu Aktivitäten wie Gartenarbeit hingezogen fühlen, fällt es noch schwerer, eine Grenze zwischen dem Selbst und dem Nichtselbst zu ziehen. Sensible Menschen sind offen für die Launen, Wunder und reichen Schattierungen des Daseins und haben von Natur aus weniger Grenzen als andere. Wenn jemand in meiner Klasse vorsichtig die Hand hebt, um diese Frage zu stellen, freue ich mich immer auf den Austausch, weil ich weiß, dass ich mit einer hochsensiblen und zutiefst mitfühlenden Person spreche, die bereit ist, mit Hilfe der nichtmenschlichen Welt an ihren Grenzen zu arbeiten.

Auf dem Weg zur Verwirklichung unseres Gutseins sind wir oft aufgefordert, zunächst unsere Grenzen festzulegen und zu wahren. Denn wie können wir Mitgefühl für uns selbst haben oder das immense Wohlwollen erkennen, das diese Welt für uns hegt, wenn wir nicht wissen, wie wir unser Selbst von anderen abgrenzen sollen? Wie können wir ein Gefäß für all die Gaben sein, die durch uns hinausfließen wollen, wenn wir nicht wissen, wie wir die weichen Ränder unseres Gefäßes gestalten sollen? So sehr spirituelle Traditionen den Wert der Einheit auch hochhalten: Wir können nicht aufsteigen, solange wir unser individuelles Selbst nicht wertzuschätzen wissen – die einzigartige Person, als die wir in diese Welt gekommen sind. Du bist nicht nur ein Selbst; du *hast* ein Selbst. Obwohl unsere einzigartigen Seelen ewig sind, sind unsere Körper ein Teil der Natur, eine Leihgabe für die Dauer unserer Zeit hier. Wenn wir das Selbst, das uns in diesem Leben gegeben wurde, wertschätzen und pflegen, nähren und ehren wir den schöpferischen irdischen Impuls, der uns geschaffen hat. Diese Erde möchte dir zeigen, wie wertvoll du eigentlich bist – aber zuerst musst du lernen, den Garten deines Selbst zu pflegen.

In Brooklyn wächst ein Garten

Mit Gartenarbeit begann ich in einem alten Mietshaus in Brooklyn, New York, nur einen Block von der U-Bahnlinie L entfernt. Meine Mitbewohnerin und ich wohnten im zweiten Stock, und unter uns befand sich ein winziger Hinterhof, kaum größer als eine Briefmarke – ein unkrautbewachsener, ausgetretener, plattgewalzter Ort, voll mit Ziegelsteinen und Betonschutt. Für uns jedoch war der Hinterhof eine Oase. Von unserer Feuerleiter aus sahen wir auf das spindeldürre Unkraut hinunter, und beide malten wir uns aus, wie der Ort mit rosa Blumen, Paprika und Basilikum aussehen würde.

Eines Tages fassten wir endlich den Mut, unsere Vermieterin Mary zu fragen, ob wir einen kleinen Garten anlegen dürften. Mary wohnte im Erdgeschoss, so dass der gesamte Hinterhof ihr gehörte. Als wir einzogen, war sie schon weit über achtzig und eine echte alte Brooklyner Dame. Wann immer sie jemand fragte, woher sie stamme, sagte sie, sie wohne jetzt in der North 8th Street, stamme aber eigentlich aus der North 7th – die Unterscheidung war unglaublich wichtig. Mary lernte ihren Mann, den Sohn italienischer Einwanderer, in den 1930er Jahren kennen. Ich stelle mir vor, dass das Rendezvous irgendwo im Niemandsland zwischen North 7th und 8th stattgefunden haben muss. Ihr künftiger Ehemann war in der winzigen Einzimmerwohnung aufgewachsen, in der wir jetzt lebten, damals zusammen mit allen neun Geschwistern, den Eltern und Großeltern. Meine Mitbewohnerin und ich konnten kaum unsere Betten unterbringen, aber irgendwie hatten in dieser Wohnung vierzehn Menschen gelebt. Nach ihrer Verlobung verließ Mary ihre heimatliche Gegend, um bei der Familie ihres Mannes zu leben, und zog in das Erdgeschoss des Gebäudes in der North 8th. Ich bin mir, ehrlich gesagt, nicht sicher, ob sie jemals darüber hinweggekommen ist. Nach dem Tod ihres Mannes war Mary nun die alleinige Herrin des Hauses.

Mary zögerte zunächst, uns ihren Segen zu geben, aber das hatten wir kommen sehen. Veränderungen waren nicht gerade beliebt bei Mary – hatten wir nicht schon oft gehört, dass in dem neuen Gebäude für Kampfsport auf der anderen Straßenseite früher sowohl Gras als auch »Pulver« verkauft wurde? – Aber nachdem wir einige Male unschuldig gelächelt und das Versprechen gegeben hatten, dass sie bei allem, was wir taten, das letzte Wort haben würde, gab uns die Matriarchin der North 8th Street ihren Segen.

Es bedurfte eines langen Tages des Abräumens, bis wir auf etwas stießen, das auch nur im Entferntesten an Erde erinnerte, und wir mussten gleichwohl noch Säcke mit ordentlichem Mutterboden für die neuen Beete heranschaffen. Mary schaute von Zeit zu Zeit zwischen den cremefarbenen Vorhängen an ihrem Hinterfenster hervor – neugierig, misstrauisch, aber meistens nur neugierig auf diese herrliche Brooklyner Art. Gleich von Anfang an gab es Schätze zu entdecken. Beim Graben fanden wir die Überreste eines alten Siegesgartens* sowie handgestempelte Ziegelsteine von der Jahrhundertwende, die wahrscheinlich nicht weit von unserer Haustür entfernt hergestellt worden waren.

* Die sogenannten *victory gardens* wurden während des Ersten und dann unter diesem Namen während des Zweiten Weltkrieges von der Regierung initiiert, um auch für Stadtbewohner die Lebensmittelversorgung durch Anbau im Kleinen vor Ort zu verbessern.

Obwohl ich den vorangegangenen Sommer auf einer Farm in Hawaii verbracht hatte, war Gartenarbeit noch relativ neu für mich. Wie bei den meisten Anfängen hatte ich große Hoffnungen und viel Zuversicht, obwohl ich so gut wie nichts darüber wusste. Mit Hilfe einiger Freunde aus der Nachbarschaft bauten wir sechs kleine Hochbeete und machten uns daran, die Pflanzen in ihrem neuen Zuhause unterzubringen. Wir säten Salat und Ringelblumen, und da wir zwar einen starken Glauben hatten, aber im Grunde nicht viel erwarteten, waren wir erstaunt, als alles tatsächlich zu wachsen begann. Wie sie blühte und sich der Sonne entgegenstreckte, war jede Pflanze ein Wunder. Wir liebten sie so sehr, dass wir die Grundregel der Gartenarbeit vernachlässigten und uns weigerten, irgendetwas wegzuschneiden.

Wie jeder Gärtner weiß, ist das Stutzen der Blüten des Basilikums unerlässlich, wenn man einen schönen Busch haben will. Aber wir waren so voller Ehrfurcht vor der Kostbarkeit dieser Pflanzen, die inmitten des Brooklyner Betons wuchsen, dass wir sie sich selbst überließen. Wir beobachteten sie von der Feuertreppe aus, als wären sie unsere Kinder, die tagein, tagaus im Garten umherliefen. Doch bald wurde alles schlaff und verwelkte und war Anfang August verdorrt.

Erstaunlicherweise wurde Mary zu einem der größten Fans des Gartens – nicht, dass sie nicht jede Gelegenheit nutzte, sich über den Wasserverbrauch oder die herumliegenden Werkzeuge zu beschweren. Aber man muss schon ein hartes Herz haben, um nicht wenigstens ein bisschen weich zu werden, wenn direkt vor dem Fenster ein riesiger Busch blühender Herzen steht. Obwohl wir unsere Vermieterin überzeugt hatten, hatte ich immer noch das Gefühl, dass wir bei dieser ganzen Gartengeschichte etwas Entscheidendes übersehen hatten. Ich fragte mich, warum unsere robuste kleine Pflanzung so früh aufgegeben hatte. In den folgenden Jahren lernte ich, dass Gartenarbeit großen Respekt und zugleich das Einhalten von Grenzen erfordert.

Wenn man einen wirklich üppigen Garten haben möchte, der sein volles Potential entfaltet, muss man beschneiden, jäten, stutzen und verjüngen. Im ersten Jahr habe ich eine oder zwei kleine Ernten von Kräutern gehabt; damals dachte ich, das sei normal. Heute weiß ich, dass man fast die ganze Saison über Pesto machen kann, wenn man das Basilikum einfach immer wieder zurückschneidet. Je mehr man sich traut, den Überschuss zurückzuschneiden, desto mehr wird man mit Wachstum belohnt. Wir haben einen Garten angelegt, weil wir lernen wollten, wie man für Pflanzen sorgt, aber am Ende haben wir eigentlich mehr darüber erfahren, wie wir für uns selbst sorgen können.

Gartenarbeit verrichten die Menschen seit mindestens zehntausend Jahren. Noch vor den großflächigen Äckern des fruchtbaren Halbmondes hatten die Menschen Waldgärten und indigene Landbewirtschaftungsmethoden, die heute als *Permakultur* bekannt sind.[1] Die Interaktion mit der Umwelt – Unkraut jäten, säen und Unterholz wegbrennen – ist Teil unseres kollektiven Erbes. Wenn die Gartenarbeit im Geiste des Respekts und gemeinschaftlicher Schöpfung mit der Natur erfolgt, ist es, als nähme man ein Stück der Leinwand der Erde und bekäme die Erlaubnis, etwas darauf zu malen.

Wenn man nicht auf Ergebnisse aus ist und sich einfach dem Tun hingibt, kann Gartenarbeit eine der größten menschlichen Freuden sein – und einer unserer großartigsten Lehrer. Nach den Siegesgärten des Zweiten Weltkriegs war Gartenarbeit eine gewisse Zeit nicht sehr gefragt, aber heute sind Gärten bei fast allen Menschen wieder sehr beliebt, auch bei den Brooklynern. Der Zeitpunkt für dieses wiederauflebende Interesse am Gärtnern könnte nicht günstiger sein, denn von all den Lektionen, die uns das Gärtnern vermitteln kann – Zusammenarbeit, Kommunikation mit Pflanzen, Zeiteinteilung und ein Gefühl für die Zyklen des Lebens –, ist die vielleicht wichtigste Lehre jene, mit der wir uns in unserer heutigen Welt besonders schwertun: Grenzen setzen.

Helle Lichter und Apfelmus

Seit ich denken kann, weiß ich, dass ich sehr empfindsam bin. Als Neugeborenes testete mein Kinderarzt mein »Reaktionsvermögen« und erklärte meinen Eltern nach einer fünfzehnminütigen Testreihe, ich fiele aus dem Rahmen. Zum Glück hatte ich Eltern, die meine Hochsensibilität als Eigenart respektierten und mir nicht abtrainieren wollten – ich wünschte mir, alle hochsensiblen Menschen hätten eine so sanfte Landung erlebt.

Meine Eltern nahmen meine emotionalen Stürme und übertriebenen Reaktionen auf alltägliche Dinge einfach hin. Sie lachen immer noch darüber, wie es war, als sie mir meine erste feste Nahrung gaben: Apfelmus. Beim ersten Löffel wurden meine Augen groß wie ein Silberdollar, und ich zitterte am ganzen Leib. Sie fragten sich, ob ich allergisch auf die neue Nahrung reagierte – bis ich meinen Mund gierig für einen weiteren Löffel öffnete. Anscheinend tat ich das bei jedem einzelnen der nächsten zwanzig Bissen, denn mein Nervensystem leuchtete vor lauter Neuheit wie ein Weihnachtsbaum.

Von klein auf war es für mich normal, dass mein ganzes Leben von tiefen Empfindungen geprägt war – nicht nur von meinen eigenen, sondern auch von denen anderer Menschen. Ich war mir sehr bewusst, dass die Dinge, die ich tat oder sagte, andere Menschen beeinflussten. Ich war mir dessen gewahr, weil ich fühlte, was auch immer sie fühlten. Deshalb war ich in der Schule sehr ruhig und aufmerksam, um dann, wenn ich wieder zu Hause in meiner vertrauten Umgebung war, über die Stränge zu schlagen. Wenn meine Eltern die Zeugnisse sahen, in denen meine Teilnahme am Unterricht als zurückhaltend und aufmerksam beschrieben wurde, fragten sie sich, von wem die Lehrer wohl sprachen. Meine Hochsensibilität wirkte oft wie eine Art Magnet, der Gleichaltrige – und später auch Partner – anzog, die von Haus aus mit schwierigen Gefühlen, psychischer Instabilität oder großen Problemen zu kämpfen hatten. Zuerst dachte ich, es würden alle wie ich eine Art Erdungsstab für die aufgewühlten Emotionen ihrer Freunde sein. Später bekam ich das Gefühl, dies sei meine besondere Aufgabe, eine Überzeugung, die mich in eine ganze Reihe von Beziehungen verwickelte – romantische und andere –, die ausschließlich darauf beruhten, dass ich viele Emotionen aufsaugen konnte. Meine Sensibilität trug wesentlich dazu bei, dass ich in meinen frühen Erwachsenenjahren in eine Reihe von missbräuchlichen Beziehungen geriet, und führte dazu, dass mein Körper im Gefolge dieser Traumata gesundheitliche Probleme auszubilden begann. Je nach Situation kann Hochsensibilität sowohl ein Geschenk als auch eine Herausforderung sein, aber sie führt fast immer zu einem lebendigen Austausch. Als natürlich Mitfühlende sind hochsensible Menschen ausgezeichnete Zuhörer, Berater und Heiler. Das Problem ist, dass sie, wenn sie nicht lernen, sich abzugrenzen, vielfach Menschen und Situationen anziehen, die ihre Energien aufbrauchen.

In unserer Gesellschaft heißt es oft, Sensibilität sei eine Art Charakterschwäche. Viele hochsensible Menschen wachsen in dem Glauben auf, etwas stimme mit ihnen nicht, doch in Wahrheit ist Hochsensibilität Teil der Natur. In ihrem bahnbrechenden Buch *The Highly Sensitive Person* [*Der hochsensible Mensch*] zeigt die Psychologin Elaine Aron, dass Hochsensibilität (oder, wie sie in wissenschaftlichen Kreisen genannt wird, Sensory Processing Sensitivity) eine weitgehend genetische Eigenschaft ist, die durch ein von Natur aus reaktionsschnelleres Nervensystem gekennzeichnet ist. Diese Eigenschaft kommt bei etwa 20 Prozent der menschlichen Bevölkerung vor und ist bei über hundert verschiedenen Tierarten auf der ganzen Welt zu finden. In ihrem Buch hebt Aron die wesentlichen Eigenschaften hervor, die einen hochsensiblen Menschen (oder HSP) ausmachen: eine Neigung zu tiefem Denken, Emotionalität, ein Gehirn, das viele Informationen gleichzeitig verarbeiten kann, ein hohes Maß an Selbstgewahrsein, Empfindlichkeit gegenüber komplexen Sinneserfahrungen wie hellem Licht und lauter Musik sowie Empathie.

In unserer heutigen Welt voller Sinnesreize erlebt man diese hochsensiblen Eigenschaften eher als Hindernis denn als Hilfe, aber Arons Forschungen zufolge ist eine hohe Sensibilität im Genpool evolutionär von Vorteil. Hochsensible Menschen, die auf Feinheiten achten, sind oft die ersten, die Anzeichen von Gefahr oder das Aufkeimen neuer Chancen wahrnehmen. Hochsensible Menschen sind auch prädestiniert, die subtileren oder außergewöhnlichen Rollen in der Gesellschaft zu übernehmen. Viele Hochsensible sind für die Rolle des Schamanen, der Priesterin, des Sehers, der Heilerin oder des Wahrsagers besonders geeignet.

Trotz all dieser Begabungen brauchen hochsensible Menschen jedoch fast ihr ganzes Leben, um zu lernen, mit den weit geöffneten Toren ihres Körpers zurechtzukommen und die unvermeidliche Überforderung zu bewältigen, die sich aus unklaren Grenzen ergibt. Ein überlastetes Nervensystem kann sich je nach Person und ihren Lebenserfahrungen sehr unterschiedlich zeigen. Bei Menschen, die als Frauen sozialisiert wurden, ist eine häufige Reaktion auf Überwältigung Weinen oder andere Formen von emotionalen Ausbrüchen. Bei Menschen, die als Männer erzogen wurden, sieht diese Überwältigung jedoch meist anders aus. Weil ihnen von klein auf gesagt wird, es sei »unmännlich«, Emotionen zu zeigen, neigen hochsensible Männer, wenn es ihnen zu viel wird, dazu, sich zu verschließen.

Ich werde nie vergessen, wie es war, als ich John kennenlernte. Wir hatten bereits mehrere Verabredungen gehabt, und unsere Gespräche über unsere Kindheit, Familiengeschichten und frühere Beziehungen zogen sich oft bis spät in die Nacht. Er erzählte, die Menschen in seinem Umfeld, vor allem frühere Partnerinnen, hätten sich oft über ihn geärgert, weil er unsensibel sei. Da musste ich beinahe laut auflachen. Schon nach den wenigen Verabredungen wusste ich genug über diesen Mann, um zu verstehen, dass das *genaue Gegenteil* der Fall war, und das sagte ich ihm auch. »Weißt du«, sagte ich, »ich glaube, du bist eigentlich hochsensibel. Vielleicht war das, was deine früheren Partnerinnen als Gleichgültigkeit interpretierten, in Wirklichkeit Überforderung.« Das war für ihn, als hätte man Vorhänge aufgezogen und einen ganzen Raum erhellt, den er nie erforscht hatte. Es erübrigt sich zu sagen, dass die Erkenntnis, in Wirklichkeit ein hochsensibler Mensch zu sein, dessen Nervensystem schnell überlastet war, und kein gleichgültiger Trottel, sein Leben und auch unser gemeinsames Leben völlig veränderte. Heute nennen wir unser Zuhause »The Highly Sensitive Sanctuary« [Heiligtum für Hochsensible], und eines unserer Hauptziele ist es, einen Raum zu schaffen, in dem wir uns beide so sicher fühlen, dass wir die wunderbar empfindsamen Persönlichkeiten sein können, die wir sind.

* * *

Obwohl ich in einer Familie aufgewachsen bin, die meine Hochsensibilität akzeptierte und sich ihrer bewusst war, hat mich Arons Arbeit sehr bestätigt, mir die Kraft gegeben, ich selbst zu sein, und mich ermutigt, meine von Natur aus durchlässigen Grenzen zu festigen. Als ich die tieferen Gründe meiner Sensibilität erkannt hatte, stellte ich im Rückblick fest, dass meine Unsicherheit in Bezug auf Grenzen der Kern vieler Probleme war, die mein Leben vergällt hatten, darunter Angst, Überforderung, Schlaflosigkeit und toxische Beziehungen. Ich erkannte nach und nach, dass ich, wie viele hochsensible Menschen, eine Strategie der Selbsterhaltung entwickelt hatte, die eigentlich gegen mich arbeitete – nämlich *Ja* zu sagen, wenn ich eigentlich *Nein* sagen wollte.

Wenn man die Emotionen anderer Menschen so intensiv spürt, erscheint es oft leichter, den Forderungen nach Zuwendung nachzugeben, als mit den Folgen eines Neins zurechtzukommen. Diese Schutzstrategie ist jedoch eine Art von Selbstsabotage in Zeitlupe. Als ich jünger war, habe ich zu allen möglichen Dingen Ja gesagt, zu denen ich im Grunde Nein sagen wollte: zu Jobs, Freundschaften, Partys, sozialen Rollen und romantischen Verwicklungen. Da ich von Natur aus so wenige Grenzen setzen konnte, hatte ich oft Schwierigkeiten zu verstehen, was ich wirklich wollte. Ich war so sehr darauf bedacht, in meiner Umgebung Gefühle der Zufriedenheit und Zustimmung zu verbreiten, dass ich die Verbindung zu meinen eigenen Wünschen verlor. Es erschien mir einfacher, mit den starken

Gefühlen anderer Menschen mitzugehen und erst hinterher zu überlegen, wie ich aus dem Durcheinander wieder meine eigene Wahrheit herausschälen konnte. So verlor ich mich schließlich im »Unkraut«.

Als hochsensibler Mensch ist dein inneres Heiligtum wie ein Tempel unter freiem Himmel: Er ist für die Winde der Welt leicht zugänglich. Um die Heiligkeit (und die Unversehrtheit) unseres Inneren zu schützen, müssen wir lernen, ein wachsamer Torwächter zu sein. Das Wort *Garten* stammt aus dem Mittelenglischen *gardin*, was so viel bedeutet wie »ummauerter Ort oder Einfriedung«. Wenn du jemand bist, der sich als sensibel, empathisch oder mitfühlend bezeichnet, dann ist das Erlernen positiver Grenzen die einzige Möglichkeit, für den Garten in deinem Inneren zu sorgen und einen Raum zu schaffen, in dem du die Tiefe deines Gutseins und die Entfaltung deiner Gaben erleben kannst.

Was nicht du bist und nicht in deinen Raum gehört

Rückblickend erscheinen mir meine Zwanzigerjahre wie ein einziges großes Versuchsfeld: *Wie kann ich mich aus all den belastenden Beziehungen befreien, ohne einen Nerv zu treffen oder Alarm auszulösen?* Nach einer so langen Zeit, in der ich es den Menschen recht machen wollte, schlug die energetische Umstellung meiner Beziehungen hohe Wellen, aber mit der Zeit gelang es mir immer besser. Während ich im Garten arbeitete, sowohl im Inneren als auch im Äußeren, verstand ich allmählich, wie schön ein Leben in Grenzen sein kann. Das Wort *Paradies* kommt ja vom griechischen *paradeisos*, was so viel wie »eingezäunter Park oder Garten« bedeutet. So gesehen, schränken uns Grenzen nicht ein, sie machen uns frei.

Ich erinnere mich noch an das erste Mal, als ich meine Grenzen wirklich spürte. In meinem zweiten Studienjahr mietete eine örtliche Reiki-Praktikerin das oberste Stockwerk eines viktorianischen Gebäudes auf dem Campus, um interessierten Studenten Ausbildungen anzubieten. *Reiki* ist eine japanische Heiltechnik, bei der Energie durch den eigenen Körper in eine andere Person geleitet wird, und ähnelt dem christlichen Handauflegen. Nachdem so viele westliche medizinische Behandlungen keine Linderung für meine chronischen Beckenbodenschmerzen brachten, war ich von der Idee der energetischen Heilung fasziniert.

Um uns ein Gefühl dafür zu vermitteln, wie sich Energie *anfühlt*, forderte die Lehrerin uns auf, unsere Hände aneinander zu reiben, um Wärme zu erzeugen, und dann, mit den Handflächen zueinander, unsere Hände langsam auseinanderzuziehen. Ich kam mir so albern vor wie ein Erstklässler bei einem Abklatschspiel, aber ich schluckte meinen Stolz hinunter und rieb meine Hände fest aneinander. Ich erwartete nicht, viel zu spüren, als ich meine Hände langsam auseinanderzog, und war ganz verblüfft, als ich das deutliche Gefühl einer gallertartigen Fülle in dem Raum zwischen ihnen hatte. Später taten wir dasselbe, nur dass wir unsere Handflächen nach außen wandten, um die Begrenzung unserer persönlichen Energie zu spüren. Nicht verwunderlich, war dies für mich etwas schwieriger zu spüren, aber schließlich, als die Hände etwa einen Meter von meinem Körper entfernt waren, konnte ich ein feines Kräuseln wahrnehmen, wie Spannung auf einer Wasseroberfläche. Die Lehrerin erklärte, dies sei unser *eigenes* Energiefeld, mit dem wir umzugehen lernen müssten, wenn wir mit anderen Menschen arbeiten wollten.

Ich habe einmal gehört, wie ein Andenschamane das Böse als »alles, was nicht du bist und nicht in deinen Raum gehört« bezeichnete. Wenn wir unsere Grenzen erkennen, wird uns klar, was für unser Selbst lebensförderlich und was lebensfeindlich ist. In den Jahren, in denen ich lernte, Grenzen zu setzen – Jahre, in denen ich mich mit den Feinheiten dessen beschäftigte, was mich gedeihen ließ und was mein Wachstum behinderte –, wurden meine Gärten zu meinen größten Lehrern.

Wenn ein emotionales oder energetisches Thema unsere Aufmerksamkeit erfordert, wie etwa unsere Grenzen, wird sich das oft durch den Körper bemerkbar machen. Eine meiner Klientinnen nennt das ihren »Geschichtenerzähler-Körper«. Unser Körper ist ein Experte darin, uns mitzuteilen, wenn ein Thema angesprochen werden muss, und das tut er manchmal ziemlich laut. In seinem Buch *When the Body Says No* [deutsch: *Wenn der Körper nein sagt*] spricht der renommierte Arzt Gabor Maté über diesen Zusammenhang zwischen emotionalem Stress und körperlicher Krankheit und weist darauf hin, dass das Fehlen gesunder Grenzen so viel Stress in unserem System erzeugen kann, dass wir anfällig für chronische Krankheiten werden.[2] Maté fasst zusammen: »Wenn Sie nicht wissen, wie Sie Nein sagen sollen, wenn es nötig ist, wird Ihr Körper es für Sie in Form von chronischen Krankheiten tun.«[3]

Nach Brooklyn zog ich im Laufe der nächsten zehn Jahre an fünf verschiedene Orte in den Appalachen, wo ich jeweils einen Garten anlegte und hinterließ. Als ich bei meinem dritten Garten in den Bergen war, hatte ich meine chronischen Schmerzen geheilt und die meisten der sehr belastenden Beziehungen in meinem Leben beendet, aber ich arbeitete immer noch an den Feinheiten, lebensförderliche Grenzen zu setzen. Rückblickend war dies der perfekte Zeitpunkt für mich, an Borreliose zu erkranken.

Nach einem langen Campingausflug nach Minnesota kam ich mit einigen merkwürdigen Symptomen nach Hause zurück, darunter seltsame Körperschmerzen und ein Gefühl, als sei mein Geist ein Hubschrauber, der nicht landen konnte. Nach wenigen Wochen wurde bei mir Borreliose diagnostiziert, und ich begann eine mehrjährige Behandlung.

Die Lyme-Borreliose ist eine von Zecken übertragene Infektion, die durch ein uraltes Bakterium, eine *Spirochäte,* verursacht wird. Spirochäten sind einzigartig, weil sie Grenzen im Körper überwinden können, die normale Bakterien nicht durchdringen – wie die Blut-Hirn-Schranke. Einigen Forschern zufolge können die Bakterien, die die Lyme-Borreliose verursachen, innerhalb einer Woche nach der Infektion in das Gehirn eindringen. Bis heute behaupte ich, dass es keine bessere Möglichkeit gibt, etwas über Grenzen zu lernen, als eine Begegnung mit einer Spirochäte.

Eines der Dinge, die ich schon früh im Umgang mit Borreliose feststellte, war, dass ich immer genug Energie hatte, wenn ich die Dinge tat, die ich tun *wollte*, wenn ich sie tat. In dem Moment, in dem ich versuchte, mich zu etwas zu zwingen, was ich eigentlich nicht tun wollte – ein Telefongespräch mit einer Freundin führen, die sich aussprechen wollte, E-Mails beantworten, an einer Geburtstagsfeier teilnehmen –, ging meine Energie in den Keller. In diesen Jahren waren die einzigen Dinge, die ich tun konnte und die mich nicht auslaugten, eher auf mich selbst bezogene Aktivitäten, insbesondere Lesen, Schreiben, Meditieren und Gartenarbeit. Anfangs fiel es mir schwer zu akzeptieren, dass ich für mich selbst sorgen durfte, bevor ich mich um andere kümmerte, aber als ich lernte, was mein Körper, meine Energie und meine Grenzen wirklich brauchten, begann die Heilung.

Ich hatte bereits gelernt, wie gut es ist, Nein zu sagen zu Dingen, die meine Energie überstrapazierten, aber ich brauchte einen Lehrer, der so mächtig war wie die Borreliose, um mehr über die subtileren Neins zu lernen – die Neins, die nur eine Nuance farbenfroher sind als die Jas, jene Neins, die wie Schmetterlingsflügel sind, die sich für einen kurzen Moment entfalten, um ihre farbige Seite zu enthüllen, die auf der anderen Seite dieses entscheidenden Augenblicks liegt, bevor sie sich wieder als feiner Federstrich der Möglichkeiten verabschiedet. Tatsächlich ist es oft am schwierigsten, zu diesen subtilen Neins Ja zu sagen. Wenn es darum geht, uns etwas über Grenzverläufe zu lehren, sind die harten und weichen Grenzlinien eines Gartens glücklicherweise der beste Ort, es zu lernen.

Den Garten zurückgewinnen

Das Land lag still unter einer Schneedecke, als ich all meine Habseligkeiten die zwei Stockwerke hinauf zu meiner Wohnung schleppte. Es war mitten im Winter, und ich zog endlich in das Haus ein, von dem ich hoffte, es würde mein endgültiges Zuhause in den Appalachen sein. Ich hatte das Haus kurz vor dem Jahreswechsel gekauft, und als ich über die Feiertage von einem Besuch bei meiner Familie zurückkam, waren die Wasserleitungen eingefroren. Am ersten Tag musste ich eimerweise Wasser aus dem Bach holen, um die Böden zu säubern. Ich war allein, das Haus war eiskalt, doch hätte ich mich nicht mehr freuen können. Nach einem Jahrzehnt des Umziehens hatte ich endlich einen Platz gefunden, wo ich den Garten auf Dauer anlegen konnte. Das Grundstück lag am malerischen Abhang einer Senke, nur wenige Hundert Meter unterhalb eines Bergkamms und entsprach genau meinen Vorstellungen. Ich konnte es kaum erwarten, dass endlich Frühling wurde.

Die Gegend, in der ich in den Appalachen lebe, ist in den wärmeren Monaten ein Inbegriff von Üppigkeit. Alteingesessene sagen, dass man an einem heißen Tag buchstäblich zusehen kann, wie der Kudzu über den Bürgersteig wächst. Es ist ein Ort voller Wasser und Licht, mit uralten Böden und Leben – und weist mit die größte Artenvielfalt in den gemäßigten Breiten auf. In gewisser Weise ist es einfach, hier einen Garten anzulegen; die Täler sind sehr fruchtbar, und die Berge werden im Sommer fast täglich von Gewittern durchnässt. Wenn du in der warmen Jahreszeit ein Kleid nicht trägst, wirst du es wahrscheinlich im hinteren Teil deines Kleiderschranks mit Schimmel überzogen wiederfinden. Der Überfluss an Wasser macht das Leben hier überreich, aber er macht aus der Gartenarbeit zugleich einen Prüfstein für das Einhalten von Grenzen. Gartenarbeit ist im Kern ein Vorgang, bei dem man entscheidet, was man kultivieren möchte, und der Umgebung vermittelt, dass man einen bestimmten Raum für dessen Wachstum beansprucht. An einem Ort, an dem es so viele Entfaltungsmöglichkeiten gibt, lernt man nie aus, wie man Grenzen zieht und Nein sagt.

In jenem Winter begann ich, die Konturen des Grundstücks abzulaufen; ich malte mir aus, was wo wachsen würde, sobald der Frühling kam. Kurz nach meinem Einzug hatte ich in einem Schrank einen zerlesenen Folianten mit einer alten Ausgabe der Zeitschrift *Southern Living* gefunden. Als ich die Seite aufschlug, die mit einem verblichenen Post-it markiert war, erblickte ich mein Haus – oder, genauer gesagt, die spektakulären Gärten, die es einst umgaben. Am Bach entlang und spiralförmig von der Nordseite des Tals ausgehend, befand sich ein Garten mit seltenen Waldblumen, der so atemberaubend war, dass er es in diese angesehene Zeitschrift geschafft hatte.

Die ursprünglichen Besitzer des Hauses hatten vor fast zwanzig Jahren mit dem begonnen, was ihr Meisterwerk werden sollte. Wenn ich aus dem Fenster schielte, konnte ich immer noch die Überreste der Steinmauern sehen, die sie gebaut hatten. Ich verglich sie mit den Fotos, um mir vorzustellen, wie das Land im Frühling aussehen könnte. Und die ersten warmen Tage enttäuschten mich nicht. Meine kleine Senke war voller winziger Blumen, zarter blauer und gelber Tupfen. Doch schon bald merkte ich, dass dies nicht dasselbe gepflegte Eden wie auf den Fotos in dem Hochglanzmagazin war. Die tadellose Üppigkeit auf den Bildern, die Vielfalt und Farbe und die Gemeinschaften seltener Pflanzen, entstanden nicht von selbst – sie waren kultiviert worden.

In den Jahren, nachdem die ursprünglichen Eigentümer ausgezogen waren, hatte ein Ehepaar aus Florida das Haus als Mietobjekt gekauft, und der Garten blieb ungepflegt. Die neuen Eigentümer hatten einen Landschaftsgärtner beauftragt, den Rasen zu mähen und die Wege zu mulchen, aber niemand traf die kleinen alltäglichen Entscheidungen, die für die Pflege eines Gartens erforderlich sind. Niemand bemerkte, dass die Hortensien zu groß wurden oder dass die Funkien mehr Platz brauchten. Das Ergebnis war, dass die durchsetzungsstärksten Pflanzen weite Teile des einst so vielfältigen Wunderlandes überwuchert hatten. Im Juni stellte ich fest, dass der schöne Garten aus dem Magazin ein wucherndes Gewirr von riesigen Sträuchern und hüfthohem Unkraut war – ich hatte eine Menge Arbeit vor mir.

Das Weiche und das Harte

In der Landschaftsgestaltung wie auch in der Ökologie gibt es zwei Arten von Grenzen – harte und weiche. Harte Grenzen sind Dinge wie Steinmauern oder Zäune, große Felsbrocken in der Erde oder ein Bachbett. Sie sind feststehend und schwer zu überwinden. Weiche Grenzen sind ein wenig formbarer. Im Garten kann man eine weiche Grenze schaffen, indem man eine Hälfte eines Beetes für säureliebende Pflanzen umgestaltet oder einen Teil des Gartens für Rosen abgrenzt. Unkraut zu jäten, schafft eine weiche Grenze, ebenso wie das Pflanzen eines Bodendeckers oder eines Schattenbaums.

Ein gut geplanter Garten beginnt fast immer mit der Festlegung von Grenzen – jeder Landschaftsgärtner weiß, dass zuerst eine Grundstruktur festgelegt werden muss. Die Entscheidung, wo bestimmte Mauern oder Elemente stehen sollen, sorgt dafür, dass der Garten dann wie Wasser aus einem Brunnen in Fluss kommt und auf natürliche Weise seine Konturen findet. In den ersten Jahren unseres Lebens lernen wir in der Regel, wie wir die ersten harten Grenzen setzen – was wir für akzeptabel halten, welches Verhalten wir zulassen oder welche Wünsche wir erfüllen müssen. Die Art und Weise, wie wir erzogen wurden, sowie die Art und Weise, wie unsere Familien und Gemeinschaften uns Grenzen auferlegt haben, sind Teil der harten Prägung unseres Lebens – und ein wesentlicher Aspekt der lebendigen Welt. Grenzen gibt es überall in der Natur. Sie sind die sanfte Wölbung eines Zaunkönigsnests, ein Gebirgszug, der Stachel einer Biene, das Fell eines Wolfs und der Geruch eines Bären. Mit Hilfe von Grenzen schützt sich die Natur nicht nur selbst, sondern schafft so zugleich zahlreiche unterschiedliche, vielfältige Nischen. So hat die Grenze der Appalachen verhindert, dass die Gletscher weiter nach Süden vordrangen, so dass ihre Täler zur Zuflucht für all die Pflanzen wurden, die später den nördlichen Teil des Landes wiederbesiedelten. Zu lernen, Grenzen zu setzen, ist ein natürlicher Teil des Heranwachsens.

Durch Erfahrungen, die das Territorium unseres Daseins in Frage stellen, aber auch umreißen, lernen wir, die Grenzen festzulegen, die notwendig sind, um unserem Raum Gestalt zu geben. Je nach unseren Lebenserfahrungen kann die Gestaltung dieser Grenzen ganz unterschiedlich aussehen. Manche Menschen erreichen das Erwachsenenalter, und ihre Gärten sind sehr einladend, aber sehr unbestimmt. Andere erreichen das Erwachsenenalter, und ihre Gärten sind ein bisschen wie meiner in Brooklyn, bestehen aus ein paar Quadratmetern Erde, sind aber umgeben von fast undurchdringlichem Beton. Es kann frustrierend sein festzustellen, wie wackelig oder unflexibel die eigenen harten Grenzen geworden sind. Aber wie Felsbrocken in der Mitte des Gartens halten auch harte Begrenzungen nicht ewig, sondern erfordern nur mehr Mühe und Durchsetzungskraft, um sie zu verschieben.

Als ich Beziehungen zu Menschen außerhalb meiner Familie aufbaute, auch meine ersten Liebesbeziehungen, war ich mir über meine harten Grenzen im klaren – ich wusste, ich würde nicht an einer Beziehung festhalten, in der ich körperlich verletzt würde –, aber ich war mir gar nicht klar, was meine weichen Grenzen waren. Diese Unklarheit in Bezug auf meine weichen Grenzen führte zu einer Reihe von Beziehungen, in denen sich emotionaler Missbrauch wie Unkraut festsetzte, die Keimlinge meines Selbstwertgefühls erstickte und mich an dem zweifeln ließ, was ich für meine Grenzen gehalten hatte.

Als ich in mein neues Haus einzog, nahm ich an, dass die harten Grenzen des Gartens relativ intakt waren, wenn auch ein wenig von Pflanzen überwuchert. In der Mitte des Gartens befanden sich Felsbrocken, und es gab Steinmauern und eine große Scheune, die alles vom umgebenden Land abgrenzten. Als der Frühling immer näherrückte, wurde mir klar, wie sehr die harten Grenzen des Gartens in Mitleidenschaft gezogen worden waren, während die weichen Grenzen ungepflegt blieben. Die Trockenmauern waren von einem dicken Geflecht aus Farnwurzeln überzogen, und freiliegende Felsbrocken waren unter jahrelang nicht beseitigtem Laub und Schösslingen verschwunden. Einen Fuß tief in der Erde fanden sich die Überreste eines einst mit Steinen gesäumten Weges – ich brauchte eine Brechstange, um jeden einzelnen Stein herauszuhebeln. Um den ganzen Garten herum arbeitete ich daran, die Steinmauern wieder zu errichten, sie wieder gerade aufzuschichten, damit ich mich wirklich wohlfühlen konnte. Harte und weiche Grenzen, beide sind wichtig, aber oft sind es die sanften Eingriffe – die täglichen Kleinigkeiten, was wir in unserem Raum kultivieren und was nicht –, die bestimmen, ob ein Garten ein Garten oder nur ein zugewuchertes Unkrautbeet ist.

Weiche Grenzen sind subtile Grenzen – solche, die leichter zu übertreten sind –, aber sie machen uns zu wahren Gartenkünstlern. Der Umgang mit weichen Grenzen gibt uns die Möglichkeit zu entscheiden, was genau wir in unserem Leben wachsen lassen wollen. Weiche Grenzen fragen nicht: *Wie sieht dein feststehendes Ja oder Nein aus?* Sie fragen: *Wie fühlst du dich heute? Was ist das Nein für diesen Moment, für diese Woche oder für diese Jahreszeit?* Es kann sein, dass ich das ganze verworrene Wurzelwerk einer Hortensie ausreiße, weil ich zu dieser Jahreszeit ein Nein empfinde, und dass ich dann beschließe, dieselbe Pflanze im nächsten Jahr dort wieder einzupflanzen. Aber das ändert nichts an der Tatsache, dass ich sie jetzt nicht hier haben will.

Man sagt, die fließenden Übergänge seien der *lebendige* Teil des Gartens. Genau wie das Jäten von Unkraut, bedeutet die Pflege der weichen Grenzen unseres Lebens, die alltäglichen Entscheidungen zu treffen. Es sind die subtilen Fragen, etwa, wofür wir unsere Energie aufwenden – zum Beispiel, ob wir eine Freundin zurückrufen oder lieber einen Spaziergang machen –, und jedes Mal, wenn wir eine Entscheidung treffen, kultivieren wir damit unser Leben. Wie die Schriftstellerin Annie Dillard sagt: »Wie wir unsere Tage verbringen, so verbringen wir natürlich auch unser ganzes Leben.« Wenn unsere Grenzen zu weich sind, wenn wir jeden Keimling in unserem Boden Wurzeln schlagen lassen, rauben wir uns den Raum und die Zeit, die wir brauchen, um in unser wahres Potential hineinzuwachsen.

Das Leben kultivieren, das du leben willst

Das erste Jahr im Garten war gespickt mit schwierigen Entscheidungen. Große Bestände der ursprünglichen Anpflanzungen, etwa Schöllkraut und Elfenblumen, hatten viele der empfindlicheren Pflanzen überwachsen. Invasive Arten wie die Knoblauchrauke hatten sich an den Hängen angesiedelt, und Hortensienbüsche hatten jeden sonnigen Platz eingenommen, so weit das Auge reichte. Etwas in mir wollte niemandem ein Haar krümmen, aber ein anderer Anteil von mir erkannte, dass ich Grenzen setzen musste, wenn ich einen Garten voller Schönheit, Vielfalt und Anmut haben wollte.

Obwohl ich mir der wertvollen Lektion, die mir dieser Garten erteilte, bewusst war, fiel es mir schwer, bestimmte Pflanzen zu entfernen, vor allem, wenn ich ihre Blüten mochte oder ihre medizinische Wirkung kannte. Manchmal ließ ich die Pflanzen stehen, obwohl ich mich darüber ärgerte, wie viel Platz sie einnahmen. Genau wie meine wunderbar sensiblen Schüler kämpfe ich manchmal immer noch mit dem Gefühl, nicht das Recht zu haben zu entscheiden, wer bleibt und wer geht. In jenem ersten Jahr ließ ich ganze Teile des Gartens zuwuchern. Aber zwangsläufig musste ich – Monate oder sogar Jahre später – noch härter durchgreifen. Danach habe ich immer erleichtert aufgeatmet. Wir müssen oft mehr beschneiden und ausmerzen, als wir meinen.

Dein Leben ist dein Garten, und du bist diejenige, die entscheidet, was darin wächst. Auch wenn Rasenpflegeunternehmen dir weismachen möchten, es gäbe »gute« und »schlechte« Pflanzen, gibt es so etwas eigentlich nicht. Ein Unkraut ist nur eine Pflanze, die an einer Stelle wächst, an der du gerne Platz für etwas anderes hättest. Das gleiche gilt für all die vielen weichen Grenzen, die wir in unserem Leben setzen müssen. Jede Gelegenheit, Ja oder Nein zu sagen, ist eine Einladung, mehr über sich selbst zu erfahren: Wer bist du? Was wünschst du dir? Durch das Setzen von Grenzen beginnen wir zu verstehen, was der Gärtner in uns in diesem Leben kultivieren möchte.

Die Entscheidungen, die wir in Bezug auf unsere Grenzen treffen, können sich allmählich herauskristallisieren – wir müssen nicht alles auf Anhieb richtig machen. Permakultur-Lehrer empfehlen oft, vor der Anlage eines Permakultur-Designs das erste Jahr in einer neuen Landschaft einfach nur mit Beobachten zu verbringen. In ähnlicher Weise müssen wir Zeit mit uns selbst verbringen, um die Feinheiten unserer Neigungen, unseres Lichtbedarfs und unserer Wünsche zu verstehen. Wir müssen uns selbst Raum geben, unser inneres Terrain erkunden und uns an die nie endende Aufgabe machen, unsere Grenzen kennenzulernen und uns die Fragen zu stellen: Was gehört zu mir? Was nicht? Was möchte ich hier kultivieren? Die Kunst, Grenzen festzulegen, hat man nie vollendet.

Wenn es um den Garten unseres Lebens geht, können wir nicht kontrollieren, welche Samen vom Wind herangeweht werden oder welche Stauden, die vor langer Zeit gepflanzt wurden, wiederkommen. Aber wir können entscheiden, wer bleibt. Wir können Festlegungen auf der Grundlage dessen treffen, was wir uns wünschen und was uns letztlich nährt. Jedes Mal, wenn ein Schüler die Hand hebt, um mir die unvermeidliche Frage nach dem Beschneiden und Unkrautjäten zu stellen, bin ich entzückt, weil ich genau weiß, was sie *eigentlich* fragen: Darf ich eine Grenze ziehen? Kann ich in diesem Leben wirklich wachsen lassen, was ich will? Darf ich auf dieser Erde Platz einnehmen? Bin ich es wert, die Ressourcen einzufordern, die ich brauche, um zu gedeihen?

Und die Antwort lautet immer: *Ja. Ja, das bist du.*

Wir sind die Gärtner unseres Lebens. Die Erde hat uns allen ein kleines Stück Land zum Bebauen gegeben, damit wir lernen, wie wir zu eigenständigen Mitgestaltern auf der Erde werden. Als die ersten europäischen Siedler auf Turtle Island ankamen, dachten sie, sie würden den Garten Eden betreten, und das taten sie auch – aber nicht, weil der Kontinent unberührt war. Was diese ersten Kolonialisten als unberührte Wildnis ansahen, waren in Wirklichkeit sorgfältig gepflegte und liebevoll gehegte Gärten. In den letzten Jahren sind zahlreiche Belege dafür aufgetaucht, dass unsere beliebtesten »Wildnisgebiete«

eigentlich eher als heimische Gärten zu bezeichnen wären – als Orte des Überflusses, die von den indigenen Völkern, die dieses Land seit jeher ihr Zuhause nennen, fachmännisch bewirtschaftet wurden. Selbst der Regenwald, für Westler der Inbegriff von Wildnis, ist vermutlich ein riesiger Permakultur-Garten. Als Menschen haben wir die besondere Fähigkeit, dazu beizutragen, ein Paradies auf Erden zu schaffen, aber es beginnt damit, dass wir uns um unser eigenes Wesen kümmern und erkennen, dass unsere angeborene Sensibilität die Gabe ist, durch die wir vernehmen können, was die Welt gemeinsam mit uns erschaffen will.

Hacke Holz, pflücke Blumen

Auch wenn unsere Bemühungen sich am Ende gelohnt haben, geht es bei der Gartenarbeit nicht wirklich um den Ertrag an Früchten oder die Zahl der Blumen, sondern um die Freude am Tun. In den ersten Jahren, in denen ich gärtnerte, dachte ich, der Maßstab für meinen Erfolg sei, wie viele Gläser Tomaten ich einmachte oder wie viele Stangenbohnen ich pflückte. Es war ein anstrengender Wettlauf, bei dem ich nie die Zielmarke erreichte. Bei der seelisch nährenden, Grenzen aufzeigenden und zutiefst heilsamen Gartenarbeit geht es nämlich nicht darum, ein Endziel zu erreichen, sondern die heilende Wirkung fortdauernder Pflegearbeit zu erfahren. Wie ein altes Zen-Sprichwort sagt: »Vor der Erleuchtung hacke Holz, hole Wasser. Nach der Erleuchtung hacke Holz, hole Wasser.« Die Gartenarbeit lehrt einen, wie man auf einem langen Weg zu der Person heranwächst, die man werden wollte.

* * *

In diesem ersten Sommer in meinem neuen Haus, als ich so viel Unkraut zu jäten hatte, musste ich das Dach neu decken lassen. Ich wusste sofort, wen ich anrufen würde. Fernando war einst mein

Nachbar gewesen, als ich noch weiter draußen gewohnt hatte. Fernando war ein sehr begabter und ausgesprochen gutmütiger Mann, der aus Mexiko in eine der abgelegensten Gemeinden dieser Berge gezogen war, lange bevor ich überhaupt vom Blue Ridge gehört hatte. Hier ein Zugezogener zu sein, ist nicht leicht, aber für einen Farbigen ist es besonders schwer. Die Aufnahme ist im Laufe der Jahre freundlicher geworden, aber in der Vergangenheit waren diese abgelegenen Gemeinden für ihr Misstrauen gegenüber Neuankömmlingen berüchtigt. Wenn ich darüber nachdenke, bin ich beeindruckt von der Willensstärke und dem Selbstvertrauen, die Fernando gebraucht haben muss, um in einer Zeit hierherzuziehen, in der Außenstehende gar nicht willkommen waren – und ein Unternehmen zu gründen und so erfolgreich zu werden, dass er schließlich seine ganze Familie nachholen konnte.

Mit seinem glatten Gesicht und einem Lächeln, das beide Augen erstrahlen lässt, wirkt Fernando ein bisschen wie ein Buddha. Er ist ruhig und ausgeglichen und hat die angeborene Fähigkeit, über den Tellerrand hinauszuschauen, aber vielleicht entspricht das ja auch nur der Natur eines erfahrenen Dachdeckers. Während seine Neffen an den Schindeln arbeiteten, unterhielten wir uns über unsere verschiedenen Hausprojekte, seine berüchtigte jährliche Empanada-Party und unsere Experimente mit der Selbstversorgung. Mitten in unserem Gespräch zeigte er auf den Garten und rief mit echter Freude aus: »Was für ein schöner Garten!« Meine erste Reaktion war natürlich, seinen Enthusiasmus herunterzuspielen, indem ich ihm genau erklärte, was der Garten *sein könnte* und wie ich mir die Umgestaltung vorstellte. Er hörte sich meine ganze ängstliche Tirade an und nickte. Dann zuckte er mit einem stillen Lächeln mit den Schultern und sagte gleichmütig: »Gib ihm fünf Jahre.«

Fünf Jahre. Fünf Jahre! In einer Welt, in der wir wollen, dass eine Website in weniger als einer Sekunde geladen ist und Finanztransaktionen in Millionenhöhe noch am selben Tag abgewickelt werden, kommen mir fünf Jahre wie eine Ewigkeit vor – aber in dem Moment, als er das sagte, fühlte ich mich von einer Last befreit. Fünf Jahre bedeuteten, dass ich mir Zeit lassen konnte. Fünf Jahre bedeuteten, dass ich nicht alles gleich machen musste. Fünf Jahre bedeuteten, dass es nicht um das Endziel ging, den perfekten Garten, das perfekte Leben, die perfekten Grenzen oder die perfekte Selbsterkenntnis zu haben. Es bedeutete, den Weg selbst als Geschenk anzunehmen, das ich genießen durfte.

* * *

Es dauert eine Weile, den Boden aufzubauen. Es dauert eine Weile, um herauszufinden, wo man einen Rosenstrauch am besten pflanzt – und wie man ihn beschneidet. Es dauert eine Weile, bis ein Garten entsteht, der ein wahres Spiegelbild der eigenen Seele ist. Aber wenn wir Ja sagen zur Pflege der Grenzen unseres Lebens, langsam, mit Empfindsamkeit und Verbundenheit, verändern wir Schritt für Schritt unsere Wirklichkeit.

Grenzen setzen, um deine Wirklichkeit zu verändern

Je besser ich im Unkrautjäten wurde, desto mehr Blumen blühten. Je mehr Zeit ich im Garten verbrachte, desto besser lernte ich, in mir selbst Wurzeln zu schlagen. Mit der Zeit lernte ich durch die Gartenarbeit, öfter Nein zu sagen zu den subtilen Übergriffen auf meinen Lebensraum: zu E-Mails, sozialen Verpflichtungen, Medienberichten, die einen erschlugen, und meiner Neigung, anderen gefallen zu wollen.

Ich hatte schon erwartet, mich besser zu fühlen, sobald ich die Tore meines inneren Gartens verstärkt hatte. Und ich wusste, ich würde mehr Freizeit haben und wohl auch weniger gestresst sein und mich wohler fühlen mit all den Neins, die ich aussprach – aber nicht erwartet hatte ich, dass sich meine Wahrnehmung der Wirklichkeit komplett verändern würde.

Sensibilität ist eine Tür, die in beide Richtungen schwingt. Auf der einen Seite ist es leicht, überwältigt zu werden. Auf der anderen Seite befindet sich eine Welt voller sprühender Lebendigkeit, die sich aus der tiefempfundenen Schönheit des Daseins speist. Wenn ich meine äußeren Grenzen schütze, habe ich mehr inneren Raum, um die Welt um mich herum tatsächlich zu erleben. Mit besseren Grenzen ist mein Nervensystem frei, all die feinen sinnlichen Einzelheiten des Lebens aufzunehmen. Je mehr ich mich auf diese subtilen Aspekte des Daseins ausrichte, desto mehr verändert sich meine Wirklichkeit. Die Zeit verlangsamt sich. Die Tage kommen einem länger und erfüllter vor. Ich mache mir weniger Sorgen über die Zukunft, kaufe mir lieber ein Eis und setze mich an den Bach. Ich halte inne, um eine Blume zu bewundern, und frage mich, warum ich die farbenfrohe Pracht an ihr nie bemerkt habe. Der ständige Strom der Selbstzweifel ebbt ab und überraschende Quellen der Selbstzufriedenheit sprudeln an die Oberfläche.

Wenn ich mir ein ummauertes Paradies schaffe, in dem mein sensibles Ich gedeihen kann, kann ich eher lachen und mir meine Schwächen verzeihen. Das Leben scheint unendlich heller und reizvoller und voller Humor zu sein. All die Veränderungen, die ich schon immer vornehmen wollte – langsamer werden und den Augenblick genießen, die Zukunft loslassen und das Gute an mir wahrnehmen –, rücken in den Mittelpunkt. Das ist so einfach (und so schwierig) wie, eine Grenze zu ziehen.

* * *

Ich erinnere mich an mein früheres Ich, das den Garten in Brooklyn angelegt hat – das keine Ahnung von der Bedeutung harter und weicher Grenzen hatte, das Mädchen, das immer noch in belastenden Beziehungen festhing, mitten in der Heilung von chronischen Schmerzen steckte und nur ein paar Jahre davon entfernt war, an Borreliose zu erkranken – und ich weiß, dass sie sehr erstaunt wäre, wenn sie sähe, was aus ihr geworden ist.

Zwei Jahre nach meiner Ankunft in meinem neuen Haus und dem Wiederaufbau der Gartenmauern fühlte ich mich bereit, das Heiligtum, das ich geschaffen hatte, zu erweitern. John, mein hochsensibler Schatz, zog bei mir ein, und ein ganz neues, lebensfrohes Kapitel meines Lebens begann. Das Heiligtum für Hochsensible war geboren.

* * *

Wenn wir in unserem Leben Grenzen setzen, holen wir uns unsere Lebenskraft zurück. Wir sagen der Welt, dass wir es verdienen, hier zu sein, und dass wir uns den Raum und die Zeit nehmen, die wir brauchen, damit sich unsere Gaben entfalten können. Wenn wir Grenzen setzen, bringen wir Lebendigkeit und Farbe nicht nur in unser eigenes Leben, sondern auch in das Leben all derer, mit denen wir zu tun haben.

Grenzen öffnen die Tür zu einer wechselseitigen Beziehung mit der Natur. Wenn wir lernen, unser eigenes Selbst zu schützen und zu bewahren, entwickeln wir auf natürliche Weise einen gesunden Respekt für die Handlungsfähigkeit, die Autonomie und die Grenzen aller Lebewesen – wir schaffen Räume, in denen die Souveränität jedes Lebewesens anerkannt wird. Wenn wir unsere eigenen Grenzen respektieren, kultivieren wir auf natürliche Weise Respekt für andere. Wenn man sich um seine eigene Person kümmert, öffnet man die Augen dafür, die Welt als eine Ansammlung von belebten Individuen zu sehen, die die gleiche Art von Schutz verdienen. In einer Kultur, in der es überall an Verständnis für Grenzen und an Respekt für sie mangelt – von der Art und Weise, wie große Unternehmen die Landschaft plattwalzen, bis hin zum Kolonialismus, der unsere Geschichte prägt –, ist das Wiederfinden guter Grenzen eine Art Reparaturarbeit, die zur Heilung der Welt beitragen kann. Wenn wir als Kultur gute Grenzen kennten, würden wir dann immer noch Berge abtragen oder unter dem Erdmantel nach Öl bohren? *Grenzen zu ziehen, ist kein egoistisches Unterfangen, sondern eine lebensspendende Neuausrichtung für die Erde.*

In dir steckt eine Kraft. Diese Kraft besteht aus den Gaben, die du in diese Welt bringen sollst – deine Empfindsamkeit, dein Mitgefühl und die strahlende Leuchtkraft deines fürsorglichen Herzens. Pflege die Mauern deines inneren Paradieses, und wie Treibhausrosen, die die ganze Saison über blühen, wird die Fülle dessen, was du dieser Erde zu bieten hast, kein Ende nehmen. Setze deine Grenzen, und du wirst zum Gärtner, nicht nur für dein Leben, sondern für eine Welt, die sich selbst wiederfindet.

ÜBUNG
Die Pflege deines Gartens

Die folgende Übung kann dir helfen, die Umrisse deines Gartens zu erkennen – was gejätet werden muss und was liebevoll gefördert werden möchte. Sei mutig, sei ehrlich. Nimm deinen Platz als Hauptgärtner deines Lebens ein.

1. Wir alle haben Menschen in unserem »inneren Kreis«, jene Menschen, mit denen wir die meiste Zeit verbringen oder die in unserem Leben die größte Bandbreite an Gedanken und Aufmerksamkeit beanspruchen. Mache dir eine Liste mit den zehn wichtigsten Personen, die dir in den Sinn kommen.

Schreibe deine unmittelbare instinktive oder emotionale Reaktion auf, wenn du sie siehst. Verwende unbedingt gefühlsbetonte Wörter sowie Beschreibungen von Empfindungen in deinem Körper.

2. Mit diesen Informationen im Hinterkopf kannst du eine Landkarte all dieser Menschen erstellen. Stelle dich in die Mitte, wie ein schattenspendender Baum in der Mitte des Gartens steht. Platziere intuitiv jede der zehn Personen irgendwo in der umgebenden Landschaft. Wo stehen sie in Bezug zu dir? Wo stehen sie in Bezug zueinander? Werde kreativ mit Buntstiften oder Gegenständen auf einem Tisch. Jetzt tritt einen Schritt zurück und schaue ... Wie fühlst du dich mit dieser Gartenkonstellation?

3. Versuche, die Menschen im Garten zu bewegen. Vor, zurück, an den Rand, näher heran. So erfährst du, zu wem du Grenzen setzen musst. Achte darauf, wie du dich bei jeder Bewegung fühlst. Stell dir vor, dies sei der Plan deines Traumgartens und jede Person sei eine Pflanze. Wo sollten sie stehen?

4. Notiere dir neben jeder Person, die du aus deinem Blickfeld entfernen möchtest, was du tun könntest, um ihr zu helfen, ihren richtigen Platz in deinem Garten zu finden. Wenn Schuldgefühle aufkommen, sage dir: »Ich bin der Gärtner meines Lebens, und die lebendige Welt wird von jeder Grenze genährt, die ich setze, um mein eigenes Licht zu stärken.«

5. Du kannst diese Konstellation jederzeit neu zeichnen oder mit Gegenständen irgendwo in deinem Zuhause nachstellen. Bewege die Menschen und Pflanzen und sei dir bewusst, dass diese kleinen symbolischen Gesten sich in deiner größeren Wirklichkeit auswirken.

Versuche diese Übung mit allem anderen in deinem Leben, wo du deine Grenzen klären musst, zum Beispiel mit Projekten, Renovierungsarbeiten und so weiter.

2

Florida und innere Welten

In ruhigen Gewässern ist es möglich, sich mit dem richtigen Ruderschlag ganz leise mit der Strömung zu bewegen. Während wir in Florida durch das träge Platschen des Wassers glitten, übte ich, das Paddel langsam in den Fluss zu tauchen und wieder herauszuziehen. Unter unserem Kanu schwammen Fische in einem Wasser von der Farbe des Himmels. Reiher schwangen sich in die Baumkronen, wenn wir vorbeifuhren. Ab und zu erhaschten wir das Auge eines Alligators oder den flinken Schwanz eines Flussotters, der wie ein Band in die helle Schale des Wassers glitt. Es war Mitte Februar, und ich hatte nur ein T-Shirt an. Ich war lebendig, und der Tag war so strahlend, dass er sich anfühlte wie Glockenläuten.

Stunden zuvor waren meine kleine Gruppe von Freunden und ich an der öffentlichen Bootsanlegestelle angelangt, wo unsere dreitägige Kanutour ihren Anfang nahm. Diese Freunde kommen jeden Winter nach Nordflorida – dem angestammten Land der Timucua und später der Creek –, um für mindestens ein paar Wochen Vögel zu beobachten, zu schwimmen, die Pflanzenwelt zu erforschen und Zitrusfrüchte zu essen. Viele von ihnen leben große Teile des Jahres in Zelten und in der Natur. Es beruhigte mich, dass sie so viel über das Leben in der Wildnis wussten – einer von ihnen gestattete sich nur dann eine Zigarette, wenn er das Feuer durch Reibung entfacht hatte. Sie alle sind außerordentlich erfahren. Ich hingegen hatte bloß eine Tüte mit fertigen Snacks dabei, meinen frischen Enthusiasmus und die Bereitschaft, ein Paddel zu halten. Zum Glück reichte das meinen Freunden.

Wie immer an den Wochenenden, fanden sich am Steg viele Familien mit ihren schweren Kühlboxen und aufgepeppte Sportboote. Kleine Fische tummelten sich im seichten Wasser, nur einen Schritt entfernt von weggeworfenen Verpackungen, die wie Meeresschaum am Ufer verstreut waren. Es war lustig und traurig zugleich, inmitten dieser Menschenmasse zu sein: das Glück der Menschen zu sehen, die die Natur genossen, aber auch mit all dem menschlichen Müll, dem Getrampel und dem Lärm konfrontiert zu sein. Wir mit unseren Kanus hatten es eilig, endlich aufzubrechen.

Floridas Untergrund besteht aus Kalkstein mit einer besonderen Porosität, so dass große Mengen kristallklaren Wassers an die Oberfläche treten. Einige dieser natürlichen Quellen sind so ergiebig, dass sie zu breiten Flüssen werden , während andere Tunnel bilden, die man kilometerweit befahren kann; die eng am Ufer wachsende Vegetation bildet über dem Wasser eine smaragdgrüne Höhle. Das Wasser mancher Quellen ist so klar, dass man bis auf den Grund der drei Meter tiefen Höhlen blicken kann, in die immer wieder Taucher hinabschwimmen. Im Winter kommen auch die kälteempfindlichen Westindischen Seekühe zu den Quellen und genießen die konstanten 22 Grad des von der Erde erwärmten Wassers. Für jemanden, der nur eine kurze Autofahrt von der schlickigen, kalten Mittelatlantikküste entfernt aufgewachsen ist, waren diese kristallklaren Quellen eine Offenbarung, und ich konnte es kaum erwarten, in ihre Welt einzutauchen.

Wir packten unsere Campingausrüstung zusammen, ließen unsere Boote zu Wasser und paddelten los. Nur ein paar Meilen flussabwärts von der Anlegestelle wurde es ganz still. Der menschliche Geist wurde durchlässiger, der Wald immer dichter. Mehr und mehr Vögel tauchten auf, und selbst der Fluss schien sich zu vertiefen, wie erfüllt von seinem eigenen Wesen. Das erschlossene Florida, die Teile, die der Mensch für sich beansprucht und in Einkaufszentren und

Vergnügungsparks umgewandelt hat, fühlt sich geistig so platt an wie eine Sandbank. Aber paddle hinaus zu den wilden Quellen Floridas, und du wirst ein wahres Paradies finden, das nie aufgehört hat, sich selbst zu gehören.

* * *

Meine Liebe zu Florida hatte einige Jahre vor diesem Campingausflug ihren Anfang genommen, als ich auf der Kräuterschule war. Mit der Klasse machten wir einen Ausflug in die Wälder des nördlichen Zentralgebiets, um dort Pflanzen zu untersuchen. Es war das erste Mal, dass ich einen unerschlossenen Teil Floridas besuchte, und es fühlte sich an, als durchschritte ich das Himmelstor. Als ich klein war, kannte ich Florida nur als das Land der Mickey Mouse, der Rentnerwohnsiedlungen und der Klimaanlagen. Denn als ich mit meiner Familie dort war, flogen wir nach Orlando, besuchten Disney World und fuhren dann direkt wieder nach Hause. Ich hatte keine Ahnung, dass es diese atemberaubenden, wilden Orte überhaupt gibt oder dass Floridas Natur so unglaublich vielfältig ist.

Oft bekommen wir nur die halbe Geschichte über einen Ort, eine Person oder eine Kultur zu hören. Wir sehen einen Teil und meinen, das Ganze zu kennen. In dem Moment, in dem wir glauben, die halbe Geschichte sei das ganze Bild, verlieren wir die Wahrheit aus dem Blick und sehen nicht, wie unheimlich vielfältig jedes Wesen in Wirklichkeit ist. Wir können eine Gegend ebenso wenig *kennen*, wie wir jemals die Erfahrungen jedes einzelnen Bewohners nachvollziehen können. Tosende Schluchten und endlose Dünen, Welten von Walgesang und Bienentanz – die Verflochtenheit und Vielfalt der Welten, in denen wir wohnen, ist atemberaubend.

Florida, das wilde Florida, birgt viele Welten. Die immergrünen Eichen und geheimen Flüsse, die tropischen Blumenwälder und die lebenssatten Everglades. Diese schmale Halbinsel mit dem Golf auf der einen und dem Atlantik auf der anderen Seite ist eine der ökologisch vielfältigsten Regionen in den Vereinigten Staaten. Jede Nische in Florida ist ein reichhaltiges Tableau von Farben, Perspektiven und Zusammenspiel: wilde Zitrushaine und von Delfinen bevölkerte Buchten, perlmuttfarbene Strände und uralte Muschelhügel, groß wie Herrenhäuser mit weißen Säulen. Die schiere Einzigartigkeit der vielfältigen Lebensräume Floridas lässt das Herz höherschlagen. Vom »Panhandle« bis zu den Everglades bietet dieser langgestreckte Bundesstaat eine schwindelerregende Vielfalt an Lebensräumen, darunter Flussmündungen, Sandberge, tropische Haine, Buschland sowie Hoch- und Tiefland-Laubwälder. Florida steht auf der Liste der globalen Biodiversitäts-Hotspots, und das heißt, dass es hier über fünfzehnhundert endemische (nur hier vorkommende) Arten gibt. Das zeigt aber auch, dass über 70 Prozent des ursprünglichen Lebensraums verlorengegangen sind.[1] Florida wird von vielen als ökologischer Schatz beschrieben, der allmählich in Salzwasser und einem Meer von Menschen untergeht.

Von meinem Wohnort in den Bergen des westlichen North Carolina sind es im Winter nur acht Stunden Fahrt: von den schneebedeckten Hängen in die subtropische Oase im nördlichen Landesinneren von Florida. Im Winter fahren die Bergbewohner nach Florida, um der Kälte zu entfliehen, und im Sommer kommen die Floridianer hoch, um der Hitze und den Mücken zu entgehen. Beide Orte sind auch geologisch verbunden. Vor langer Zeit waren die Appalachen so hoch wie der Himalaya und von Quarz durchzogen. Im Laufe der Jahrtausende erodierte dieser Quarz über den gesamten südlichen Teil des Landes und wurde das tausend Meilen lange Abflussgebiet hinuntergespült, um an den Stränden Nordfloridas zu Sand zu werden. Manchmal frage ich mich, wenn ich die hellen Körner durch meine Hände rieseln lasse, was dieser Quarz, wie die in unsere Computer eingebauten Kristalle, noch von den frühen Tagen dieses Kontinents weiß.

Der gläserne Himmel über Florida leuchtet im Winter in der Farbe von Hibiskus und reifen Orangen. Jedes Jahr im Februar pilgere ich hierher, denn es ist ein Ort, an dem ich einen Blick auf die Vielfalt der Welten werfen kann, die noch hier vorhanden sind – die Orte, die nie aufgehört haben, sich selbst zu gehören. Ich komme hierher, weil ich mich beim Eintauchen in diese einzigartigen Räume an die Einmaligkeit meines eigenen inneren Terrains erinnere. Der Aufenthalt inmitten der Quellen von Florida ist eine Art Taufe. Wenn ich in das kristallklare Wasser eintauche, wasche ich die mir übergestülpte Kultur ab, in die ich mich einfügen muss, und gelange nackt in die Klarheit meines eigenen Seins. In Florida, mitten im Winter, finde ich in meine innere Welt zurück.

Die Berghänge des Geistes

Als Kind lebte ich ganz in meiner eigenen Welt. Ich war immer ein träumerisches Kind, das jederzeit in seine Phantasiewelt abtauchen konnte. Von vielen hochsensiblen Kindern sagt man, sie »lebten in ihrer eigenen Welt«, zum einen, weil ihre eigene Welt eine Zuflucht vor der überwältigenden Außenwelt ist, zum anderen, weil sie zu einer lebhaften Phantasie neigen. Für mich war meine innere Welt nicht nur der Ort, an dem ich mich vom Alltagsstress erholte, sondern auch der Ort, an dem ich Inspiration und schöpferische Eingebungen fand. Wenn ich auf diese frühen Kindheitstage zurückblicke, scheinen sie vor Staunen und Zuversicht zu glänzen. All das änderte sich, als ich älter wurde und mich immer mehr anpasste. Im Laufe der Jahre, in denen Schulkameraden mir »Erde an Asia« zuriefen oder meine Lehrer meine unkonzentrierte Tagträumerei tadelten, begann ich, mich für mein inneres Leben zu schämen. An den Erwartungen meiner Umgebung merkte ich, dass das Umherwandern in den Gefilden des eigenen Geistes als unsozial, seltsam und vielleicht als die größte Sünde überhaupt angesehen wurde, nämlich als unproduktiv.

Wie vielen Kindern vermittelte man mir, dass es nur *eine* Welt gibt – die »reale« Welt – und dass es unverantwortlich sei, sich ihr nicht anzupassen. Als ich heranwuchs, gab man mir zu verstehen, dass man das Sich-Abkapseln nicht nur als dysfunktional, sondern auch als ausgesprochen egoistisch ansah. Als ich in die Highschool kam mit dem besonders dringenden jugendlichen Wunsch dazuzugehören, hatte ich mein inneres Zuhause schon verlassen. Es sollte Jahre dauern, bis ich mich wieder an die Wahrheit erinnerte: dass wir nicht in *einer* Welt leben, sondern in *vielen Welten*, und dass es diese Vielzahl von Welten ist, die unseren Planeten so unverwechselbar und besonders macht.

Ich erinnere mich noch gut an den Zeitpunkt, an dem ich die bewusste Entscheidung traf, meine innere Welt für immer hinter mir zu lassen. Ich war in der neunten Klasse und wusste, dass ab diesem Jahr jede Note, die ich bekam, für meine Bewerbung an einem College zählen würde. Der Besuch einer höheren Schule war mir wichtig, also stellte ich ein Schild mit der Aufschrift »College« auf meinen Schreibtisch und schob die Tagträume ganz bewusst beiseite, um mich auf das zu konzentrieren, was jetzt anstand.

Rückblickend erkenne ich diesen bewussten Entschluss als Segen – er lehrte mich, ausdauernd zu arbeiten und dranzubleiben –, aber zugleich war es die Zeit eines großen Verlusts. Um in der Schule voranzukommen, habe ich die visionären Tiefen und die Inspirationen meiner inneren Welt bewusst beiseitegedrängt. Als die akademische Welt meine zielstrebige Hingabe belohnte, hörte meine Seele nie auf, sich nach Hause zu sehnen. Ich erinnere mich deutlich an diesen Moment. Woran ich mich jedoch nicht erinnere, sind all die unbewussten Einflüsse, die mich zu der Überzeugung brachten, das Verlassen meiner eigenen Welt sei nicht nur für den akademischen Erfolg notwendig, sondern auch, um ein »guter Mensch« zu sein.

Irgendwann in meinen frühen Jahren hatte ich die Überzeugung übernommen, es sei unverzeihlich, in meiner eigenen Welt zu leben und mich mit mir selbst zu beschäftigen. Je tiefer dieser Glaube in meinem Wesen Wurzeln schlug, desto größer wurde die Sorge, mein Verweilen bei meinen inneren Erfahrungen bedeute einen Mangel an Fürsorge für andere. Für einen sensiblen Menschen ist es eine Art Todesurteil, als egoistisch oder gefühllos zu gelten, und so verließ ich meine eigene Welt. Je mehr ich mich von meinen inneren Erfahrungen entfernte, desto mehr richtete ich meine Sensibilität auf die mich umgebenden Menschen aus. Als geborener Empath wurde ich zu einer stets wachsamen Spinne in einem Netz, das nicht meines war. Als ich endlich gelernt hatte, wie man lernt, stellte ich mich in meinen Jugendjahren so feinfühlig auf die Erfahrungen anderer ein, dass ich oft vergaß, wie es sich anfühlt, mein eigenes Reich zu bewohnen.

Ich dachte, das Beste, was ich für die Welt tun könnte, sei, mich so vollständig wie möglich in die Lage anderer hineinzuversetzen und meine eigene innere Erfahrung zu übergehen, um die der anderen besser verstehen zu können. So landete ich in Beziehungen mit Menschen, die verletzt waren und ihrer inneren Welt entkommen wollten, indem sie sie jemand anderem überließen. Außerhalb des Unterrichts engagierte ich mich für soziale Gerechtigkeit und leitete verschiedene Wohltätigkeitsvereine, bis ich meine Nachtstunden auf ein Minimum von wenigen Stunden Schlaf zusammengestutzt hatte. Ich dachte, diese »Weltadoption« sei die einzige Möglichkeit, anderen bei der Heilung zu helfen oder der »wirklichen Welt« zu dienen. Der Moment, in dem ich beschloss, die Welt eines anderen Menschen zu adoptieren, war jedoch der Moment, in dem ich meine eigene verwaisen ließ. Ich brauchte Jahre und ein ruhiges Paddel in den wilden Quellwassern von Florida, um zu verstehen, dass es einen Weg gibt, allen Welten gerecht zu werden und für sie zu sorgen, aber dass das immer damit anfängt, den eigenen Raum wertzuschätzen: das wunderbar verflochtene innere Terrain.

Campus-Streifzüge und Heimkehr

Als ich aufs College kam, hatte ich vergessen, wie es ist, mich wirklich selbst zu fühlen. Ich wurde zu einem Menschen, der, wenn er gefragt wurde, sich nicht entscheiden konnte, wohin er zum Abendessen gehen wollte, so weit war ich von meinen eigenen Wünschen entfernt. Es überrascht nicht, dass ich um so mehr litt, je weiter ich mich von meiner eigenen Welt entfernte. Durch meine neu erworbene Konzentrationsfähigkeit hatte ich es an eine hochkarätige, ehrwürdige Hochschule mit hervorragenden Professoren und einem wunderschönen Campus geschafft. Doch nach kaum einem Jahr begann ich unter den chronischen Schmerzen zu leiden, die schließlich zu meiner Diagnose Vulvodynie führten. Das Leben in der Welt anderer Menschen raubte mir buchstäblich die Energie, die ich brauchte, um mir die meine zu erhalten. Je kränker ich wurde, desto klarer wurde mir, dass es mir erst dann besser gehen würde, wenn ich im wahrsten Sinne des Wortes nach Hause kommen und mich um mich selbst kümmern würde.

Der Entschluss, zu mir selbst zurückzufinden, war, als kehrte ich in meine Heimat zurück und stellte fest, dass das, was früher ein Feld war, jetzt ein Wald ist – ich musste mich erst wieder mit meinem Terrain vertraut machen. Ich begann zu meditieren und Tagebuch zu führen. Ich las außerhalb des Unterrichts spirituelle Bücher und unternahm lange Waldspaziergänge, um meine chronischen Schmerzen zu lindern. Obwohl die Universität selbst eine Art botanischer Garten war, fanden meine Lieblingsspaziergänge auf der anderen Straßenseite des Hauptcampus statt, in dem vierhundert Hektar großen Naturschutzgebiet namens The Farm. Dort, zwischen den Weißkiefern und Walnussbäumen, fand ich zum ersten Mal meine Erfahrungen in der Erde widergespiegelt. Ich stieß in den ersten Frühlingstagen auf Rehe und folgte langbeinigen Reihern bis zum Teich. Ich lernte, im Winter die Beeren des Fieberstrauches zu knabbern und im Herbst die herbeifliegenden Samen des Springkrauts zu fangen. Einmal beobachtete mich ein Streifenkauz von seinem Mittagssitz aus, bevor er in aller Stille davonflog.

Je öfter ich den Hauptcampus verließ, um mich mit den vielen anderen Wirklichkeiten zu verbinden, die mich umgaben, desto klarer wurde mir, dass die Zahl der Welten, in denen wir leben, endlos ist – und dass jede einzelne unglaublich wichtig ist. Das Reh und das Springkraut zeigten mir durch das Aufblitzen des Spiegels und das Aufplatzen des Samens, dass die Vorstellung, es gäbe nur eine Welt, nicht nur furchtbar falsch ist, sondern der Erde schadet. Unsere Missachtung der Vielzahl von Welten ist Teil der Rechtfertigung für die kurzsichtige Logik, einen Sumpf trockenzulegen, um eine Wohnsiedlung zu errichten, oder einen Wald abzuholzen, um ein Einkaufszentrum zu bauen. In einer Kultur, in der die Welten von Weißdorn oder Reiher wenig zählen, sehen wir nicht mehr, was wir und die Erde verlieren, wenn diese Welten verschwinden.

Als ich in The Farm umherwanderte, wurde mir klar, dass ich in einer Welt aus vielen Welten lebte – der Welt des Sassafras und der Spinne, der Wolken und des Baches – und dass *meine* Welt ebenso wichtig und ökologisch heilig war. Die Ahorne und Pilze, die dort wuchsen, ließen mich erkennen, dass es nicht egoistisch ist, sich um die eigene Welt zu kümmern – es ist ein lebenswichtiger Akt der ökologischen Fürsorge.

Erstaunlicherweise konnte ich den vielen Welten um mich herum umso leichter begegnen, je mehr ich mir erlaubte, in meiner eigenen Welt zu sein und die notwendige Heilungsarbeit zu leisten, um mich dort zu Hause zu fühlen – in meiner eigenen Welt zu sein, verschaffte mir eine unglaubliche Hochachtung für die Wirklichkeit eines jeden Wesens.

Ich werde nie den Tag vergessen, an dem ich mit einem schockierenden Schaudern feststellte, dass ich die prächtige, vielarmige Eiche vor meinem Fenster ganz anders wahrnahm als die Grauhörnchen, die die Eicheln des Baumes sammelten. In jenem Jahr hatte ich eines der begehrten Einzelzimmer mit Blick aus dem dritten Stock meines Wohnheims ergattert. Von diesem Aussichtspunkt aus sah ich die Eiche wie eine ferne Hydra, ein uraltes Meerestier, das im grünen Gras schwimmt. Aus der Sicht eines Eichhörnchens hingegen war der Baum ein Meer aus Rinde, Gliedmaßen wie Horizonten und ein Gitterwerk aus Kletterstangen, die in den Himmel führten. Wenn wir etwas anders sehen, entwickeln wir ganz andere Erfahrungen und Beziehungen zur Wirklichkeit. Der Baum, den ich wahrnahm, war nicht derselbe Baum, den das Eichhörnchen sah, und er war wieder ganz anders als der Baum, der sich selbst wahrnahm.

Es gibt nicht die eine Welt, die eine Perspektive oder die eine Wahrheit – es gibt nur die vielen kostbaren Welten. Als ich diese sich auf natürliche Weise auftuende Offenbarung erlebte, erkannte ich, dass die Anerkennung der vielen Welten, einschließlich meiner eigenen, kein Hindernis für Gerechtigkeit, gesellschaftliche Heilung oder zwischenmenschliches Verständnis war. Vielmehr bot mir meine Welt die einzige echte Möglichkeit, mich zu verbinden. Wenn wir Unterschiede als heilig anerkennen und unseren Umgang mit Unterschieden als ein besonderes Privileg betrachten, können viele der Gräben in unserer Gesellschaft heilen. Wenn wir Vielfalt wertschätzen, schaffen wir Raum dafür, dass alle Welten gleichermaßen gesehen und wertgeschätzt werden.

Wir können nie wirklich wissen, wie es ist, in der Welt eines anderen Menschen zu leben, aber je fester wir in der Liebe zu unserer eigenen Welt verwurzelt sind, desto eher können wir in wahrer Demut und Ehrfurcht mit anderen in Beziehung treten und ein Bewusstsein dafür entwickeln, wie besonders jede Welt ist. Wir leben nicht in einer Welt, sondern in vielen, und diese vielfältige Welt verlangt von uns, die schöpferische Kraft unserer einzigartigen Seinsweise zu erkennen.

Die Rückbesinnung auf unsere inneren Welten ist eine ökologische Revolution. Sie ist ein wichtiger Schritt, um in unserer Kultur Glaubenssysteme einzuführen, die alles Leben auf der Erde wertschätzen und die Vielfalt in all ihren Ausprägungen bewahren. In jedem Augenblick erschaffen die Bewohner dieser Welt gemeinsam etwas. Wir können jedoch nur dann zu wahren Mitgestaltern werden, wenn wir alle Welten, mit denen wir zu tun haben, gutheißen – angefangen bei unserer eigenen. *Ökologie* wird oft als das Studium der Beziehungen zwischen Organismen und ihrer Umwelt verstanden, aber ich denke, es ist zutreffender, diesen Zweig der Wissenschaft als die Beobachtung der Beziehungen zwischen *Lebewesen* und dem *lebenden Land* zu beschreiben. Ich wusste es damals nicht, aber mit meinen Streifzügen jenseits des Campus tat sich ein Verständnis dessen auf, was echte Ökologie ist: eine komplexe Landkarte lebendigen Bewusstseins, das verflochten ist, interagiert und ein größeres Ganzes erträumt.

Schöpfen am Quell

Ich schreibe oft am besten, wenn ich auf Reisen bin. Losgelöst von all den kleinen Ablenkungen, die meine Aufmerksamkeit auf sich ziehen, kann ich die Gedankenfäden meines Geistes loslassen und der Tendenz, mich in die Leben anderer Menschen zu verstricken, widerstehen, um meinen eigenen Fluss zu finden. Zelten in der Natur ist für mich eine der einfachsten Möglichkeiten, zu diesem inneren Fluss zurückzukehren – und noch besser ging es, wenn ich mit dem Boot ein ruhiges, idyllisches Flüsschen zu meinem Zeltplatz hinuntergefahren bin.

* * *

Nach einem ganzen Tag auf den Quellgewässern von Florida und einer Mittagspause unter einem benetzten Baldachin aus spanischem Moos schlugen wir in der ersten Nacht unser Lager in einem aufgegebenen Zitrushain auf. Wir bauten unsere Zelte auf und brachten einen Topf mit wildem Reis auf dem Feuer zum Kochen. Jeder öffnete seinen Rucksack, um etwas zur Mahlzeit beizusteuern, und wir beendeten den Abend, indem wir einen kleinen Berg von Mandarinen aßen, die wie Karneole überall am Boden verstreut herumlagen. Am nächsten Morgen schlich ich mich mit meinem Tagebuch davon, um zu schreiben, bevor der Tag richtig anbrach.

Der frühe Morgen ist meine Lieblingszeit, um in Florida auf dem Wasser zu sein. Die quellgespeisten Flüsse behalten die Temperatur eines perfekten Frühlingsnachmittags, egal zu welcher Tageszeit. An kalten Morgen steigt ein nebelartiger Dampf aus dem warmen Wasser auf und schwebt ätherisch über der kristallenen Oberfläche. Inmitten der Dämpfe zu sein, fühlt sich an wie ein Streifzug zwischen den Welten. Jedes Mal, wenn man einen Ibis sieht, der durch den Nebel watet, ist es, als wäre man Zeuge, wie ein Gedanke Gestalt annimmt. An jenem Morgen schmiegte ich mich in die Wurzeln einer

Zypresse, ließ meine Füße ins Wasser baumeln und schrieb, bis die Sonne so hoch stand, dass die Wasseroberfläche wieder deutlich zu erkennen war. Meine Gedanken waren wie Visionen, die durch unberührtes Wasser hindurchschimmerten. Aufgeregt beobachtete ich, wie neue Ideen emporstiegen – wie Wasser in einer Quelle.

Zu Hause in den Appalachen wollte mir nichts gelingen. Die Gedanken zu diesem Buch schwirrten irgendwo in meinem Bewusstsein umher, aber wie Papageien, die man im Wald aussetzte, waren sie zu wild, als dass man sie hätte einfangen können. Ich hatte ein paar frustrierende Tage vor meiner Abreise damit verbracht, ein paar Wörter zu Papier zu bringen, und am Ende stand eine einzige Seite, die ich bald wieder verwarf. Aber an diesem nebligen Morgen, als ich mich in einen sehr schriftstellergemäßen Stuhl aus Zypressenwurzeln kuschelte, wurde mir der Zugang zur Menagerie meines Inneren wieder gewährt. Ich hatte meine Aufmerksamkeit auf die Tiefen meiner inneren Welt gerichtet, und die Möglichkeiten schienen nun endlos – wie die Sonnenflecken auf dem Wasser.

Wenn man Autoren und Künstler fragt, werden die meisten dasselbe sagen: Wenn man bei der Arbeit andere Menschen im Sinn hat und das Werk erschafft, um zu gefallen oder um etwas zu erreichen, wird das Werk unweigerlich hohl sein. Wenn man hingegen aus einer tiefen Verbindung mit der persönlichen Muse heraus schöpft, wird das Werk etwas, das die Welt noch nie gesehen hat. Unsere Kreativität ist eng mit unserer Fähigkeit verbunden, in unserer inneren Welt zu sein. Von hier aus können wir in Zusammenarbeit mit der reichen Vorstellungskraft der anderen Wesen, mit denen wir diesen Planeten teilen, eine andere Welt mitgestalten. Sich voll und ganz auf die Wetterkapriolen einzulassen, aus denen unsere organische Art des Wissens und Erfahrens besteht, ist mehr als nur ein individueller Luxus; es ist ein radikaler Akt der Selbstbehauptung und der erste Schritt zur Wiederverwilderung unserer Welt.

Eine belebte Welt

Wenn wir wollen, dass die Welt um uns herum wieder zum Leben erwacht, müssen wir zuerst all die Kunsthandwerker wahrnehmen, die daran beteiligt sind, diese Welt *ins Leben zu rufen*. Es gibt keinen besseren Weg, die Augen für das große Werk in allen Welten zu öffnen – und dazu gehört auch die Welt in uns –, als die alte Weltanschauung des Animismus wiederzubeleben. Der *Animismus* ist das älteste Glaubenssystem der Menschheit. Obwohl der Animismus in einigen Teilen der Welt mit dem Aufkommen der allein auf den Menschen ausgerichteten Religionen verschwunden ist, bilden animistische Glaubenssysteme an anderen Orten, vor allem bei indigenen Völkern, weiterhin die Grundlage vieler Gesellschaften. Im Animismus wird alles als wach und lebendig angesehen, beseelt von einer nicht fassbaren Essenz, die man *Qi*, Geist, Seele, Empfindungsvermögen oder einfach Lebenskraft nennen könnte. Alles, von Körben bis zu Steinen und von Ideen bis zu Archetypen, wird als etwas mit einem eigenen Selbst und inneren Wesen betrachtet. Der Animismus ist im Grunde eine Religion des Eigenseins. Es ist ein Glaubenssystem, das unsere Welt als gemeinsame Schöpfung von Gleichen anerkennt. Der Gelehrte Graham Harvey fasst es kurz und bündig zusammen: »Animisten sind Menschen, die anerkennen, dass die Welt voller Personen ist, von denen nur einige menschlich sind, und dass das Leben immer in Beziehungen mit anderen gelebt wird.«[2] Der Animismus erkennt an, dass unsere Erde nicht von einem einzelnen Schöpfer geschaffen wird, sondern von einem komplexen Geflecht von Schöpfern, von denen jeder seine eigene, ausgeprägte Empfindungsfähigkeit besitzt. In diesem Sinne ist es nur ein kleiner Schritt, um den Kerngedanken des animistischen Glaubens zu verstehen: dass es das Bewusstsein *selbst* ist, das die Welt erschafft.

In vielen animistischen Kulturen würde die Vorstellung, der Geist herrsche über die Materie, wie eine dumme Umdeutung der Wahrheit klingen – denn der Geist *erschafft* die Materie. Auf der Erde ist es die erstaunliche Vielfalt des Bewusstseins, die das vielfältige Geflecht unserer Welt belebt. Aus animistischer Sicht sind es die »Bewusstseine« oder inneren Welten aller Wesen auf der Erde, die diese Wirklichkeit gemeinsam erschaffen. Es ist ein riesiges Gewebe, und jeder von uns hat einen Strang. Dieser Wandteppich wird sogar noch vielschichtiger, wenn wir die Einzigartigkeit unseres eigenen Bewusstseins und seine erstaunlichen schöpferischen Fähigkeiten mit einbeziehen.

Viele Menschen sehnen sich nach einer großen Veränderung auf der Erde und hoffen, dass wir den Pfad des ökologischen Verderbens verlassen und wieder zu einer lebensfreundlicheren, umweltbewussten Lebensweise gelangen. Dieser Wandel wird jedoch nur durch zutiefst schöpferisches Denken möglich – eine Art zu denken, die nur dann möglich ist, wenn wir uns der uns innewohnenden Weisheit und Vorstellungskraft anheimgeben. Im Animismus ist die Welt, die wir mit unseren einzigartigen Fähigkeiten mit erschaffen, eine Art schöner Traum, an dem jeder Einzelne von uns teilhaben kann. Aber unsere Macht als Träumer einer neuen Wirklichkeit erfordert die Bereitschaft, uns so tief wie im Schlaf den Strömungen unserer inneren Visionen hinzugeben.

Ins Dasein träumen

Solange ich denken kann, habe ich lebhafte Träume. Jeden Morgen wache ich mit mindestens einer Geschichte auf, an die ich mich aus dem Schlaf erinnere, und mein Geist verliert sich ganz natürlich in Tagträumen. Beim Heranwachsen habe ich das Narrativ übernommen, solche inneren Wanderungen seien Hirngespinste meines Unterbewusstseins, so dass ich sie nie als den unglaublichen Vorrat schöpferischer Möglichkeiten gesehen habe, der sie sein könnten. Aus einer animistischen Perspektive – einer Perspektive, die das Bewusstsein als die treibende Lebenskraft hinter der Erschaffung der materiellen Wirklichkeit weiß – ist Träumen nicht einfach die zufällige Tätigkeit unseres Gehirns; es ist eine Erinnerung an die Zeit, als wir auf einer nicht greifbaren, aber sehr wirklichen Seinsebene weilten. Der visionäre Traumlehrer Robert Moss fasst es so zusammen: »Träumen ist Reisen. Wir reisen mühelos über Körper und Gehirn hinaus, jenseits der Felder, die wir im gewöhnlichen Leben sehen.«[3] Mit Träumen, einschließlich Tagträumen und Phantasien, zoomen wir an den Rand unseres Bewusstseins heran und lernen, seine Struktur und Möglichkeiten zu erspüren. Träumen ist eine direkte Verbindung zu dem Anteil von uns, mit dem wir unser Leben und diese Welt ins Dasein träumen.

Unser träumendes Selbst ist unser kreativster Visionär. Viele berühmte Künstler, Führungskräfte und Erfinder haben ihre Träume für einige ihrer brillantesten Werke verantwortlich gemacht. Der berühmte Beatles-Song »Yesterday« ergab sich Paul McCartney in einem Traum. Einstein schreibt einem seiner Träume die Inspiration für die Relativitätstheorie zu. Harriett Tubman führte siebzig Menschen mit Hilfe ihrer visionären, prophetischen Träume in die Freiheit, und Niels Bohr, der Vater der Quantenphysik, sah die Struktur eines Atoms zum ersten Mal, als er schlief; für diese Entdeckung wurde er später mit dem Nobelpreis ausgezeichnet. Tagträume sind wertvolle Anknüpfungspunkte für unser Bewusstsein. Die Forschung zeigt, dass das Tagträumen, einst als kindliche Charakterschwäche abgetan, mit größerer Kreativität sowie der Fähigkeit verbunden ist, neue Problemlösungen zu finden, Einsichten zu gewinnen und die Produktivität zu steigern.[4]

Ich kann bestätigen, dass ich beim Schreiben dieses Kapitels sehr viel Zeit damit verbracht habe, aus dem Fenster zu schauen und zu träumen, während ich einen besonders schwierigen Absatz in Angriff nahm. Nachdem ich meine Gedanken eine Weile schweifen ließ, fand ich die genau richtige Formulierung. Träumen, in all seinen Formen, ist ein unschätzbarer Weg, um mit unseren inneren Welten und den Schöpfungen, die sich durch uns offenbaren wollen, in Verbindung zu treten. Wenn wir träumen, erwachen wir in der Wahrheit unserer größeren Wirklichkeit – dass wir Bewusstseinswesen auf einem zutiefst schöpferischen Weg sind.

In der westlichen Kultur bezeichnen wir die Bewusstseinsschicht, die wir in Träumen erforschen, als *Traumzeit*, ein Begriff aus den Kulturen der australischen Aborigines. Das Konzept der Aborigines, das in ihren über 250 verschiedenen Sprachen unter vielen Namen bekannt ist, ist eine ganze Erkenntnistheorie, die kosmologische Ordnung, Schöpfungsgeschichten, Lebensweisen und Gesetze der Vorfahren umfasst.[5] Für uns, die wir nicht in einer Aborigine-Kultur aufgewachsen sind, ist es unmöglich, die unglaubliche Komplexität der Traumzeit zu verstehen. Dennoch hat sich das Wort *Traumzeit* wie ein Samen, der über die Ozeane reiste, um eine erschöpfte Welt wiederzubeleben, in der westlichen Vorstellungswelt eingenistet, und das hilft uns, einen ganz elementaren Aspekt des Lebens zu verstehen: *dass Träumen ein Zugang zum Bewusstsein ist* und dass dieses Reich der Seele so wirklich ist wie der Rumpf meines Kanus, das durch die ruhigen Gewässer Floridas gleitet.

Im Englischen werden die Bezeichnungen der Aborigines für die Traumzeit oft mit »das Ewige oder Unerschaffene« oder sogar mit »das Alles-auf-Einmal« übersetzt. In den Glaubensvorstellungen der Aborigines ist unsere Welt durch das Träumen erschaffen worden und wird sie jeden Tag aufs Neue erschaffen. Das Träumen schuf Felsenopale und Beuteltiere, Delphine und ganz besondere, nur an einem einzigen Ort der Erde blühende Buschblumen. Das Träumen hat mich erschaffen, und es hat dich erschaffen, und es hat die einzigartige Welt erschaffen, die du bewohnst, einschließlich der schöpferischen Gaben, die nur du auf diesen Planeten bringen kannst.

Einst war jeder Fleck unserer Erde ein Land, das sich ins Leben träumte und in seiner eigenen, besonderen Welt lebte. Die Wüste mit ihrem lehmdurchwirkten Sand, die hohen Berge mit ihrem eisigen Heulen, die Sumpfgebiete mit ihren langbeinigen Reihern, Zypressen und warmherzigen Stürmen. Diese Welt war eine Vielzahl von Welten, und diese Vielfalt war es, die diese Erde so großartig machte. Eines Tages tauchten die Menschen auf, und ich glaube, alle unsere Vorfahren würden sagen, auch wir wurden ein Teil der Träume dieser Welt. Lange Zeit lebten wir so und verstanden uns so.

Wir leben immer noch in einer Welt der großen Vielfalt, in Träumen, die so vielfältig und symbiotisch sind wie ein Vogelschwarm. Doch viele Menschen erkennen heute die Größe und Macht solcher Welten nicht mehr, weil uns nicht beigebracht wurde, unsere eigene Welt wertzuschätzen. Wir wurden geschaffen, um zu träumen, und dieses Träumen ist am wirkungsvollsten, wenn wir jenen kleinen Raum einnehmen, der *wir selbst* in dem vielgestaltigen Ganzen sind. Wir haben unsere Fähigkeit zu träumen vernachlässigt, und so haben wir vergessen, wie wir den Traum dieser Welt bereichern können. Aber all das ändert sich, wenn wir endlich an unsere inneren Gestade zurückkehren.

Tanzende Teetassen und sprechende Toaster

Wenn ich in Florida mit meinen Freunden Zeit verbringe, fühle ich mich immer wie ein Kind. Vielleicht liegt es am Orangensaft, am Nacktbaden oder an der Tatsache, dass ich fast den ganzen Tag spielen kann, jedenfalls bin ich immer voller Lebensfreude, wenn ich von einem Paddelausflug in Florida nach Hause komme. Am letzten Tag der Reise entdeckten wir eine Sternlilie am Ufer und verbrachten ein paar lustige Minuten damit, unsere Flottille näher heranzumanövrieren, um einen Blick darauf zu werfen. Auf dem Weg zu unserem Nachtlager mussten wir wegen eines im Fluss liegenden Baumes aussteigen und die Kanus über Land tragen, und der Welpe von einem von uns, der unbedingt einen Reiher näher betrachten wollte, fiel mit einem Platsch ins Wasser. Später, als die Sterne zu funkeln begannen, fütterten wir das Feuer mit getrockneten Palmwedeln, und einer meiner Freunde stimmte ein Lied an. Als die Plejaden sichtbar wurden, stimmten wir alle in den Gesang ein. Wenn man mit der Vielzahl der Naturwelten lebt – der Froschwelt, der Farnwelt, der Pilzwelt, von denen jede zur Vollkommenheit des Ganzen beiträgt –, ist man völlig frei, genau so zu sein, wie man ist. Ganz gleich, wo in der Welt ich mich befinde, jedes Mal, wenn ich mich auf meine *eigene* Welt einlasse, kehre ich zu diesem kindlichen Hochgefühl zurück: im Erkennen, dass ich ein Teil der großen Familie des Lebens bin und dass meine Stimme wichtig ist.

Wir alle haben unser Leben auf der Erde in unserer eigenen Welt begonnen. Wenn du jemals mit einem kleinen Kind zu tun hattest, weißt du sofort, wie vollständig und auf wundersame Weise es in seiner Phantasiewelt ruht. Viele von uns denken mit Sehnsucht an ihre frühe Kindheit zurück, weil wir uns daran erinnern, wie gut es sich anfühlt, in dieser Welt zu leben. Wenn wir an unsere Kindheit zurückdenken, bekommen wir manchmal einen Anflug von Heimweh, weil wir das Gefühl für diese Welt vermissen.

Unsere Gesellschaft vermittelt uns, das Leben in diesen Vorstellungswelten sei nicht mit der Realität des Erwachsenwerdens vereinbar; was aber wäre, wenn unsere vornehmliche Verantwortung als Erwachsene darin bestünde, unsere inneren Welten ***zurückzufordern*?** Was wäre, wenn der wahre Maßstab für das Erwachsensein die Reife wäre, die eigenen Erfahrungen so vollständig anzunehmen, dass man alle anderen Lebewesen auf der Erde als Handelnde ihrer eigenen Geschichten ebenfalls anerkennen könnte? Wenn wir wissen, wie es ist, in unserer eigenen Welt zu leben, können wir uns vorstellen, wie es sein könnte, in der Welt eines Seetauchers, einer Ulme oder eines Findlings zu leben, und wir können eine Beziehung zu diesen Nachbarn aufbauen.

Kinder sind Meister darin, die lebendige Welt um sich herum einfach zu nehmen, wie sie ist. Sie wissen, dass sie selbst lebendig sind – Menschen mit Gefühlen, Emotionen und Wünschen –, und gehen daher ganz selbstverständlich davon aus, dass alle anderen Wesen es auch sind. Wenn ihnen nicht beigebracht wird, den Wert ihrer subjektiven Erfahrungen in Zweifel zu ziehen, leben Kinder ganz natürlich in einer unhinterfragten Welt von Subjekten, die ebenfalls ihre Persönlichkeiten, Vorlieben und Wahrnehmungen haben: Toaster, die sprechen, Teetassen, die tanzen, und Bäume, die unsere besten Freunde sind. Nach und nach lernen die meisten Kinder jedoch, dass Subjektivität in unserer Gesellschaft als grundsätzlich fehl am Platz angesehen wird.

Die Debatte über *Subjektivität* (die Vorstellung, dass alles, was wir wissen, von unserer inneren Erfahrung beeinflusst wird) und *Objektivität* (das Konzept, dass es eine einzige erkennbare Wahrheit gibt, die außerhalb unserer persönlichen Erfahrung existiert) wird in der westlichen Welt geführt, seit wir Begriffe für die Beschreibung dieser beiden Sichtweisen haben. Heute lernen Kinder schon früh, dass sie ihre eigene subjektive Wirklichkeit hinter sich lassen müssen, wenn sie verstehen wollen, wie die Welt funktioniert. Aber es ist einfach nicht möglich, aus der eigenen Welt herauszutreten, um eine andere Welt kennenzulernen. Wir leben in einem Ich, mit einer einzigartigen Gehirnchemie, Lebensgeschichte und Positionierung in den Feldern kultureller und politischer Systeme. Wir können so tun, als lebten wir nicht in unserer eigenen Welt, wir können uns dieser Welt widersetzen, sie ausschließen, sie zum Schweigen bringen oder danach streben, woanders zu sein, aber den Radius unseres eigenen Seins verlassen wir niemals – nicht wirklich.

Ich erinnere mich, wie wenig ich als Kind mit diesem Konzept der objektiven Wahrheit anfangen konnte – ich hatte Probleme mit Fächern wie Mathematik, wo es nur eine einzige Antwort gab. Obwohl ich eine unersättliche Leserin war, fiel ich manchmal bei Tests durch, weil ich nicht glauben konnte, dass die Verständnisfragen keine Einladung zum kreativen Schreiben waren. Ich lernte, dass ich meine eigene Welt hinter mir lassen musste, wenn ich bei Prüfungen und in der Gesellschaft erfolgreich sein wollte – aber später fand ich heraus, dass es auf der Erde eine Vielzahl von Kulturen gibt, die mit der Kraft unserer angeborenen Subjektivität hervorragend zurechtkommen und mit sehr viel mehr Wohlbefinden leben als die unsere.

Der Animismus vertritt eine intersubjektive Weltanschauung, die die Wirklichkeit als etwas betrachtet, das in den Beziehungen zwischen den Wesen existiert. Was *wirklich* ist, ist nicht irgendeine objektive Wahrheit, sondern die gelebte Erfahrung dessen, was im Raum zwischen den Subjekten geschieht. Das Leben selbst ist, wie die Wissenschaftlerin Elina Helander-Renvall schreibt, eine Erfahrung des »Teilens der Gegenwart von Subjekt zu Subjekt«.[6] In vielen indigenen Kulturen, die größtenteils animistisch geprägt sind, lernen die Menschen etwas über eine bestimmte Pflanze oder einen Vorgang in der Umwelt, nicht indem sie sich selbst aus der Gleichung herausnehmen, sondern indem sie ganz in ihrer eigenen Beziehung *zu ihr* stehen.

Unter diesem Gesichtspunkt besteht die wirklich wichtige Aufgabe des Erwachsenseins nicht darin, objektiver zu werden, sondern unsere Subjektivität als das anzunehmen, was diese Beziehungen erst möglich macht. Indem wir uns fest in unserer eigenen, wunderbar subjektiven Weltsicht verankern, erkennen wir an, dass jedes Wesen auf der Erde seine eigene Wahrheit hat. Dann würdigen wir auf natürliche Weise alle Daseinsformen in ihrer Vielfalt – ökologische, biologische, religiöse, rassische, kulturelle und erfahrungsmäßige.

Ist es in einer Kultur, die Objektivität dermaßen hochhält und nur noch eine Welt der leblosen Objekte sieht, ein Wunder, dass wir so viele Welten trockengelegt, zugepflastert und überbaut haben? Wenn wir jedoch in unsere inneren Welten zurückfinden, verändert sich die Welt, wie wir sie kennen. All die Dinge, von denen wir glaubten, es seien bloß Phantastereien – die Beseitigung von Ungerechtigkeit, die Heilung ökologischer Wunden, der Frieden zwischen menschlichen und nichtmenschlichen Gemeinschaften – könnten Wirklichkeit werden.

Die Süße der Heimkehr

Wir versuchten immer, die letzten Stunden unseres Ausflugs so lange wie möglich auszudehnen. Nachdem wir die Hälfte des Wegs zurück zur Anlegestelle gepaddelt waren, zogen wir unsere Boote in eine besonders malerische Bucht mit kristallklarem Wasser und holten unsere Schnorchel heraus. Wir waren froh, unsere Rückkehr um ein paar Stunden hinauszögern zu können, und verbrachten den Nachmittag damit, mit dem Gesicht unter Wasser in eine andere Welt zu schauen.

Obwohl meine Lungen eigentlich ein Blasebalg für Luft sind, hatte ich immer das Gefühl, meine Seele könne unter den Wellen leichter atmen. Beim Anblick der silbernen und blauen Fischschwärme, die an mir vorbeizogen, vergaß ich die Welt da oben völlig, und die Haut in meinem Nacken wurde unter den Strahlen der Sonne rot. Ich musste daran denken, mich wieder einzucremen. Inzwischen schwamm ich in der Bucht umher und legte Pausen ein, in denen ich nicht auf den Grund schaute, sondern mit dem Gesicht nach oben und ausgestreckten Armen wie ein Seestern im Wasser trieb.

Vom Wasser getragen, durch seine Moleküle mit allen anderen Lebewesen verbunden, die ebenfalls von seiner Strömung berührt werden, schloss ich meine Augen. Eingehüllt in die nachmittägliche Wärme, einen weichen, rosafarbenen Kokon aus Licht, dachte ich an all die Jahre, in denen ich mir dieses Vergnügen verwehrt hatte; die Jahre, in denen ich mich so sehr um die Belange anderer gekümmert hatte, dass ich meine eigenen vernachlässigte; diese Jahre, in denen ich mein inneres Zuhause so sehr vermisst hatte. Die Tränen flossen mir unversehens aus den Augenwinkeln, die Quelle in mir vereinigte sich mit dem Fluss. Ich schien alles zu spüren – das Geschenk dieser Zeit, die Sehnsucht, für immer hier zu bleiben, den Schmerz über den Zustand der Welt, all das Leid, das jeder von uns erfährt – und die Glückseligkeit und die Gemeinschaft, die seit jeher für uns da waren.

Ich weinte um die Seekühe, die von Motorbooten verletzt werden und trotzdem weiterschwimmen und uns in den Flüssen entgegenkommen wie Mütter, so vergebend, sanft und freundlich. Ich weinte um das Land, um all die Welten, die durch die Zivilisierung verlorengegangen waren. Ich weinte um das, was Florida einmal war – feingewirkt, vielfältig und vielgestaltig –, und ich weinte um die unglaubliche Schönheit, die noch immer vorhanden ist. Ich weinte, weil ich auf einmal wusste, dass ich genau so, wie ich war, eingeladen war, an dieser wunderbaren Gemeinsamkeit von Traumwelten teilzuhaben.

Ich gehörte dazu. Ich gehörte zu den Seekühen und dem reinen Quellwasser. Ich gehörte in meine Welt. Ich gehörte zu dieser Welt. Ich war nach Hause gekommen und würde es nie wieder verlassen.

In nur wenigen Stunden würde ich in mein normales Leben zurückkehren, aber ich fühlte mich dazu bereit. Wieder in meiner Welt gelandet, sah ich überall um mich her Möglichkeiten aufschimmern. Ich erlaubte meiner Vorstellungskraft, den vor mir liegenden Weg zu beleuchten: wie einen Sonnenaufgang über dem Wasser. In einer träumenden Welt, einer bewussten Welt, in einer Welt voller Welten ist Heilung nicht nur möglich, sondern unausweichlich.

* * *

Die Rückkehr in unsere inneren Welten ist eine heikle Angelegenheit. Genau wie die Rückkehr in unsere Kindheit kann auch die Rückkehr zu uns selbst einen ganzen Strudel von Gefühlen auslösen – Hoffnung, Hochgefühl, Tatendrang und Trauer. Manchmal fürchten die Menschen, sie würden, wenn sie sich ganz auf ihre innere Welt einlassen, nicht mehr in der Lage sein, die Welt da draußen zu spüren oder sich in sie einzufühlen. Aber ich habe festgestellt, dass genau das Gegenteil der Fall ist. Wenn ich in meiner Welt bin, bin ich viel offener für die Empfindungen aller Welten. In seiner eigenen Welt zu sein, bedeutet nicht, die Gefühle anderer nicht mehr zu spüren oder keinen Kummer über die Not der Erde zu empfinden.

Vielmehr bedeutet es, zu empfinden, wie die Everglades einen Sturm spüren. Du kannst den Sturm in vollen Zügen auskosten, weil du die Kraft hast, ihn zu ertragen. Du hast deine Sümpfe nicht trockengelegt oder dein Inneres in eine Zuckerrohrplantage verwandelt: Dann wäre alles süß, flach und eindimensional, um den gesellschaftlichen Anforderungen zu entsprechen. Wenn deine Welt stark und vielschichtig ist, kannst du alles schaffen. Wenn du dich in deinem inneren Wesen erdest und verwurzelst, hast du genug Wurzeln und Windschutz, Vertiefungen und schützende Buchten, um jedem Sturm standzuhalten.

Mit dieser weiteren und tieferen Sichtweise können wir jetzt an einer neuen Schöpfungsgeschichte mitschreiben – einer Geschichte, die davon handelt, wie wir als Menschen lernen, wieder nach Hause zu kommen und unseren Platz als Mit-Träumer in dieser Welt einzunehmen. In jedem von uns steckt ein schöpferischer Samen, den wir in die Welt bringen sollen. Wie George Bernard Shaw schrieb: »Die Phantasie ist der Anfang der Schöpfung.« Wir alle wurden mit der Vorstellungskraft geboren, die eine neue Welt zum Vorschein bringt. Alles, was wir tun müssen, ist, die Verwandlung geschehen zu lassen.

* * *

Im Körper jeder Raupe befinden sich eine Reihe von Zellen, die den DNA-Code für den Schmetterling enthalten – Wissenschaftler nennen sie *Imagozellen*. Nachdem die Raupe den Kokon gebildet hat, löst sich ihr Körper vollständig auf und wird zu einem Meer aus DNA. Die Imagozellen, die aus diesem Chaos hervorgehen, sind der Schlüssel zur Verwandlung der Raupe in einen Schmetterling. Seltsamerweise greift das Immunsystem der Raupe diese Zellen an, wenn sie aktiv werden, weil es sie für fremde Eindringlinge hält. Die vorherige Inkarnation, die Raupe, erkennt diese Imagozellen nicht als Teil von sich. Letztendlich fassen die Imagozellen jedoch Fuß, und die Raupe verwandelt sich in einen Schmetterling.

Wenn wir uns in Menschen verwandeln, die neben der großzügigen, gemeinschaftsbezogenen Natur der Wirklichkeit auch die eigene Schönheit anerkennen, wird etwas in uns oder unserer Gesellschaft alles anzweifeln, sich sperren, verurteilen oder sich einer solchen Veränderung der Weltanschauung widersetzen. Aber diese Transformation, bei der wir mehr wir selbst werden, war auf diesem Planeten noch nie so notwendig wie heute. Deine Welt ist wichtiger, als du es dir überhaupt vorstellen kannst. Die Werkzeuge, Strategien, Träume und Ideen, die uns helfen können, sind wie Rubine in die Matrix unserer einzigartigen Erde eingebettet. Gib dir also alle Zeit, die du brauchst, um zu träumen, dir etwas vorzustellen und zu dir nach Hause zu kommen. Es ist nicht egoistisch, nach innen zu gehen; es ist ein Akt der Regeneration, so als würde man aus einem Fluss alle Dämme entfernen.

Unsere Welt befindet sich in einer tiefgreifenden Metamorphose. Die Dinge, die wir auseinanderfallen sehen, sind Anzeichen dafür, dass es für unsere Vorstellungskraft an der Zeit ist, mit den Plänen herauszukommen, die sie schon die ganze Zeit über ausbrütet. Jede Auflösung ist ein Anfang, und in dir sind die Schlüssel, um diese Neugeburt zu erahnen, zu befördern und zur Welt zu bringen. Erweise dir die Güte, in deine Welt zurückzukehren, denn dort werden, wenn du es zulässt, alle Werkzeuge sein, die du brauchst, um unserer Zukunft Flügel zu verleihen.

Eine Träumerei

Hast du vergessen, wie es sich anfühlt, in deiner eigenen Welt zu sein? Hast du dich zu lange in den Umlaufbahnen anderer Menschen aufgehalten, so dass du nicht mehr weißt, wie sich deine Welt überhaupt anfühlt? Hier ist eine sanfte Träumerei, die dir helfen soll, dich zu erinnern.

* * *

Du treibst auf dem Rücken in einer Bucht mit kristallklarem Wasser unter dem Gewölbe des Himmels. Die Sonne scheint auf deine Brust wie warmer Honig. Alle deine Glieder sind schwerelos. In der Nähe sind Flussotter – du siehst sie tauchen und jagen und wie verspielte Engel zwischen den säulenartigen Wurzeln der Zypresse herumtollen. Unter dir im seichten, sonnendurchwärmten Wasser befinden sich weißer Sand und Gras, das sich wiegt wie von Musik bewegt. Das zweiundzwanzig Grad warme Wasser, das dich jetzt umspült, hat sich Tausende von Jahren im Inneren der Erde befunden. Du bist der erste Mensch, den diese besondere Strömung berührt. Das Wasser hält dich, reinigt dich und liebt dich genauso wie die wie ein Feuerwerk blühenden Sternlilien am Ufer. Du kannst nirgendwo anders sein als hier bei dir selbst, bei deinen Verwandten, bei den anderen

Träumern, die als *Otter*, *Gras*, *Sonnenlicht* und *Wasser* erscheinen. Es gibt nichts, worüber du nachdenken musst, nichts außer deiner Erfahrung von all dieser Lebendigkeit und Schönheit und diesem Licht. Du bist ganz, in einer Welt, in der jedes einzelne Wesen ganz geboren wird. Du weißt bis tief in Mark und Knochen, die so hohl und schwerelos sind wie Vogelfedern, dass dir alles gegeben ist, was du brauchst, um Teil dieser schönen Welt zu sein. Und in diesem Augenblick – vollkommen, lichtdurchflutet, schwerelos und gehalten – bist du daheim.

ÜBUNG
Welten der Kindheit

Manchmal müssen wir in eine Zeit zurückgehen, als unsere Vorstellungskraft noch nicht zugepflastert war, um wieder Zugang zu unserer inneren Welt zu finden. Nimm dir etwas Zeit, um in Ruhe mit Stift und Papier über die folgenden Fragen nachzudenken.

1. Erinnerst du dich an eine Zeit in deiner Kindheit, als du dich in deiner Welt sicher gefühlt hast? Wo warst du körperlich oder in deiner Phantasie?

2. Was hast du in deiner Welt gerne gemacht? Wie hast du dich dort gefühlt? Versuche, so viele beschreibende Wörter wie möglich zu verwenden.

3. Welche Wesen aus der Natur gab es in deiner Welt? Pflanzen, Tiere, Wolken und Flüsse? Wie hast du dich mit ihnen ausgetauscht? Auf welche Weise haben sie deine Welt bereichert?

4. Was waren die häufigsten Tagträume, die du als Kind hattest?

5. Wenn das Kind, das du damals warst, dir heute etwas sagen könnte, was würde es dir mitteilen?

Hinweis: Wenn es dir unangenehm ist, wieder in deine Kindheit einzutauchen, versuche, dir deine Erfahrungen als liebevoller Erwachsener vorzustellen, der seinem inneren Kind Raum und Geborgenheit zum Träumen gibt. Du kannst deinem inneren Kind jetzt, in deiner Vorstellung, das geben, was du damals gerne gehabt hättest.

3

Die Jahreszeiten des Traumas

Es ist später Oktober, und die Ahornbäume, die ihre Äste über die Terrasse recken, sind endlich zu Gold verblasst. Ich weiß, es werden noch weitere Farben kommen – Kürbisorange, tiefes Ocker und Glutrot –, aber heute fängt die Veränderung an. Ich mache eine Pause vom Schreiben und schaue aus dem Fenster, denn mein Geist braucht einen Moment, um sich von der Seite zu lösen, wie eine Katze, die aus dem Schlaf erwacht. Während ich so schaue, fällt ein einzelnes Blatt, langsam wie eine Schneeflocke. Ich sehe mein Kätzchen Tula auf der Veranda, sein winziges, schildpattfarbenes Gesicht nach oben gerichtet, das die Bäume interessiert beobachtet. Ich muss mir wieder sagen, wie kostbar diese Momente sind. In dieser Jahreszeit fallen die Blätter zu Tausenden, aber für dieses eine Blatt ist es das erste Mal, dass es fliegt. In Augenblicken wie diesen, wenn ich mir ganz und gar der Feinheiten des Wandels der Erde gewärtig bin, kann ich nur noch staunen, wie wundersam die Jahreszeiten sind.

Eine der größten Segnungen des Lebens in diesen Bergen ist es, Zeuge dieses Wandels zu sein: von der Schneedecke zu den Wildblumen, von den dichten Laubdächern des Sommers zu den leuchtenden Bergkämmen im Herbst, die wieder ins Blau des Winters hineinschmelzen. Ich weiß nicht, ob ich als Kind den Jahreszeiten besondere Beachtung geschenkt habe.

Sie waren wohl einfach der Hintergrund meiner Erfahrung wie ein Soundtrack, den man nie genau genug anhört, um den Text zu verstehen. Aber als ich mich als Erwachsene wieder mit der Erde verband, begann ich, die Jahreszeiten als etwas wertzuschätzen, das meinem Leben Struktur, Bedeutung und Rhythmus gab – ganz zu schweigen von ihrer unsagbaren Schönheit. Ich kenne keine größere Freude als die Umdrehungen des Rades der Jahreszeiten. Nach der langen Plackerei des Winters erscheinen die ersten Frühlingsblumen wie Engel. Nach den Regenfällen im April sind meine Knochen wirklich bereit für die Wärme des Sommers. Die Kühle des Herbstes ist Balsam nach der sengenden Sonne im August, und die Stille des Winters gibt mir nach einer arbeitsreichen Erntezeit anhaltenden Frieden.

Wenn es ein Thema gibt, das weder bei Dichtern noch bei meinen Nachbarn in den Bergen oder bei Naturfreunden jemals aus der Mode kommen wird, dann sind es die Jahreszeiten. Als der Rhythmus, der das ganze Leben prägt, sind die Jahreszeiten die Grundlage unserer Erfahrung auf diesem Planeten – aber es ist keine Selbstverständlichkeit, eine so wunderbare Vielfalt in unser Leben hier einbauen zu können. Hätte es in den frühen Tagen der Erdentwicklung nicht eine große Störung gegeben, würden wir die wechselnde Symphonie von Winter, Frühling, Sommer und Herbst niemals kennengelernt haben. Ebenso wenig könnten wir die fein abgestuften Gezeiten von Oliven, Buckelwalen, Apfelwein oder Kirschblüte erleben. Keine dieser so hochgeschätzten und unverzichtbaren Jahreszeiten würde es geben, wenn es nicht ein einzigartiges Trauma gegeben hätte, eine Erschütterung, die so groß war, dass sie die Erde für immer verändert hat.

Die Auswirkungen, die uns prägen

Die frühen Tage einer Planetenbildung sind eine hektische Zeit. In diesen ersten Äonen prallen die jungen Planeten in einem Tanz aus Feuer und Zusammenstößen unaufhörlich aufeinander. Der letzte dieser Tänze, die Phase des Rieseneinschlags,verleiht einem Planeten oft seinen endgültigen Charakter. Die Erde erlebte in dieser Zeit zehn verschiedene große Kollisionen mit anderen Himmelskörpern, von denen jede einzelne unseren Planeten formte. Nach der Theia-Impakt-

Theorie war der letzte Zusammenstoß jedoch der Höhepunkt. Vor etwa 4,5 Milliarden Jahren traf Theia, ein massiver Gesteinskörper von der Größe des Mars, unsere Erde mit solcher Wucht, dass der Planet spontan geschmolzen ist und so weit aus dem Gleichgewicht gebracht wurde, dass sich die Neigung unseres Globus dauerhaft veränderte. Statt sich aufrecht um ihre Achse zu drehen, neigt sich die Erde heute um 23,5 Grad, so dass sich die Erde im Licht der Sonne schräg dreht. Wenn unser Planet in seinem Umlauf seinen Scheitel zur Sonne hin und wieder von ihr weg neigt, führt der daraus resultierende Tanz von Schatten und Wärme zu den Variationen, die wir als Jahreszeiten kennen.

Mit Ausnahme eines schmalen Streifens um den Äquator, der nahezu jahreszeitenlos ist, wird das gesamte Leben auf der Erde von jahreszeitlichen Veränderungen bestimmt. Zuckerahorne werden rot wie Glut, wenn sie die Veränderung der Sonne spüren. Gänse fliegen in langen Ketten nach Norden, wenn der Sommer einsetzt. Piepmätze lassen ihre winzigen Stimmchen erklingen, wenn der Frühling beginnt. Die schiere Fülle an Lebensräumen, Nischen, Blumen, Früchten, Migrationsmustern, Arten und Unterarten ist ausnahmslos auf diese leichte Neigung der Erdachse zurückzuführen.

Wären wir im Ballettunterricht, würde man eine solche, aus der Achse gefallene Pirouette als Makel betrachten, aber gerade die Schieflage macht die Erde zu dem unglaublichen Ort der Vielfalt, der sie heute ist. Würden wir uns noch immer um eine perfekt aufrechte Achse drehen, gäbe es die meisten uns bekannten Arten nicht. Russel Foster, Professor für zirkadiane Neurowissenschaften an der University of Oxford, erklärt, das uns vertraute Leben würde ohne diese Neigung völlig anders aussehen. »Es gäbe weniger Arten mit einer viel geringeren Vielfalt an Formen und Verhaltensweisen«, meint Foster. »Es ist auch möglich, dass es überhaupt kein Leben gäbe. Und weil wir eine ungeheure Vielfalt an Lebensformen haben, gab es immer einige Arten, die sich nach großen Aussterbeereignissen wieder erholen konnten.«[1] Ohne unsere Jahreszeiten wäre die

Erde vielleicht nie zu dem ozeanblauen Planeten voller Leben geworden, der sie heute ist.

Als es geschah, war diese Kollision für unseren Planeten eine Katastrophe, aber das Zusammentreffen der Erde mit Theia war letztendlich der Aufprall, der uns das Leben schenkte. Die Jahreszeiten, die für unser Gedeihen hier auf der Erde so wichtig sind, sind das Ergebnis eines Traumas – und seiner anschließenden Heilung. Sie sind die Nachwirkungen eines Einschlags, der so gewaltig war, dass er alles veränderte, und doch war es genau dieses Ereignis, das uns auf unseren Weg brachte. Wie sich unser Planet nach der Heilung von diesem buchstäblich erderschütternden Ereignis verhielt, hat uns dieses kostbare Geschenk, Leben genannt, gemacht. Von seiner Widerstandsfähigkeit können wir viel über Zusammenstöße lernen, die in unserem Leben stattfinden.

Traumata gehören zum Leben, und doch schämen sich viele von uns für die Dinge, die sie verletzt und verändert haben. Wir meinen, unsere Erlebnisse dürften die Verwerfung nicht rechtfertigen, die wir durchmachen. Oder uns treibt die Sorge um, unsere Andersartigkeit mache uns weniger liebenswert. Doch unsere Traumata müssen uns gar nicht irreparabel schädigen, sondern können die Erfahrungen sein, die uns unsere einzigartige Vielschichtigkeit schenken.

Unsere persönlichen Traumata sind vielleicht gar nicht die Felsbrocken, die uns aus der Bahn geworfen, sondern eben jene Begegnungen, die uns unsere einmalige »Jahreszeitlichkeit« verliehen haben. Was wäre, wenn diese Auswirkungen und die natürliche Anmut, mit der dein Körper, dein Herz und dein Geist zu heilen gelernt haben, für die schiere Vielfalt und Tiefe der Begabungen verantwortlich sind, die du heute verkörperst? Peter Levine, Autor von *Waking the Tiger* [deutsch: *Trauma-Heilung*] und Begründer des Somatic Experiencing, schreibt: »Trauma hat das Potential, eine der bedeutendsten Kräfte für seelisches, gesellschaftliches und spirituelles Erwachen und die entsprechende Weiterentwicklung zu sein.«[2] Wenn wir uns in die Schwere der Geschichte der Erde hineinversetzen, erkennen wir, dass die verheerendsten Vorkommnisse niemals eintreten, um uns zu zerstören, sondern um uns das Schöne aufzuzeigen, das sich aus der Art ergeben kann, wie wir uns in der Folge dieser lebensverändernden Ereignisse wieder erholen.

Wenn die Welt auf den Kopf gestellt wird

Es war die letzte Woche im November. Ein echter Kälteeinbruch stand noch aus, aber der Dauerregen des Nachmittags hatte sich bis zum Sonnenuntergang in leichten Schneefall verwandelt. Die kuschelige Seite meiner Persönlichkeit wollte sich einrollen und diesen ersten Wintereinbruch genießen, aber ich war mit der Familie meines Partners John in der Stadt zum Abendessen verabredet, also riss ich mich zusammen. Ich zog meine Wanderstiefel an und verstaute ein Paar elegante Abendschuhe in einer Tragetasche. Ich schaltete das Licht auf der Veranda an, damit ich später nach Hause fand, und trat in das graue Abendlicht hinaus.

Ich hätte wissen müssen, dass ich umkehren muss, sobald ich auf die Stufen trat. Unter der hauchdünnen Schneedecke hatte sich der Regen auf den Holzplanken der Veranda zu einem glitzernden Belag verfestigt. Ich fing mich gerade noch am Geländer, als einer meiner Füße unter mir wegrutschte. *Puh!*, dachte ich, *das war knapp.*

Das Auto, ein robuster Subaru, der schon viele Jahre auf diesen Bergstraßen unterwegs war, heizte ich auf, während ich mit einem Eiskratzer die Frontscheibe freimachte. Ich erinnere mich, dass ich noch nie so hartnäckiges Eis erlebt hatte. Im Rückblick gibt es oft Anzeichen, ob subtil oder eindeutig, die einem sagen, dass etwas Einschneidendes bevorsteht: wie ein Blitz vor dem Donnerschlag. Wenn ich über mein Leben nachsinne, denke ich nicht unbedingt, dass diese Zeichen mich dazu bringen sollten, die Richtung zu ändern, obwohl das manchmal durchaus passiert. Vielmehr sehe ich diese Zeichen als Engel, die mich wissen lassen, dass – auch wenn ich nicht sehen konnte, was kommt – eine größere gütige Kraft da war, und diese Kraft sandte etwas von ihrem Wohlwollen.

Ich habe einen kleinen Engel aus Filz an den Rückspiegel meines Autos gehängt. Irgendwie muss ich gewusst haben, dass die Straße gefährlicher war, als sie unter dem dünnen Schnee vor mir wirkte, denn als ich den Gang einlegte, berührte ich die weiße Wolle des Engels und sagte laut: »Engel, bitte helft mir, heil diesen Berg hinunterzukommen.« Ich ahnte nicht, dass sie es tun würden, aber ich hätte mein Gebet wohl etwas genauer formulieren sollen.

Die kurvenreiche Schotterstraße, die zu meinem Haus führt, war so ziemlich das erste, was mir auffiel, als ich das Grundstück damals mit meinem Makler besichtigt hatte. Die Straße wurde zwar vom Staat instandgehalten, war aber dennoch ziemlich holprig, mit zwei engen Kurven und einem steilen Abhang in eine Waldschlucht, an der sie den größten Teil der Strecke entlanglief. Ich mochte die Straße, denn sie bedeutete, dass nur wenige Autos an meinem Haus vorbeifahren würden und dass man zu jeder Tageszeit gefahrlos zu Fuß gehen konnte. Ich wusste auch, dass das Leben an einer solchen Straße besondere Vorkehrungen erforderte, vor allem in den kalten Monaten.

Als ich mein Auto aus der Einfahrt lenkte und die steinige Abfahrt begann, wurde mir klar, warum ich ein Gebet gesprochen hatte – und ich hoffte mit jeder Faser meines Seins, dass es erhört worden war. Der Schotter unter dem Schnee war zu einer dicken Eisschicht geworden. Die Straße, die fast den ganzen Weg steil hinabführte, hatte sich in eine Rutschbahn verwandelt, und als das Auto den tückischen Weg hinabschlitterte, brauchte ich alle meine Fähigkeiten, um es auf der Straße zu halten.

Ich lenkte meinen Blick von der beängstigend steilen Schlucht zu meiner Linken fort und beschleunigte den Wagen auf fünf Stundenkilometer. Die Zeit verlangsamte sich, passte sich meinem Tempo an. Alles zeichnete sich scharf ab – die Umrisse einer Schneeflocke auf der Windschutzscheibe, das wabernde Licht vor den Scheinwerfern, das verblassende Blau am Horizont, als die Dämmerung in Nacht überging.

Nach der ersten engen Kurve stieß ich einen kurzen Seufzer der Erleichterung aus, obwohl alles andere in meinem Körper so eisig konzentriert blieb wie der Schotter unter den Rädern. Ich würde noch die nächste Kurve nehmen müssen, die letzte, bevor ich auf Asphalt und in das wärmere Tal kam. Ich war fast an dieser letzten Kurve, als ich auf den Teil der Straße rutschte, wo eine Quelle floss. Das Wasser, das sich fast das ganze Jahr über dunkel über den Schotter ergießt, war zu einer festen Fläche aus schwarzem Eis gefroren. Mein Auto mit seinen Ganzjahresreifen, die schon ziemlich abgenutzt waren, hatte keine Chance.

Es ist interessant, wie in solchen Momenten die Zeit zum Stillstand kommt. Das erinnert mich daran, wie ich mit Anfang zwanzig mit Freunden am Strand Pilze nahm. Als mein Trip seinen Höhepunkt erreichte, übte ich im weichen Sand Handstand. Jedes Mal, wenn ich mich wieder aufrichtete, kam es mir vor, als hätte ich eine Ewigkeit auf dem Kopf gestanden, als hätte ich dort, in dieser verkehrten Welt, gelebt. Ich konnte nicht glauben, wie lange ich mich in dieser turnerischen Leistung halten konnte. Im Nachhinein betrachtet, stand ich wahrscheinlich nicht länger als ein paar Sekunden auf den Händen, aber mein Gehirn, das unter dem Einfluss dieser neuartigen Chemikalien stand, nahm die Zeit anders wahr. Als mein Auto nun ins Schleudern geriet, erlebte ich, wie eine ganz andere Reihe von Chemikalien durch mein Gehirn rauschte. Die Sanduhr der Zeit blieb stehen. Ich befand mich in einem Schwebezustand reinster Klarheit. Innerhalb einer Millisekunde musste ich eine Entscheidung treffen.

Fahre ich mit dem Auto absichtlich in eine Schneewehe und riskiere, dass ich sie durchpflüge und von der Straße in den Bach stürze? Oder versuche ich, mich in die Kurve zu legen und sie zu durchfahren, dabei einfach zu beten, dass ich das Auto danach wieder unter Kontrolle bekomme? Diese Millisekunde hatte ich Zeit, die komplexen Möglichkeiten beider Optionen zu prüfen – und entschied mich für Letzteres. Erstaunlicherweise schaffte ich es um die Kurve, aber zu diesem Zeitpunkt hatte das Auto bereits so viel Fahrt aufgenommen, dass ich keine Chance mehr hatte, es wieder unter Kontrolle zu bringen. In den letzten Sekunden, in denen meine Räder noch auf der Straße waren, konnte ich dem Schuppen meines Nachbarn, seinem geparkten Auto und seinem Briefkasten ausweichen – ich schwenkte nach links, nach rechts und wieder nach links –, bevor die Nase des Subaru hart in den Graben rumste und mein Auto sich überschlug.

Plötzlich stand ich auf dem Kopf. Meine Haare rutschten an der Decke entlang, während aus der laufenden Stereoanlage immer noch Weihnachtsmusik erklang. Ich versuchte, den Sicherheitsgurt zu öffnen, doch wegen meines Körpergewichts gelang es mir nicht. Nach einer verzweifelten Sekunde fand ich heraus, wie ich mich vom Dach hochstemmen konnte, um den Gurt zu lösen, und fiel mit einem dumpfen Aufprall auf die Decke. Ich befand mich in einer Art Unwirklichkeit, sah mein Telefon, das am Ladekabel hing, und rief John an, der mit seiner Familie bereits in der Stadt war.

Das erste, was ich ihm sagte, war: »Ich hatte einen Unfall, und mein Auto steht auf dem Kopf.« Das erste, was er fragte, war: »Wo bist du?«, worauf ich, ohne wirklich nachzudenken, antwortete: »An der Decke.« Er sagte, ich solle das Auto abstellen und mir überlegen, wie ich aus dem Wagen herauskommen könnte. Erstaunlicherweise waren keine Fensterscheiben zerbrochen, aber das Auto hatte sich perfekt zwischen den Seiten des steilen Grabens eingekeilt. Schließlich entdeckte ich, dass die Heckklappe gerade so weit zu öffnen war, dass ich meinen Körper hinausbugsieren konnte.

Ein paar Tage zuvor hatte ich einen Ganzkörperspiegel hinten in den Kofferraum gelegt, um ihn bei meinem nächsten Besuch in der Stadt im Secondhand-Laden abzugeben. Bei dem Sturz war der Spiegel in eine Million glänzender Stücke zerbrochen. Ich kletterte vorsichtig über das zerbrochene Glas, den Ersatzreifen, der sich aus seiner Halterung gelöst hatte, und all die anderen Gegenstände in meinem Auto, die nun in einem wirren Haufen an der Decke lagen. Ich stieß die Tür so weit auf, wie ich konnte, zwängte mich durch den schmalen Spalt und stieg in die kalte Nachtluft hinaus.

Als ich die unbeleuchtete Straße hinunter zum hell erleuchteten Haus in der Nähe ging, war ich dankbar, dass ich für die Fahrt meine Stiefel und nicht meine Abendschuhe angezogen hatte. Ein Schäferhund verbellte mich, als ich an die mir unbekannte Tür klopfte, mich vorstellte und fragte, ob ich im Warmen warten könne, während John die vierzig Minuten aus der Stadt gefahren kam, um mich abzuholen. Der Abschleppwagen würde morgen kommen. Meiner war nur einer von vielen Notfällen, zu denen sie in dieser Nacht gerufen wurden; das unerwartete Eis hatte viele Leute überrascht.

* * *

Ich war mit den Symptomen eines Traumas vertraut. Da meine Mutter eine in EMDR (Eye Movement Desensitization and Reprocessing) ausgebildete Psychologin war, waren die Anzeichen und Nachwirkungen von Traumata Teil des täglichen Gesprächs in unserem Haus. Ich hatte auch selbst mit genügend Klienten gearbeitet, um zu wissen, wie sich ein Trauma auswirkt. Zuerst war mein Adrenalinspiegel so hoch, dass ich kaum etwas spürte. Ich beobachtete mich selbst neugierig, während ich mich angeregt mit meinen Nachbarn unterhielt. Ich beobachtete mich in diesem Schockzustand weiter, als John mich abholte und ich den Nachbarn zum Abschied mit einem Lächeln zuwinkte. Wir gingen in den Lebensmittelladen, um etwas zum Abendessen zu besorgen, und ich sah mir zu, wie ich nur zwei Dinge einkaufte: Wein und Kartoffelchips.

John wohnte zu diesem Zeitpunkt unserer Beziehung noch in einem Haus in der Nähe der Stadt, und so fuhren wir zu ihm, wo die Straßen noch frei waren. Als wir dort ankamen, loggte ich mich in die sozialen Medien ein, um eine Videoserie zu Ende zu sehen, mit der ich an diesem Tag begonnen hatte. John schaute mich aus dem Nebenzimmer ungläubig an, aber ich winkte ihn einfach weg.

Ich rief meine Eltern an und trank zwei Gläser Wein, ohne eine Wirkung zu spüren. John und ich schauten ein paar Folgen einer lustigen Sitcom und schürten das Feuer, bevor wir gegen Mitternacht zu Bett gingen. Ich wusste, dass ich wahrscheinlich immer noch unter Schock stand, aber da ich nichts spürte, fragte ich mich, ob es mir nicht vielleicht doch gut ginge. Erst als die Lichter aus waren und der Hund schnarchte, kam das Geschehene in meinem Körper an. Es fühlte sich an wie eine Welle, die durch die Oberfläche meiner Taubheit hervorbrach. Während John schlief, begann ich mich zu entspannen, und mein ganzer Körper zitterte in der Dunkelheit.

Trauma ist das, was nach dem Unfall passiert

Einer meiner Lehrer definierte einmal ganz einfach: »Ein Trauma ist alles, was dein Vertrauen verletzt.« Du dachtest, etwas würde so und so sein, und dann war es anders, und dieser eine Moment, in dem dein unausgesprochenes Vertrauen auf den Kopf gestellt wurde, verändert für immer die Art und Weise, wie du mit dem Leben umgehst.

Im Lexikon wird *Trauma* als eine erschütternde oder beunruhigende Erfahrung oder ein Ereignis definiert, aber jeder, der sich intensiv mit dem Trauma und seinen Folgen beschäftigt, weiß, dass Trauma viel mehr ist als ein Substantiv. Trauma ist nicht das, was in der Vergangenheit geschehen ist, sondern das, was in unserer Gegenwart weiterlebt. Trauma ist das, was in uns nachhallt und unser Verhalten, unser Bewusstsein, unsere Gedanken über uns selbst und unsere Sicht auf die Welt verändert. Ein Trauma ist kein singuläres Ereignis, vielmehr reagieren unser Körper, unser Herz und unser Geist auf eine Erfahrung, als fände sie noch immer statt. Denn auf der Ebene unseres Nervensystems ist es auch so. Das Trauma ist nicht der eigentliche Aufprall, sondern das Nachbeben. Peter Levine fasst es in seinem Buch so zusammen: »Traumatische Symptome werden nicht durch das ›auslösende‹ Ereignis selbst verursacht. Sie rühren von den eingefrorenen Energierückständen her, die nicht aufgelöst und entladen wurden; diese Rückstände bleiben im Nervensystem gebunden, wo sie in unserem Körper und Geist Verwüstung anrichten können.«[3] Als Theia mit der Erde kollidierte, war die eingeschlossene

Energie dieses Aufpralls so intensiv, dass sie den gesamten Planeten zum Schmelzen brachte. Unsere Erde musste eine Menge Heilungsarbeit leisten, um die ganze Energie wieder zu entladen, aber während sie sich heilte, geschah etwas Unglaubliches: die Erde fand ihre Bestimmung.

Unsere Erde hat sich im Gegensatz zu allen anderen Planeten unseres Sonnensystems zu einer Hochburg des Lebens entwickelt, das es sonst nirgendwo in der Galaxis gibt. Ein Ort mit Meerestiefen und Amphibien, Seerosen, Fichten, Adlern, Fliegenpilzen und Aquamarinen. Levine schreibt: »Während ein Trauma die Hölle auf Erden sein kann, ist die Bewältigung eines Traumas ein Geschenk der Götter – eine Heldenreise, die uns allen gehört.«[4] Obwohl der Nachhall eines Traumas alles andere als schön ist, ist die Heilung, die danach eintreten kann – die Pirouette unserer Widerstandsfähigkeit, die Art und Weise, wie wir das Gelernte integrieren, um der Mensch zu werden, der wir sein sollen –, vielleicht die schönste und verwandelndste Kraft auf der Erde.

Am Morgen nach meinem Unfall fuhren John und ich hin, als der Abschleppwagen kam. Es erschreckte mich so sehr, dass ich weinen musste, als sie mein Auto kopfunter aus dem Graben zogen. Obwohl mein Nacken steif war, hatte ich erstaunlicherweise keine Verletzungen davongetragen. Noch erstaunlicher war, dass das Auto, obwohl schwer beschädigt, immer noch fuhr. Der Subaru und ich hatten in dieser Nacht großes Glück gehabt; unsere Zeit auf dem Eis hätte viel schlimmer enden können. Die Straße war immer noch zugefroren. Da es uns mit Johns Truck zu gefährlich erschien, wanderten wir gemeinsam zu Fuß die Straße hinauf zu meinem Haus. Ich ging ins Bad, um mir das Gesicht zu waschen, und aus dem Wasserhahn drang nichts als Stille. Auf dem Bergkamm hatte es die erste Nacht mit ordentlichem Frost gegeben, und die Wasserrohre waren eingefroren. Ich beschloss, eine Tasche zu packen und hinunterzuwandern, um bei John in der Stadt zu bleiben. Es würde eine Weile dauern, bis sich das Gefühl einstellte, wirklich wieder zu Hause zu sein.

Wenn das Tauwetter kommt

In der chinesischen Medizin heißt es, unser Blut gefriere, wenn wir ein Trauma erleben. Das Blut als Grundlage unserer Lebenskraft und persönlichen Stärke ist für die Versorgung und das Leben unseres Körpers unerlässlich. Ähnlich wie Levines Ansicht, dass ein Trauma in unserem Nervensystem fortbesteht, glauben chinesische Heiler, dass bei einem Trauma ein Anteil von uns in diesem Moment buchstäblich einfriert und sich nicht mehr bewegen kann.

In der chinesischen Medizin ist das Kennzeichen für wahre Vitalität gutes Blut. Wenn wir gesundes, frei fließendes Blut haben, sind wir weniger anfällig für schädliche Einflüsse von außen, etwa Bakterien und Viren, sowie für äußere Urteile oder belastende Anhaftungen. Um ganz in unserer Kraft zu sein, müssen wir solche Bereiche mit gestautem Blut wieder in Bewegung bringen und unsere Lebenskraft wieder auftauen, wo sie eingefroren ist. Nach einem traumatischen Erlebnis geraten Tiere oft in einen Schockzustand, in welchem ihr Körper die Energie entlädt, die zur Bewältigung der Bedrohung mobilisiert wurde. Erstaunlicherweise zeigen Tiere, wenn ihr Körper diesen Vorgang abschließen darf, keine Anzeichen eines anhaltenden Traumas oder Stresses. Als Menschen widerstehen wir oft dem Impuls, uns zu schütteln, weil es uns oder den Menschen in unserer Umgebung Angst macht. Aber das Schütteln, das das Blut wieder in Bewegung bringt, ist entscheidend, um unserem Nervensystem zu helfen, seinen Vorgang abzuschließen.

Bei einem traumatischen Ereignis durchlaufen wir normalerweise eine Reihe von Erfahrungen. Zunächst wird unser Kampfimpuls mobilisiert. Bei meinem Unfallgeschehen war dies der Anteil von mir, der beschloss, sobald meine Räder unwiderruflich auf der Straße waren, diesen Berg auf jeden Fall hinunterzufahren. Wenn Kämpfen keine Option ist, fliehen wir. Als ich ins Rutschen geriet, wusste ich, dass meine einzige Chance darin bestand, so geschickt wie möglich von der glatten Fahrbahn wegzukommen. Aber sobald die Gefahr unausweichlich ist, reagieren wir mit der grundlegendsten aller

Überlebensreaktionen: Wir erstarren. Wenn ich an den Moment zurückdenke, als sich mein Auto überschlug, sehe ich mich wie eine Eisskulptur, bewegungslos auf dem Sitz erstarrt. Nach dem Ende eines traumatischen Ereignisses muss unser Nervensystem mit der immensen Menge an Energie zurechtkommen, die wir gerade erzeugt haben, Energie, die durch das Erstarren blockiert wurde. Wenn das Ereignis hinter ihm liegt, möchte unser Körper mit der Freisetzung beginnen. Indem wir die gespeicherte Energie in Bewegung bringen, vielleicht durch Schütteln des ganzen Körpers oder Weinen, durchsetzt mit Lachen und Seufzern, löst sich die Erstarrung, und wir gewinnen unsere Kraft zurück.

* * *

Etwa eine Woche nach dem Unfall drehte sich alles um meinen Körper. Ich gab mir so viel Raum wie möglich. Ich nahm mir Zeit, zu meditieren und Tagebuch zu führen. Ich trieb gezielt Sport und nahm abends lange Bäder. Jeden Tag sagte ich mir und meinem Nervensystem: *Ich bin in Sicherheit.* Am Ende der Woche bekam ich eine Massage. Nach neunzig glückseligen Minuten konnte ich nicht glauben, wie viel präsenter ich mich fühlte. Es war, als würde ich von einem Leben in Schwarz-Weiß zu einem Leben in Farbe zurückkehren. Die Massage hat zweifellos geholfen, mein Blut in Bewegung zu bringen, aber ich spürte noch einige ungelöste Energien in mir stecken.

Zu Weihnachten fühlte ich mich wieder viel mehr wie ich selbst, aber manche Dinge waren nun anders. Vor dem Unfall war ich unbeschwert in die Stadt gefahren. Jetzt machte ich mir fast jedes Mal Sorgen, wenn ich das Haus verließ. Ich fuhr bei jedem Wetter im Schneckentempo den Berg hinunter. Wenn es auch nur einen Hauch von Schnee gab, weigerte ich mich, überhaupt loszufahren. Vom Kopf her wusste ich, dass der Unfall überstanden war, aber mein Körper war es, der das Trauma erlebt hatte, und der wollte mich nicht wieder in eine solche Lage bringen. Von Traumaexperten wird dies als *Hypervigilanz* (erhöhte Wachsamkeit) bezeichnet, ein Zustand erhöhter Empfindlichkeit gegenüber Bedrohungen, der zu unangebrachten Ängsten führen kann. Ein Trauma schockiert uns nicht nur in dem einen Moment, sondern kann uns mit der Zeit auch zermürben.

Als das neue Jahr kam, beschloss ich, meinem Drang, zu Hause zu bleiben, nicht nachzugeben und so viel Zeit wie möglich draußen zu verbringen. Den Rest des Winters machte ich viele Spaziergänge, lernte die Straßen über meine Füße wieder kennen, besuchte die Bäume und wurde auf eine Weise mit der Kälte konfrontiert, die sich ausgesprochen kathartisch anfühlte. Der Aufenthalt in der Natur ist an sich heilend für unser Nervensystem. Das Erstaunliche an einem Trauma ist, dass es nicht dadurch geheilt wird, dass man die Vergangenheit wieder aufrollt. In der traumainformierten Therapie geschieht Heilung ganz einfach: indem man präsent wird. Ein Trauma lässt uns in der Vergangenheit erstarren und nicht in dem Augenblick sein, in dem wir uns gerade befinden. Wenn wir jedoch ganz gegenwärtig sind, erkennen wir, wo wir sind und wie stark wir schon immer waren. Die Verbindung mit der Natur ist eine der einfachsten und effektivsten Möglichkeiten, »jetzt hier zu sein«. Die *Ökotherapie*, wie sie in der Psychologie genannt wird, kann dazu beitragen, Depressionen zu verringern, Stress abzubauen und ein tiefes Gefühl des Wohlbefindens zu fördern. Studien zeigen, dass das Eintauchen in die Natur bei einer Vielzahl von Traumasymptomen, einschließlich PTBS, äußerst hilfreich sein kann.[5]

In diesem Winter wurde ich langsamer und konnte all die subtilen Veränderungen um mich herum beobachten: wie die Blätter der Rhododendren in der morgendlichen Kälte schlaff wurden und sich im Nachmittagslicht wieder versteiften; die Eiskristalle, die aus dem Wasser wuchsen, das die felsigen Hänge hinabtropfte und wieder zu Pfützen schmolz, als die Tage länger wurden; das Aufblitzen eines Rotkardinals auf dem schwindenden Schnee. Als das Tauwetter im Frühling einsetzte, hatte ich kein Herzklopfen mehr, wenn ich ins Auto stieg. Eines Tages fuhr ich sogar die ganze Schotterstraße hinunter und bestaunte die frühen Knospen der Magnolien, bevor mir klar wurde, dass ich nicht einen Augenblick Angst gehabt hatte. Die Verbundenheit mit der Natur und ihren Jahreszeiten half mir, mich wieder auf den Moment einzulassen und das Trauma meines Unfalls zu überwinden. Indem ich mich in der Kraft der Erde verwurzelte, fand ich meine Widerstandsfähigkeit wieder.

In der Welt der Traumatherapie beruht Resilienz auf unserer Fähigkeit, uns sicher zu fühlen, darauf zu vertrauen, dass wir liebenswert sind und dazugehören. Den Stürmen des Lebens zu trotzen, stärkt unsere Widerstandsfähigkeit. Aber Resilienz besteht nicht nur aus unseren wohlabgestimmten Bewältigungsmechanismen oder unserer Fähigkeit, uns wieder in die Ruhe zu bringen; es ist die Fähigkeit, unsere inneren Jahreszeiten zu feiern, unser sich veränderndes Selbst und unsere vielfältigen Emotionen als Teil unserer natürlichen Zyklen anzunehmen. Die Natur ist die größte Lehrmeisterin der Resilienz. Ganz gleich, was unserer Erde zugemutet wird, sie findet einen neuen, anmutigen Rhythmus. In der Natur ist Widerstandsfähigkeit allgegenwärtig – die Art und Weise, wie ein Wald nach dem Abholzen nachwächst, die Hartnäckigkeit eines Frosches, der die Dürre überlebt, die Anpassungsfähigkeit eines Bären, der am Rande eines Vorortes lebt. Es ist der Herbst, der sich zum Winter aushärtet, und der Winter, der sich zum Frühling erweicht.

Als die Kirschblüten in meiner Straße verblüht waren, war ich wieder zu Hause. Meine frühere Paranoia hatte sich in einen gesunden Respekt vor dem Wetter auf dem Berg verwandelt. Meine Angst hatte sich – jedes Mal, wenn ich fuhr – in ein wunderbar lebendiges Gewahrsein verwandelt. Ich nahm mir jetzt mehr Zeit für meine Fahrt und bemerkte den Wechsel der Jahreszeiten im Tal, wenn ich hindurchfuhr. Ich bedankte mich öfter bei meinem Auto und empfand etwas, das man nur als Ehrfurcht vor diesem Wunder der Technik bezeichnen kann. Nach dem Unfall war ich nicht mehr dieselbe wie zuvor und fand unglaublich schön, was aus mir geworden war.

Die Drehung, die uns Leben gibt

Der berühmte persische Dichter Rumi sagte einmal: »Die Wunde ist die Stelle, wo das Licht in dich eintritt.« Obwohl diese Wahrheit umwerfend schön ist, sind die meisten von uns darauf bedacht, Traumata zu vermeiden. Wir gestalten Situationen so, dass wir das Unkontrollierbare kontrollieren können, und trotzdem bleibt das Unerwartete ein fester Bestandteil der Existenz. Das Trauma ist der menschlichen Geschichte ebenso inhärent wie der Drehung des Planeten, auf dem wir leben. Es lässt sich ebenso wenig aus unserer Erfahrung verbannen wie die Jahreszeiten.

Manche Kinder wachsen mit der Angst vor Monstern unter dem Bett auf oder vor Riesenspinnen. Ich wuchs mit der Angst vor Traumata auf. Als Kind zweier Psychologen, von denen eine ihre berufliche Laufbahn der Traumabewältigung widmete, war mir von klein auf bewusst, dass einem schlimme Dinge passieren können – Dinge, die man nicht verdient und auf die man keinen Einfluss hat –, und dass diese schlimmen Dinge die Lebenserfahrung für immer verändern. Als Kind war ich mir sehr bewusst, wie viel Glück ich hatte, eine liebevolle Familie, ein stabiles Zuhause und ein festgefügtes Umfeld zu haben, aber ebenso war ich mir zutiefst der Tatsache bewusst, dass sich aus heiterem Himmel alles ändern kann. Das liegt in der Natur eines Traumas. Es ist so unerwartet wie ein morgendliches Erdbeben.

Was ich damals nicht wusste, aber mit der Zeit herausfinden sollte, war, dass ein Trauma unvermeidlich ist. Wenn einem ein Trauma widerfährt, bedeutet das nicht, dass man sich nicht gut geschützt hat oder dass etwas mit einem nicht stimmt. Es bedeutet einfach, dass man auf der Erde angekommen ist. Schon früh in meinem Leben beschloss ich, mich vor Traumata zu schützen, ohne zu begreifen, dass Traumata der eigentliche Erzählbogen sind, der unserem Leben Gestalt gibt.

In den Jahren zwischen diesem Entschluss in meiner Kindheit und heute bin ich unweigerlich mit traumatischen Ereignissen konfrontiert worden: mit missbräuchlichen Beziehungen, chronischen

Schmerzen und Krankheiten, Autounfällen, dem Tod geliebter Menschen, einer allergischen Reaktion in der U-Bahn. Schließlich kam ich zu der Erkenntnis, dass, hätte ich die Wahl gehabt und die Traumata vermieden, ich ohne sie doch nicht die wäre, die ich heute bin – ein Mensch mit unglaublichem Durchhaltevermögen, Mut, Mitgefühl und Widerstandsfähigkeit; jemand, der den Drang hat, anderen zu helfen, die Unwägbarkeiten des Lebens zu bewältigen, weil ich weiß, wie hart sich der Weg manchmal anfühlt. Die Aufarbeitung meiner Traumata hat mir geholfen, die vielschichtige Intelligenz meiner inneren Welt zu verstehen und das unvermindert Gute in mir zu finden. Letztendlich haben mich meine Traumata zum Grund meiner selbst zurückgebracht, so sicher wie ein Blatt im Herbst zur Erde zurückkehrt.

Die Menschen denken bei Trauma oft an große Schlagzeilen – Mord, Überfall, Naturkatastrophen, Völkermord –, aber ein Trauma ist häufig etwas Vielschichtiges. Es gibt keine objektiven Kriterien, was ein Ereignis zu einem Trauma macht. Weil ein Trauma durch die Reaktion unseres Körpers und unseres Nervensystems bestimmt wird, ist es ganz subjektiv. Was für den einen traumatisch ist, ist es für den anderen nicht, und was der eine leicht verschmerzt, kann den anderen jahrzehntelang verfolgen.

Wir alle tragen ein Trauma in uns, unabhängig davon, ob wir es benennen können oder nicht. Negatives Feedback von einem Mentor, ein Sturz von der Rutsche oder ein im Zorn ausgesprochenes Wort können in unserem Leben zu einem Trauma werden. Wenn wir den Heilungsprozess in Gang setzen wollen, müssen wir zuerst das Trauma als solches erkennen und das Leid loslassen, das wir unbewusst fortsetzen, wenn wir es verharmlosen. Ganz gleich, was du erlebt hast, wenn es in deinem Leben nachwirkt, ist es ein Trauma. Es ist nicht nur in Ordnung, es so zu nennen, sondern oft ausgesprochen hilfreich, Dinge beim Namen zu nennen. Als ich dieses Kapitel verfasste, war ich ganz überrascht, dass ich weinen musste, als ich über meinen Unfall schrieb. Obwohl es Jahre her war, musste mein Körper noch immer die letzten Reste der Energie jener kalten Nacht verarbeiten. Es fühlte sich an wie ein reiner kathartischer Abschluss. Ich ließ die Tränen mit der gleichen Gelöstheit fallen wie die Ahornblätter fielen, die an meinem Fenster vorbeigeweht wurden.

Manchmal schämen wir uns, wenn uns in unserem Leben etwas tief getroffen hat. Aber wenn wir erkennen, dass ein Trauma subjektiv und nicht nur ein Moment ist, sondern die Haltung, die wir nach einem solch einschneidenden Ereignis einnehmen, wird uns klar, dass es keine Schande ist, wenn Traumata unser Leben beeinflussen. Tatsächlich ist ein Trauma genau dazu da.

Caroline Casey, eine Trickster-Astrologin, visionäre Aktivistin und Mythologin, nennt das Trauma »unsere schöne, gefahrvolle Bestimmung«.[6] Wir sind die Helden auf unserer Reise, und die Traumata, die unser Leben erschüttern, sind genau die Dinge, die uns unsere größten Gaben verleihen, die Heilungsprozesse, die uns letztlich lehren, uns anderen zuzuwenden und ihnen zu helfen. Jeder von uns wird mit Gaben geboren, ganz wie eine Geode. Ein Trauma hilft uns, uns zu öffnen, damit wir uns der Kristalle in uns gewahr werden.

Ich würde dieses Buch nicht schreiben oder meine Arbeit in der Welt nicht tun, wenn ich nicht meine eigene schöne, gefahrvolle Bestimmung hätte. Das ist das Wesen des Überlebens und der Heilung von Traumata – sie bringen Vielschichtigkeit, Tiefe, Mut, Mitgefühl und Hingabe in dein Leben. Einige der größten Kunstwerke – sei es in Malerei, Dichtkunst, Tanz, Gesang – sind aus den tragischsten Verlusten des Lebens hervorgegangen. Maya Angelous *I Know Why the Caged Bird Sings* [deutsch: *Ich weiß, warum der gefangene Vogel singt*], die Gemälde von Frida Kahlo, der perfekte Herzschmerz eines jeden Billie-Holiday-Songs. Selbst die Schöpfungen, die wir als natürliche Bestandteile der Erde betrachten – die Äpfel des Herbstes, die Reinheit des Schnees im Winter, die Narzissen im Frühling, der Gesang der Walddrossel und die Erdbeeren im Sommer und das Heulen der Kojoten –, sind die exquisiten Wellen der schönen, gefahrvollen Bestimmung, von der wir alle ein Teil sind.

Wenn wir unsere Gaben annehmen, die ganze Schönheit dessen, was wir auf unserem einzigartigen Lebensweg geworden sind, lassen wir allmählich und ganz von selbst die Vergangenheit los. Wenn wir mit der Klarheit eines blauen Herbsthimmels erkennen, dass alles, was uns aus dem Gleichgewicht bringt, am Ende den Sinn unseres Lebens vertieft, nimmt die Welt die spektakulärsten Farbtöne an. Wenn du verstehst, dass das, was geschehen ist, zwar *nicht in Ordnung* war, aber die Art und Weise, wie du darauf reagiert hast, so brillant, angemessen und lebensspendend schön war wie der Herbst, wird der Weg voran so ungetrübt sein wie der Mond – und alle verlorenen Teile deines Selbst können den Weg zurück finden.

Der Mond geleitet dich nach Hause

Ich erinnere mich noch ganz genau an das erste Mal, als ich mit dem Mond sprach. Ich war im letzten Jahr meines Studiums und hatte bereits seit mehreren Jahren mit chronischen Schmerzen und gesundheitlichen Problemen zu kämpfen. Kurz zuvor hatten meine Haare begonnen auszufallen, und ich bekam auf beiden Seiten meines Kiefers Ausschläge. Nach drei Jahren mit gesundheitlichen Problemen fühlte ich mich in einem Teufelskreis – ich wusste nicht, wie ich mich heilen sollte, und mir war klar, dass ich Hilfe brauchte. Bei meinen Versuchen, sowohl die körperlichen Schmerzen als auch die tieferen emotionalen Traumata zu bewältigen, war die Natur mir zum Trost geworden. Eines Nachts beschloss ich, in den Wald zu gehen und den Vollmond zu betrachten. Ich hatte gerade angefangen, nach dem Mondzyklus zu leben, und wollte eine tiefere Verbindung zu seinem Rhythmus spüren.

Ich packte eine Flasche Wasser, mein Tagebuch und ein wenig Süßgras zum Räuchern ein. Ich schloss leise die Tür hinter mir und trat in das kleine Waldstück, das den Ring der Seniorenwohnungen vom Rest des Campus trennte. Es war ein Waldstück, das erst kürzlich abgeholzt worden war und in dem nur noch dünne Tulpenbäume und Sassafrassträucher wuchsen. Ich fand einen Baum, der groß genug war, dass ich mich anlehnen konnte, und setzte mich ins

Mondlicht. Mit Blick gen Himmel schloss ich eine Weile die Augen, atmete einfach nur und merkte, wie es sich anfühlt, wenn das Mondlicht mich berührte – beruhigend wie eine Hand, die mein Haar glättete und über die rauhen Falten meines Gesichts strich.

Ich dachte an all die Dinge, die mich auf meinen ersten Schritten ins Erwachsenenalter belastet hatten. Das Gewicht fühlte sich an wie ein eisiger Felsbrocken, der fest und schwer vor mir auf dem Waldboden lag. Ohne zu wissen, warum oder woher der Impuls kam, öffnete ich meine Augen und fing an, mit dem Mond zu sprechen. Ihr Blick hatte etwas Einladendes. Sie sah aus wie eine Großmutter, strahlend mit einer zutiefst unparteilichen Liebe. So begann ich, in ihrem Licht mein Herz auszuschütten. Ich erzählte ihr von all dem Schmerz in mir; von all den Stellen, an denen ich das Gefühl hatte, unheilbar zerbrochen zu sein. Ich sprach alles laut aus, zählte all die heißen, scharfen, wütenden Splitter von Frustration und Schmerz auf. Ich erzählte ihr die Dinge, die ich meinen Freunden, Ärzten oder meiner Familie nicht zu sagen wagte. Da niemand über mich urteilen konnte und ich keinen Grund hatte, mich zu schämen, ließ ich meiner tiefen Verzweiflung freien Lauf. Tränen kullerten wie Perlen über meine Wangen. Ich weinte und trauerte, und inmitten dieses inneren Aufruhrs fühlte ich mich gehört. Ich spürte, wie sie, meine Mondgroßmutter, die Hand ausstreckte, um mich zu besänftigen und mich wissen zu lassen, dass alles gut werden würde. Sie konnte so viel weiter sehen als ich und sagte mir, dass der Weg, der vor mir lag, viel heller sein würde, als er jetzt schien. Ich lag auf dem Boden, gebadet in ihrem Licht, und ließ mich einfach halten. Jeder ihrer Strahlen erhellte einen vergessenen Teil von mir, all die Anteile, die von Natur aus auf das Gute in der Welt vertrauten, die Anteile, die noch unschuldig und unverletzt waren. Vor meinem geistigen Auge sah ich das Kind in mir, das immer darauf vertraut hatte, dass das Leben schon für es sorgen würde, und das schüchtern hinter dem Baum hervorlugte. Je tiefer ich dieses Licht in mich aufnahm, desto sicherer war ich mir, wieder heimzufinden.

* * *

In der schamanischen Praxis werden diese Momente der Heilung und Reintegration als *Seelenrückholung* bezeichnet. *Schamanismus*, ein Wort, das von den Ewenken, einem tungusischen Volk in Sibirien, stammt, ist heutzutage zu einem Modewort geworden, doch seine Wurzeln sind uralt. Der Schamanismus, der gemeinhin als Vorläufer aller Religionen angesehen wird und eng mit dem Animismus verbunden ist, ist eine Art des Sehens und Heilens, bei der sich alles um die Interaktion mit den unsichtbaren Kräften dreht, die uns umgeben. Obwohl viele schamanische Traditionen kulturspezifisch sind, gibt es übereinstimmende Arbeitsweisen und Überzeugungen, die ziemlich universell sind. Zu einem bestimmten Zeitpunkt haben alle unsere Vorfahren eine Variante dessen praktiziert, was wir heute als Schamanismus bezeichnen. Grundlegend geht die schamanische Heilung von der Tatsache aus, dass unsere Welt mit einem unsichtbaren Universum verwoben ist und dass wir zuweilen mit diesem Unsichtbaren arbeiten müssen, um Heilung zu erfahren.

Aus schamanischer Sicht ist es so, dass jedes Mal, wenn wir eine Erschütterung erleben, die ganz zu verarbeiten zu schwer ist, etwas sich von uns ablöst. Es ist nicht wirklich *verloren*, aber es versteckt sich. Wie ein Kind, das hört, wie sich seine Eltern streiten, und sich im hinteren Teil des Kleiderschranks versteckt, verschwinden Anteile von uns, wenn es ihnen einfach zu viel wird. Seelenrückholung ist eine kulturübergreifende schamanische Technik, die von Tibet über die Anden bis hin zur irischen Insel zu finden ist und die uns hilft, Anteile von uns zurückzuholen, die wir im Laufe unseres Lebens verloren haben.

In der Psychologie wird der Verlust der Seele als *Dissoziation* bezeichnet, und der Prozess der Rückgewinnung ähnelt der Wiedereingliederung abgespaltener Teile unserer Persönlichkeit. Wie der Seelenverlust hat auch die Dissoziation einen guten Grund. Wir spalten etwas ab, damit wir in dem Moment nicht die volle Wucht des Schmerzes ertragen müssen, eine Wucht, die unser System irreparabel erschüttern würde. Bei einem Seelenverlust versteckt sich ein Anteil von uns und bringt sich in Sicherheit. Das Problem ist, dass uns die Vitalität und Kraft, die in diesem Teil steckt, entzogen ist, solange wir ihn nicht zurückholen. Bei einer Seelenrückholung geht es nicht darum, die Vergangenheit zu ändern oder das Trauma zu tilgen, sondern darum, uns wieder mit den Anteilen von uns zu verbinden, die wir in jenen Momenten verloren hatten, und so die Ganzheit unseres Selbst wiederzugewinnen. Wie Stücke eines Meteoriten, die über die ganze Welt verstreut sind, warten unsere Seelenanteile auf uns. Sobald wir sie gefunden haben, erkennen wir, was wir alles durchgemacht haben, und lernen den darin verborgenen Wert ebenso zu schätzen wie die Person, die wir heute sind.

* * *

Nach meiner von Großmutter Mond angeleiteten Seelenrückholung schlich ich mich durch die Hintertür nach Hause; der Moment war zu kostbar, als dass ich ihn meinen Mitbewohnern erklären wollte. Ich ging gleich in mein Schlafzimmer, machte das Licht aus und wiegte mich im wunderbaren Licht des Mondes. Ein Teil von mir war zurück, und mit ihm kam der neu erwachte Glaube, dass Heilung möglich ist.

Weithin leuchtendes Licht

Der Mond brachte die Menschen zum Staunen, war Geheimnis und ein Quell des Mythos und der Sehnsucht nach Heimkehr, seit sie in den Himmel schauen. Der Mond ist für zahllose Gedichte, Symphonien und Eingebungen verantwortlich, ebenso wie für die Gezeiten. Wenn wir die Schönheit des Mondes betrachten, würden wir nie vermuten, dass auch er das Ergebnis eines Traumas ist. Als Theia vor 4,5 Millionen Jahren unsere Erde traf, führte diese gewaltige Erschütterung nicht nur zur Entstehung der Jahreszeiten, sondern auch zur

Geburt unseres Mondes. Die Hypothese besagt, dass die Erde nach dem Einschlag von Theia von einem Feld zerbrochener Trümmer umgeben war. Jedes Teil war wie ein abgespaltenes Glied, das die Sonne umkreiste, während die Erde durch den Aufprall geschmolzen war. Im Laufe der Zeit fügten sich die abgesprengten Glieder zu dem zusammen, was wir als Mond kennen.

Unser kostbarer Mond, die Leuchte, die uns nachts den Weg weist, die Großmutter, die uns in ihrem Licht hält, wurde durch denselben Aufprall geschaffen, der uns aus der Bahn geworfen hat. Und es ist der Mond, der das Leben auf der Erde stabilisiert. Ohne den Mond, so die Hypothese der Astronomen, könnte die Neigung der Erde um bis zu 85 Grad schwanken, was zu so dramatischen Klimaveränderungen führen würde, dass Leben nicht möglich wäre. So wie es jetzt aussieht, verschieben sich die Pole im Laufe der Zeit nur um etwa ein Grad. Es ist eines der schönsten Paradoxe des Daseins, dass dieselbe Ursache, die uns aus der Bahn wirft, zu einem Leuchtfeuer wird, das uns hilft, die Berufung unseres Lebens anzunehmen. Bei der Seelenrückholung, ob spontan wie bei meiner Erfahrung mit dem Mond oder unter Anleitung eines Therapeuten, ruft man all die Anteile zurück, die durch einen traumatischen Aufprall verrutscht sind. Wenn sie zurückkommen, bringen sie unsagbare Geschenke mit. Oft sieht man es, wenn ein Stück der Seele eines Menschen zu ihm zurückkehrt. Es strahlt durch seine Augen.

Theia wurde nach der griechischen Titanin benannt, die die Mutter der Sonne und des Mondes war. Für sich genommen bedeutet *Theia* »Göttin« oder »göttlich«, obwohl ihr vollständiger Name, *Theia Euryphaessa,* eher mit »weithin leuchtend« übersetzt werden kann.[7] Was wäre, wenn die Dinge, die uns widerfahren sind, wie schwer sie auch sein mochten, nicht die Dunkelheit wären, die uns verschlingt, sondern Boten, die uns auf die Tatsache unseres strahlenden Lichts hinweisen? Was wäre, wenn die Stöße, die uns bis ins Mark erschüttert haben, uns nicht zerschmettern sollten, sondern uns spüren lassen, dass wir in Wahrheit unauslöschliches Licht sind? Wenn wir unserem inneren Licht folgen, können wir mit der Zeit alle Teile, die wir einst verloren haben, wieder einsammeln und wie Glimmerstücke im Licht des Mondes wiederfinden.

In ihrem Buch *Women Who Run with Wolves* [deutsch: *Die Wolfsfrau*] erzählt Clarissa Pinkola Estés den traditionellen japanischen Mythos vom Mondsichelbären neu. In dieser Geschichte kehrt der Ehemann einer Frau aus dem Krieg heim, aber er ist nicht mehr derselbe Mensch. Der Mann ist launisch, schnell wütend, unberechenbar und gewalttätig – als er nach Hause kommt, fehlen ihm Anteile von sich. Um ihm zu helfen, sucht die Frau eine Heilerin auf, die ihr sagt, sie müsse ein einzelnes Haar des Mondsichelbären holen, der oben in den Bergen lebt.

Es ist eine gefährliche Aufgabe. Es dauert viele Tage, an denen sie dem Bären Opfergaben bringt, auf ihn einredet, ihn besänftigt und umwirbt, bis er bereit ist, ihr von dem Mond auf seiner Brust ein reines weißes Haar zu geben. Als ihr die Frau das Haar bringt, wirft die Heilerin es ins Feuer: Es war nicht das Haar, das die Frau brauchte, sondern geduldige Zuwendung, Verständnis und Großherzigkeit, denn die sind nötig, um nach einem Trauma zu heilen. In uns allen leben sowohl der zutiefst verletzte Ehemann als auch die leidenschaftlich liebende Ehefrau. In jedem von uns gibt es einen Anteil, der über die Ungerechtigkeit der erlittenen Verletzung wütend ist, und einen Anteil, der genau weiß, was zu tun ist, um unser Licht wieder zum Leuchten zu bringen.

In der Astrologie entspricht der Mond unseren Emotionen, den inneren Gezeiten, die unser Leben bestimmen. In der heutigen Kultur betrachten wir Emotionen als Belastung, aber in Wahrheit sind unsere Emotionen wie die Jahreszeiten: Sie geben uns Vielfalt und Tiefe. Emotionen zeigen uns, was unser inneres Selbst braucht, wohin unsere Sehnsüchte uns führen wollen und in welchem Moment des Zyklus oder der Jahreszeit des Lebens wir uns gerade befinden.

Eine der besten Möglichkeiten zur Heilung besteht darin, uns einfach auf unsere Gefühlsjahreszeiten einzulassen – ganz gleich, ob diese Jahreszeiten täglich oder monatlich erscheinen oder zu bestimmten Zeiten im Jahr, etwa an problembehafteten Jahrestagen.

Wie auch immer sich die Jahreszeiten deines inneren Wesens darstellen: Nimm sie an. Nimm den stillen Winter der inneren Einkehr an, den neuen Frühling der Empfindsamkeit, den leidenschaftlichen Rausch des Sommers und die schmerzliche Nostalgie und stille Sehnsucht des Herbstes.

Deine Traumata waren die großen Einschläge, die dazu beigetragen haben, den Planeten zu erschaffen, der du jetzt bist. Irgendwann in deiner Entstehungszeit wurdest auch du aus der Bahn geworfen, aber jetzt bist du wie die Erde: wunderschön in ihrer Wiedererstehung. Genau wie unser Planet bist du durch das, was du erlebt hast, nicht weniger, sondern mehr geworden. Wie Levine so treffend feststellt, bringen uns unsere Heilungswege letztlich »in die berauschende Lage, zu schweben und zu fliegen, was uns einen vollständigeren Blick auf unseren Platz in der Natur ermöglicht«.[8] Von dieser höheren Warte aus kannst du sowohl deine Gaben als auch deine Zugehörigkeit klar erkennen, einen nahezu göttlichen Zustand der Selbstannahme und Dankbarkeit erreichen und die ekstatische Wirklichkeit des Lebens erfahren.

* * *

Ein Rätsel, das die Theia-Einschlagstheorie aufgibt, ist das Verschwinden von Theia selbst. Wenn die Erde von einem so gewaltigen Planeten getroffen wurde, warum finden wir dann keine Hinweise auf die unterschiedliche chemische Zusammensetzung dieses Planeten? Einige Wissenschaftler haben diese Frage mit einem Hinweis auf den Erdkern beantwortet. Wir können keine chemischen Beweise für Theia finden, weil er zu einem festen Bestandteil unseres Planeten geworden ist. Der Kern unserer Erde ist offenbar viel größer, als er für einen Planeten unserer Größe sein dürfte. In Anbetracht dieser Tatsache haben Wissenschaftler die Hypothese aufgestellt, dass Theia beim Einschlag nicht nur die Oberfläche streifte, sondern buchstäblich ein Teil unseres Planeten wurde und mit dem Kern verschmolz.

Unsere Traumata formen uns. Sie sind in gewissem Sinn ein Teil unseres Wesens und vergrößern unseren Kern. Im Zuge der Heilung wird unser Zentrum größer, unsere Herzen werden weiter, unsere Fähigkeit zu Freude, Zuversicht, Verzückung und Vertrauen wird größer. Wenn sich unsere Seele weiter öffnet, erhält unser Geist Zugang zu diesem weithin strahlenden Licht.

Die Dinge, die dich erschüttert haben, haben dich auch gestärkt. Sie haben dir geholfen, die zu werden, die du bist, und werden dir, wenn du dich mit ihnen auseinandersetzt, zeigen, wie uneingeschränkt gut du bist. Ein Trauma gutzuheißen, ist schwer, doch widerstandsfähig sein wollen wir gerne. Die große Geschmeidigkeit und Kreativität unserer Reaktion verdient Bewunderung, Anerkennung und die gleiche dichterische Hingabe, die wir den Blumen des Frühlings, den Früchten des Sommers, den Farben des Herbstes und den Haikus des Winters darbringen. Wenn du also das nächste Mal spürst, wie dich die Last deiner Traumata niederdrückt, dann schau zu Großmutter Mond auf und bitte sie um Hilfe. Geh nach draußen und spüre die Erhabenheit der Neigung der Erdachse. Sage dir – und zwar so, dass dein Innerstes es hören kann –, dass du unbeschädigt bist. Du bist einfach ein Mensch mit Jahreszeiten, und diese Jahreszeiten sind ausgesprochen schön.

ÜBUNG
Kraftquellen in der Natur

Unser Körper weiß instinktiv, wie er sich von einem Trauma heilen kann. Wenn wir Zeit in der Natur verbringen, lassen wir diesen Instinkt zum Zuge kommen und uns bei unserer Heilung anleiten. Diese Übung soll dir helfen, dir durch deine Verbindung zur Natur Kraftquellen zu erschließen – sie soll dir helfen, dich in deiner Mitte geerdet und gehalten zu fühlen.

- Nimm dir draußen in der Natur eine Stunde Zeit. Suche dir einen Ort, an dem du dich von Grund auf wohlfühlst, etwa deinen Lieblingsplatz im Wald oder in einem örtlichen Park. Ziehe bequeme

Kleidung an und nimm einen warmen Umhang oder eine Decke mit.

- Finde einen abgeschiedenen Platz in dieser natürlichen Umgebung, an dem du dich sicher fühlst. Zu Beginn sieh dich um: Bewege deinen Hals und schaue nach rechts und links, nach oben und unten. Wenn wir unsere Nackenmuskeln gebrauchen, signalisieren wir unserem Körper, dass es sicher ist, den Blick schweifen zu lassen.
- Nachdem du dich umgesehen hast, suche dir einen Gegenstand in der Natur, bei dem es sich richtig angenehm anfühlt, wenn dein Blick darauf ruht. Das kann ein Baum, ein Stein, eine Blume, eine Eichel oder ein Bach sein. Nimm alles wahr, was du über dieses Wesen oder Objekt, das du ausgewählt hast, wahrnehmen kannst. Welche Farben hat es? Welche Texturen? Wie könnte es deiner Meinung nach schmecken oder riechen? Wie interagiert es mit dem Licht, der Brise, der Erde oder einem vorbeifliegenden Bestäuber?
- Wenn du alle Sinneseindrücke so gut wie möglich erfasst hast, kannst du von diesem beruhigenden Ankerpunkt aus deine Aufmerksamkeit nach innen auf deinen Körper richten. Versuche, dich auf die reinen Empfindungen in deinem Körper einzustimmen, und lasse dabei das Bedürfnis hinter dir, ihnen Bedeutungen oder bestimmte Emotionen zuzuschreiben. Achte lediglich auf Gefühle wie: »Meine Brust fühlt sich eng an, mein Bauch fühlt sich warm an, meine Füße fühlen sich fest an.« Gehe von deinem Kopf bis zu deinen Füßen und nimm wahr, wie du dich an der jeweiligen Stelle deines Körpers fühlst. Verweile mit deiner Aufmerksamkeit bei deinen Füßen, den unteren Gliedmaßen und dem Beckenboden und nimm wahr, wie sie auf der Festigkeit der Erde ruhen. Heiße jede Empfindung, die du hast, ohne Urteil willkommen.
- Finde eine Stelle in deinem Körper, die sich besonders angenehm anfühlt, und konzentriere dich auf sie. Was ist an dieser Körper-

stelle, das sich so gut anfühlt, dass du deine Aufmerksamkeit darauf lenken möchtest? Lass dich von den guten Gefühlen hier durchströmen.

- Finde nun einen Teil deines Körpers, der sich weniger angenehm anfühlt. Vielleicht eine Stelle, an der du ein Engegefühl, Schmerzen oder Schwere verspürst.

  Beobachte zunächst, was passiert, wenn du einfach bei diesem Gefühl bleibst und nicht versuchst, es zu ändern. Bleib aber offen und schau, ob es sich vielleicht verändert, wenn du bei ihm bleibst. Du kannst auch die Erde bitten, dir zu helfen, etwas von dem Unbehagen aufzulösen. Schau, was passiert, wenn du die liebevolle Energie der Erde in diesen Teil von dir fließen lässt.

  Wenn du dich irgendwann zu unwohl fühlst oder dich anspannst, öffne einfach deine Augen und blicke wieder auf deinen beruhigenden Ankerpunkt in der Natur. Jeder Schritt dieser Übung ist dir freigestellt. Du bist die Expertin für deine Heilung.

- Wenn du so weit bist, öffne deine Augen und genieße wieder die Natur um dich herum. Wenn dir kalt ist, lege dir die Decke oder den Umhang um. Wenn du dich bewegen oder schütteln möchtest, folge diesem Impuls ganz ungezwungen. Mit den nun offenen Augen wirst du vielleicht sogar feststellen, dass deine Sinne geschärft sind. Die Farben sind vielleicht lebendiger oder du spürst die Brise deutlicher. Genieße das Gefühl, von der Natur umgeben zu sein, und ruhe dich hier so lange aus, wie du möchtest.

Hinweis: Obwohl ich fest an die Natur und unsere natürlichen Heilungsfähigkeiten glaube, bin ich auch eine große Befürworterin der Einzelarbeit mit einem ausgebildeten Therapeuten. Wenn du mit einer PTBS [posttraumatischen Belastungsstörung] oder einem Trauma zu tun hast oder dich von deiner Erfahrung überwältigt fühlst, suche bitte die Hilfe einer dafür ausgebildeten Person. Eine Therapie kann eines der größten Geschenke sein, die du dir selbst machen kannst.

4

Die, die ihr Laub behalten

Der frostharte Boden knirschte unter den Füßen, als ich schnaufend den Weg in den Wald hinaufstieg. Es war Mitte Januar, und die Welt hier draußen war eine Welt der Stille. Ich war schon eine Weile unterwegs, hatte aber auf dem Weg noch niemanden getroffen. *Gut*, dachte ich, *jetzt sieht niemand, dass ich mir heute nicht die Mühe gemacht habe, mich anzuziehen*. In den Jahren, nachdem ich in die Berge gekommen war, bevor ich John kennenlernte und wir unser *Highly Sensitive Sanctuary* gründeten, hatte ich so viele Beziehungen wie Häuser und Gärten. Jedes Mal, wenn ich dachte, diesmal könnte es von Dauer sein, lief der Mietvertrag aus – und die Beziehung.

An diesem Tag war es schon ein paar Monate her, dass ich die tränenreiche Trennung, die diesen Herbst bestimmt hatte, überwunden glaubte, aber die chaotischen Nachwirkungen hielten noch an, und mein Interesse an Dingen wie dem Anziehen von Hosen war immer noch dramatisch gering. Als ich kurz vor Mittag aufgewacht war, war ich durcheinander und deprimiert und hatte mir einfach meine Jacke über den Schlafanzug geworfen, eine Mütze auf mein ungekämmtes Haar gezogen und bin nach draußen gegangen. Manchmal, wenn ich nicht weiß, was ich sonst tun soll, gehe ich einfach. Wenn ich an die letzten Jahre zurückdenke, scheint es, als hätte ich meine wichtigsten Erkenntnisse immer beim Gehen gewonnen. Das fing mit den langen Wanderungen am College an, als ich unter den Bäumen Trost fand. Als ich jedoch nach Brooklyn zog, wurde das Gehen zu einem festen Bestandteil meines Tagesablaufs.

In meinem letzten Winter in New York City, als der Garten noch schlief, hatte ich einen Job als Hundeausführerin angenommen. Frage einen Hundebesitzer, und er wird dir wahrscheinlich sagen, dass der Winter eine der schlechtesten Zeiten ist, um mit dem Job zu beginnen. Ein Hundeausführer geht bei jedem Wetter raus – egal ob es regnet, stürmt oder schneit, vereist ist oder regnet – wenn die Menschen, die einen Hund haben, trotzdem zur Arbeit gingen, dann musste ich auch zum Dienst. Meine Agentur vermittelte immer nur einen Spaziergang nach dem anderen, so dass mein Sieben-Stunden-Tag aus halbstündigen Spaziergängen bestand und dazwischen gerade genug Zeit blieb, um mit dem Fahrrad von einer Wohnung zur nächsten zu fahren.

Hundespaziergänge im Winter in New York City sind nichts für schwache Gemüter. Wenn es nicht knochenkalt ist, ist es nass und matschig. Man muss mehr Schichten tragen als ein Schneemann, um es warm zu haben, und am Ende des Tages sieht die Kleidung aus wie ein abstraktes Gemälde: von all dem schwarzen Schneematsch, den die Autos aufspritzen ließen. Der Job war hart, wenig glamourös und anstrengend – und ich liebte ihn. Sicher, an den meisten Abenden schleppte ich mich die Treppe zu meiner Wohnung hinauf, und mein Körper schrie nach einem heißen Bad, aber ich konnte den ganzen Tag unterwegs sein, mich bewegen, jeden Park im Umkreis von ein paar Kilometern besuchen und mit der letzten verbliebenen Verbindung der New Yorker zur wilden Natur zusammen sein – ihren Haustieren. Auf diesen Spaziergängen habe ich immer am besten nachgedacht, in die Zukunft geträumt, die schweren Brocken meiner Vergangenheit geknackt oder einfach die Poesie einer winterstillen Straße genossen. Meine Liebe zum Gehen wurde mir in den friedvollen Wäldern des Hudson Valley in die Wiege gelegt, aber sie wurde durch die Straßen von New York City noch vertieft und verfeinert.

Ein wesentlicher Grund für meine Liebe zum Gehen muss in diesen Tagen auf den Straßen von Brooklyn gelegt worden sein, denn meine Lieblingsjahreszeit zum Wandern ist, wenn die Bäume ihre Blätter abgeworfen haben. Das Winterwandern birgt eine besondere

Art von Klarheit und Glück. Die Schichten, die sich um meinen Körper legen, und die Stille der Bäume geben mir das Gefühl, in die Vorstellungswelt der Erde einbezogen zu sein. Die kalte Luft reinigt mich, die schiere Offenheit der Landschaft macht mich frei, und da ich mich auf so wenig konzentrieren muss, kann mein Auge das Spiegelglas meiner Gedanken besser durchdringen. Als ich Brooklyn verließ und in die Berge zog, war meine Liebe zum Wandern wie ein Schössling, der dort Wurzeln schlug und ungeheuer wuchs. Obwohl ich jetzt in einer ganz anderen Gegend war, hatte ich beim Gehen immer das Gefühl, nach Hause zu kommen. In diesem Teil der Appalachen sind die Berge wie die Falten einer alten Schürze. Im Sommer kann man sich in den Tälern verirren, wenn man versucht, einer Senke bis zu ihrem Ende zu folgen. Im Winter jedoch wird die ganze Landschaft sichtbar. Blau und schalenförmig öffnen sich die einst engen Schluchten wie ein meditierender Geist und laden zur Erkundung ein.

* * *

Als mir von dem anstrengenden Anstieg auf den Berg warm geworden war, knöpfte ich die Wolljacke auf, damit die Winterluft in den Schlafanzug darunter drang. Mit meiner Strickmütze, etwas schief aufgesetzt, damit Wärme entweichen konnte, ging ich an der alten verlassenen Hütte vorbei und hinauf zum Aussichtspunkt auf dem Bergrücken. Im Sommer sieht man nur ein Gewirr von Kletterpflanzen und jungen Bäumen, aber im Winter öffnet sich die Aussicht und man kann die blauen Falten der Berge im Osten sehen. Schon den ganzen Winter über war ich hierhergekommen, wenn ich Klarheit brauchte und das Gewirr meiner Gedanken zu durchdringen versuchte.

Ich stand da, die Jacke offen im Wind, und ließ die Berge mich durchpusten. Ich blickte aus dem Netzwerk dunkler Ranken und Äste, die von der Last des Winters gebeugt waren, und ließ all die Schwere, die ich in mir getragen hatte, in die Erde sinken. Ich konnte vor lauter Kummer nicht mehr stehen, kniete mich auf den kalten Boden und begann zu weinen. Ich weinte um mein gebrochenes Herz, um den Menschen, den ich verloren hatte, und um den Traum von einer mit dieser Beziehung gestorbenen Zukunft. Ich weinte um meine Einsamkeit und mein ungewaschenes Haar. Ich weinte um die inzwischen nassen Knie meines Schlafanzugs und um all die Morgen, an denen ich mit dem Gefühl aufgewacht war, unter einem Stein festzusitzen.

Als sich die Schleusen öffneten, wurde mir klar, dass die Schwere, die ich mit mir schleppte, viel älter war als dieser jüngste Schmerz. Ich weinte wegen all der unnennbaren Lasten, die ich noch immer mit mir herumtrug, ganz gleich, wie alt oder weise ich zu werden vermeinte. Ich weinte wegen der Muster, die ich immer und immer wieder wiederhole; um die Traumata, die meinen Weg durch die Welt prägten. Ich weinte aus Frustration, weil ich wieder hier war, an diesem vertrauten Aussichtspunkt, wo ich durch ein dunkles Gewirr von Ranken blickte und mich fragte, ob ich jemals zu den sonnenbeschienenen Hügeln auf der anderen Seite gelangen würde.

Ich kannte diesen Ort, diesen Gipfel des Kummers. Ich war schon viele Male hier gewesen. Ich spürte, wie die Frustration der Selbstverurteilung heiß in mir aufstieg und mit der Reinheit meiner Tränen rang – wie lange dauert es, etwas zu verarbeiten, es loszulassen? Stimmt etwas nicht mit mir, dass ich immer noch mit der gleichen Art von Liebeskummer zu kämpfen habe? Gibt es einen Zeitplan für Trauer oder Loslassen? Und wenn ja, habe ich völlig den Anschluss verpasst?

Ich hatte niemanden den Weg heraufkommen hören, aber als ich mir die heißen Tränen von den kalten Wangen wischte, hörte ich jemanden in der Nähe flüstern: »Shusshhhh, shhhh.« Ich wandte mich um, um zu sehen, wo diese zutiefst beruhigende Stimme herkam. »Shushshsh, shhhh.« Es hörte sich an wie eine Mutter, die den Schmerz eines Kindes stillt, eine liebevolle Fürsprache, die murmelt: »Ich weiß, ich weiß.« Ich drehte mich um meine Achse, um den Ursprung des Geräusches zu finden.

Zu meiner Linken stand eine Buche, deren Blätter sich noch kräuselten, dünn wie altes Papier an den jungen, dünnen Zweigen. Der Wind rüttelte an den Ästen, und die Blätter flüsterten wieder, diesmal direkt vor mir. »Shushshsh.« Ich stand auf und ging verwundert auf den Baum zu. Als ich mich umschaute, sah ich, dass es der einzige Baum im Umkreis war, der noch Blätter hatte. Die Kastanien waren kahl, die Ahorne nur hier und da mit einem alten braunen Rest versehen, aber diese Buche hing voll mit flüsterndem Gold. Das war mir bis jetzt noch nie aufgefallen, aber ich würde bald erfahren, dass dieser Baum keine Anomalie war. Ich fand heraus, dass einige Bäume ihre Blätter behalten, selbst nach dem Auflodern des Herbstes. Ich lehnte meinen Kopf an die Rinde und lauschte dem Flüstern. Es hörte sich an, als würde jemand sagen: *Alles wird gut.*

* * *

Bist du jemals mitten im Winter in einem stillen Wald umhergewandert und hast das beruhigende Wispern der alten Blätter im Wind gehört? Hast du die rehbraunen Locken gesehen, die trotz der Kahlheit des Blätterdachs des Waldes geblieben sind? In jedem dieser Bäume steckt eine Geschichte über die Schmach, nicht loslassen zu können. Wenn du ihnen zuhörst, erzählen sie dir eine Geschichte über das Leben nach deinem Zeitmaß, unabhängig von den äußeren Jahreszeiten. In ihren Blättern steckt die Gewissheit, dass sich alles genau richtig entwickelt, ganz gleich, ob man noch an etwas festhält. Als ich an dieser Buche saß, lernte ich endlich das Gleichnis derer, die *ihre Blätter behalten.*

Wenn der Herbst nicht das Ende ist

Jeder liebt die Fanfaren des Herbstes in der Welt der Laubbäume – die Dramatik, die Farben und das stimmungsvolle Verklingen. Ein bisschen wie das große Finale einer Oper, hat die Läuterung des

Herbstes etwas von Natur aus Prunkvolles. Mit seiner leuchtenden Blätterfülle und den rot gefärbten Bäumen wirkt der Herbst spektakulär, makellos und vollständig. Jeder, der den Herbst in einem Teil der Welt erlebt hat, in dem sich die Bäume entflammen, weiß, dass es eine ekstatische Erfahrung ist, sich dieser feierlichen Selbstaufgabe anzuschließen – sich auf die fallenden Blätter einzuschwingen und zusammen mit ihnen die eigenen Lasten vergehen zu lassen. Doch bei dieser vermeintlich gesellschaftlichen oder naturgegebenen Vorgabe, die einen verleitet loszulassen, wenn die Blätter von den Bäumen fallen, bleibt eine leise Wahrheit allzu oft unerkannt: Nicht jeder Herbst ist in seiner Läuterung vollständig. Nicht jedes Finale markiert das Ende. Nicht jedes Blatt ist bereit zu gehen, wenn die Winde kalt werden. Nicht jeder Baum wirft seine Last ab, wenn der Tag vergeht. Wie lebendig der Herbst auch sein mag, der Winter kommt unweigerlich. Die Farben verblassen. Das Ritual endet. Und manchmal, selbst nach der aufwendigsten Zeremonie, bleiben alte Dinge zurück.

Oft heißt es, es gäbe einen richtigen und einen falschen Zeitpunkt für das Loslassen; es gäbe eine bestimmte Zeit, in der es natürlich ist, zu wachsen oder weiterzugehen, und dass wir, wenn wir diese Zeit verstreichen lassen, jämmerlich hängenbleiben. Wie bei vielem in unserer Gesellschaft, gibt es auch hier einen unbewussten Glauben an ein gesellschaftliches Metronom, das vorgibt, wie ein »normales« Leben aussieht und wann der »richtige« Zeitpunkt ist, etwas zu tun.

Wir haben Zeitvorgaben, wann wir zur Schule gehen, uns verlieben, heiraten, Kinder bekommen und in Rente gehen sollen. Wir haben auch Erwartungen, wie wir durch Trauer, Verlust, Selbstzweifel oder Traumata hindurchgehen sollen, um die Schwierigkeiten einer Phase loszulassen, damit wir schnell und effizient zur nächsten übergehen können. Hört man auf dieses kulturelle Narrativ, so scheint es, das Weitergehen solle so zuverlässig sein wie das Vorstellen der Uhren auf Sommerzeit, aber die Wahrheit über organisches Wachstum und Veränderung ist viel individueller, weniger festlegbar und vielfältiger. Wenn du einen Blick aus deinem Fenster wirfst, wirst du feststellen, dass die Natur eine viel weitere Vorstellung davon hat, wie flexibel diese Zeitvorgaben sind. So sehr wir den Herbst auch als die ultimative Jahreszeit für das Loslassen betrachten, so stellt sich doch heraus, dass eine ganze Gruppe von Laubbäumen die Dinge ganz anders angeht.

* * *

In der Grundschule lernen wir, dass es in den gemäßigten Breiten zwei Arten von Bäumen gibt: die sommergrünen Bäume, die im Herbst alle Blätter abwerfen, und die Nadelbäume, die immergrünen, die ihre photosynthetisierenden Teile über alle Jahreszeiten hinweg behalten. Aber wie so oft gibt es noch eine dritte Wahrheit: eine Art von Bäumen, die irgendwo dazwischen liegt. Merkwürdigerweise sind manche Laubbäume gar nicht so laublos, wie wir denken. Selbst nach dem Ende des Herbstes behalten diese Bäume ihre Blätter. Ein geheimnisvoller Vorgang, aber Wissenschaftler haben dieser interessanten Eigenschaft einen Namen gegeben: *Marzeszenz*.

Marzeszenz ist ein fremdartiges Wort, das wie eine Beschwörung klingt. Es kommt aus dem Lateinischen und bedeutet »Schrumpfung«.[1] Der Fachausdruck für die eigentümliche Tendenz von Laubbäumen, ihre abgestorbenen Blätter den ganzen Winter über zu behalten, lautet »marzeszent«. Wir gehen zwar davon aus, dass fast alle Laubbäume am Ende des Herbstes ihre Blätter abwerfen, aber wenn man sich umschaut, sieht man überall Ausreißer. Wenn wir Dinge haben, die wir nicht loslassen können, meinen wir, nicht normal zu sein. Aber ein Blick in den Wald wird dir zeigen, dass du dich damit in guter Gesellschaft befindest.

Jede in der Natur vorkommende Vorgehensweise hat ihre Vorteile, sonst gäbe es sie nicht. Merkwürdigerweise sind sich die Ökologen im Hinblick auf die Marzeszenz noch immer nicht sicher, warum einige Bäume diese Eigenschaft entwickelt haben. Da die Marzeszenz meist bei Bäumen auftritt, die noch jung und erst dabei sind, ihre volle Höhe zu erreichen, lautet eine Hypothese, dass die verbleibenden Blätter die schmackhaften neuen Knospen vor Fressfeinden verstecken sollen. Es ist auch möglich, dass der Baum durch den längeren Verbleib der Blätter eine größere Menge an Kompost erhält, wenn er ihn im zeitigen Frühjahr braucht. Während ein Ökologe vielleicht Mühe hat, den Zweck eines solchen Festhaltens zu verstehen, verstehen der Dichter, der Waldwanderer oder die Trauernde es ganz von selbst.

Man sagt uns, wir müssten alle demselben Zeitplan folgen: säen, pflanzen, pflegen, ernten und kompostieren. Und wenn unser Lebensweg nicht mit dem gesellschaftlichen Wertesystem übereinstimmt, fühlen wir uns so verloren wie das letzte am Baum zurückgelassene Eichenblatt, das sich allein im Wind dreht. Es ist sinnvoll und gut, sein Leben nach den Rhythmen der natürlichen Welt zu leben, aber überall, wo man hinschaut, sieht man ein breites Band des Daseins, das von der schieren Vielfalt der Zeitlinien lebt. Es gibt Mikroklimata, Nischen und winzige Verschiebungen des Tageslichts, die dafür sorgen, dass ein Baum auf dem Berggipfel sich völlig anders verhält als einer unten in der Talmulde. Marzeszenz erinnert uns daran, dass wir unsere eigenen Zyklen von Geburt und Tod durchlaufen, wenn wir dem Rhythmus unseres Metronoms folgen – und dass diese Zeitlinie, so verwirrend sie auch erscheinen mag, anpassungsfähig, gesund und von verborgener Weisheit erfüllt ist.

Die Gabe der Marzeszenz

Jeden Herbst versuche ich, mich dem feierlichen Geschehen des Loslassens anzuschließen. Wenn die Blätter fallen, versuche ich, mich auf die Jahreszeit einzustellen, indem ich die Häute alter Beziehungen, Projekte, Verluste und Blockaden abstreife. Manchmal gelingt mir das. Aber manchmal, ganz gleich, wie viele Haufen ich anlege oder wie viele Feuer ich zu Asche verbrenne, bleiben einige hartnäckige Blätter zurück.

Es gab viele solcher Momente in meinem Leben, in denen ich an den Überresten der Vergangenheit festgehalten habe, lange nachdem der Herbst mit seiner sanften Ermunterung vorbei war, und sie so fest umklammerte, wie die Buche instinktiv die letzten Herbstblätter festhält. Es gab viele Jahreszeiten, in denen ich eine Schonfrist für das Vergehen brauchte, die Ruhe eines langen Winters, um das Alte vollständig zu verarbeiten und zu Kompost werden zu lassen. Das leise »Shussshhh« der schlanken Buche mit ihrem sanften Blätterrauschen hat mich getröstet, denn es ist zwar normal loszulassen, aber es ist auch natürlich festzuhalten. Manche Dinge brauchen einen kurzen Sommer, um verarbeitet zu werden, und werden mit dem ersten orangefarbenen Schimmer des Herbstes losgelassen. Aber andere Dinge, die großen Dinge, die Herausforderungen, die uns helfen sollen, uns selbst wahrhaftig *zu erkennen*, brauchen ein wenig mehr Zeit. Je länger es dauert, etwas loszulassen, desto größer sind die Chancen, dass es tiefgreifende Auswirkungen auf unser Leben hat.

Der Körper ist weise in dem, was er zu halten beschließt. Jeder Augenblick, den wir mit der Meditation über Marzeszenz verbringen, enthält Weisheit. Kein einziger Moment wird verschwendet. Aus wissenschaftlicher Sicht verkündet die Marzeszenz, dass die Bäume mit ihrem Prozess noch nicht ganz fertig sind. Es gibt Aspekte der vergangenen Jahreszeiten, die noch nicht abgeschlossen sind. Auch wenn wir uns in einer Saison von allem gelöst haben, was möglich war, ist das, was übrigbleibt, wichtig. Diese verbleibenden Blätter haben, auch wenn wir sie nicht erklären können, einen Sinn.

Marzeszenz spricht zu uns in winterlich-ruhigen Tönen: Wenn du immer noch trauerst, dient diese Trauer einem Zweck. Wenn du immer noch um dieselben inneren Blockaden, Auslöser oder Themen zu kreisen scheinst, gibt es einen Grund, warum sie sich so hartnäckig halten. Wenn es etwas gibt, mit dem du scheinbar immer wieder zu tun hast – vertraue auf den richtigen Zeitpunkt. Woran auch immer du festhältst, es ist Teil eines unbekannten Rituals der Selbsterhaltung und Transformation. Es ist keine Schmach, diejenige zu sein, die ihre Blätter noch ein wenig länger behält. Es ist Anpassungsfähigkeit, die der Erde so gewiss dient wie der Regen.

Auch wenn wir diesen Vorgang oft nicht verstehen, so ist er doch eine in der Welt beliebte Strategie. Das Schimmern der Buchenblätter im fahlen Winterlicht hebt die Stimmung, wenn alles andere kahl ist. Die vollkommen ausgebildeten Blütenhülsen eines Tulpenbaums erinnern an die ewige Blüte im Innern. Die unverwüstlichen ledernen Kräusel der Eiche erinnern dich an deine ungebrochene Stärke. Woran man festhält, hat seine ganz eigene Anmut und Bedeutung.

Deine Zeitlinie ist genau richtig

Den ganzen Winter über bin ich auf den Bergrücken gestiegen, um das Wiegenlied dieser Buche zu hören. Anfangs kämpfte ich mich noch in meinem Schlafanzug und mit zerzaustem Haar nach oben, aber schließlich schritt ich zügig aus in frisch gewaschenen Leggings und mit einem ordentlichen Zopf. Ich wanderte an Eistagen und an Schneematschtagen. Ich wanderte mit einer Zuversicht, leicht wie mein Halstuch, und mit einem Herzen so schwer wie Schneestiefel. Ich wanderte hinauf, um bei dieser Mutterbuche zu sitzen und in dem Verstehen zu sein, das sie predigte. Ich bin hingepilgert, wenn ich das Gefühl hatte, endlich voranzukommen, und ebenso, wenn ich befürchtete, alles sei umsonst gewesen. Jedes Mal, wenn ich oben auf dem Kamm ankam, hörte ich das zarte »Shushshh« der Blätter und wurde getröstet – es war absolut in Ordnung, mir so viel Zeit zu nehmen, wie ich brauchte.

Wir assoziieren Rasseln mit der Beruhigung von Babys, aber in manchen Kulturen dienen Rasseln als Instrumente, die die Reise eines Schamanen in das Unsichtbare erleichtern, eine Pilgerfahrt, die er unternimmt, um Einsichten zu gewinnen und Medizin zu bekommen. Als ich unter dem leisen *Schuschen* dieser Buche saß, konnte ich mich einer weiteren Sichtweise öffnen, über meinen Herzschmerz und meine Frustration hinaus, und die Weisheit eines langsamen Voranschreitens erkennen. Von dieser erhöhten Aussicht aus erkannte ich die Wahrheit: Alles erscheint zur rechten Zeit.

Den ganzen Winter über saß ich auf diesem Bergkamm und durfte genau so sein, wie ich war – müde, verletzlich und im Prozess. Jeden

Tag schenkte ich mir diese Zuwendung, und mit jedem Tag veränderten sich kleine Dinge. Der Winter verging in der steten Abfolge dieser Wanderungen, und bald begann der Frühling zu sprießen. Die erste Wärme im März geht immer vom Boden aus, mit dem weichen Grün der Vogelmiere und der Brennnessel. Es dauert Wochen, bis der Frühling endlich die Baumkronen erreicht. In den Bergen hier beginnen die Bäume erst Ende April mit dem Laubaustrieb. Dann bin ich oft so sehr damit beschäftigt, nach unten zu schauen, dass ich vergesse, nach oben zu blicken.

Als ich eines Tages auf dem Berg entlangwanderte und mich freute, neue Wildblumen entlang des winterlichen Weges zu entdecken, stellte ich mit Schrecken fest, dass ich die Buche schon seit Wochen nicht mehr besucht hatte. Zielstrebig ging ich los. Die Sonne schien durch den leichten Pullover auf meinen Rücken, als ich den Baum entdeckte. Aber die Buche, an die ich mich über den Winter so gewöhnt hatte, hatte sich verändert. Darum war sie nicht leicht zu finden. Aber schließlich erkannte ich den Baum an seiner Form – rund und elegant wie eine Schnapsflasche. Das leise Rascheln der Buchenblätter war fort, und die winzigen zusammengelegten Fächer ihres neuen Grüns kamen gerade hervor.

In manchen Jahren frage ich mich, ob die alten Blätter die neuen am Wachsen hindern. Wird die Last, die der Baum trägt, einen Neuanfang verhindern? Die Antwort lautet immer: Nein. Wenn es Zeit ist, ist es Zeit. Irgendwann, wenn der Frühling naht, werden selbst die hartnäckigsten Blätter losgelassen und die neuen beginnen zu wachsen. Das Alte wird nie für immer bewahrt, das ist einfach nicht möglich. Alles fällt im richtigen Moment ab.

Das Zauberwort der Marzeszenz flüstert uns ins Ohr: Es ist wirklich in Ordnung, sich in seinem Zeitmaß zu bewegen. Der Frühling wird kommen. Du musst deinen Prozess nur seinem natürlichen Verlauf folgen lassen.

* * *

Ich erinnere mich noch an den Tag, an dem ich meine Therapeutin kennenlernte. Ich war endlich bereit, mich mit dem Trauma auseinanderzusetzen, das aus den missbräuchlichen Beziehungen meiner Teenagerjahre herrührte. Obwohl ich vieles schon selbst geheilt hatte, war es an der Zeit, mich an einen Profi zu wenden. Shannon war eine temperamentvolle, warmherzige Frau mit wilden grauen Haaren und eulenschwarzem Eyeliner, und im Wartezimmer lief Kate Bush. Ich mochte sie sofort.

Anfang jenes Monats hatte ich etwas erlebt, das mich dazu brachte, endlich Hilfe zu suchen. Nachdem ich in meine alte Heimat gefahren war und Freunde aus dieser Zeit getroffen hatte, fühlte ich mich auf unerklärliche Weise durcheinander, als ich in die Berge zurückkehrte. Es kam mir vor, als lebte ich außerhalb meines Körpers. Ich hatte Flashbacks mit Erinnerungen an den Missbrauch und Panikattacken. Shannon half mir, dies als die Nachwirkungen einer PTBS zu erkennen, und arbeitete mit mir daran, mich dieser alten Verletzung behutsam zu nähern.

Ich erinnere mich, wie ich ihr verwundert und verzweifelt zurief, ich könne nicht glauben, dass mich etwas, das vor einem halben Leben passiert war, so sehr aus der Fassung bringen konnte – ich war schockiert, dass ich immer noch so stark daran festhielt. Sie lächelte und erklärte mit einer Stimme, die so beruhigend war wie eine Babyrassel, dass diese Art des Festhaltens zu unserem inneren Anpassungssystem gehört. Wenn etwas zu groß ist, um es auf einmal zu verarbeiten, verpacken wir es fein säuberlich und legen es weg, um es irgendwann wieder auszupacken. Ein solches Festhalten ist kein Zeichen von Schwäche – es ist ein Zeichen unserer Stärke. Unser weiser Körper weiß, wann wir in der Lage sind, Dinge loszulassen, und so wartet er, bis der Frühling am Horizont sichtbar wird. Die Dinge lockern sich allmählich, wenn ein Neubeginn sich bereits abzeichnet.

Ich habe vor über einem Jahrzehnt begonnen, mit Klienten zu arbeiten. Damals war ich erst Mitte zwanzig, aber ich hatte schon so viel durchgemacht und wollte unbedingt helfen. Bei all den verschiedenen Heilungswegen, auf denen ich Menschen begleitet habe, gibt es jedoch fast immer eine Konstante. Neben all den wunderbaren Momenten des Erkennens gibt es ganz zentral in unserem Leben ein besonderes Thema, etwas, an dem wir lange Zeit arbeiten sollen. Ob es sich um die Wunden der Kindheit, die ständige Selbstkritik oder die Trauer über den Zustand der Welt handelt – diese großen Dinge sind da, damit wir uns für die eigentliche Bestimmung unseres Lebensweges öffnen. Denn so hell und strahlend unsere einfacher zu erreichenden Einsichten auch sein mögen, sie sind nicht der Stoff, aus dem die wirklich grundlegenden Veränderungen gemacht sind.

Es sind jene Dinge, die uns im Winter noch beschäftigen, die uns unweigerlich in den Frühling führen. Die stärksten Heilmittel brauchen lange Zeit, um zur Wirkung zu gelangen. Die Dinge, an denen wir viele Jahreszeiten lang festhalten, sind kein Anzeichen für unsere Unzulänglichkeiten, sondern Indikatoren für die Tiefen unseres Seelenweges – und ein wesentlicher Teil der Schönheit der Welt. Eine der größten Freuden bei einer Wanderung durch die Jahreszeiten ist die Begegnung mit der ganzen Vielfalt, die meine Umgebung ausmacht. Ich liebe es zuzusehen, wie sich die Blätter oben auf dem Bergkamm früher rot färben als die Blätter unten bei mir zu Hause oder wie sich der Winter auf der Nordseite des Taleinschnitts früher einstellt. Gartenarbeit ist die Kunst, mit dieser zeitlichen Vielfalt zu arbeiten. Eine große Vielzahl von Arten, die alle zu verschiedenen Zeiten blühen, macht deinen Garten großartig. In meinem Vorgartenbeet beobachte ich mit Freude, wie die Krokus- in die Hyazinthenblüte übergeht, die wiederum den Schwertlilien Raum geben, die wiederum Taglilien, Sonnenhut, Eisenkraut und Zwiebeln Platz machen. Es zeigt sich, dass wir Spätblüher brauchen – sie sind es, die der Erde Schönheit verleihen, wenn alles andere verblasst. Die Erde ist wie ein Orchester, und unser persönliches Zeitmaß macht die Symphonie zu einem wahren Meisterwerk.

Wenn wir uns zugestehen, so zu sein, wie wir von Natur aus sind, nähren wir die größeren Zyklen der Welt. Indem wir unseren inneren Rhythmen folgen, lassen wir eine Gesellschaft entstehen, die die Lebendigkeit der gesamten Vielfalt der Erde wertschätzt. Wenn wir die Vollkommenheit unseres Entwicklungsweges erkennen, können wir eine Kultur schaffen, die so weise, so stark, so langsam und so selbstvergebend ist, dass sie uns an der vollkommenen Ganzheit der Erde neu ausrichtet.

Jedes Frühjahr schaue ich danach: Wann genau verlieren die Buchen ihre Blätter? Und die Antwort ist immer dieselbe: zu ihrer Zeit. Du bist ein Globus, der sich in den Jahreszeiten seines eigenen Jahres dreht, und wenn es Zeit für den Frühling ist, wird der Frühling kommen. Die Marzeszenz dauert nicht ewig. Wenn du dich mit deinem ureigenen Wesen in Einklang bringst, wirst du niemals zurückbleiben.

ÜBUNG
Mache dir die Zeitachsen deines Lebens bewusst

Diese Übung soll dir helfen, die verschiedenen Lebensabschnitte zu erkennen. Wenn du ein Bild deiner persönlichen Zeitachsen erstellst, kannst du erkennen, wie weit du gekommen bist, und dich in Geduld üben, wenn du noch an etwas arbeiten musst.

1. Nimm ein leeres Blatt Papier zur Hand. Lege es quer vor dich hin und ziehe eine Linie von links nach rechts. Schreibe am Anfang der Linie dein Geburtsdatum und am Ende »jetzt«.

2. Trage auf der Zeitachse alle Zeitabschnitte ein, die dir einfallen, und markiere sie so, wie es sich für dich richtig anfühlt. Schreibe zu jedem Zeitabschnitt die größte Herausforderung dazu, die mit dieser Zeit einherging. Füge auch besondere Daten oder Meilensteine hinzu.

3. Wenn du fertig bist, schau dir deine Zeitachse an. Achte darauf, wie sich das, was für dich in der Vergangenheit eine Herausforderung war, fast immer auflöste, wenn es an der Zeit war. Siehst du, wie der Zeitpunkt, an dem du etwas losgelassen hast (eine Beziehung, einen Job, einen Traum), tatsächlich genau richtig war für das, was dann als Nächstes in deinem Leben dran war? Wie haben

die Dinge, an denen du festgehalten hast, deine Begabungen, Talente oder Stärken zum Tragen gebracht?

4. Schreibe nun ganz rechts in der Gegenwart auf deiner Zeitachse die folgende, von dem Dichter und Philosophen John O'Donohue inspirierte Affirmation: *Ich lebe, wie ein Fluss fließt, getragen von der Ungewissheit meines Weges.* Achte darauf, wie du dich in deinem Körper fühlst, wenn du diese Affirmation laut aussprichst. Gib ihm Zeit und nimm dir Zeit. Wenn du darüber nachdenken möchtest, woran du im Augenblick noch festhältst, dann tu es. Wie könnte das, woran du festhältst, dir helfen zu wachsen? Nutze deine Vorstellungskraft, um dir das bestmögliche Ergebnis vorzustellen, und lasse es sich entfalten.

Teil Zwei

Der Spiegel

Sich selbst wertschätzen

5

Zarter Frühling

MEIN POST-IT-ZETTEL MIT MEINER Packliste hatte schon Eselsohren. Ich blickte auf den Haufen Dinge auf dem Küchenboden hinunter: Schlafsack, Messer, Kochtopf, Kopfkissen, ein Pflanzenbestimmungsbuch. Fehlte noch etwas? Ich öffnete die Haustür, um zu schauen, wie kühl es war, und legte prompt noch einen Hut auf den Haufen. Im Frühling kann es in den Bergen immer noch Frost geben. Ich sah mir den Haufen ein letztes Mal an und nahm das Kissen fort, um noch ein Wildpflanzenbestimmungsbuch dazuzulegen. Niemand könnte sagen, ich hätte meine Prioritäten nicht klar gesetzt.

Es war das erste Mal, dass ich allein campen wollte. Bei der Vorstellung kribbelte es in meinem Innern. In meiner Begeisterung war ich wie ein Welpe – tollpatschig, unbeholfen und bereit, mich kopfüber in dieses neue Abenteuer zu stürzen. Ich hatte den Ausflug so geplant, dass er mit der ersten Blütezeit der Wildblumen, den Frühlingsblühern, zusammenfiel. Kurzlebige Pflanzen, *Frühjahrsephemere,* sind Wildblumen, deren gesamtes oberirdisches Leben in der kurzen Zeitspanne des Vorfrühlings stattfindet. Viele Menschen kennen die gewöhnlichen Garten-Ephemere wie Narzissen oder Hyazinthen, aber es gibt eine ganze Gemeinschaft von Wald-Ephemere – selten, zart, bezaubernd und kurzlebig –, die unsere heimischen Wälder zieren. Den ganzen Winter über starre ich wie ein Fährtensucher auf den kalten Boden und versuche mir vorzustellen, welche fantastischen Wurzeln sich wohl zwischen den Bäumen befinden. Im Frühling, nach langem Warten, haut mich die Entfaltung der Ephemere immer wieder von neuem fast um.

Die meiste Zeit des Jahres leben Ephemere im Wald unter der Erde, aber sobald sich der Boden erwärmt, beginnen sie ihr rasches Wachstum, um die ersten Nahrungsquellen des Frühlings zu bieten: Nektar, Pollen und Medizin. Diese seltenen Arten wachsen oft an bewaldeten, nach Norden ausgerichteten Hängen und bekommen in der Hauptwachstumszeit nicht genug Licht zum Gedeihen. Doch in den ersten Wochen des Vorfrühlings, bevor sich das Blätterdach schließt, kann die Sonne den Waldboden bescheinen und diese kurzlebigen Pflanzen aus ihrem Jahresschlaf wecken. In der Zeit, in der Ahorne, Tulpenbäume und Lärchen ihre Blätter austreiben, entwickeln sich diese Blumen von der Knospe zur Blüte, zur Frucht und zum Samen und gehen wieder in die Wurzeln ein, wenn sich das prächtige Blätterdach schließt. Im Laub am Boden des Waldes, wo die Bäume den langen Winter über wie Persephone schlafen, sind die ephemeren Wildblumen die Herolde, die die Rückkehr der wachsenden Welt ankündigen. Sie sind so etwas wie der Chor der Morgendämmerung, verwurzelte Singvögel, die das Wiedererwachen eines reichen Laubwaldtals feiern. Es ist fast unmöglich, *nicht* von ihnen angetan zu sein.

Die ersten flüchtigen Frühlingsboten überraschen einen immer, so geheimnisvoll und verhalten, wie es nur Bewohner der Unterwelt sein können. Man muss sich auf das Subtile, das Unerwartete einstellen, das aus dem kahlen Waldboden auftaucht. Wenn du die Vorkommen der Blumen einmal erfasst hast, wirst du feststellen, dass sie in Wellen kommen, exotisch wie die Seidenfahnen der Wüstenkarawane des Vorfrühlings: Blutwurz, Leberblümchen: Frühlingsschönheiten; Anemone, Hundszahn, Waldlilie: zeitweilige Wunder, jede einzelne. Mit ihren zarten Blütenblättern scheinen sie selbst das härteste Herz und die härteste Erde aufbrechen zu können.

* * *

Ich hatte noch nie etwas von Frühlings-Ephemeren gehört, bis ich an den Blue Ridge kam. In meiner ersten Woche an der Kräuterschule machte sich die gesamte Klasse – unerfahren, aber eifrig und noch sehr grün hinter den Ohren – auf den Weg zum Great Smoky Mountains National Park, um diese einzigartigen Frühlingsboten kennenzulernen. Die südlichen Appalachen sind für ihre spektakuläre Blütenpracht bekannt, wobei die Smoky Mountains die Hauptattraktion darstellen. Während unsere Klasse sechs Stunden lang durch die Wälder strich, versuchte ich, bei dieser ersten Pflanzenexkursion mitzuhalten. Am Ende des Tages hatte ich eine Liste mit über vierzig verschiedenen Pflanzen. »Viele dieser Blumen«, sagte unsere Lehrerin Juliet Blankespoor, »werden in ein oder zwei Wochen verschwunden sein, also sieh zu, dass du sie findest, solange sie da sind.«

In einer Pause entfernte ich mich von der Gruppe und bückte mich nach der zarten weißen Blüte einer kurzlebigen Pflanze, deren Namen ich gerade gelernt hatte – *Bloodroot* [*Sanguinaria canadensis*, nicht identisch mit unserer europäischen Blutwurz]. Ich berührte ein neues Blütenblatt, denn ich wusste, dass diese Blüte nur ein paar Tage blühen würde, bevor sie abfiel. Andere Bloodroot-Pflanzen in der Nähe kamen erst aus dem Boden. Die Bloodroot ist nach dem roten Saft ihrer Wurzeln benannt und taucht auf phantastische Weise aus den Tiefen der Erde auf. Die Pflanze wächst zu ihrer vollen Höhe heran, bevor sich das handförmige Blatt entrollt und eine schlanke Blüte zum Vorschein bringt, die sich wie ein Wunder über der Blattfläche offenbart. Mit Blütenblättern, die so dünn sind wie Wasser und von einer Farbe wie Sonnenlicht auf Schnee, sind Bloodroot-Pflanzen so überirdisch schön, dass sie zu leuchten scheinen. Es gibt in uns etwas, das diese erste Wildblumenblüte ganz genau spürt – diese klare Erkenntnis, wie viel Mut es erfordert, ins Unbekannte zu erblühen.

Nur wenige Wochen zuvor hatte ich mein ganzes Leben in New York zurückgelassen, auch meinen Partner, mit dem ich fünf Jahre zusammen war, und all meine Freunde. Auch wenn ich eine tapfere Miene aufgesetzt hatte, fühlte ich mich an den meisten Tagen dieses Neuanfangs sehr verletzlich. Als ich die weißen Tupfen dieser zarten

Blüte betrachtete, dachte ich an den vergangenen Herbst zurück, als ich mich bei Kräuterschulen beworben hatte. An einer Schule hatte mich ein Student in die Klemme gebracht, als er fragte, ob ich ein dickes Fell habe – anscheinend gehörten derbe Sticheleien an dieser Einrichtung zum Umgangston. Ich erinnerte mich mit einem Anflug von Belustigung daran, wie ich, begierig darauf, angenommen zu werden, sofort »Ja« sagte. Damals wollte ich gerne glauben, das Leben in der Stadt habe mich härter gemacht, aber in Wahrheit war ich immer ein sensibler Mensch, meine Haut von Natur aus dünn wie Bloodroot-Blüten. Als ich das Wunder dieser mondfarbenen Blüten betrachtete, dämmerte mir, dass diese Empfindsamkeit vielleicht gar nicht so schlecht war.

* * *

Frühlingsephemere gelten als die Spitzenhandschuhe der Pflanzenwelt. Sie kommen und gehen so schnell wie ein Frühlingsregen und sind oft so winzig, dass man an ihnen vorbeigehen kann, ohne sie überhaupt zu bemerken. Manche Ephemere sind so kurzlebig, dass ihre Blüten nur ein paar Tage halten; andere, wie die Waldlilie, brauchen bis zu sieben Jahre, um überhaupt zu blühen. Es gibt einen Grund, warum Ephemere so selten sind. Diese Blumen blühen, wenn die Temperaturen niedrig, die Nährstoffe knapp und die Wasseraufnahme verlangsamt sind. Jedes Mal, wenn sie blühen, besteht die Gefahr, dass sie von einem heftigen Schneesturm überrascht werden, und während der meisten Zeit, in der sie blühen, schläft die bestäubende Welt noch. Ihre Zartheit und Seltenheit kann leicht mit Schwäche verwechselt werden, aber in der Mythologie des Waldes ist die Geschichte der Frühlingsblüher weit davon entfernt. Obwohl die Frühlingsblüher äußerlich zart erscheinen, gehören sie zu den widerstandsfähigsten Pflanzen des Waldes. Als die ersten Blumen, die im Frühjahr blühen, sind sie Sinnbilder für tief verwurzelten Mut und wahre Tapferkeit. Sie überleben einige der stürmischsten Monate des Jahres und versinnbildlichen wahre Stärke.

In unserer Gesellschaft wird so viel Wert auf Stärke gelegt – Stärke, die wie Festungsmauern oder uneinnehmbare Egos aussieht; oder wie Tränen, die man zurückhält, bis man allein ist; Stärke, die darin besteht, vierzehn Stunden am Tag zu arbeiten, ohne aufzumucken; oder sich bis zur Ziellinie durchzukämpfen, obwohl der Körper schon Meilen zuvor aufhören wollte. Diese Art von Stärke wird von uns hochgehalten, aber oft ist der wirkliche Gradmesser für unsere Stärke unsere Fähigkeit, fehlbar zu sein. In ihren bahnbrechenden Forschungen hat die Sozialwissenschaftlerin und stolze Texanerin Brené Brown herausgefunden, dass Verletzlichkeit nicht nur der Schlüssel zu einem Leben mit ganzem Herzen ist, sondern auch die eigentliche Definition von Stärke. In ihrem Buch *Rising Strong* [deutsch: *Laufen lernt man nur durch Hinfallen*] schreibt sie: »Verletzlichkeit bedeutet nicht, zu gewinnen oder zu verlieren; es bedeutet, den Mut zu haben, sich zu zeigen und gesehen zu werden, auch wenn wir keine Kontrolle über das Ergebnis haben. Verletzlichkeit ist keine Schwäche; sie ist unser größter Ausweis von Mut.«[1]

Ich erinnerte mich, wie mein früherer Partner in New York City – ein ausgesprochener Draufgänger – mich einmal dafür kritisierte, dass ich nicht risikofreudig genug sei. Damals fühlte ich mich durch diese Bemerkung leicht gekränkt, aber später wurde mir klar, dass ich nicht einverstanden war. Ich bin vielleicht nicht daran interessiert, Fallschirm zu springen oder mit dem Gleitschirm von Bergen zu fliegen, aber indem ich liebe, wie ich es tue, indem ich die Tiefe meiner Gefühle spüre, indem ich mich entscheide, mit ungebrochener Begeisterung für das Leben einzustehen, gehe ich täglich große Risiken ein. Manchmal ist es das Mutigste überhaupt, einfach verletzlich zu sein.

Die meiste Zeit des Jahres ist der Mut der Ephemeren unsichtbar. Ab dem späten Frühjahr schlummern sie, unsichtbar unter der Erde verborgen. Während des gesamten Winters wachsen die Ephemere im Verborgenen, um in einer Zeit, in der die meisten Pflanzen schlafen, unterirdisch zu gedeihen. Wenn der Frühling kommt, erheben sie sich triumphierend und überbringen eine Botschaft, die alle sanftmütigen Menschen mindestens einmal in ihrem Leben hören sollten:

Deine Verletzlichkeit ist kein Hindernis auf deinem Weg; sie ist ein Zeichen für deine Widerstandsfähigkeit. Deine äußere Sanftheit ist ein Indikator dafür, wie stark deine Wurzeln sind. Manchmal fühlst du dich vielleicht so verletzlich und entblößt wie eine Bloodroot im Vorfrühling, aber immer, wenn du dir zugestehst, verletzlich zu sein, kannst du diesem Planeten die Blüten deiner Art zu sein schenken. Die Frühlingsblumen erinnern uns daran: Das eine kann nicht ohne das andere sein. Was du dieser Welt geben kannst, hängt von deiner Bereitschaft ab, einen der zugleich schönsten wie verletzlichsten Entwicklungsschritte auf der Erde zu durchlaufen: du selbst zu sein.

* * *

Ich stand noch immer in meiner Küche und betrachtete meinen größer werdenden Haufen mit Campingausrüstung, dann sagte ich mir: Ich bin bereit. Ich stopfte das letzte Wildblumenbuch in meinen Rucksack und zog ihn hoch, um sein Gewicht zu prüfen. Er war schwer, aber ich war stark genug, ihn zu tragen. Es war Mitte April, die Vögel sangen, und ich war bereit für meinen ersten Campingausflug im Alleingang.

Denselben Weg zweimal gehen

Ich saß noch ein paar Minuten im Auto auf dem kleinen Parkplatz und sammelte den Mut für den Aufbruch zu meiner Wanderung, wobei ich die rosafarbenen Frühlingsschönheiten am Wegesrand bewunderte. Meine Freunde hatten mir eine Wegbeschreibung zu einer Stelle gegeben, die ein paar Stunden entfernt lag und alle Annehmlichkeiten bot, die man für einen Aufenthalt in der Wildnis braucht: einen Bach, ein Wäldchen und eine Quelle. Ich ging die Wegbeschreibung noch einmal im Kopf durch, während ich mir den Rucksack auf den Rücken schnallte. Der Weg schien ziemlich einfach zu sein. Ich machte mich auf, und mein Herz hüpfte in meiner Brust.

Ich ging langsam, und im Wunder der Waldestiefen löste sich meine Nervosität langsam auf. Nach einer Stunde stetigen Gehens stieß ich auf eine Weggabelung. Meine Freunde hatten mir nichts von einer Weggabelung gesagt. Ich blieb stehen, trat von einem Fuß auf den anderen und überlegte, was ich tun sollte. Schließlich entschied ich mich für den weniger begangenen Weg, da meine Freunde mir versichert hatten, dieser bestimmte Lagerplatz läge etwas abseits der ausgetretenen Pfade. Als ich weiterging, wurde der Pfad immer unwegsamer, bis er schließlich im Unterholz endete. Mir blieb das Herz stehen. Ich hatte den falschen Weg gewählt. Ich verfolgte meine Schritte zurück und bog dann vom Hauptweg ab, um eine vermeintliche Abkürzung zurück zur Gabelung zu nehmen.

Als ich den Pfad wieder erreichte, war ich erleichtert. Ich ging zielstrebig in die Richtung, von der ich annahm, dass sie mich wieder zur Gabelung führen würde. Es schien ein langer Weg zu sein, aber im Wald verliert man leicht das Zeitgefühl. Es dauerte wohl eine halbe Stunde, bis ich mit Schrecken feststellte, dass ich schon weit vor der Gabelung auf dem Weg zurückging, den ich gekommen war. Nun musste ich umkehren und die ganze Strecke noch einmal laufen, fast die gesamte anstrengende Wanderung, die ich gerade hinter mir hatte. Entmutigt ließ ich meinen schweren Rucksack zu Boden fallen und schämte mich meiner mangelnden Wildniserfahrung. Sollte ich ganz aufgeben? Meine Schultern waren wund, und ich war mir ja gar nicht sicher, ob ich den Lagerplatz überhaupt finden würde. Ich sackte neben meinem Rucksack zusammen; ich musste nachdenken. Niedergeschlagen schlang ich meine Arme schützend um meine Knie und bettete meinen Kopf auf sie. Ich schloss meine Augen, atmete ein paar Mal tief durch und versuchte, meine Begeisterung für die Unternehmung neu zu entfachen. Als ich die Augen wieder auftat, wäre ich vor Freude fast aufgesprungen: Direkt neben mir blühte ein Rosablütiger Frauenschuh (*Cypripedium acaule*).

Einen Rosablütigen Frauenschuh zu sehen, ist etwas ganz Besonderes. Diese seltene Ephemere erscheint zuerst mit ihren Blättern, zwei langen Zungen, die sich aus dem Boden emporrollen. Dann erhebt sich der Stengel, stämmig und unfassbar gerade. Schließlich kommt die Blüte zum Vorschein, ein winziger Flaum, der sich zu einem unglaublichen rosa Volant aufbläht. Alle Orchideen verblüffen durch ihre außergewöhnliche Erscheinung – und der Rosablütige Frauenschuh ist da keine Ausnahme. Die Blüte, deren Farbe an ein tiefes Rosé erinnert, ähnelt eher einer Muschel als einer Blüte, mit einer verschlungenen Falte, die Labellum oder Lippe genannt wird und zu einem glänzenden Raum im Inneren führt. Der Frauenschuh ähnelt auffallend einer Vulva und zieht Menschen und Bestäuber gleichermaßen an – eine Eigenschaft, die für seine Fortpflanzungsstrategie unerlässlich ist.

Orchideen sehen unter anderem deshalb so exotisch aus, weil ihre Bestäubung von ihrer Schönheit abhängt. Die meisten von Insekten bestäubten Blumen bieten den Vorbeifliegenden Nektar an. Orchideen haben nur ihre Schönheit zu bieten. Angezogen von ihren exquisiten Farben und Formen krabbelt ein Insekt in eine Orchidee und sucht nach ihrem fantastischen Nektar. Auf der Suche nach dem Nektar wird der Pollen der Orchidee von diesem Bestäuber mitgenommen, um die nächste Blüte zu finden. Unsere heimischen Rosablütigen Frauenschuhe sind gezielt darauf aus, unsere heimische Hummel anzulocken. Nachdem sie neugierig in ihre Falten gekrabbelt ist, muss sich die neugierige Hummel mit leeren Händen den Weg nach oben bahnen, wobei sie mit ihrem Kopf auf die Fortpflanzungsorgane der Blume stößt und versehentlich ihr einziges Pollenkorn zu grüneren Weiden mitnimmt.

Frauenschuhe sind seltene Blumen, auch weil sie nur ein einziges Pollenpaket pro Saison produzieren. Damit eine weitere Blüte befruchtet werden kann, muss dieselbe Hummel so verwirrt sein, dass sie ihre Schritte zurückverfolgt und noch einen Frauenschuh besucht. Erstaunlicherweise passiert das auch. Die Unbedarftheit der Hummel führt dazu, dass sich der Frauenschuh vermehrt. Als ich auf den Frauenschuh neben mir hinunterblickte, sah ich in meiner Lage denselben Anflug von Galgenhumor. Ich hob den Kopf, um den Weg entlangzuschauen, und musste über mich selbst lachen. Ich zuckte ergeben mit den Schultern, nahm meinen Rucksack wieder auf und machte mich auf den Weg.

Ich kam mir zwar dumm vor, weil ich mich so verirrt hatte und meine Schritte zurückverfolgen musste, aber, so dachte ich mir, die Welt ist voller Geheimnisse. Wer weiß, vielleicht würde dieses beherzte Zurückgehen am Ende genauso hilfreich für die Erde sein wie der Zickzackflug einer eifrigen Hummel.

* * *

Im Laufe meines Lebens bin ich immer wieder auf Witze hereingefallen, die mich als leichtgläubig entlarvten, oder auf weit hergeholte Ideen, über die meine Freunde bloß den Kopf schüttelten. Manchmal wurde meine Unschuld auch als Naivität gesehen. Aber was andere manchmal als Dummheit betrachten, ist eine bewusste Entscheidung, die ich jeden Tag aufs Neue treffe. Ganz gleich, was in meinem Leben geschieht, ich entscheide mich dafür, an das unsichtbare Gute zu glauben. Ich entscheide mich, der Welt zu vertrauen – auch wenn das hin und wieder heißt, ein Stück weit den falschen Weg einzuschlagen. In einigen Zweigen meiner Familie gilt Jammern als olympische Disziplin. Obwohl sarkastisches Nörgeln zu unseren wichtigsten Mitteln gehörte, um etwas gemeinsam zu haben, wurde mir, als ich älter wurde, klar, dass es an Zynismus grenzte. Sowohl in der Schule als auch in meinem Umfeld wurde Skepsis vielfach als eine Form von intellektueller Überlegenheit angesehen, aber ich merkte bald, dass dies einer der schnellsten und einfachsten Wege war, die Dinge ihres Geheimnisses zu berauben. Wenn wir das Schlimmste annehmen, gehen wir davon aus, dass nichts Besseres passiert. Wenn wir glauben, wir könnten die Dinge nicht ändern, sabotieren wir uns selbst, bevor wir überhaupt anfangen. Es kommt vor, dass die Entscheidung zu vertrauen bedeutet, denselben Weg ein zweites Mal zu gehen. Aber das ist mir immer noch lieber, als am Anfang des Weges stehenzubleiben und niemals loszugehen.

Als bei mir die chronischen Schmerzen einsetzten, traten diese unterschiedlichen Sichtweisen auf die Welt deutlich zutage. Mit einer so großen Herausforderung konfrontiert, war mir klar, dass ich zwei Möglichkeiten hatte: Ich konnte mich entweder in der Opferrolle meines Schmerzes verkriechen und glauben, dass mein Schmerz *mir widerfährt*, oder ich konnte es so sehen, dass alles *für mich* geschieht, auch wenn es unglaublich schwer anzunehmen war. Es war natürlich schwieriger, die zweite Option zu wählen, aber sie war unendlich viel lebensförderlicher. Wenn ich das Leben auf diese Weise anging, konnte ich das Heilsame in allen Dingen erkennen. Ich vertraute darauf, dass es eine größere Weisheit gab. Und auch wenn das manchmal hieß, meine eigenen Gewissheiten aufzugeben, bedeutete es zugleich, dass ich mich immer wieder über die unerwartete Unterstützung freuen konnte, die das Leben dann bringt. Wie Albert Einstein einmal sagte: »Es gibt nur zwei Möglichkeiten, sein Leben zu leben: als ob nichts ein Wunder ist oder als ob alles ein Wunder ist.«

* * *

Als ich den bekannten Weg zurück zur Gabelung ging, hakte ich meine Daumen unter den Rucksackgurten ein, um meine Schultern etwas zu entlasten. Meine Gedanken wanderten zu meinen Vorfahren. Ich konnte sie in meinen Füßen spüren, als ich freudig in die Wildnis schritt. In den letzten Jahren hat die Psychologie die Tendenz unseres Gehirns erforscht, sich auf negative Erfahrungen zu konzentrieren und sie festzuhalten – eine angeborene adaptive Eigenschaft, die als *Negativitätsbias* bezeichnet wird. In einer Welt, in der das Überleben zumindest teilweise auf der Vermeidung von Bedrohungen beruht, hilft uns die Negativitätsdominanz, uns zu erinnern, was es zu vermeiden gilt. Jetzt beim Gehen fragte ich mich jedoch, ob das die ganze Geschichte war. Als die Sonne auf den blumengesäumten Weg schien, ahnte ich, dass Optimismus ebenso zum Erfolg unserer Spezies gehört wie unser Bedürfnis, auf Gefahren gefasst zu sein.

Wenn unsere Vorfahren nicht voll Vertrauen gewesen wären, wie hätten sie dann in Kanus Meere überqueren, zum Polarkreis vorstoßen oder Pilze essen können, ohne zu wissen, was passieren würde? Was ist, wenn die Tatsache, dass wir überhaupt hier sind, ein Beweis für unsere Bereitschaft ist, die offenen Möglichkeiten des Lebens begeistert anzunehmen?

Nach dem Tod meiner Großmutter hat meine Mutter ihre Sachen sorgfältig durchgesehen. Es gab viele wertvolle Dinge, aber das am wenigsten Erwartete war ein kleiner Zettel. Hinten in ihren Terminkalender gesteckt, stand in der Handschrift meiner Großmutter auf einer kleinen Notizkarte: »Bei mir fügt sich immer alles.« Meine Mutter hat viele Dinge weggegeben, aber dieser Zettel wurde zu einem Erbstück. Seitdem ist der Satz zu einer Art Mantra in unserer Familie geworden, vor allem, wenn es aussieht, als würden sich die Dinge für uns *nicht gut fügen* – was den schönen Nebeneffekt hat, dass wir in schwierigen Momenten immer noch lachen können.

Der Glaube, dass alles gut wird, fördert etwas unglaublich Wichtiges in uns. In einer Harvard-Studie fanden Forscher heraus, dass *dispositionaler Optimismus* – eine Einstellung, bei der man dazu neigt, für die Zukunft Positives zu erwarten – nachweislich eine Vielzahl gesundheitlicher Vorteile hat, dazu gehören ein kleineres Krebsrisiko und eine geringere Anfälligkeit für Herzerkrankungen, Schlaganfälle und Infektionen, und es trägt sogar zu einer längeren Lebensspanne bei.[2] Optimisten leben buchstäblich länger, damit sie all diese positiven Zukunftserwartungen auch eintreten sehen.

Ein solcher Optimismus ist weder leichtfertig noch naiv. Er ist lebensrettende, weltrettende, gesundheitsrettende Magie – und, wie ich glaube, ein wesentlicher Bestandteil bei der Wendung unseres kollektiven Schicksals als menschliche Wesen. Wenn wir genug Vertrauen haben, um an neue Möglichkeiten zu glauben, können unsagbare Gegenseitigkeit und Heilung in der Welt aufblühen. Wenn wir es uns zugestehen, dieses zarte, empfindsame und verletzliche Selbst zu sein, öffnen wir buchstäblich unsere Herzen, um mehr Sinnhaftigkeit zu erfahren.

Ich summte vor mich hin, als ich erneut an der Weggabelung ankam. Diesmal wusste ich genau, welchen Weg ich einschlagen musste. Es hatte ein paar Stunden länger gedauert und meinen Stolz angekratzt, aber ich fühlte mich durch den Umweg um vieles lebendiger und freute mich auf die kommenden Tage.

Das Lager errichten

Um das Gewicht in meinem Rucksack gering zu halten, hatte ich nur eine leichte Plane eingepackt. In der Woche vor der Abreise hatte ich jeden Tag meine Knoten geübt, um auf den Aufbau vorbereitet zu sein und mich zu vergewissern, dass ich es wirklich schaffen würde. Der Zeltplatz, den mir meine Freunde genannt hatten, war ein weiches Stück Boden, nur ein paar Schritte vom Bach entfernt. Der Platz war abgelegen, geschützt und erfüllt von der Musik des Wassers. Ich spannte die Plane zwischen zwei Bäumen auf und befestigte sie schräg, so dass ich den Bach von meinem Schlafplatz aus sehen konnte. Ich grub eine Feuerstelle direkt am Rand der Plane und sammelte kleine Äste, nicht dicker als mein Handgelenk, um darauf zu kochen. Ich packte den Wildreis, die hartgekochten Eier und die Nüsse aus, die ich mitgenommen hatte. Ich wollte das Essen einfach halten und suchte nach Grünzeug, mit dem ich meinen Eintopf anreichern konnte.

Als ich mit dem Aufbau des Lagers fertig war, rollte ich meine dünne Isomatte aus und blickte in die Baumkronen hinauf. Der Wald war wie von einem Hoffnungsschimmer übersät, das helle Grün so erfrischend für das Auge wie eine Limette in einem Glas kalten Wassers. Innerhalb weniger Wochen würden die kleinen Knospen in den Baumkronen bereits handtellergroß sein, so schlaff in ihrer Neuheit wie ein Welpe mit großen Pfoten. Aber gerade jetzt war die Zeit der vergänglichen Schönheit, und die Bäume leuchteten in den zartesten Grüntupfern. In dieser kurzen Zeitspanne des Vorfrühlings im Wald zu sein, ist sehr belebend. Wie bei einem Säugling oder einem Wurf Kätzchen läutert es die Seele, inmitten solcher Neuheit zu sein.

Als ich in die Appalachen kam, um Pflanzenkunde zu studieren, war ich der Inbegriff eines Neulings im Wald. Wenn ich heute darauf zurückblicke, rührt es mich, wie unschuldig ich das ganze angegangen bin. Ich hatte mein Leben hinter mir gelassen, um eine Laufbahn in einem Bereich einzuschlagen, über den ich so gut wie nichts wusste. Es war ein Akt unverstellter, blauäugiger Naivität, und doch hat es funktioniert. Zum Zeitpunkt dieses Campingausflugs war ich bereits einige Jahre dabei, mein Geschäft mit pflanzlichen Produkten aufzubauen und meine Tätigkeiten auszuweiten. Ich hatte begonnen, bei lokalen Veranstaltungen zu unterrichten, und meine Produkte waren in der ganzen Umgebung bekannt. Da es mir an Kunden nicht mangelte, konnte ich gut von meinem Geschäft leben. Doch trotz all dieser äußeren Anzeichen von Erfolg verfolgte mich das Gefühl, eine Hochstaplerin zu sein, immer noch wie ein Schatten. Es war da, drückend und vertraut, wann immer ich meinen Newsletter herausbrachte oder eine neue Gruppe von Studenten unterrichtete.

In meinen ersten Jahren in den Bergen verbrachte ich viel Zeit in einem dortigen Punk-Haus. Alles an diesem Haus und seinen Bewohnern war neu für mich. Die Leute, die dort wohnten, wühlten in Müllcontainern nach Essbarem und machten ihre eigenen Heftchen. Sie tätowierten sich gegenseitig mit Stecknadeln und verriegelten das Bad, damit man nur auf der Komposttoilette auf dem Hügel kacken konnte. Sie waren, kurz gesagt, sehr cool. Ich war anfangs sehr eingeschüchtert. Ich war ohne Tattoos und ahnungslos dort gelandet und kleidete mich immer noch nach New Yorker Mode so überdreht und angesagt wie möglich. Einige Bewohner des Hauses beschlossen sofort, dass mir nicht zu trauen war. Sie beäugten mich argwöhnisch, wann immer ich auftauchte, als seien meine adretten Kleider eine gefährliche Seuche, die in ihr vertrautes Terrain aus schwarzen Cut-Offs und verblichenen braunen T-Shirts eingeschleppt wurde. Ich war mit einem der neuen Mitbewohner zusammen, also war an meiner Anwesenheit nichts zu ändern – sehr zum Leidwesen der anderen und zu meiner Beklommenheit. Ich merkte sehr bald, dass es keinen Zweck hatte zu versuchen, zu sein wie sie. Es war, als würde man einen eckigen Pflock in ein rundes Loch stecken. Aber ich konnte auch nicht einfach möglichst nett und umgänglich sein. In der rauhen Welt des Punks war selbst Nettigkeit verdächtig. Also beschloss ich, einfach ich selbst zu sein, so ganz und vollständig *ich selbst,* wie es nur ging.

Ich ließ mich nicht von meiner guten Laune, meinem Enthusiasmus oder meiner Offenheit abbringen. Ich freute mich darauf, Festtage zu feiern. Ich brachte Weihnachtslichter zum Dekorieren und Partyhüte für Geburtstage mit. Ich stellte viele Fragen, etwa, wenn die Mitbewohner Knochenbrühe kochten, Pilze sammelten oder überfahrene Tiere zur Verwertung mitbrachten. Wenn ich einen Namen oder einen Begriff nicht kannte, den sie verwendeten, was oft der Fall war, fragte ich, was er bedeutete. Ich gab ehrlich zu, dass ich noch nie in meinem Leben in einen Müllcontainer geklettert war und keine Ahnung hatte, was Anarchismus eigentlich bedeutete. Ich trug Handschuhe, wenn ich bei der Verwertung von schwarzen Walnüssen half, weil ich in einer Kinderbekleidungsboutique arbeitete und mir beim Umgang mit den teuren Stramplern keine Flecken auf den Fingern leisten konnte. Ungefähr zu dieser Zeit sagte mir eine neue Freundin mit offensichtlicher Bewunderung, ich sei eine der uncoolsten Personen, die ihr je untergekommen waren. Bis heute ist das eines der schönsten Komplimente, die mir je gemacht wurden. In einer Welt, in der Coolness so allgegenwärtig war wie Knöcheltattoos, ließ ich meine alberne Naivität und Begeisterung wie Unkraut sprießen. Manchmal denke ich, alle auf dieser Welt warten nur darauf, dass die anderen sie selbst sind, damit auch sie sich endlich gehen lassen können. Am Ende des Jahres waren fast alle in diesem Haus meine besten Freunde geworden.

Der Zeltplatz, an dem ich meine Plane aufgeschlagen hatte, war ein Geheimnis der Gemeinschaft, das nur an die Mitglieder des inneren Kreises weitergegeben wurde. Irgendwie war ich, obwohl ich ein totaler Normalo mit einem schmerzhaft glatten Haarschnitt und einer tiefen Vorliebe für Hallmark-Kanal-Filme war, ein Teil dieses Netzwerks radikal cooler Punk-Kids geworden. Die Karte des Ortes in meiner Tasche war der Beweis für meine Zugehörigkeit. Jahre später fand ich dieses Zitat von Brené Brown in *Daring Greatly* [deutsch: *Verletzlichkeit macht stark*]: »Wahre Zugehörigkeit entsteht nur, wenn wir der Welt unser wahres unvollkommenes Selbst zeigen, unser Gefühl der Zugehörigkeit kann nie größer sein als unser Maß an Selbstannahme.«[3] Im Laufe der Jahre löste sich das Punk-Haus auf, aber einige der ursprünglichen Mitbewohner sind bis heute meine liebsten Freunde. Mit der Zeit fand ich heraus, dass diese Freunde nicht annähernd so cool waren, wie ich einst dachte, was sie für mich nur um so interessanter und liebenswerter machte.

Beim Durchsuchen der Hinterlassenschaften rund um meinen Lagerplatz fand ich einen alten Grillrost, den einer meiner Freunde dagelassen haben musste. Ich musste über meine Erinnerungen an früher schmunzeln, als ich mit dem Abendessen begann. Es ließ sich nicht gut an: Der Reis war nicht gar und fast ungenießbar. Ich konnte das Feuer nicht lange genug am Brennen halten, damit mir warm wurde. Aber als ich mich an diesem Abend zum Schlafen zusammenrollte, war ich stolz auf mich.

Frühlingsquellen

»Geh den Weg runter und biege rechts ab, bevor du auf das Stück mit den Pedicularis-Blüten triffst. Dann geh zehn Minuten lang durch den Wald in Richtung Kamm, und du wirst sie sehen.«

So lautete die Wegbeschreibung, die mir mein Freund Matt Hansen mitgegeben hatte, damit ich die Trinkwasserquelle in der Nähe meines Lagerplatzes fand. Nachdem ich am nächsten Morgen erfrischt und abenteuerlustig erwacht war, machte ich mich auf die Suche nach der Quelle. Als ich die von ihm erwähnte Stelle auf dem Pfad gefunden hatte, ging ich auf Zehenspitzen durch einen Teppich weißer Anemonenblüten in die Richtung, von der ich hoffte, dass es die richtige war. Es gab keinen Pfad zu der kleinen Wasserstelle, nur eine Reihe von sich gabelnden Wildwechseln und blindes Hoffen. Ich hatte für alle Fälle zusätzliches Wasser mitgenommen, aber es würde ein paar unangenehm durstige Tage geben, wenn ich die Quelle nicht fände. Ich kletterte über umgestürzte Bäume, wobei ich darauf achtete, das Moos nicht zu beschädigen, und versuchte, meine Schritte so leicht wie möglich zu machen, um keine Maiapfelstengel zu zertreten. Schließlich wusste ich, dass ich nahe dran war, denn ich entdeckte die charakteristischen gesprenkelten Blätter des Hundszahns. Bei seiner knappen Wegbeschreibung hatte Matt dazugesagt: »Du wirst es wissen, wenn du die Quelle gefunden hast, weil der Waldboden dort mit Hundszahn bedeckt ist.«

Hundszahn, englisch *trout lily*, Forellenlilie, ist nach den Mustern auf ihren Blättern benannt, die marmoriert sind wie die Zeichnung einer Forelle, die man unter Wasser sieht. Im Vergleich zu unseren gewöhnlichen Gartenlilien ist der Hundszahn winzig. Die Blüten, die nicht größer als ein Fingerhut sind, ragen als einzelne gelbe Glocken aus dem Dickicht ihrer kastanienbraunen Blätter. Mit dem Blütenkopf nach unten und Kelchblättern, die sich zum Blütenhüllblatt hin wölben, sieht Hundszahn aus wie kleine Feen, die das Moos um ihre Füße genau betrachten. Diese kurzlebigen Ephemere sind oft in feuchten Gebieten zu finden und siedeln sich gerne an den Ufern von Bächen und kleinen Wasserläufen an. Wenn man sie findet, muss man vorsichtig sein, da man sie leicht zertritt. Obwohl der Hundszahn oberirdisch sehr zart ist, hat er eine erstaunliche Langlebigkeit. Während die Blüten selbst nur für den kurzen Atem des Vorfrühlings da sind, können ihre Kolonien Jahrzehnte überdauern. Einige Hundszahnvorkommen sind älter als die umgebenden Bäume.

Als ich mich der Quelle näherte, stockte mir der Atem. Hundszahnblüten sprenkelten den Boden, so weit das Auge reichte. Ich hatte noch nie so viele dieser sonnenfarbenen Blumen an einem Ort gesehen. Ich folgte ihren kleinen gelben Lichtern durch den Wald, bis die Erde in ein moosbewachsenes Becken zwischen den Bäumen abfiel: Ich hatte die Quelle gefunden.

Ich setzte mich zwischen die Blumen und trank mit beiden Händen direkt aus der Erde. Man hatte mich gewarnt, dass es sich um eine Frühlingsquelle handelte, die mit Beginn des Sommers versiegen würde, aber heute war sie voll mit klarem Wasser, das süß schmeckte. Nachdem ich mich satt getrunken hatte, legte ich mich hin, rollte mich wie ein Rehkitz in der Sonne zusammen und blickte zu den Blütendolden eines Hundszahns hinauf. Ganz und gar zufrieden, musste ich einfach das Ephemere in mir würdigen. Voller Eifer, zart, empfindsam – und doch so viel widerstandsfähiger, als ich es mir selbst zugetraut hätte. Genau wie diese Blumen steckte hinter der äußerlichen Zartheit und Zerbrechlichkeit eine grundlegende Stärke in mir. Auf dem Rückweg zu meinem Lagerplatz erinnerte ich mich mit einem Lächeln daran, dass das Wort »frühlingshaft« auch ein Synonym für zart und jugendlich ist. Ich, der Frühling und der Hundszahn waren allesamt frühlingshafte Geschöpfe – und das war eine schöne Sache.

An diesem Abend machte ich mich mit einer Gallone frischen Quellwassers zurück im Lager daran, das Abendessen zuzubereiten. Bevor ich das Feuer entfachte, wanderte ich barfuß in den Wald, um zu sehen, was ich zu sammeln fand. Es gab frühe Brennnesseln, Vogelmiere und ein paar herzförmige violette Pflanzen. Die meisten Bäume fingen gerade erst an, sich zu belauben, aber eine Linde hatte bereits ihre weichen Blätter entfaltet. Groß wie Untertassen, würden sich die Blätter perfekt als Hülle für meinen frisch gekochten Reis eignen. Als ich ein paar davon für das Abendessen abpflückte, stellte ich fest, dass ich nicht die erste war, die diesen neuen Blättern zusprach. Im Frühling ist ein Laubbaum am verletzlichsten. Die weichen und schmackhaften neuen Blätter eines Baumes sind eine Wohltat für Rehe mit hungrigen Winterbäuchen, für die ersten Insekten und Menschen wie mich. Zartheit bedeutet fast immer eine Gefährdung, aber genau diese Verletzlichkeit ist es, die die Welt wahrhaft nährt. Wie Brené Brown so eindringlich beschreibt: »Verletzlichkeit ist die Geburtsstätte von Liebe, Zugehörigkeit, Freude, Mut, Einfühlungsvermögen und Kreativität. Sie ist die Quelle von Hoffnung, Empfindsamkeit, Verantwortlichkeit und Authentizität. Wenn wir mehr

Klarheit über unsere Ziele oder ein tieferes und bedeutungsvolleres spirituelles Leben anstreben, ist Verletzlichkeit der richtige Weg.«[4]

Darüber dachte ich nach, als die Sonne zwischen den Bäumen zu verblassen begann und die Glut meines Feuers die Farben des Sonnenuntergangs annahm und heller glühte. Mein Reis brodelte fröhlich vor sich hin. Ich nahm einen Ast, um die Flamme zu schüren, und versengte mir die Fingerspitzen. Für einen Moment ließ ich den Topf stehen und tauchte meine Hand in die kalte Strömung des Baches. Ich konnte mir ein Kichern nicht verkneifen. Jede Erfahrung lehrte mich etwas Neues, und ich war dankbar dafür.

* * *

Wir verbringen so viel Zeit auf der Erde mit dem Versuch, uns vor dem Unbekannten zu schützen, und denken, dass wir den Fallstricken des Menschseins entgehen, wenn wir uns mit einem dicken Polster wappnen. Aber wir sind nicht hier, um vor allem gefeit zu sein. Wenn wir diese Erfahrung machen wollten, wären wir geblieben, wo wir vorher waren, egal, ob du dir diesen Ort als Himmel, Urquelle, höhere Dimension oder eine Ansammlung von Molekülen vorstellst. Verletzlichkeit ist nicht der Schwarze Peter der Menschheit; sie ist das Geschenk, für das wir hierhergekommen sind. Hier zu sein, bedeutet, das Sein als empfindsames Wesen zu erfahren: die gesegnete Verletzlichkeit eines Körpers, der altert; geliebte Menschen, die geboren werden und dann sterben; und Hoffnungen, die aufsteigen und niedergehen wie Heißluftballons. Unsere Seele kam auf den Flügeln unserer unermesslichen Neugierde hierher, um zu erfahren, wie unser Herz sowohl durch Katastrophen als auch durch Wunderbares aufgebrochen wird. Wir kamen hierher, um die allerzerbrechlichste und wesentlichste, aber vergessene Verbindungsschnur wiederzuentdecken: wie sehr wir wertgeschätzt sind. Wir sind hier, um auf unserem Weg dieses Wohlwollen wiederzuentdecken und die Offenbarung zu erleben, dass wir ganz und gar wundervoll sind – und fehlbar. Wir sind hier, um uns daran zu erinnern, dass die Tiefe unseres Seins, genau wie ein Stängel der Vogelmiere im Frühling, sowohl ein irdisches Labsal als auch ein wahrhaft nährendes Geschenk ist.

Neue Lämmer

Für den Rest meiner Woche im Wald gingen die Tage und Nächte so nahtlos ineinander über wie Singvögel, die von Baum zu Baum fliegen. Tagsüber erkundete ich die benachbarten Hänge, Wildblumenbestimmungsbücher in der Hand, verirrte mich manchmal, fand aber immer wieder zurück. Abends kochte ich meinen Reis und aß, wobei ich zum Himmelszelt hinaufblickte, wo das ferne Licht durch die Lücken des Blätterdaches träufelte, um meine sich weitenden Augen zu finden. Eines Nachts wachte ich auf, weil ich sicher war, einen Bären gehört zu haben, der an meiner Plane herumkratzte. Ich lag eine Weile da und schaute auf das glitzernde Wasser des vorbeifließenden Baches, bis ich wieder in Träume fiel. Dort draußen schlief ich anders. Ich wachte leichter und häufiger auf, wenn ich von Geräuschen aufgeschreckt wurde oder wenn die Sterne über mir funkelten – und doch fühlte ich mich jeden Tag besser. Am Morgen meines Aufbruchs löste ich die festen Knoten, die meine Plane hielten, und spürte, wie eine warme Flamme des Stolzes in der Mitte meiner Brust aufloderte. Ich hatte meinen ersten Ausflug ganz allein bewältigt.

Ich ging ein letztes Mal zu der Quelle, um meine Feldflasche aufzufüllen, und machte mich dann auf den Weg, wobei mein Rucksack wegen der vielen Lebensmittel, die ich gegessen hatte, leichter geworden war. Während ich den mir nun vertrauten Weg hinaufstieg, verabschiedete ich mich von all den unterschiedlichen ephemeren Pflanzen, denen ich hier begegnet war: vom Hundszahn mit seinen fröhlichen gelben Glöckchen und den Waldlilien mit ihren gefleckten Fliegenpilzblättern; von den kleinen, fingernagelgroßen Frühlingsschönheiten mit ihren unmöglichen rosa Tupfen; von Sternschnuppen, die wie winzige orangefarbene Raketen aus dem Boden schießen; vom Rosablütigen Frauenschuh, atemberaubend und vertraut, Zugang zu den weichsten Teilen meines Wesens.

Unterwegs dachte ich an all die Sorgen, die ich bei diesem Ausflug im Gepäck hatte: die Unzulänglichkeit, die ich in meinem Geschäft verspürte, die Art und Weise, wie der Schatten des Minderwertigkeitsgefühls mich verfolgte, die Angst, irgendwie nicht genug zu sein. Nach einer Woche inmitten von Blumen, als ich so mutig und verletzlich war wie der Frühling, schienen all diese Sorgen so weit weg wie die Wolken. Ich brauchte mich nicht darum zu kümmern, perfekt oder unverletzlich zu sein. Ich musste einfach nur ich selbst sein.

Als ich zum Parkplatz zurückkam, wo mein Auto am Ausgangspunkt der Wanderung auf mich wartete, war ich überrascht. Alles sah aus wie immer, und doch fühlte ich mich wie ein neuer Mensch. Meine Fohlenbeine waren in den vergangenen Tagen kräftiger geworden. Ich fühlte mich sowohl weicher als auch selbstbewusster, unbedarfter und doch selbstsicherer. Bevor ich losfuhr, blieb ich eine Weile im Auto sitzen. Diesmal konnte ich es genießen. Als ich bereit war, startete ich den Motor und machte mich auf die lange Heimfahrt.

* * *

Als ich diesen Ausflug machte, lebte ich am Ende einer ländlichen Talstraße, die von kleinen Anwesen und Bauernhöfen gesäumt war. Im zeitigen Frühjahr erwachten die kilometerlangen Weiden an den Hängen zum Leben. Die Fahrt auf dieser Straße ließ mein Herz immer höherschlagen. Ich bestaunte die grünen Wiesen und die große Blumenpracht am Flussufer, aber am liebsten mochte ich all die kleinen Lebewesen, die nach und nach an den sich schmückenden Hängen auftauchten: die neuen Kälber, die in wilder Erregung mit ihren Schwänzen wedelten, während sie die Milch aus den Bäuchen ihrer Mütter tranken; die kleinen Kaninchen, die mit flatternden

Ohren zwischen den Steinen der Hofmauern umherhoppelten; und die Lämmer – winzig klein und fellbedeckt. Ihre freudige Verspieltheit bringt selbst das eisigste Herz zum Schmelzen. Im zeitigen Frühjahr war es eine meiner größten Freuden, sie über das Feld springen zu sehen, wie sie mit ihren weichen Ohren wackelten und sich mit schiefen Beinen fallen ließen. Ich wollte meine Rückkunft noch ein wenig hinauszögern und lenkte mein Auto an den Rand der Landstraße, um die neu angekommenen Lämmer zu besuchen. Als ich am Zaun stand, waren die Lämmer ganz neugierig und staunten nicht schlecht. Sie spitzten ihre Ohren und tanzten seitwärts; jede neue Erfahrung schien sie zu begeistern. Die Lämmer waren so zutraulich, dass mir das Herz aufging. In meinem Kopf kam eine Reihe von Fragen auf, die genauso neugierig waren wie die Blicke der Lämmer. Wenn wir bereit sind, uns zu öffnen, uns verletzlich und unsicher zu zeigen, können wir uns dann vielleicht mit so viel tiefer Freude betrachten wie ein neugeborenes Lamm? Wenn wir unsere Empfindsamkeit wertschätzen, können wir dann wieder in allem die Engel sehen?

Der Frühlingsanfang hat etwas ganz und gar Engelhaftes. Jedes Mal, wenn ich mich im Frühling in die Neugeburt der Blumen, der Lämmer und der neuen Blätter an den Bäumen hineinfühle, muss ich an himmlische Wesen denken. Obwohl sie manchmal als etwas Altertümliches betrachtet werden, haben Engel über viele verschiedene religiöse und spirituelle Grenzen hinweg immer weitergelebt. Erstaunlicherweise gaben in einer Umfrage aus dem Jahr 2011 acht von zehn Amerikanern an, dass sie an diese höheren Wesen glauben.[5] Engel, ob sie nun als Metapher, Mythologie oder tatsächliche Hilfe aus dem Unsichtbaren gesehen werden, sind seit Jahrtausenden in unserer Seele als Sinnbild für bedingungslose Liebe gegenwärtig. Als Gesellschaft glauben wir weiter an Engel, weil es in uns etwas gibt, das immer noch auf die Tragkraft dessen vertraut, was frühlingshaft, ewig, zart und zuversichtlich ist. Engelenergie ist reine Wärme, Akzeptanz und Verständnis. Sie ist uneingeschränkte, nicht wertende

Fürsorge, Wohlwollen und Zuversicht. Für mich ist die Erde selbst ein Engel. Jeden Frühling erinnere ich mich daran, wie glücklich ich mich schätzen kann, sie zur Beschützerin zu haben.

In ihrem brillanten Buch *Lessons from the Twelve Archangels* [*Lektionen der zwölf Erzengel*] beschreibt Belinda Womack Engel als die ultimativen Eltern. In ihren Worten: »Der wahre Wunsch eines jeden Menschen ist: ›Bitte, kümmere dich um mich.‹ [...] Engel sind wie Eltern, die jederzeit und in allen Situationen für einen da sind.«[6] Unabhängig davon, ob du an wirkliche Engel glaubst oder nicht, hat es etwas zutiefst Bewegendes, eine Kraft wahrzunehmen, die dich bedingungslos liebt und wertschätzt. Es ist heilsam, sich auf die Möglichkeit einer Kraft einzulassen, die deine Neugeburt und Empfindsamkeit würdigt und nährt, eine Energie, die im Grunde genommen die große warme Ermutigung der Erde im Frühling ist. Unabhängig von unserem Glauben, brauchen wir nur unser Herz für das zarte Dasein einer Frühlingsblume zu öffnen, um diesen Strom der Engelenergie zu spüren, der alle Dinge durchströmt – auch unser eigenes vergängliches Wesen.

Hab keine Angst, das Zarte und Unbekümmerte an dir anzunehmen – das Unschuldige zu lieben. Schäme dich nicht für den Teil von dir, der nicht weiß, ob es klappen wird, denn das ist derselbe Teil von dir, der bereit ist, aufzublühen. In dir ist das Lamm auf der Weide, das Vergängliche im Wald, das Blatt mit seinem neugeborenen Grün. Wenn wir unsere verletzliche Naivität wertschätzen, bewahren wir unsere Fähigkeit, neue hoffnungsvolle Träume für diesen Planeten zu träumen. Genau wie der weiße Heiligenschein einer Bloodroot-Blüte, wirst du jedes Mal, wenn du den Mut hast zu blühen, zu einem Engel in dieser Welt.

ÜBUNG
Verletzlichkeit wertschätzen

Nimm dir Zeit, um die folgenden Fragestellungen zu durchdenken und die Weisheit zu verinnerlichen, die deiner beherzten Verletzlichkeit innewohnt.

1. Was ist eine der mutigsten Taten, die du je vollbracht hast? Wie hast du dich gefühlt, bevor du sie getan hast? Wie hast du dich danach gefühlt?
2. Was ist eine Eigenschaft von dir, die andere naiv nennen würden? Inwiefern könnte diese Eigenschaft tatsächlich eine Quelle der Stärke für dich sein?
3. Wer ist für dich ein Vorbild an Tapferkeit? Was bewunderst du an dieser Person?
4. Was war heute eine mutige Tat von dir?
5. Wenn dich ein Kind fragen würde, wie würdest du das Wort *Mut* definieren?
6. Wenn dir niemand einreden würde, sie sei unrealistisch, welche Zukunft würdest du dir für die Erde und alle Menschen erträumen?

6

Die Dosis verringern

Der Schlamm quoll unter meinen Stiefeln. Es war ein warmer Tag auf dem Grund des leergelaufenen Stausees, und der Schlamm war weich wie Pudding unter den Füßen. Mehr als einmal blieben meine Gummistiefel stecken, so dass mein bestrumpfter Fuß aus dem Stiefel glitt, als ich den nächsten Schritt machen wollte, und merkwürdig in der kalten Luft hing. Im Winter, wenn der Damm, der diesen Stausee schuf, geöffnet wird, um Platz für den Zufluss von Regenwasser zu schaffen, verschwindet der See und wird zu einer schlammigen Schüssel. Den ganzen Sommer über ist der See ein spiegelndes Paradies aus Grün und Blau, aber im Januar verwandelt sich das Land in eine nasse Mondlandschaft. Die Anlegestellen der Ferienhäuser ziehen sich die langen Hänge hinunter ins Nichts. Ein kleiner Bach schlängelt sich durch den Seegrund, sein leises Fließen ist alles, was von der Weite übriggeblieben ist.

Trotz dieser Leere ist der Winter meine Lieblingszeit für einen Besuch am See. Ich komme mit Bürgersinn, sammle Plastik-Treibgut ein, das sich auf dem Boden abgelagert hat, und mit Neugier, um die fremdartigen Konturen des freigelegten Landes zu sehen. Aber vor allem komme ich, weil es im Moder Diamanten gibt.

Winzige Quarzkristalle, perfekt zugespitzt und durchsichtig wie Luft, finden sich hier im Schlamm. Diese »Diamanten«, vor Millionen von Jahren entstanden, sind ein Schatz, und der Winter ist eine seltene Gelegenheit, sie zu finden. Für das Mineraliensuchen sind zwei Dinge erforderlich: schlammtaugliche Kleidung und eine allmähliche Verschiebung der Wahrnehmung. Zuerst sieht man die Kristalle überhaupt nicht. Wie die Streifen eines Tigers im Dschungel verschmelzen die Diamanten mit dem Schlamm und dem Glitzern weggeworfenen Glases. Sobald man aber weiß, wie man sie sehen kann, findet man sie überall.

Als ich zum ersten Mal den See besuchte, um nach Diamanten zu suchen, sagte man mir, ich solle an einem sonnigen Tag mitten im Winter hingehen und dem Glitzern folgen. Eine halbe Stunde lang fand ich nur zerbrochene alte Flaschen, bis ich lernte, das subtile Aufblitzen von Quarz zu erkennen. Es dauerte nicht lange, bis ich herausfand, dass die kleinsten Dinge das größte Glitzern verströmten. Wann immer ich ein extravagantes Blinken sah, ein Leuchtfeuer, das einen Felsbrocken zu versprechen schien, entpuppte sich mein blitzender Goliath unweigerlich als ameisengroß. Zuerst war ich enttäuscht. Aber ich lernte bald, dass diese kleinen Diamanten die vollkommensten sind. Während die größeren oft unregelmäßig, gebrochen oder halb ausgebildet sind, sind die winzigen immer die klarsten, mit zwei symmetrischen Spitzen an ihren Enden. Es stellte sich heraus, dass die kleinsten Diamanten die größten Schätze sind.

Am Ende meines Tages auf dem schlammigen Seegrund konnte ich alle Kristalle, die ich gefunden hatte, in einer Hand halten. Eine Galaxie wirbelte über meine Handfläche. Zu Hause angekommen, ordnete ich die Diamanten auf meinem Nachttisch in einem Sternenhaufen an. Beim Einschlafen sah ich an diesem Abend ein Kaleidoskop hinter meinen Augen – winzige Punkte, die wie die Wasseroberfläche glitzerten, bevor ich unter die Decke des Schlafes schlüpfte. Jeder Diamant fühlte sich wie ein kleiner Samen an, der mich in meine Träume geleitete.

Ein kleiner Fisch in einem großen Teich

Früher dachte ich, Kleinheit bedeute Bedeutungslosigkeit. Wenn man mir als Kind sagte, ich sei »klein«, wölbte ich entrüstet meine Brust und sagte: »Nein, ich bin groß!« So wie ich es verstand, bedeutete »groß«, dass man am Tisch der Erwachsenen sitzen, Achterbahn fahren und selbst Entscheidungen treffen durfte. Lange Zeit dachte ich, alles, was ich wollte, sei, »groß« zu werden. Was ich nicht wusste, war, dass der Wettlauf um Größe nicht aufhört, wenn man erwachsen ist, sondern sich nur auf weitere Bereiche des Lebens ausdehnt: Finanzen, Häuser, Freundeskreise. In unserer Kultur ist Größe keine einmalige Errungenschaft, sondern ein ständig größer werdendes Ziel; wie sehr wir bereit sind, danach zu streben, bestimmt vielfach unseren wahrgenommenen Erfolg.

Mit der Zeit habe ich dieses Streben zum Angelpunkt meines Lebens gemacht. Wenn ich in der Schule gut war, wollte ich noch besser werden. Wenn ich ein Projekt abgeschlossen hatte, begann ich sofort mit der Planung des nächsten. Hatte ich ein wichtiges Ziel erreicht, hielt ich nicht inne, um den Augenblick zu genießen, sondern es drängte mich, meine Ziele noch höher zu stecken. Wie die meisten Menschen, die in einem ähnlichen Umfeld aufgewachsen sind, habe ich mich vom Virus der Größe anstecken und ihn sich unbewusst in mir vermehren lassen, weil ich glaubte, dass ich groß sein müsste, um etwas zu sein. Ich erinnere mich jedoch noch gut an den Moment, als mir klar wurde, dass ich mir mit Größe nicht erkaufen konnte, wonach ich eigentlich strebte: Selbstannahme.

Ich hatte mein Unternehmen schon einige Jahre und schrieb endlich schwarze Zahlen. Ich konnte mit dem Verkauf meiner Waren auf Bauernmärkten genug Geld verdienen, um meine Rechnungen zu bezahlen, und meine Kurse hatten einen gewissen Zulauf. Ich unterhielt einen Newsletter, den ich viermal im Jahr verschickte, und eine ruhige Facebook-Präsenz, aber ich hatte mich nicht in die Welt der sozialen Medien gewagt.

Dann erfuhr ich von einer neuen Plattform namens Instagram. Sie wurde als die beste Möglichkeit angepriesen, Menschen zu erreichen, also erstellte ich ein Konto und begann zu posten. So ziemlich das erste, was mir auffiel, war, wie sehr mich dieser Druck, *groß* zu sein, klein erscheinen ließ. Mein Publikum wuchs anfangs sehr langsam. Ich war so stolz, als es endlich hundert Leute waren. Aber sobald ich mich mit meinen Freunden mit Tausenden von Followern verglich, fühlte ich mich schlecht wegen meiner Kleinheit. In diesen Momenten des Selbstzweifels war der Druck, mein Konto zu löschen, groß – was machte das schon, da ich doch nur mit einer vergleichsweise kleinen Zahl von Menschen kommunizierte? In einer Welt, in der Größe ein Synonym für Erfolg ist, was bringt es da, so klein zu sein?

Doch es kam der Tag, da traf ich eine Entscheidung: Egal wie klein mein Publikum war, ich würde weiter mit ihm kommunizieren. Und *weil* meine Zuhörerschaft so klein war, fiel es mir sogar leichter, mir vorzustellen, zu wem ich sprach. Ich teilte mich also mit, als würde ich direkt zu jeder einzelnen Person sprechen; ich hörte auf, mir Gedanken darüber zu machen, ob die Botschaft für die vielen Zuhörer passend war. Ich quälte mich immer noch mit Selbstzweifeln, fragte mich, ob das, was ich mitzuteilen hatte, wirklich wertvoll war, und fühlte mich oft wie ein winziger Fisch in einem beängstigend großen Teich – aber einige Monate, nachdem ich mit dem Posten begonnen hatte, bekam ich eine Nachricht. Es war eine kurze Notiz, die mir bis heute im Gedächtnis geblieben ist. Darin stand: »Alles, was du schreibst, fühlt sich an, als würdest du direkt zu mir sprechen. Manchmal fühle ich mich so klein in meinem Leben, aber jedes Mal, wenn ich etwas lese, was du postest, fühle ich mich gesehen.« Dies war mit die erste Fanpost, die ich bekam. Sie war sehr kurz, nur ein paar Zeilen, aber sie hat meine Denkweise völlig verändert – über mein Geschäft und mich selbst.

Ich musste nicht groß rauskommen, um etwas zu bewirken. Ich brauchte nicht groß zu *sein*. Ich konnte einfach ich selbst sein, ein Mensch, der zu anderen Menschen spricht und sie wissen lässt, dass unsere Kleinheit so wertvoll und wirkmächtig ist wie jeder Diamant.

Ich erkannte, dass Kleinheit ein Geschenk ist, und mit der Zeit wurde meine Bereitschaft, auf die kleinen Dinge zu achten, wie zum Beispiel jedem ausgehenden Paket einen persönlichen Dankesbrief beizulegen, zum Baustein meines »großen Erfolgs«.

Im Laufe der Jahre wurde mein Publikum viel größer, als ich es mir je hätte vorstellen können, aber all das beruhte darauf, dass ich mich am Glitzern auf dem Grund des Sees erfreute, an den kleinen Leuchtfeuern des Glaubens, die durch den Schlamm meiner Selbstzweifel hindurchschienen. Als mein Unternehmen wuchs, konnte ich unmittelbar erfahren, dass, größer zu werden, nicht heißt, dass Sorgen, Zweifel oder der Kampf mit dem Selbstwert verschwinden. Tatsächlich wirkt Größe selbst oft wie ein Mikroskop, das uns veranlasst, uns noch gründlicher mit den Details zu befassen: Wer sind wir, woran glauben wir und was ist uns wirklich wichtig? Denn wenn wir bereit sind, auf diese kleinen Einzelheiten zu achten, finden wir Diamanten. Je tiefer du in die mikroskopisch kleinen Gefilde schaust, desto klarer wirst du sehen, dass die kleinsten Dinge von allen die mächtigsten sind. Die kleinsten Elemente unserer Welt sind Giganten, die unsere Aufmerksamkeit auf das lenken, was so ungeheuer wichtig ist.

Das Glück der kleinen Dinge

Diese Welt war einst riesig, es gab Ozeane, die sich bis in die Anderswelt erstreckten, alte Baumriesen mit zwei Metern Stammdurchmesser, Wollhaarmammuts und Dinosaurier – und inmitten all dieser Größe hatten wir das Glück, auf gesegnete Weise klein zu sein. Viele Jahrtausende lang war der Mensch auf dieser Erde nur eine Randerscheinung. Die längste Zeit unserer Geschichte haben wir in engen Gruppen gelebt, wobei unsere Spezies zum großen Teil von der Fülle der kleinsten Gaben des Landes lebte – Beeren, Nüsse, Fichtenspitzen und, ja, sogar Maden. Einige Archäologen meinen, diese lange Zeit der vorlandwirtschaftlichen Kleinheit sei ein Goldenes Zeitalter für die Menschheit gewesen, eine Zeit, die von Gleichberechtigung, Nachhaltigkeit und Frieden zwischen uns und der Natur geprägt war.[1] Irgendwann nach dem Aufkommen der Landwirtschaft begann jedoch der Aufstieg des Großen.

In einigen Teilen der Welt führten riesige Monokulturen von Getreide zu wachsenden Bevölkerungen, zur Entstehung von Stadtstaaten und einem Kreislauf von Ungleichheit und Ausbeutung. Im Laufe der Zeit wurde Quantität statt Qualität, Reichtum statt Sachkenntnis oder Feingefühl zum Maßstab für Erfolg. Die heutige westliche Kultur ist das Urenkelkind dieses Wandels. Je weiter wir uns von der Wertschätzung der Abläufe im Kleinen entfernten, desto mehr waren wir davon besessen, so groß wie die Erde zu werden. Wir bauten Wolkenkratzer, die höher waren als Bäume, die Kolonisierung verbreitete sich wie Löwenzahnsamen, und die weiten ursprünglichen Prärien Nordamerikas verschwanden unter Sojafeldern.

Das Problem mit dieser Überbewertung des Gigantischen ist, dass sie uns von unserer Fähigkeit abschneidet, Teil des Lebens zu *sein*. Wenn wir einen Fluss stauen, um Strom zu erzeugen, vergessen wir, dass die wahre Kraft in der Fruchtbarkeit frei fließender Wasserwege liegt. Letzten Endes verdunkelt unsere Fixierung auf das Große unweigerlich den Sinn des Menschseins – die Fähigkeit, sich dem Kleinen zu widmen. Unsere Hände mit ihren gegenüberliegenden Daumen wurden geschaffen, um so komplizierte Dinge zu tun wie, Himbeeren zu pflücken, Teppiche zu knüpfen und Kristalle im Schlamm zu finden. Unsere Augen wurden geschaffen, um die kleinsten Hinweise in einer Fährte zu erkennen oder um Muster in der Küstenlinie zu sehen. Unsere Herzen wurden geschaffen, damit sie von schlichter Erhabenheit bewegt werden.

Trotz dieses Hangs zur Größe, den wir verinnerlicht haben, wird in dieser Zeit der Vorzug eines solchen Lebens in Frage gestellt. Tiny Houses, Slow Fashion, lokale Lebensmittel – die Verheißung des Kleinen kehrt zurück wie Glimmer unter den Füßen. Wie bei der Suche nach Diamanten im Schlamm kann es eine Zeit dauern, bis wir etwas finden, aber jeder kleine Schimmer ist wie ein Brotkrümel im Wald. Heute weiß die Wissenschaft, dass die wichtigsten Dinge des Lebens aus dem Kleinsten gesponnen sind – etwa die DNA, Algen und die Elemente, aus denen unser Boden besteht, eben jene Mineralien, die durch die Unachtsamkeit der industriellen Landwirtschaft weggespült werden. Diese winzigen Dinge sind die Bausteine des Lebens, und uns wird bewusst, dass wir, wenn wir in dieser großen Welt eine Zukunft haben wollen, lernen müssen, die kleinen Dinge zu achten. Eine neue Zeit bricht an, und sie beginnt mit der Heilkraft des Kleinen.

Was hindert dich zu blühen?

Ich gab vier Tropfen des süßen Wassers direkt auf meine Zunge. Als ich die Pipette wieder in ihre winzige blaue Flasche schraubte, spürte ich sofort eine Veränderung in mir – so subtil und doch unverkennbar, wie die Sonne, die hinter einer Wolke hervorkommt. Ich stellte das Fläschchen wieder neben dem Waschbecken ab und schaute in den Badezimmerspiegel – waren meine Augen gerade heller geworden? Ich lächelte mich in meinem Spiegelbild an. Oft merke ich gar nicht, wie benebelt ich mich fühle, bis ich ein paar Tropfen einer Blütenessenz nehme und sich die Sicht klärt.

Noch bevor ich lernte, wie man Tinkturen herstellt, wilde Pflanzen sammelt oder in der Wildnis kampiert, verliebte ich mich in Blütenessenzen. Ich war gerade nach New York City gezogen und packte meinen Koffer aus, als ein Buch über Bachblüten aus dem Reißverschlussfach fiel. Meine Mutter hatte das Buch dort verstaut, es war ein Geschenk von einer ihrer Klientinnen. Da sie meine wachsende Begeisterung für Pflanzen kannte, dachte sie, dass ich daran interessiert sein könnte, und gab es mir. In den ersten Monaten in New York war ich sehr beschäftigt und pendelte jeden Tag nach Manhattan, um meinen Job zu machen, goss Büropflanzen in Wolkenkratzern und pflegte unseren Garten im Hinterhof. Monatelang stand das Buch ungeöffnet in meinem Regal. Ich war neugierig, aber auch skeptisch, was diese subtile Welt der Pflanzenmedizin anging.

Ich weiß nicht, was mich schließlich dazu brachte, es in die Hand zu nehmen, aber eines Tages wollte ich es doch wissen und schlug das Buch auf. Ich begann zu lesen, meine Ungläubigkeit hing wie eine unscharfe Brille zwischen mir und den Seiten. Doch bevor ich am Ende des ersten Kapitels angelangt war, stiegen mir die Tränen in die Augen. Bis heute kann ich mich an das Gefühl dieses Augenblicks erinnern – es war eine der tiefgreifendsten und wunderbarsten Erfahrungen meines Lebens. Ich legte das Buch zur Seite und begann zu weinen, nicht weil ich traurig war, sondern weil das, was ich gerade gelesen hatte, sich tief im Innern so wahr anfühlte.

Physikalisch gesehen werden Blütenessenzen hergestellt, indem die Blüten im Licht der Sonne in Wasser schwimmen. Durch diesen Vorgang wird das Wasser zum Träger der Schwingung der jeweiligen Blüte. Dieser Auszug wird dann konserviert (in der Regel mit Branntwein) und weiter verdünnt, um in Tropfenform eingenommen zu werden. Die Theorie der Blütenessenzen beruht auf der Vorstellung, dass die einer Blume innewohnende Energie uns helfen kann, die tiefsten emotionalen Wunden zu heilen und die scheinbar festgelegten inneren Muster zu verändern, die uns an der Entfaltung hindern.

Als ich das Buch aufschlug, entfaltete sich vor mir eine völlig neue und doch zutiefst vertraute Welt – eine Welt, in der die Heilung, die wir am dringendsten brauchen, so subtil ist wie Blütenwasser und so kraftvoll wie das eigene Erblühen. Ich saß in meinem fensterlosen Zimmer in Brooklyn und gab mich der Bedeutung des Augenblicks hin, während mir die Tränen über das Gesicht kullerten. Später würde ich meine eigenen Essenzen herstellen und schließlich Tausende von Menschen auf der ganzen Welt darin unterrichten, aber in diesem Moment wusste ich nur, dass etwas in mir für immer verändert war.

* * *

Die Blütenessenzen wurden von Edward Bach zu Beginn des zwanzigsten Jahrhunderts entwickelt. Als englischer Bakteriologe und Pathologe hatte Bachs frühe Karriere viel mit der Erforschung und Entwicklung von Impfstoffen zu tun.[2] 1917 stellte man einen Tumor bei ihm fest und gab ihm nur noch drei Monate zu leben. Wie in vielen Heilungskrisen, wurde auch bei ihm dies zu einem Moment der grundlegenden Neuorientierung in seinem Leben.

Nach seiner Prognose nahm Bach eine Stelle am Royal London Homeopathic Hospital an. Dort stieß er auf Parallelen zwischen Homöopathie und Impfstoffen. Auf der Suche nach Heilung gab er die Stelle bald auf und zog ganz aus der Stadt weg. Auf dem Lande begann Bach mit der Herstellung stark verdünnter Blütenmittel zu experimentieren, um die emotionalen Hintergründe von Krankheiten zu heilen. Anfangs sammelte er den Morgentau von den Blüten – ein ganz besonderer, aber arbeitsintensiver Vorgang. Daraufhin entwickelte er ein einfacheres Verfahren zur Herstellung von Essenzen, indem er Blüten in Quellwasser schwimmen und sie durch die natürliche Alchemie von Sonne und Zeit ziehen ließ. Dieses Verfahren wenden wir auch heute noch an, um Blütenessenzen herzustellen.

Blüten haben im Lebenszyklus einer blühenden Pflanze ihre ganz eigene, besondere Energie. Sie sind der vorläufige Höhepunkt einer Pflanze, die ihr volles Potential erreicht hat, ein Symbol ihres Wachstums und ihrer angeborenen Eigenschaften. Wenn eine Pflanze blüht, hat sie einen ihrer vorrangigen Lebenszwecke erfüllt – sie gibt ihren Pollen und ihren Fruchtknoten an die Welt weiter, um die nächste Generation hervorzubringen und so an der Schöpfung teilzuhaben. Blütenessenzen, aus dieser Energie des Erblühens und der Fruchtbildung hergestellt, helfen den Menschen, sich mit der Blaupause dessen zu verbinden, was für sie in diesem Leben möglich ist, damit sie ihre Gaben an die Welt weitergeben können.

So wie eine einzelne Eichel alle Informationen enthält, die nötig sind, um zu einer mächtigen Eiche zu werden, wird jeder von uns mit einem Bauplan geboren, der all die großartigen Möglichkeiten unseres Lebens enthält. Blütenessenzen wirken, indem sie alles in uns auflösen, was diese natürliche Entfaltung blockiert. Nach der Theorie der Blütenessenzen entstammen diese inneren Blockaden unseren negativen Überzeugungen, den Programmen eines falschen Denkens, die unser Wachstum behindern und uns davon abhalten, die ganze Wirklichkeit unseres Seins zu erfahren. Die Blütenessenzen helfen uns, diese Überzeugungen als die unproduktiven Schutzmechanismen zu erkennen, die sie sind, und sie aus ihrem nicht mehr benötigten Dienst zu entlassen. Inmitten der Herausforderungen des Lebens ist es normal, dass unsere Ansichten über uns selbst oder über das, was möglich ist, sich verfestigen oder uns einschränken. Blütenessenzen helfen, den Geist wieder zu weiten und die Augen für all die Möglichkeiten zu öffnen, mit denen wir aufblühen sollen.

In den Jahren, nachdem Bach diese neue Therapieform eingeführt hatte, erwies sie sich als so wirksam, dass Menschen aus ganz Europa kamen, um im Bach-Zentrum Heilung zu erfahren. Zwanzig Jahre nach seiner ursprünglichen Prognose entwickelte Bach die achtunddreißig Heilmittel, die als Bach-Blüten bekannt sind, und schuf damit eine subtile Heilmethode, die weltweit Verbreitung finden sollte. Heute blüht die Praxis der Herstellung von Blütenessenzen unter Kräuterkundigen, Akupunkteuren, Tierärzten und Medizinern auf der ganzen Welt weiter auf.

Ins Schloss passen

Wer es gewohnt ist, sich in der wissenschaftlichen Welt der beobachtbaren Phänomene zu bewegen, dem mag es schwerfallen, sich auf Blütenessenzen einzulassen, denn das geht nur, wenn wir unseren Blick vom Offensichtlichen in die Bereiche des Feinstofflichen lenken. Nach über einem Jahrzehnt der Arbeit mit Blütenessenzen in meiner Praxis habe ich Heilungen erlebt, die an Wunder grenzen. Ich habe gesehen, wie die Beschwerden von Menschen mit schweren Erkrankungen, die auf die Schulmedizin nicht ansprachen, sich in Luft auflösten, nachdem ich die richtige Blütenessenz gefunden hatte. Ich habe erlebt, wie Menschen, die in einer jahrzehntelangen Wiederholungsschleife feststeckten, plötzlich ausbrechen und ein neues Kapitel aufschlagen konnten. Ich habe erlebt, wie meine mich einschränkenden Überzeugungen – Muster, die ich einfach als Konstante in meinem Leben ansah – sich so vollständig auflösten, dass ich gar nicht mehr weiß, wie ich überhaupt zu ihnen gekommen bin. Jeder Schritt auf meinem Weg zur Kräuterkundigen, spirituellen Lehrerin, Heilerin und Schriftstellerin wurde von diesen subtilen, kraftvollen Heilmitteln unterstützt. Ich habe erlebt, wie ich durch die sanften Engel dieser Essenzen immer wieder neu geboren wurde.

Wenn ich den Umgang mit Blütenessenzen unterrichte, wollen die Studenten manchmal wissen, wie etwas so Verdünntes so wirksam sein kann. Daraufhin führe ich immer die Wirksamkeit von Impfstoffen an oder die verheerende Wirkung von etwas so Kleinem wie einem Virus. Denn klein heißt natürlich nicht unbedeutend. Doch letzten Endes wirken Blütenessenzen nicht, weil sie den Verstand überzeugen; sie wirken am besten, wenn sie den Kern einer Sache treffen. Darum beantworte ich die Frage nach der Wirksamkeit meistens mit einer Metapher: der vom Schlüsselloch.

Manche Dinge sind so tief in uns vergraben, als befänden sie sich hinter Schloss und Riegel: Traumata, Glaubenssysteme, Wunden, Erinnerungen. Wie eine im Meer versunkene Truhe halten wir die schwersten Dinge in der Tiefe verborgen. Der Versuch, mit starken Medikamenten wie Pharmazeutika oder pflanzlichen Präparaten da heranzukommen, ist wie der Versuch, einen Schmuckkasten mit einem Gummiball zu öffnen. Sich dem, was wir weggesperrt haben, direkt zu nähern, scheint auch nicht zu funktionieren: Alle unsere inneren Alarmglocken schrillen, sobald wir eine Annäherung spüren, und wir ziehen uns wie Muscheln in uns zurück. Um an das heranzukommen, was in unserem Wesen am tiefsten verschlossen ist, brauchen wir etwas, das so klein ist, dass es durch das Schlüsselloch passt. Wir brauchen ein subtiles Heilmittel, das unsere Abwehr überwindet und jenem Anteil von uns Heilung bringt, der sie am meisten braucht. Blütenessenzen können helfen, die tiefsten Dinge in uns zu heilen, weil sie so klein sind, dass sie ins Schlüsselloch passen.

Große Dinge sind offensichtlich, leicht zu erkennen und schwer zu verhindern. Große Dinge brauchen große Landeplätze und haben große Auswirkungen, wenn sie vorkommen: Meteoriten, Tsunamiwellen, Feuerwerk. Große Medizin ist so ähnlich. Arzneimittel, Chirurgie und Chemotherapie sind allesamt Kraftpakete, die in der Medizin einen wichtigen Platz haben, aber als Anwender großer Geschütze vergessen wir oft, dass durch die Befassung mit dem Kleinen und dessen Pflege solch große Geschütze manchmal zu vermeiden sind. Wenn wir uns um das Feine kümmern, können wir manchmal das Grobe abwenden. Wenn wir jeden Tag einen Apfel essen, brauchen wir keine Wurzelbehandlung mehr. Wenn wir uns um unser Gefühlsleben kümmern, kommt es nicht so oft zu Verwerfungen. Blütenessenzen, tägliche Multivitamine, eine Akupunkturnadel: Das Kleine ist eine stille Revolution, die auf zellulärer und spiritueller Ebene etwas bewegen kann.

Je größer die Dinge werden, desto mehr sehnen wir uns unbewusst nach dem Subtilen. Ich erinnere mich, einmal gehört zu haben, übermäßige Lust auf Zucker sei vielfach ein uraltes Verlangen nach Bitterstoffen, die die Verdauung anregen. Wenn du einmal zu süße Kekse gebacken hast, wirst du wissen, dass im Übermaß gegessener Zucker bitter wird. Manchmal können wir eine Naschattacke einfach durch die Einnahme einiger Tropfen eines Bitterelixiers abwenden. Mit unserem Verlangen nach dem Sublimen verhält es sich ähnlich. Wir mögen denken, wir sehnten uns nach einer großen Veränderung in unserem Leben, aber in Wirklichkeit wollen wir nur eine subtile Veränderung im Denken, Fühlen und Erleben – eine Veränderung, die fast unmerklich beginnt.

Wir leben in einer Zeit und Gesellschaft, in der das Kleine geringgeschätzt wird, sei es bei der Zahl der Follower in den sozialen Medien, der Anzahl der Bücher, die man in diesem Jahr gelesen hat, oder der Menge des Geldes auf dem Bankkonto. Als Gesellschaft sind wir oft so sehr auf Größe fixiert, dass wir all die Heilungsmöglichkeiten verpassen, die das Kleine zu bieten hat. Doch selbst die am stärksten gesicherte Tür hat eine Öffnung, egal wie klein. Auch die Tore einer überholten gesellschaftlichen Sichtweise haben ein Schlüsselloch.

Wenn sie zurück nach Hause fahren, erinnere ich meine Studenten gern daran, dass sie wie Blütenessenzen sind. Vielleicht leben sie in Familien oder Gemeinschaften, denen die Idee einer Blütenessenz so fern erscheint wie der Grund des Ozeans – aber wenn sie bei der Rückkehr in ihre Gemeinschaften aufblühen, hilft es, das Blatt zu wenden. Alles, was man braucht, um Wasser zu verändern, sind ein paar Tropfen einer Blütenessenz. Jeder von uns trägt sein Heilmittel in sich – winzig und erstaunlich kraftvoll. Du bist der Tropfen, der das Wasser unserer Kultur verändern kann. Du bist eine Blütenessenz für unsere Erde. Wenn du die kleinen Anteile deines Selbst zu schätzen lernst, machst du einen Quantensprung, der die Welt verändern kann.

Einen Quantensprung machen

In den letzten Jahrzehnten hat die Quantenphysik in der Wissenschaft große Wellen geschlagen und die Art und Weise, wie wir die Wirklichkeit wahrnehmen, verändert. Die Erforschung der kleinsten Teilchen der Materie durch die Quantenphysik, die sich vielfach mit der seit langem gültigen Weisheit indigener Kulturen deckt, hat mathematische Beweise für die Veränderbarkeit der Zeit ebenso gefunden wie dafür, dass die Welt um uns herum ein Spiegelbild einer viel umfassenderen Wirklichkeit ist, sowie für das grundlegende Konzept, dass alles aus unsichtbarer Energie besteht.

In der Alltagskultur verwenden wir häufig den Begriff *Quantensprung* für eine monumentale Veränderung im Denken oder Sein. Der Ausdruck ist uns so geläufig, dass die meisten von uns vergessen haben, woher der Begriff eigentlich stammt. In der Physik ist ein Quantensprung keine große Sache – er ist mikroskopisch klein. Ein

Quantensprung ist eine Veränderung innerhalb eines Atoms, wenn ein Elektron von einem Energieniveau zu einem anderen springt. Physikalisch gesehen handelt es sich um eine winzige Verschiebung, die jedoch die gesamte Beschaffenheit des Atoms – und damit die Materie selbst – augenblicklich verändert. Erstmals 1913 von Niels Bohr theoretisch bewiesen, schreckten Quantensprünge das wissenschaftliche Establishment auf. Wenn wir einen Quantensprung machen, verändern wir uns blitzschnell von Punkt A nach Punkt Z und können die mühsamen Schritte dazwischen auslassen. Auf der physikalischen Ebene ist ein Quantensprung winzig, aber wenn der Sprung stattfindet, verändert sich die Wirklichkeit augenblicklich.

Wenn man sich den Zustand unserer Welt ansieht – unserer Ozeane, unseres Bodens und unserer Seele –, wird wohl niemand bestreiten, dass ein Wandel notwendig ist. Aber der Wandel, den wir anstreben, ist vielleicht kein offensichtlicher Umschwung, sondern etwas viel Subtileres, etwas, das jeder von uns anstoßen kann, indem wir uns auf unseren Heilungsprozess konzentrieren. Mikroskopische Veränderungen im Inneren können tiefgreifende Veränderungen im Außen bewirken.

Wenn wir uns um die unscheinbarsten Kleinigkeiten unseres Weges kümmern, können sich in der Welt im Großen monumentale Veränderungen vollziehen. Wenn wir die Vorstellung ablegen, Selbstbezug sei immer egoistisch, erkennen wir, dass der Weg des Selbstmitgefühls in Wirklichkeit dazu dient, die kleinsten Anteile unseres Wesens zu stärken und uns die Energie zu geben, die wir brauchen, um hier auf der Erde einen Quantensprung zu machen. Die Sprünge, die wir in unserem eigenen Denken machen, können einen Sprung im Gesamtbewusstsein unseres Planeten bewirken. Aus der Quantenperspektive besteht der nächste Schritt in der Evolution der Menschheit nicht darin, größer zu werden, sondern die transformative Kraft des Kleinen wiederzufinden.

Sumpfland-Engel

Florida ist ein Ort der Wunder im Miniaturformat und reich an einer Vielzahl von Lebensräumen und Kulturen. Vor der Ankunft der Spanier lebten in Florida mehr als 350.000 Menschen in einer Vielzahl unterschiedlicher Stämme mit ebenso vielen Sprachen wie Mikrohabitaten.[3] Florida war die Heimat mehrerer sehr mächtiger Zivilisationen, darunter die der Apalachee, der Timucua und die legendärste von allen – die der Calusa. Die *Calusa*, ein Wort, das in ihrer Sprache »die Wilden« bedeutet haben soll, waren unter den großen Zivilisationen der Welt einzigartig. Obwohl die Calusa-Zivilisation in Bezug auf Größe und Komplexität anderen Kulturen ähnelt, beruhte sie auf dem schieren Reichtum des Ozeans.[4] Lange Zeit gingen westliche Gelehrte davon aus, dass alle politisch und sozial komplexen Gesellschaften in großem Maßstab Landwirtschaft betreiben, doch die Calusa waren anders und zeigten, dass äußerst mächtige und einflussreiche, künstlerisch und kulturell reiche Gesellschaften gedeihen können, wenn sie auf dem vorhandenen Nahrungsangebot eines üppigen Landes gründen. Da ihre Gewässer so reich waren, brauchten sie keine großen Felder mit Sonnenblumen, Mais oder Kürbissen. Stattdessen bauten sie, wie die Haufen von Muscheln an ihren Stränden, eine ganze Zivilisation aus den Gaben des Meeres auf.

Wie viele indigene Völker auf der ganzen Welt glaubten auch die Calusa an Reinkarnation, aber ihre Vorstellung von der Wiedergeburt unterschied sich stark von der, die wir uns heute machen. Wie bei der Darwin'schen Evolutionstheorie gehen wir normalerweise davon aus, der Zweck der Reinkarnation bestehe darin, »größer« zu werden, indem wir uns aus kleineren oder weniger komplexen Lebensformen weiterentwickeln, um schließlich zur Spitze der Evolution aufzusteigen – zum Menschsein. Für die Calusa jedoch *begann* die Reinkarnation mit dem Menschsein.[5] Anstatt mit jeder Wiedergeburt größer oder komplexer zu werden, wurden sie kleiner. Hatte man die Hülle des Menschseins abgelegt, konnte man ein Alligator oder Hirsch werden. Von dort aus konnte man als Reiher durch die Sümpfe streichen, als Meerbrasse unter den Wellen hindurchtauchen und schließlich als Moskito auf die Welt losgelassen werden. Mit jedem Mal, so glaubten die Calusa, würde man immer kleiner werden, bis man eines Tages so klein war, dass man einfach im großen Licht verschwand. Für die Calusa galt: Je kleiner man wurde, desto näher kam man dem Göttlichen.

Diese demütige Auffassung von der Evolution hat eine der beeindruckendsten Zivilisationen der Erde geschaffen – und ist ein unveränderlicher Teil des Glaubens der Calusa geblieben. Obwohl sie schrecklichem Druck und militärischer Gewalt ausgesetzt waren, sind die Calusa dafür bekannt, dass sie allen Missionierungsversuchen widerstanden. Wie bei vielen anderen erschütternden Kolonialisierungen wurde die mächtige Calusa-Zivilisation jedoch durch eingeschleppte Krankheiten, Versklavung und Völkermord zerschlagen. Die überlebenden Bevölkerungsgruppen flohen nach Kuba oder integrierten sich in neu eintreffende Gruppen von Ureinwohnern, darunter die heutigen Seminolen und Mikasuki.[6] Obwohl das Calusa-Imperium unterging, lebt ihr Erbe noch heute in den Stämmen Floridas und in der Erde weiter, eingebettet im Land wie Diamanten.

* * *

Ich freue mich jeden Winter auf zwei Dinge – auf die Diamantensuche am See und auf eine Woche Kanu-Camping in Florida. Jedes Jahr fahre ich an diese üppigen subtropischen Küsten, um meine Knochen zu wärmen und mich an meine Kleinheit zu erinnern. Zu Hause, wo ich mich in To-do-Listen verstricke, lade ich mir immer zu viele Dinge auf, ganz so, als müsse ich die ganze Welt schultern. Wenn ich in den Zwergkiefernwäldern Floridas bin, weiß ich wieder, wie schön es ist, dieses winzige, wundersam fehlbare Ich zu sein. In den Wäldern von Lebenseichen kann ich das Gewand der Lehrerin oder Heilerin ablegen und einfach nur eine Lernende sein, jemand, der immer noch am Anfang seiner Entwicklung steht.

In der Wildnis überlasse ich mich der Glückseligkeit, meine Gedanken auf einfache, lichterfüllte Dinge lenken zu können – etwa, wie weit ich heute paddeln will oder wann ich das Feuer wieder mit Palmwedeln füttern soll. Ich esse wilde Clementinen am Ufer und spüre mit seliger Erleichterung, wie erholsam es ist, klein zu sein. Ich lausche dem fernen Trillern der Nachtschwalben und erinnere mich daran, dass es bei wirklicher innerer Entwicklung nicht darum geht, größer zu werden, sondern darum, den inneren Kritiker loszulassen, der immer darauf drängt, mehr zu wollen. Wenn ich am Himmel nach dem Nordstern suche, der in diesen südlichen Gefilden dem Horizont so viel näher ist, werde ich zu einem Lichtfleck in der Dunkelheit und fühle mich wie neugeboren. Es ist tröstlich, sich daran zu erinnern, wie klein wir wirklich sind – und ein Segen, der unsere Welt retten könnte. In Florida erlaube ich mir, so wunderbar klein zu werden, dass ich in jenen Himmel zurückkehre, der hier auf der Erde möglich ist.

Normalerweise versuche ich, im Süden zu sein, bevor die Mücken aus ihrer Winterruhe erwachen, aber das klappt nicht immer. Manchmal, wenn ich in der Abenddämmerung in meinem Kanu sitze und dem Schwarm vorüberschwimmender Gänsesäger zuschaue, bemerke ich eine Mücke, die sich auf meiner nackten Haut niederlässt. Bevor ich sie wegscheuche, begrüße ich die kleine Mücke mit dem Namen, den Floridas Alteingesessene noch immer verwenden: Sumpfland-Engel. Jedes Mal, wenn ich eines dieser schlanken, empfindungsfähigen Wesen sehe, versuche ich, etwas wie Dankbarkeit zu empfinden, auch wenn ich sie ermutige, ihr Abendessen woanders zu suchen. Später in der Nacht, wenn ich unweigerlich ein paar Stiche auf meinen Armen finde, erinnere ich mich daran, dass ich nach der Denkweise der Calusa gerade von einer älteren Seele besucht worden bin. Der nächste Schritt unserer Evolution besteht nicht darin, größer zu werden, sondern in den Himmel des Kleinseins zurückzukehren.

Das winzige Geschenk von allem

Die Welt um dich herum ist groß und weit, aber die Welt, in der du lebst, ist eigentlich sehr klein. Je mehr du in dieser kleinen Welt lebst, desto glücklicher und gesünder wirst du werden. Dort wirst du Sicherheit und Liebe erfahren. Deine Arbeit in dieser Welt wird einfach und leicht sein, und dein Platz in ihr wird deutlich zu erkennen sein. Vögel bauen ihre Nester nicht im Himmel.

Unsere Liebe Frau von Woodstock, eine Marienerscheinung,
übermittelt von Clark Strand und Perdita Finn

Ich hatte einmal die Gelegenheit, an einer japanischen Teezeremonie teilzunehmen. In schlichte Baumwoll-Yukatas gekleidet, saßen wir in einem kahlen Raum, der Zeremonienmeister auf der Tatami-Matte vor uns. Das Ritual war sehr schlicht. Wenn man nicht aufpasste, schien es, als würde kaum etwas passieren. Ein Teebesen wird in die Hand genommen. Ein Teebesen wird wieder abgestellt. Das Wasser dampft. Eine Schale wird gedreht und dann erneut gedreht. Die Zeremonie selbst ist ein verwickeltes Kunstwerk, das leuchtet wie eine feine Lackarbeit in einem dunklen Raum. Jede Bewegung hat einen Sinn. Jede kleine Geste wird in anmutiger Haltung vollzogen. Bei einer japanischen Teezeremonie sind die einfachen Bewegungen von einer solchen Tiefe, dass der Tee, wenn du ihn schließlich an deine Lippen bringst, so schmeckt, wie du es noch nie erlebt hast.

Wenn ich in den Quellen Floridas auf dem Rücken liege und in den weißblauen Himmel schaue, verspüre ich eine andere Art, in der Welt zu sein. Die besten Dinge in meinem Leben geschehen nicht, wenn ich bis zum Äußersten gehe, sondern wenn ich mich aus einer bedachtsam anmutigen Haltung heraus bewege – wenn ich handle, als sei ich ein Teemeister und das Leben selbst die Zeremonie. Manchmal stelle ich mir eine Welt vor, in der jede kleine Bewegung mit so viel Bedacht ausgeführt wird; eine Welt, die von unendlicher Achtsamkeit und Aufmerksamkeit geprägt ist, von der Liebe zum Subtilen, von der Ehrfurcht vor dem Kleinen. Wenn ich so dahintreibe und sich die winzigen Bläschen des Wassers um mich herum sammeln, stelle ich mir vor, dass sich eine solche Welt wirklich wie der Himmel auf Erden anfühlen würde – und dann erinnere ich mich, dass diese Welt schon jetzt hier ist. Wenn wir bereit sind, die Kleinheit unseres Selbst wertzuschätzen, werden wir zu einer Blütenessenz im Quell, zu einem uralten Kristall, der aus dem Grund des Sees auftaucht. Wenn wir uns in all unserer herrlichen Begrenztheit und kostbaren Kleinheit annehmen, werden wir langsam genug, um die wunderbare Nische zu erkennen, die wir in dieser Welt auszufüllen haben. Wenn wir das Bedürfnis loslassen, jede Geste müsse großartig sein, wird unser Leben so anmutig, bedeutungsvoll und wesentlich wie eine Teezeremonie an einem ruhigen Nachmittag. Wenn wir uns von dem Zwang nach mehr befreien, können wir uns an all den kleinen Dingen erfreuen, die unser Leben möglich machen, und im Gegenzug ihr Dasein segnen.

In *Braiding Sweetgrass* [deutsch: *Geflochtenes Süßgras*] spricht Robin Wall Kimmerer über den Segen der Erdbeeren und darüber, wie ihre Reifung die wahre Natur der Wirtschaft der Erde veranschaulicht. Als kleine Segnungen, die der Boden schenkt, erinnern Erdbeeren daran, dass die ganze Welt eine ständig sich fortsetzende Geschenkökonomie betreibt. Jedes Mal, wenn das Geschenk den Besitzer wechselt, werden seine lebensspendenden Eigenschaften verstärkt. Kimmerer schreibt:

> »Die Erdbeeren waren diejenigen, die mir das Gefühl gaben, dass die Welt voller Geschenke sei, die alle zu unseren Füßen lägen. Ein Geschenk erhält man ohne eigenes Zutun, es kommt zu uns, ohne dass wir darum gebettelt haben. Es ist keine Vergütung; kein Lohn für Arbeit, kein eingelöster Anspruch, auch kein moralisches Verdienst. Und doch ist es da. Wir müssen nur die Augen offen halten und wach sein. Geschenke gehören in das Reich der Bescheidenheit und des Geheimnisses – wie bei zufälligen Freundlichkeiten wissen wir nicht, woher sie kommen.«[7]

Es macht bescheiden, der Empfänger einer solchen Gabe zu sein, und doch geben wir für jedes Geschenk, das wir erhalten, natürlich auch etwas zurück. Nachdem die Bären ihre Bäuche mit wilden Beeren gefüllt haben, nehmen sie deren Samen in ihrem Verdauungstrakt mit und bringen unweigerlich das Geschenk neuer Beerenfelder mit, wohin sie auch gehen. Bei uns ist es nicht anders. Wenn wir die kleinen Geschenke, die wir bekommen, annehmen, tragen wir ihre Samen in uns und geben sie ganz natürlich weiter. Wenn Menschen über die spontane Freundlichkeit nachdenken, die ihr Leben verändert hat, erinnern sie sich oft an Momente, die keine großartigen Demonstrationen von Wohltätigkeit waren. Es war ein Lächeln im rechten Augenblick, eine bezahlte Rechnung für ein Abendessen, wenn man nur noch einen Dollar hatte, ein Kartengruß, der im Moment eines schrecklichen Verlustes geschickt wurde. Auch wenn sie klein waren, sind es diese Gesten, die letztlich das Leben eines Menschen verändern.

Die Welt besteht, wie sich herausstellt, aus kleinen Segnungen. Wir erhalten sie, aber wir selbst sind auch *eine davon*. Ein Mensch zu sein, der Erdbeeren in einem Korb sammelt oder Muscheln am Strand, bedeutet, Teil einer Geschenkökonomie zu sein, die auf den kleinsten lebensspendenden Tauschvorgängen beruht. Durch solche kleinen Gesten können wir dazu beitragen, dass die Freigiebigkeit der Erde fortbesteht.

Vielleicht glaubten die Calusa deshalb an ihre besondere Art der seelischen Evolution. Wenn wir das Kleine annehmen, verlieren wir unsere Kraft nicht; wir können einfach ***mehr davon*** an die Welt ***abgeben***. Indem wir etwas Kleines annehmen, befreien wir unsere Seele, damit sie der Erde ihre grenzenlose Essenz schenken kann. Wenn wir unsere Handlungen schlichter halten, kann das einfache Aufschäumen von Tee etwas Weitreichendes sein. Wenn wir langsam werden und Samen säen, werden wir auf die zartesten Bedürfnisse des Bodens aufmerksam. Wir haben versucht, durch Upgrades besser zu werden, die menschliche Seele jedoch kann hoch werden wie ein Berg, wenn wir das Geschenk der Demut annehmen.

Im Kern geht es bei Demut nicht darum, sich selbst herabzusetzen; es geht darum, die eigene Besonderheit durch die Linse all der Segnungen zu sehen, die einem zuteilgeworden sind. Demut bedeutet, in den Himmel zu schauen, sich zu vergegenwärtigen, dass es mehr Sterne im Universum gibt als Sandkörner an allen Stränden der Welt, und sich darüber zu freuen, ein Teil von all dem *sein zu dürfen*. Es ist das Wissen, dass man klein ist wie ein Quantum und die Macht hat, die Welt zu verändern.

Wir warten auf eine Katastrophe, die uns aufweckt, oder auf ein weltweites Ende aller Kriege. In der Zwischenzeit haben wir alle alles bekommen, was wir brauchen, um die verschlossenen Türen hinter uns zu lassen, indem wir durch das Schlüsselloch schlüpfen und die Tür öffnen. Es beginnt mit der Erkenntnis, dass du in diesem Moment mächtig und vollkommen bist. Deine Kleinheit ist deine Macht.

Die Welt neu säen

> Möge ich der winzigste Nagel im Haus des Universums sein, winzig, aber nützlich.
>
> Mary Oliver

Ich glaube fest daran, dass die Erde durch unsere Gaben genährt wird – ganz gleich, ob wir unsere Talente im Wohltätigkeitsbereich einsetzen, eine Familie gründen oder buchstäblich etwas in der Erde hinterlassen. Wo immer ich jetzt hingehe, nehme ich ein kleines Täschchen mit Seediamanten mit. Nachdem ich jahrelang auf der Suche nach diesen Quarzkristallen war, wurde mir klar, dass ich sie am liebsten alle verschenken möchte. Jedes Mal, wenn ich einen besonderen Ort besuche – wie die Quellen in Florida – oder wenn mir eine Handvoll Beeren zum Geschenk gemacht werden, zu denen ich mich niederbeuge, lasse ich einen Kristall zurück. Wenn ich dieses winzige vollkommene Licht in die Erde drücke, gibt mir das ein unbeschreibliches Gefühl von Vollständigkeit und Zufriedenheit. Als ich meine kleine Tasche mit Diamanten im Laufe der Jahre schrumpfen sah, wurde mir klar, dass ich mich auf den Tag freue, an dem ich die ganze Sammlung weggegeben und dafür ein Gewirk aus Dankbarkeit geschaffen hätte. Wenn wir uns in unserer Kleinheit lieben, empfangen wir unablässig das Geschenk, auf diesem Planeten sein zu dürfen – und dann erkennen wir die Geschenke, die wir im Gegenzug machen können.

Jeder von uns ist auf seine Weise eingeladen, Teil dieser Welt zu sein, die ich in den Quellen Floridas erblickte und im Schlamm des Sees vergraben fand. Eine Welt, in der die Menschen vor Freude über die erste reife Beere am Weinstock jubeln. Eine Welt, in der es für Menschen normal ist, sich in der Schönheit eines einzelnen Quarzkristalls zu verlieren. Eine Welt, in der wir uns die Zeit nehmen, die Ansammlung von Kernen in einer einzigen wilden Mandarine zu bestaunen oder die kleinen Stücke spanischen Mooses wahrzunehmen, die die Kormorane Schnabel für Schnabel zu ihren gemeinsamen Schlafplätzen zurücktragen.

Jedes Mal, wenn wir innehalten, um in den Augenblick einzutauchen und uns wertzuschätzen für das, was wir sind, gibt uns das die Möglichkeit, diese Welt zu nähren. Du rufst diese Welt durch die kleinsten Gesten ins Leben – etwas so Einfaches, wie dein morgendliches Ei in den Händen zu halten, bevor du es in die Pfanne schlägst, und dich für dieses kleine Geschenk von Nahrung zu bedanken. Jede kleine Geste der Anerkennung und Dankbarkeit ist wie ein Samen, der uns hilft, neu zu erblühen. Es genügt, wenn jeder von uns die kleinsten Dinge des Lebens mit äußerster Sorgfalt tut, und eine Revolution wird ausbrechen: jener Umschwung in der Wahrnehmung, auf den wir alle warten.

ÜBUNG
Herstellung einer Blütenessenz

Was du brauchst

Glasschale
Wasser (vorzugsweise Quell- oder Brunnenwasser)
(Garten-)Schere (falls erforderlich)
Trichter
Kaffeefilter oder Tuch
Gefäß oder Flasche
Alkohol oder Essig zum Konservieren

Der Ablauf

1. Lass die Blume dich finden. Es könnte sein, dass du von einer bestimmten Blume geträumt hast oder eine Blüte deine Aufmerksamkeit erregt. Wenn dir eine bestimmte Blume besonders schön vorkommt oder sehr häufig begegnet oder irgendwie auffällt, liegt das wahrscheinlich daran, dass ihre Heilkraft in diesem Moment für dich von Bedeutung ist.
2. Wenn du dich für eine Blume entschieden hast (oder sie sich für dich), bringe eine Schale mit Wasser (und eine Schere, falls nötig) mit. Setze dich neben die Blüte und bitte um Erlaubnis, eine Essenz herstellen zu dürfen. Dies wäre ein guter Zeitpunkt, eine Opfergabe darzubringen, ein Gebet zu sprechen oder dich in Meditation mit der Pflanze zu verbinden. Warte, bis du Zustimmung spürst. Dies kann sich in einer Änderung der Luftbewegung, dem Landen einer Biene auf der Blüte, einem hörbaren Geräusch oder dem Aufkommen einer Emotion äußern. Sei offen für die vielen Möglichkeiten einer Rückmeldung und vertraue deinem inneren Wissen.
3. Schneide oder breche eine oder mehrere Blüten ab und lege sie in die Wasserschale, und stelle die Essenz dann in die Sonne. Es

gibt keine bestimmte Anzahl von Blüten, die du pflücken solltest. Eine einzige Blüte kann eine kraftvolle Essenz ergeben. Vertraue auf deine Intuition und bitte jede Blüte um Erlaubnis, gepflückt zu werden.

4. Lass die Schale mit Wasser und Blüten so lange stehen, wie es sich richtig anfühlt. Deine Essenz braucht vielleicht nur ein paar Stunden in der Sonne, oder vielleicht möchtest du deine Schale im Mondlicht stehen lassen. Die richtige Zeitspanne richtet sich vor allem nach dem Gefühl, aber wenn die Essenz fertig ist, sehen die Blüten oft verwelkt oder verbraucht aus.

5. Wenn die Essenz fertig ist, gieße das Wasser durch einen mit einem Kaffeefilter ausgelegten Trichter in ein anderes Glas oder eine Flasche. Bringe die zurückgebliebenen Blüten an einen besonderen Ort im Freien und gib sie der Erde in Dankbarkeit zurück.

6. Mache dein ursprüngliches Essenzwasser, das jetzt *Mutteressenz genannt wird,* haltbar, indem du die gleiche Menge Alkohol zum Essenzwasser hinzufügst. Traditionell wird dafür Branntwein verwendet. (*Für eine alkoholfreie Version siehe den folgenden Hinweis zum Konservieren mit Essig.*) Beschrifte deine Essenz mit dem Namen der Blume, dem Ort, dem Datum und besonderen Einzelheiten und kennzeichne sie als Mutteressenz.

7. Gemäß den folgenden Anweisungen verdünne deine Mutteressenz weiter in einer Vorrats- oder Dosierungsflasche. Vorratsflaschen sind normalerweise das, was du im Geschäft kaufen kannst. Vorratsflaschen sind in der Regel für offenkundigere Zustände wie akute Angst, Krankheit oder Schmerzen geeignet, während Dosierungsflaschen (die stärker verdünnt sind) als wirksamer bei langfristigen emotionalen Zuständen oder chronischen Krankheiten gelten.

Mutteressenz: Original-Blütenessenzwasser, konserviert mit gleichen Teilen Alkohol (50/50) oder Apfelessig. (*Siehe den untenstehenden Hinweis.*)

Stammessenz: Ein bis sieben Tropfen der Mutteressenz in einer neuen Lösung aus gleichen Teilen Wasser und Alkohol (50/50) oder 100-prozentigem Essig.

Dosierungsflasche: Ein bis sieben Tropfen der Stammessenz in Wasser. Sofort tropfenweise einnehmen (innerhalb von zwei bis drei Wochen nach dem Abfüllen). Wenn du die Essenz länger aufbewahren möchtest, füge bis zu 50 Prozent Alkohol oder 100 Prozent Essig hinzu.

Allgemeine Dosierung: Zwei bis vier Tropfen (aus der Stamm- oder Dosierflasche) bis zu viermal täglich in Wasser oder direkt auf die Zunge geben. Du kannst die Essenz auch direkt auf deine Haut auftragen. (Die Handgelenke, das Herzzentrum und die Schläfen sind gute Stellen, die du ausprobieren kannst.)

Haltbarmachen mit Essig: Wenn du keinen Alkohol verwenden möchtest, kannst du deine Essenz mit Essig haltbar machen. Da Essig weniger lange hält als Alkohol, empfehle ich, mit Essig haltbar gemachte Blütenessenzen im Kühlschrank aufzubewahren. Mit 50 Prozent Essig haltbar gemachte Mutteressenzen können im Kühlschrank drei bis sechs Monate lang haltbar sein. Ich empfehle, Vorrats- und Dosierflaschen mit 100 Prozent Essig (plus die Tropfen deiner Essenz) herzustellen. Bei diesem Verhältnis ist deine Vorrats- oder Dosierflasche viele Jahre haltbar, wenn sie gekühlt aufbewahrt wird.

Hinweis zu Toxizität und Seltenheit: *Bei richtiger Verdünnung sind theoretisch alle Blumen sicher, um daraus eine Essenz herzustellen und einzunehmen. Aber bitte sei vorsichtig, wenn du mit Blumen arbeitest, die bekanntermaßen giftig sind. Bitte gehe auch mit Bedacht und Zurückhaltung mit Blumen um, die selten oder gefährdet sind.*

7

Die Welt sieht dich

Wir alle machen im Leben Zeiten durch, in denen wir uns nicht gesehen fühlen. Wie der Nebel, der den Berghang verhüllt und wieder freigibt, kommen und gehen die Zeiten der Unsichtbarkeit im Laufe unseres Lebens. Man merkt nicht, dass man sich in einer Wolkenbank befindet, bis man nach unten schaut und den Boden seiner selbst nicht mehr sehen kann.

Es war ein Winter der Unsichtbarkeit. Nachdem ich aus meinem ersten Haus in den Bergen, meinem kleinen blauen Cottage, ausgezogen war, beschloss ich, zum ersten Mal in meinem Leben allein zu wohnen. In einem seltsamen Schwebezustand zwischen Beziehungen und Jobs mietete ich einen kleinen hölzernen Wohnwagen, der mit frisch geschnittenem Kiefernholz verkleidet war, mitten in den Bergen, so weit draußen wie möglich, fast an der Staatsgrenze von Tennessee. Um dorthin zu gelangen, musste ich über einen Pass namens Lonesome Mountain und eine kurvenreiche Landstraße fahren, die so unzugänglich war, dass es in dem Gebiet, in das sie führte, bis in die 1960er Jahre keinen Strom gab.

Ich bin unter anderem deshalb auf diesen Teil des Landes gekommen, weil er für seine Abgeschiedenheit berüchtigt ist. Die schottisch-irischen und englischen Siedler, die Jahrhunderte zuvor hierhergekommen waren, kamen durch die Flusstäler und sind geblieben. Bis in die 1920er Jahre war dieser zerklüftete Teil des Gebirges der Außenwelt so gut wie unbekannt. Erst als Cecil Sharp, ein Musikwissenschaftler und Begründer des Folk-Song Revivals in England, mit seiner

Blockflöte in die unzugänglichen Täler reiste, fand er ein ganzes Repertoire traditioneller Balladen, die von der dortigen Bevölkerung noch immer gesungen wurden.[1] Die Abgeschiedenheit dieser speziellen Gebirgsregion bedeutete, dass Lieder, von denen einige auf der anderen Seite des großen Teiches aus dem Gedächtnis verschwunden waren, von den Bergbewohnern am Leben erhalten wurden. Wenn man diese Balladen hört, die so gefühlvoll sind wie das Wasser des Baches, das in den Adern der Berge singt, bekommt man eine Gänsehaut. Die Menschen, die diese Lieder überlieferten, waren aufgrund der Abgeschiedenheit und ihrer Armut für die Welt praktisch unsichtbar – bis ihre Stimmen, die in diesen frühen Aufnahmen verewigt wurden, wie Vogelgezwitscher aus den Tälern emporklangen. Wenn ich zurückblicke, weiß ich nicht, ob es die schiere geografische Isolation oder die Lieder waren, derentwegen ich mich in Sodom verliebt habe.

Den Alben der ersten Liedersammler zufolge ist diese Gegend in den Bergen als Laurel oder Revere bekannt, aber fragt man einen Einheimischen, wie die Gemeinde heißt, wird er, ohne zu zögern, Sodom sagen. Der Name, so erzählt man sich, stammt aus der Zeit des Bürgerkriegs. Frauen aus den Bergen, die einfach nur über die Runden kommen wollten, folgten sowohl den Truppen der Konföderierten als auch denen der Union als »Wäscherinnen«. Ein Wanderprediger der Konföderierten sah, dass diese Frauen der Unionsarmee mit ebenso viel Unternehmungsgeist folgten wie ihren konföderierten Brüdern, und bezeichnete die gesamte Gemeinde, aus der sie kamen, als »Sodom«. Die Einheimischen, denen es nie an Humor gefehlt hat, übernahmen diesen Namen.

Es ist nicht leicht, in Sodom einen Platz zum Leben zu finden. Dort ist es steil, windig, sehr abgelegen, und historisch gesehen gehört jeder zu einer Familie. Die meisten Menschen, die sich in diesem Teil der Berge niederlassen, tun dies, weil sie jemanden kennen oder weil es ein altes Stück Land gibt, das noch in ihrer Erbfolge ist. Ich hatte keine solchen Verbindungen, aber trotzdem fand ich mich zu Beginn des Winters in einem kleinen Wohnwagen mit Holzverkleidung auf einem kahlen, nur mit Kiefern bewachsenen Berg wieder.

In der Ruhe des Novembers begann ich auszupacken. Das Innere des Wohnwagens war mit frischer Weißkiefer ausgekleidet. In meiner ersten Woche dort schlug ich einen Nagel in die Wand, und es tropfte tatsächlich Harz heraus. In jenem Winter verbrachte ich Stunden in meinem kleinen Schlafzimmer, um in den Astlöchern und Maserungen Gesichter zu entdecken. Das Haus lag direkt an der Hauptstraße, wo eine Stunde oder länger vergehen konnte, bevor ein Auto vorbeifuhr. Um das Haus zu verlassen und irgendwohin zu gelangen, musste ich den tückischen, einsamen Bergpass hinauf und wieder hinunter fahren. In Zeiten, in denen alles vereist oder verschneit oder es stürmisch war, war man völlig abgeschnitten.

Wochenlang sah ich niemanden außer den Engeln und Wölfen, die von den Holzmaserungen an der Decke auf mich herabblickten – und natürlich Billy, den Postboten. An den meisten Tagen hatte ich nur mit den Kühen zu tun, die oberhalb des Grundstücks an einem Hang weideten, der sich sanft in den runden Himmel erhob. Heimlich schnitt ich die unterste Linie des Stacheldrahts zwischen meinem Grundstück und der Weide durch, damit ich auf dem Bauch hindurchrobben und in der Herde und ihrer Sanftmut spazieren gehen konnte. An einem der ersten Tauwettertage im Februar nahm ich einen unangenehmen Geruch wahr und folgte ihm. Eine der Kühe war am Rande einer steilen Schlucht, die zum Bach hinunterführte, verendet. Ich machte einen Knoten aus langem Gras und legte ihn ehrfürchtig auf ihren geschwollenen Bauch, wobei ich mich fragte, ob sie irgendwo ein Kalb hatte, das ihren Tod betrauerte. Später im Jahr kam ich wieder und fand den Großteil ihrer Knochen von Aasfressern auf dem Hang verstreut; wie sie verteilt waren, sahen sie aus wie Runen. Der Schädel war saubergepickt worden und lag auf der Seite in einem Flecken mit Vogelmiere. Ich nahm ihn mit nach Hause und sagte mir, ich würde die Kuh damit ehren, aber ich wusste, dass ich damit auch mir etwas Gutes tat, denn ich hatte mich in diesem langen, einsamen Winter ähnlich verstreut und ausgelaugt gefühlt wie die Knochen.

Jemand klopft ans Fenster

Manchmal besteht die eigentliche Heilung nicht darin, dass man das Gegenmittel für seinen Schmerz findet, sondern darin, dass man über die vollkommene Entsprechung stolpert: einen Spiegel, der einem zeigt, *wie es ist*. Wir brauchen traurige Lieder, wenn wir traurig sind, nicht weil sie unsere Gefühle verändern, sondern weil wir uns mit ihnen gesehen fühlen. Ich bin nach Sodom gegangen, um die Einsamkeit zu suchen, weil es die Einsamkeit, die ich bereits in mir trug, so trefflich widerspiegelte. In jenem Herbst war mein Mitbewohner in der Hütte, mein geliebter Freund Owen, der so mutig gewesen war, vier Jahre zuvor mit mir in diese Berge zu ziehen, zurück in den Staat New York gezogen. Kurz darauf beendeten meine letzte große Liebe und ich unsere Beziehung, und ich war plötzlich wieder Single. Etwa zur gleichen Zeit beschloss ich, meinen Job zu kündigen und Vollzeit für meine Firma One Willow Apothecaries zu arbeiten. Ohne Partner, ohne Bindung und mit meinen Ersparnissen, schien es genau der richtige Zeitpunkt zu sein, um in die Berge zu verschwinden. Cecil Sharp nannte Sodom einmal ein »Nest von Singvögeln«. In meinem Herzen hoffte ich, dass ich durch den Umzug nach Sodom die Melodie finden würde, die ich singen wollte, aber es würde noch viele Monate dauern, bis in diesem Frühjahr die Singvögel zurückkehrten.

Den ganzen Winter über wachte ich allein auf und beobachtete, wie die Staubpartikel am späten Morgen über meinem Bett tanzten. Ich fühlte mich unsichtbar wie Schnee vor einem weißen Himmel, und da ich viel Zeit hatte, erinnerte ich mich an all die Momente der Unsichtbarkeit in meinem Leben: die Stunden, die ich still und unsicher als Beobachterin im hinteren Teil des Klassenzimmers verbracht hatte; die Geburtstagsfeier, zu der keine meiner Freundinnen kam, um für mich zu singen; die missbräuchliche Beziehung, von der niemand etwas wusste; die Jahre, in denen ich mich mit chronischen Schmerzen im verborgensten Teil meines Körpers herumschlagen musste. In Comics wird Unsichtbarkeit mit Unverletzlichkeit in Verbindung gebracht, aber in der menschlichen Welt, in der das Gesehen-

und Angenommenwerden durch die Gemeinschaft buchstäblich unser Überleben sichert, empfindet man Unsichtbarkeit nicht als Sicherheit.

Das Gefühl, unsichtbar zu sein, hat etwas, das unserer Seele ausgesprochen gefährlich werden kann – als ob man den Halt auf der Erde verlieren und immer weiter davonschweben könnte, ohne dass einen jemand zurückhält. Unsichtbar zu sein, bedeutet, ein Lied zu haben, das man unbedingt singen will, aber niemand ist da, es zu hören. Es bedeutet, zu wissen, dass man sich gerade vollkommen selbst entblößt hat und dass es völlig unbemerkt geblieben ist. Trotz ihrer Unbestimmbarkeit ist Unsichtbarkeit vielleicht die schwerwiegendste Erfahrung der Welt.

Unsichtbarkeit beginnt oft mit etwas, das wir verbergen wollen – unsere Schüchternheit, unsere Wunden, unsere Unterschiede, unser Versagen –, aber am Ende sind wir selbst nicht mehr sichtbar. Um uns zu schützen, machen wir uns unsichtbar, doch dies lässt uns verschwinden. Wenn wir uns also von unseren Partnern, Freunden, der Familie oder der Gemeinschaft nicht gesehen fühlen, mag es einem vorkommen, als seien wir von dem Energiestrom abgeschnitten, der uns am Leben erhält – aber wir werden nur dann unsichtbar, wenn wir an den falschen Stellen danach trachten, gesehen zu werden.

Ganz gleich, wie unbedeutend du dich fühlst, es gibt eine lebendige Gemeinschaft, die nie aufgehört hat, deinen Wert zu sehen, diese Flamme des Guten in der Mitte deines Wesens. Die Natur ist unsere größere Familie, und sie erkennt uns immer als Angehörige an. So blind wir auch für die uns umgebende natürliche Welt geworden sind, die Bewohner dieser Welt haben nie aufgehört, uns zu sehen. Die Bäume um dein Haus herum erkennen dich; die Eichhörnchen beobachten dich, wenn du vorübergehst. Die Amseln fliegen herbei, um sich die Farbe deines Hemdes genauer anzusehen, und die Rehe im Wald bemerken den Augenblick, in dem du deinen Fuß auf den Weg setzt. Wir haben uns so lange allein gefühlt, weil wir uns von dieser größeren Familie entfernt haben, aber wir brauchen nur vor die Tür zu treten, um zu erkennen, wie sehr wir gesehen werden.

* * *

Der Frühling kam in jenem Jahr in Sodom ganz sanft und überraschte mich mit einem geheimen Ginseng-Beet, das zwischen den Kiefern gepflanzt worden war, und mit einer üppigen Fülle von Vogelmiere, die aus den Kuhfladen wuchs. Bei aller Pracht und Üppigkeit der Jahreszeit wachte ich dennoch an den meisten Tagen mit einem seltsam substanzlosen Gefühl auf – als wartete ich auf eine Einladung, wieder ins Leben zurückzukehren. Dann, an einem sonnigen Morgen, viel früher als sonst, wurde ich durch ein Klopfen an meinem Fenster geweckt. Ich hatte mich in der Bettdecke verheddert, war noch halb im Schlaf und nahm an, das Klopfen käme von einem Ast, der gegen die Scheibe stieß. Dann passierte es wieder. *Klopfen.* Unsinnigerweise kam mir das Bild eines kleinen Kindes, das vor meinem Fenster hockte. *Klopfen.* Schnell verwarf ich diesen Gedanken als Einbildung des Schlafes. Aber wer klopfte dann an mein Fenster?

Ich setzte mich im Bett auf und schaute durchs Fenster. Dort hockte auf Augenhöhe ein safrangelber Stieglitz. Hell wie neue Butter im Morgenlicht, schaute er mich an, direkt in mich hinein, und klopfte dann noch einmal an das Glas. Er flog nicht weg, als ich ihn ansah, sondern klopfte noch einmal leise, wie eine Fingerspitze, die an die Tür eines geliebten Menschen klopft, der einen erwartet.

Als er mich so anblickte, veränderte sich etwas in mir. Die innere Festung zerfiel. Ich war zerzaust und traurig, ziellos und allein – und trotz allem war ich gesehen worden. Verwundert blickte ich zurück auf das unmögliche Neongelb dieses Stieglitzes in der vollen Pracht des Frühlings. Ich legte eine Hand auf mein Herz und sagte laut und mit Tränen in den Augen: »Danke.« Er klopfte noch einmal und flog hell wie das Sonnenlicht in die Kiefern davon.

Den ganzen Winter über hatte ich mich unsichtbar gemacht, aber an diesem sonnensatten Morgen genügte mir der Blick eines Stieglitzes, um zu erkennen, dass ich die ganze Zeit gesehen worden war. Mit seinem Klopfen und einem Blick auf die unergründliche Güte dieser onyxfarbenen Augen wurde mir klar, dass mein Gutsein nie in

Frage stand. Ich wurde gesehen. Ganz gleich, wie schwach ich mich selbst wahrgenommen hatte, die weite Welt wartete nur darauf, dass ich mein Licht wieder annahm – dass ich mich der Welt in meinem natürlichen Strahlen wieder anschloss. Ich erkannte, dass die Erde mich nicht ein einziges Mal verurteilt hatte. Bei all den trostlosen Spaziergängen, die ich im Schlafanzug unternommen hatte, oder an den Tagen, an denen ich Chips zum Abendbrot aß, wurde nicht ein Jota meines »Versagens« von der Welt auf mich zurückgeworfen. Alles, was die Bäume sahen, was die Vögel sangen und was die Kühe mir mitteilten, war, dass ich ein Mensch war – dass ich vielseitig und beweglich und es wert war dazuzugehören. Ganz gleich, für wie getrennt ich mich hielt, für sie war ich nie etwas Besonderes. Ich war ein Mitglied der Familie; ich war ein Teil von allem.

Später an diesem Tag stieg ich zu den Kiefern hinauf und stellte mit hoffnungsfrohen Ohren fest, dass der Wald von der Musik der zurückgekehrten Singvögel erfüllt war. Die Walddrosseln waren wieder da, und die Grasmücken flöteten von den Traufen der Bäume. Ich wanderte inmitten dieser Symphonie bis zum Kamm des Bergrückens, wo ich eine Pause einlegte, um in das dahinterliegende Tal hinunterzuschauen. Gerüchten zufolge befand sich genau auf der anderen Seite des steilen Abhangs die alte Hütte, in der einige der legendären Aufnahmen von Sodoms Sängern gemacht worden waren. In einem Rausch, der mich durchströmte wie der Wind das neue Gras des Frühlings, wurde mir klar, dass diese alten Lieder der Welt nie verborgen gewesen waren. Lange bevor die Musikwissenschaftler mit ihren Aufnahmegeräten kamen, hatten die Bäume zugehört; die Grillen stimmten in den Refrain ein, wenn spät in der Nacht ganze Familien auf der Veranda zusammensaßen. Die Vögel werden alle Melodien gekannt haben, denn sie hörten sie, als die Menschen auf denselben Feldern arbeiteten, die den Geflügelten einen sicheren Unterschlupf und Samen zum Fressen boten. Die Forschung zeigt, dass wir mit den Singvögeln viele Gene gemeinsam haben, dass die Vögel zuhören, wenn wir singen, und manchmal sogar unsere Melodien übernehmen.[2] Die Balladen, die die Menschen in diesen Bergen sangen, waren nie »unentdeckt« oder unsichtbar gewesen. Sie waren schon immer gehört worden, und vielleicht wurden sie sogar in kleinen Arien von den Singvögeln selbst weitergegeben, während sie singend die Berge hinauf- und hinunterflogen.

Wir sind nie wirklich unsichtbar. Wir können uns nur in dem Maße unsichtbar fühlen, wie wir blind sind für die ganze uns umgebende lebendige Welt. Ich ertappte mich dabei, wie ich pfiff, als ich an diesem Tag den Bergkamm erklomm, um über die grünen Wellen dieser Gegend, die ich mein Zuhause nannte, zu schauen. Die Kühe blickten zu mir auf, als ich vorbeikam, und kauten dann wieder weiter. Ein Kaninchen hüpfte mir vor die Füße und kauerte sich dann hinter ein Büschel Klee, um mich zu beobachten. Ein Falke segelte über mir, und derselbe Wind, der ihn vom Boden abhob, bewegte auch mich, und mein Haar wogte in der Brise. Der Tag war hell wie Vogelgezwitscher, und mir war nach Singen zumute.

Die Vögel singen von dir

Als ich in die südlichen Appalachen zog, war ich auf der Suche nach einer Gemeinschaft. Die meiste Zeit meines Lebens habe ich mich keiner Gruppe zugehörig gefühlt. In meiner Kindheit, auf dem College und in meinen Jahren in New York City sah ich mich immer am Rande, außen vor. Als ich in die Berge kam, sehnte ich mich nach einem echten Freundesnetzwerk und danach, einfach dazuzugehören. In der Kräuterschule fand ich meine ersten neuen Freunde, darunter auch meine Kumpels aus dem Punk-Haus. Da sie schon seit Jahren in den Bergen lebten, waren viele von ihnen tief in die Szene eingebunden. Diese frühen Freunde waren diejenigen, die mich mit handwerklichen Fertigkeiten vertraut machten und mich in ihre einzigartige Gemeinschaft aufnahmen.

Die traditionellen Techniken, zu denen das Gerben von Fellen, das Flechten von Körben, das Schmieden und das Wildnishandwerk gehören, zogen eine Vielzahl von wundervollen, wilden Seelen an –

sie primitiv zu nennen, ist völlig falsch, denn jeder, der versucht hat, diese Fertigkeiten zu erlernen, kann die unglaubliche Komplexität und Kunstfertigkeit bestätigen, die mit ihrer Beherrschung verbunden sind. Ich habe mich sofort in die Earth Skills Community verliebt. Ein paar Monate, nachdem ich in die Berge gezogen war, sollte ein örtliches Earth-Skills-Treffen stattfinden. Ich beschloss, das letzte bisschen Geld meiner Ersparnisse zusammenzukratzen, um ein Wochenendseminar zu buchen, und packte meine ganze glänzend neue Campingausrüstung ein.

Als ich zu diesem »Firefly«-Treffen kam, hatte ich das Gefühl, in eine andere Welt einzutauchen. Die Menschen kampierten in Zelten und Jurten und unter handgenähten Planen überall an den Hängen. Morgens kochten die Familien über offenem Feuer, und jeder zweite schien in unglaublich weiches Wildleder gekleidet zu sein. Die viertägige Veranstaltung, bei der die Teilnehmer traditionelle Fertigkeiten erlernen konnten, wirkte wie ein Stammestreffen aus alten Zeiten. Die Menschen kamen über die Jahre immer wieder und brachten ihre heranwachsenden Kinder mit und auch ihre Eltern, silberhaarige Siebzigjährige, die als Älteste begrüßt wurden. Jeden Abend versammelten sich mehrere Generationen um das Feuer und sangen gemeinsam, während die Lichter der Glühwürmchen auf und ab flackerten.

Jedes Handwerk hatte sein eigenes Lager. Es gab das Schmiedezelt, in dem man das Klirren und glückliche Seufzen des Metalls hören konnte, wenn es in Form gebracht wurde, und das Lager der Fellgerber, in dem die Kursteilnehmer an ihren Hirschhäuten arbeiteten, die sie von den örtlichen Jägern erworben hatten. Nach mehreren intensiven Tagen des Schabens, Streckens und Weichmachens war das steife Wildleder so geschmeidig wie eine Umarmung. Es gab das Kräuterzelt mit seinen bunten Gläsern mit violetten und grünen Elixieren, die Zelte, in denen die Teilnehmer lernten, wie man mit Fallspindeln umgeht, und die Singkreise, deren Stimmen aus dem natürlichen Amphitheater des Waldes ertönten.

An meinem ersten Tag meldete ich mich für einen Vogelbeobachtungskurs an, der am nächsten Morgen am Waldrand stattfinden sollte. Ich stand am nächsten Tag schon im Dunkeln auf und zog mich an, mein Hemd falsch herum, bevor ich eilig mein Zelt schloss und versuchte, eine Tasse Kaffee aufzutreiben. Die Gruppe traf sich auf einer kleinen Lichtung und versammelte sich locker um die Ausbilder, zwei Männer mit einem ruhigen Lächeln und in zerknittertem Zeug, mit unglaublich hellen Augen und ausgezeichneten Ferngläsern. Dafür, dass es noch so früh war, war die Zahl der Teilnehmer recht groß. Mit ihren Klemmbrettern winkend, machten die Kursleiter auf sich aufmerksam.

Bevor wir losgingen, erzählten sie uns von den Vögeln, die wir zu dieser Jahreszeit hören könnten, und von den besonderen Gaststars, die wir hoffen durften, zu Gesicht zu bekommen. Ihre Aufregung war ansteckend. Die Menschen waren voller Erwartung. Gerade als alle ihre Rucksäcke nahmen, um in den Wald zu gehen, ergriff der Lehrer mit den sandfarbenen Haaren und der dicken Brille noch einmal das Wort. »Die meisten Menschen nehmen an, der Wald sei zu jeder Tageszeit von lauten Rufen erfüllt. Aber was ihr hört, wenn ihr in den Wald geht, sind die Vögel, die über *euch* sprechen! Vögel sind so etwas wie die Ausrufer des Waldes; sie machen andere Vögel darauf aufmerksam, dass Menschen da sind. Diese Rufe werden dann aufgenommen und von einem Ende des Waldes zum anderen weitergetragen, von Vögeln zu Füchsen und Rehen. Die Nachricht verbreitet sich viel schneller als ihr, so dass, wenn ihr die Mitte des Waldes erreicht, wahrscheinlich alle Tiere dort bereits wissen, dass ihr kommt.« Er hielt inne und lächelte uns aufmunternd zu: »Deshalb ist es am besten, wenn ihr lernt, leise zu gehen oder – noch besser – lange still zu sitzen, wenn ihr die wirklich guten Sachen hören wollt.«

Alle kicherten und bemühten sich, leise zu sein, während sie ihre Sachen zusammensuchten. Aber ich blieb wie erstarrt stehen. Wie angewurzelt vor Staunen, versuchte mein Gehirn, diese Offenbarung zu verarbeiten. Die Vogelstimmen, die ich mein ganzes Leben lang im Wald gehört habe, waren nicht nur die zufälligen Hintergrundgeräusche der Welt, die ihren Geschäften nachging; sie waren auch *Lieder über mich*. Die Vögel sprachen über mich. Mit ihren Stimmen taten sie meine Anwesenheit kund, und dann wachte das ganze Netz der Welt auf und wusste, dass ich da war. Die vielen Male, in denen ich allein durch den Wald gewandert war, all die Male, als ich mich für gänzlich unsichtbar gehalten hatte, war das nur ein Hirngespinst. Die ganze Zeit über war *ich* es gewesen, die blind war. Selbst an meinen einsamsten Tagen sang die Welt buchstäblich über mich. Diese Erkenntnis erschütterte mich so tief, wie das Lächeln eines Fremden einen umhaut, wenn man den Tränen nahe ist. Die ganze Zeit, in der ich mich unsichtbar gefühlt hatte, war ich gesehen worden! Mit Verspätung eilte ich in den Wald und folgte der Gruppe mit meinen unweigerlich raschelnden Schritten, bebend vor Rührung.

Die grüne Wand

Sehen ist für uns etwas Selbstverständliches, und doch erleben wir es nicht alle gleich. Wir sehen auf der Grundlage dessen, was wir *gelernt haben* zu sehen. In unseren Gehirnen befinden sich Neuronen, die *sensorische Tore* genannt werden. Je nachdem, was man uns beigebracht hat, lassen wir selektiv bestimmte Sinneserfahrungen zu und sperren andere aus oder blockieren sie. Deshalb kann ein Kind, das auf einem Bauernhof aufwächst, vielleicht zwanzig verschiedene Pflanzen in seiner Umgebung unterscheiden, während ein Kind, das in der Stadt aufwächst, vielleicht nur ein oder zwei verschiedene Pflanzen sieht. Es ist nicht so, dass ein Stadtkind es nicht lernen kann, sondern dass ihm nicht beigebracht wurde, sie zu sehen.

Im Internet kursiert ein Video, das ein Team von Jugendlichen in schwarzen und weißen Hemden zeigt, die Basketball spielen. Das Video, das auf den Forschungen von Daniel Simons und Christopher Chabris beruht, beginnt damit, dass der Zuschauer aufgefordert wird, zu zählen, wie viele Pässe die Teammitglieder in Weiß machen. Am Ende wird mitgeteilt, wie viele Pässe gespielt wurden, damit der Zuschauer sein Zählvermögen testen kann. Dann fragen sie mit einem scherzhaften Nicken: »Aber hast du auch den Gorilla gesehen?«[3] Wenn du das Video zurückspulst, siehst du, was für dich vorher völlig unsichtbar war. Während du die Pässe gezählt hast, kam eine Person in einem Gorillakostüm ins Bild, klopfte sich auf die Brust und ging auf der anderen Seite wieder hinaus. Du hast sie natürlich nicht gesehen, weil du dich so sehr auf das Zählen der Pässe konzentriert hast. In vielerlei Hinsicht interagieren wir heute mit der Welt um uns herum genau so. Uns wird beigebracht, Dinge wie den Geldwert oder die Anzahl der Likes zu zählen, aber das heißt, dass wir die Vielfalt der Wirklichkeit, die sich um uns herum abspielt, nicht wahrnehmen. Denn es gibt eine ganze Welt, die für uns unsichtbar ist und die lebendig wird, wenn wir lernen hinzusehen. Je nachdem, wie wir erzogen wurden, sind die meisten von uns aufgewachsen, ohne dass sie jemals gelernt hätten, die natürliche Welt zu sehen. Der verstorbene legendäre Kräuterkundler Frank Cook nannte diese verschwommene, beschränkte Sicht auf die Natur *die grüne Wand*. Von klein auf haben die meisten von uns die implizite gesellschaftliche Haltung übernommen, die Natur sei einfach nicht so wichtig wie die menschliche Welt. Wenn wir nicht lernen, die Bewohner der grünen Welt zu erkennen, ihre Gestalt wahrzunehmen und sie beim Namen zu nennen, ist es tatsächlich so, als sähen wir sie nicht.

Ich erinnere mich noch, wie sich die grüne Wand zum ersten Mal vor meinen Augen auflöste. Ich war auf dem College und stolperte über die Website von Steve Brill, einem Ökologen und Wildnahrungssammler, der in New York City lebte. Da ich im Hudson Valley zur Schule ging, nur eine kurze Zugfahrt vom Big Apple entfernt, las ich mir seine Website durch und stellte fest, dass auf unserem Campus ähnliche Pflanzen wuchsen. Anhand seiner Anleitungen identifizierte ich meine erste Pflanze: Springkraut. In jenem Herbst verwandelte das Springkraut auf dem Campus gerade seine intensiv orangefarbenen, trompetenförmigen Blüten in Samenkapseln, die bei Berührung aufplatzten. Ich erinnere mich noch gut an den Moment, als mir klar wurde, dass eine bestimmte Fußgängerbrücke, die ich in den letzten Jahren jeden Tag überquert hatte, von Springkraut gesäumt war … und seinen essbaren Samen! Es war, als würden meinen Augen plötzlich neue Sinneszellen wachsen. Die ganze Zeit über waren diese freundlichen Wesen da, hatten mir tagein, tagaus zugewinkt, aber erst jetzt konnte ich sie sehen. Ich nahm einen anderen Weg zum Unterricht, nur um über diese Brücke zu gehen, und ließ die Samen in meine Hände springen, um die Hälfte zu essen und die andere Hälfte in die weiche Erde des Bachbettes zu streuen. Auf dem College war ich oft einsam. Da ich mit chronischen Schmerzen zu kämpfen hatte, verbrachte ich viele Nachmittage damit, allein durch die Wälder zu streifen. Wenn ich auf diese Zeit zurückblicke, wird mir jedoch klar, dass ich nie allein war. Ich war beim Springkraut gewesen. Ich sah diese Pflanzen, und, welch Wunder, ich erkannte, dass *sie mich* die ganze Zeit *gesehen hatten.*

Wie oft gehen wir durch unser auf das rein Menschliche ausgerichtetes Leben und denken, wir seien unsichtbar, unnütz oder einfach allein – doch die lebendige Welt sieht uns als Teil des Ganzen. Wir gehen in die Natur und nehmen an, dass das, was wir hören, das ständige Treiben einer Welt ist, die uns nicht wahrnimmt, doch die Erde antwortet ständig auf unsere Anwesenheit. Ob es nun der Vogelruf ist, der unsere Schritte im Wald kundtut, das Eichhörnchen, das uns beobachtet, um zu sehen, ob wir vielleicht ein Stückchen Brot zurücklassen, oder die Samen des Springkrauts, die wie Tropfen herausspringen, sobald wir an ihnen vorbeistreichen – ganz gleich, wie unsichtbar wir uns fühlen, wir werden gesehen. Ganz gleich, wie wertlos wir uns fühlen, wir werden von der Welt um uns herum stets gehalten.

In indigenen Kulturen ist dieses Verständnis, dass die Erde ständig über uns wacht wie eine Mutter über ihre Kinder, nichts Neues – es ist ein Wissen, das so ursprünglich und elementar ist wie der Instinkt eines Babys, das dem Blick seiner Eltern begegnet. Eine Freundin von mir pilgerte einmal mit einer Gruppe nach Peru, um bei einem Paqo, einem traditionellen Medizinmann der Anden, zu lernen.

Später erzählte sie mir, die Gruppe habe bei ihrem ersten Ausflug stundenlang am Fuße eines Berges gewartet, bevor sie ihn besteigen konnte. Nach Aussage ihres andinen Führers musste der Berg zuerst sie sehen.

Wer nicht in einer Kultur aufgewachsen ist, die in enger Beziehung zur lebendigen Welt lebt, bei dem löst die Erkenntnis, dass die gesamte Erde auf unsere Anwesenheit mit fortwährender Anerkennung und Nichtbeurteilung reagiert, eine Kaskade tiefer Gefühle aus. Die Wissenschaft steckt noch in den Kinderschuhen, wenn es darum geht, die größere Wirklichkeit dieser Verbindung zu durchschauen, aber selbst in diesem rationalen Bereich erkennt man allmählich, dass es Kommunikation, einen Austausch zwischen Mensch und Natur gibt. Dass Tiere auf uns reagieren, halten wir zum Beispiel für selbstverständlich, doch zeigen neue Studien, dass Pflanzen nicht nur spüren, wenn sie von Menschen berührt werden, sondern auch auf die Art unserer Berührungen reagieren.[4] Wir haben uns so sehr von unserer Umgebung abgeschottet, dass wir vergessen haben, dass die ganze Welt unsere Berührung spürt. Wenn wir das erkennen, öffnen wir unser Herz für die zutiefst anrührende Wirklichkeit, zu der wir schon immer gehört haben.

Ob wir uns dessen bewusst sind oder nicht, sehr viele von uns fühlen sich auf diesem Planeten allein. Wir haben die sozialen Medien oder unsere globalisierte Wirtschaft, aber die Einsamkeit, die wir empfinden, geht sehr viel tiefer. Getrennt von der größeren Familie, mit der wir diesen Planeten teilen – den Stieglitzen und Kiefern, den Molchen und den sanften Rindern –, fühlt sich der Teil von uns, der Erde ist, verwaist. Wir brauchen keine aufwendigen Rituale, um dazuzugehören. Wir müssen nichts Besonderes tun, um gesehen zu werden. Alles, was wir tun müssen, ist, unsere Augen zu öffnen, und wir werden erkennen, dass wir unsere Heimat nie verlassen haben.

Die hellsten Birnen im Kasten

Du musst nichts Großartiges tun, damit die Leute dich lieben.

Fred Rogers

Als ich in der zweiten Klasse war, bekamen wir einen Hund. Wir nannten ihn Griffin, es war ein Border Terrier mit drahtigem Haar, lautem Bellen und einem kräftigen, muskulösen Körperbau. Ich erinnere mich noch an den Tag, an dem er Teil unserer Familie wurde. Damals war er überwiegend schwarz, hatte große Schlappohren und grenzenlose Energie. Auf der Heimfahrt schlief er auf meinem Schoß ein, und ich hielt ihn für das sanfteste, süßeste Geschöpf auf der ganzen Welt. Von Anfang an war er ein Hund, der sehr geliebt wurde. Griffin blieb ein uneingeschränkt geschätzter Teil unserer Familie – selbst als wir feststellten, dass er, wie meine Eltern es humorvoll ausdrückten, nicht »die hellste Birne im Kasten« war. Es dauerte Jahre, bis er Kommandos verstand, und er schien nie zu begreifen, dass, wenn er einem Eichhörnchen hinterherrannte, seine Leine, die am Boden befestigt war, ihn wie ein Jo-Jo zurückschnellen ließ, sobald er das Ende erreicht hatte. Er hörte nie auf zu glauben, er könne durch das Glas der Haustür springen, um einer Katze nachzujagen, und er aß sechzehn Jahre lang jeden Tag genau dasselbe Futter, als wäre es das Köstlichste, was Gott je erschaffen hatte.

Er war nicht besonders oder außergewöhnlich – er würde keine Bombe erschnüffeln oder ein Kind aus einem brennenden Gebäude retten –, aber er wurde geliebt. Manchmal, wenn meine Schwester und ich niedergeschlagen waren, nahm uns meine Mutter in den Arm und rief Griffin, er solle sich zu uns setzen. Seine sanfte, alberne Art löste das Weh in unseren Herzen und brachte uns zum Kichern. Mit einem Lächeln im Gesicht drückte uns meine Mutter fest an sich und sagte: »Schaut euch Griffin an; er erinnert euch daran, dass ihr nichts Besonderes tun müsst, um geliebt zu werden.«

Darüber denke ich als Erwachsene häufiger nach, als ich es als Kind je getan habe. Als Kind hatte ich das Glück, Akzeptanz als selbstverständlich zu erleben. Als Erwachsene jedoch fühlt sich diese Zuwendung wie ein Segen an. Darüber denke ich oft nach, wenn ich im Wald umherwandere. In einer Gesellschaft, in der wir das Gefühl haben, wir müssten etwas Großartiges leisten, um überhaupt wahrgenommen zu werden, ist es sehr heilsam zu erkennen, dass ich, ganz gleich, wie ich an diesem Tag bin – zweifelnd, verletzt, einsam oder niedergeschlagen –, jedes Mal, wenn ich nach draußen gehe, von der lebendigen Welt gesehen werde.

Vor Jahren hat ein Student ein Meme gepostet, in dem es darum ging, dass das Gehirn eines Elefanten beim Anblick von Menschen ähnlich reagiert wie unser Gehirn beim Anblick von Welpen. Die Schlussfolgerung: Elefanten finden uns niedlich. Das Meme, das von Millionen geteilt wurde, verbreitete sich wie ein Lauffeuer, und die Biologen konnten nicht folgen. Es stellte sich heraus, dass das Meme nicht auf einer wissenschaftlichen Studie beruhte, sondern wahrscheinlich auf der Beobachtung der einzigartig zärtlichen Beziehung, die Elefanten zu ihren menschlichen Betreuern in Rehabilitationszentren für Wildtiere haben können. Dennoch spricht die Popularität des Beitrags Bände. Die Menschen, die ihn lasen und weiterverbreiteten, taten dies, weil sie die tiefere Wahrheit darin spürten. Er berührte den Teil in ihnen, der sich danach sehnt, von der Welt gesehen zu werden. Er sprach den Teil in uns an, der sich daran erinnert, dass wir nichts Besonderes tun müssen, um geliebt zu werden.

Wissenschaft ist eine Sprache, Gefühl ist eine andere. Ich habe keine wissenschaftlichen Fakten, die beweisen, dass ich meinen Hund Griffin geliebt habe. Ich habe keine Studien, die belegen, dass die Bäume rund um mein Haus mich nicht nur erkennen, sondern mich als Verwandte betrachten. Ich habe keine Beweise, aber ich spüre es trotzdem fast jedes Mal, wenn ich vor die Tür trete. Wenn ich langsam genug werde, um die Welt zu sehen, geht mir das Herz auf und ich erkenne, wie unglaublich wertvoll jedes einzelne Lebewesen ist: das Grauhörnchen, das sich am Hinterteil kratzt; die Birke, die im Herbstsonnenlicht raschelt; der quarzweiße, vom Bachwasser benetzte Felsbrocken. Wenn ich diese Ehrfurcht in mir spüre, läuft mir irgendwann ein Schauer des Erkennens den Rücken hinauf, derselbe Schauer, den man bekommt, wenn man merkt, dass man beobachtet wird.

Je mehr ich mein Herz öffne, um die Welt zu lieben, desto mehr verstehe ich, dass die Welt nie aufgehört hat, mich zu lieben. Einige indigene Völker bezeichnen die Menschen als die »jüngeren Brüder und Schwestern« – evolutionär gesehen sind wir ja auch sehr neu auf der Bildfläche. Die Chickasaw-Dichterin und Romanautorin Linda Hogan erinnert uns daran: »In den meisten indigenen Schöpfungsgeschichten sind die Menschen die letzten, die geschaffen wurden. Wir sind von vielen Lehrern umgeben.«[5] Fast jedes Lebewesen auf der Erde ist unser Ältester. Genau wie unsere menschlichen großen Brüder und Schwestern, unsere Tanten und Versorger, steht die Familie der natürlichen Welt unserem Dasein nicht unbeteiligt gegenüber. Sie betrachtet uns nicht nur mit Vertrautheit, sondern auch mit Verständnis. Wir Menschen sind vielleicht nicht die hellsten Birnen im Kasten, aber wir werden trotzdem geliebt.

Während ich dies schreibe, liegt meine Katze Tula zusammengerollt auf meinem Schoß. Wenn ich eine plötzliche Bewegung mache, hebt sie ihren Kopf, um mich anzusehen, und blinzelt langsam mit ihren grün-gelben Augen, bevor sie ihren Kopf wieder zum Schlafen hinlegt. Fast jeden Tag sage ich ihr ernsthaft: »Ich liebe dich von ganzem Herzen.« Ich habe mir das nicht ausgedacht, sondern es ist mir eines Tages einfach so herausgesprudelt. Aber ich meine es ernst, mit jeder Faser meines Seins. Es schockiert mich manchmal, wie intensiv diese völlig bedingungslose Liebe ist. Sie muss nichts Besonderes tun, um sie zu verdienen, und sie könnte sie niemals verlieren. An den schwersten Tagen meines Lebens gehe ich nach draußen und kuschle mich wie ein Kätzchen unter die sonnenbeschienenen Blätter. Ich tue nichts weiter, als mich von der Welt umarmen zu lassen, und lasse die sanfte Stimme des Waldes zu mir sprechen: *Es gibt nichts, was du tun müsstest, um es zu verdienen, und du wirst es nie verlieren: Du wirst bedingungslos geliebt.*

Der Schatten des Falken

Ein paar Wochen nach meinem ersten Vogelbeobachtungskurs packte ich mein Tagebuch und einige Snacks in meinen Rucksack und machte mich auf den Weg in den Wald. Ich war neugierig, wen ich entdecken würde, jetzt, da ich eine Handvoll Vögel vom Sehen und Hören her kannte – aber mehr noch interessierte mich, wie sich meine Erfahrung des Waldes verändert haben würde, jetzt, da ich wusste, dass ich zum Gesang dazugehörte. Es gab einen Pfad, den ich liebte, nur einen kurzen Abstecher die Straße hinauf. In all den Jahren, in denen ich dort gewandert war, hatte ich auf meinen Streifzügen nie einen Menschen getroffen. Ich sah wilde Anemonen und einen Bären, einen Stapel Felsbrocken mit einem versteckten Geo-Cache – eine Tupperdose mit einem Notizbuch, das auf mehrere Jahre zurückging –, aber nie irgendwelche Wanderer. Am Eingang des Pfades befand sich eine Quelle, wo Einheimische ihr Wasser holten. Ich hielt inne, bevor ich den Wald betrat, um aus meinen Händen zu trinken, spritzte mir das kalte Wasser über den Scheitel und tauchte zwei Finger ein, um mein Herz zu salben. Normalerweise ist mein Kopf voller Gedanken, wenn ich den Wald betrete, meine Sorgen sind so laut, dass sie alle anderen Geräusche übertönen. Aber heute stand ich an der Schwelle des Weges und schaltete gezielt alle inneren Störungen aus. Ich wollte das Lied des Waldes hören, das er für mich sang.

Es fühlte sich wie eine Einweihung an, den ersten Schritt auf den Pfad zu tun und innezuhalten und zu lauschen. Und tatsächlich hörte ich den langen Ruf eines Vogels und weiter unten einen weiteren. Die Melodien hüpften im Wald hin und her und über meine Hörweite hinaus. Während ich den steilen Hang hinaufstieg, hielt ich meine Ohren offen und konnte allmählich die klaren Gesänge bestimmter Vögel heraushören. Der tänzerische Fiedelklang der Stieglitze und das metallische Rufen der Meisen. Für mich hörten sich alle sehr glücklich an. Ich stellte mir vor, dass sie sich über süße, sonnenverwöhnte Dinge unterhielten, etwa darüber, wo man im klarsten

Wasser baden kann oder welche Frucht die rundesten Kerne hat. Oder vielleicht riefen sie sich einfach von den Bäumen aus etwas zu, wie Liebende, die sich in der lauen Morgenluft mit den Fingern berühren und leise flüstern: »Ich bin hier, ich bin hier, du bist hier bei mir.« Mir wurde warm ums Herz, als ich daran dachte, dass inmitten der sanften Symphonie auch ein paar Töne über mich gesungen wurden, ganz und gar und ungekünstelt.

Ich habe zwar keine großartige Stimme, aber während ich lief, fühlte ich mich angeregt, gleichfalls zu singen. Ich dachte mir süße kleine Liedchen über die Vögel aus. Jeder Vogel, der an mir vorbeiflog, wurde in die Melodie eingewoben. Ich sang, nicht weil ich das Gefühl hatte, etwas zurückgeben zu müssen, sondern weil das Großartige, das die Welt mir bot, so süß war, dass es sich richtig anfühlte, selbst ein wenig honigsüße Melodie einfließen zu lassen, auch wenn sie etwas schief klang.

Niemand weiß, wann die Menschen zu singen begannen, man weiß nur, dass das Singen so alt ist, dass wir wahrscheinlich seit Urzeiten gesungen haben. Vielleicht gab es Lieder noch vor den Worten. Einige Wissenschaftler vermuten, dass es die Vögel waren, die uns die Sprache lehrten.[6] Als wir ihre Melodien lernten, wurde ihre Musik zur Grundlage unserer Sprache. Die Menschen der Vorzeit haben der Vogelwelt sehr genau zugehört. Als Bewohner des Waldes waren die Botschaften, die die Vögel weitergaben, wertvolle Informationen – die erste Sprache, die wir sprachen, war wahrscheinlich der Vogelgesang. In der menschlichen Kultur wurde das Singen schließlich zu einer wichtigen Fähigkeit, die eng mit den wichtigsten Aspekten des Lebens verwoben war, und dazu gehörte die Weitergabe der Schöpfungsgeschichte, der Erinnerung an die Abstammungslinien und das Einprägen von Informationen über Wanderrouten und Ressourcen. Zu dieser Litanei von lebenswichtiger Bedeutung gehörten auch die ersten und wichtigsten Lieder – jene, die ein Loblied auf die uns umgebende Welt waren.

Irgendwann auf meinem Spaziergang bog ich vom Weg ab, um leise in den Wald zu gehen und eine Zeit lang unter den Bäumen zu verschwinden. Ich wollte einen Platz zum Sitzen und Lauschen finden, damit das ständige Rascheln meiner Schritte die Singvögel um mich herum nicht ablenkte. Am Rande einer kleinen Lichtung im Wald fand ich eine Kuhle im Wurzelwerk einer Eiche, nahm meinen Rucksack ab und lehnte mich an den Baum. Als ich die Augen schloss, um die Sonnenstrahlen auf meinem Gesicht zu spüren, wurde ich langsam schläfrig. Ich ließ mich am Baumstamm hinabgleiten, um mich in die Blätter des Waldes zu betten, und rollte mich zusammen wie ein Fuchs.

Ein Nickerchen im Freien ist eine einzigartige Erfahrung. Wenn ich ins Bett gehe, dauert es normalerweise eine Weile, bis ich einschlafe – so viele Gedanken schwirren mir im Kopf herum. Wenn ich aber einmal eingeschlafen bin, könnte ich die Welt genauso gut verlassen haben, so weit bin ich ihr entrückt. Ein Nickerchen im Freien ist etwas ganz anderes. Wie Sonnenlicht, das durch das Blätterdach sickert, falle ich in den Schlaf und wieder heraus. Die Grenze zwischen der Traum- und der Wachwelt verschwimmt, die Geräusche des Waldes mischen sich in meine Träume. Anstatt meinen Körper zu verlassen, komme ich mehr und mehr in die Gegenwart, als würde ich wie Wasser in der Erde versickern. Ich habe mich nie wohler in mir oder in den Armen der Welt gefühlt, als wenn ich auf der Erde einschlafe.

Während ich so vor mich hindöste, verfolgte ein Teil meines Gehirns die Wiegenlieder der Vögel um mich herum, während ein anderer Teil sich im Schlaf glücklich auflöste. Ich trieb auf dem Rinnsal meines Bewusstseins wie auf einer Quelle, die aus den Steinen der Erde emporsteigt, die Oberfläche berührt und dann wieder versickert. Ich weiß nicht, wie lange ich unter dem Baum geruht habe, aber ich erinnere mich genau an den Moment, als ich erwachte. Der Teil meines Gehirns, der noch den Vögeln zuhörte, vernahm etwas Ungewöhnliches. Es war ein scharfer Ruf, dann völlige Stille. Das Tier in meinem Körper erwachte sofort und reagierte auf eine Botschaft, die mein Bewusstsein überhaupt nicht verstand. Ich wusste nur, dass jetzt meine ganze Aufmerksamkeit gefordert war. Meine Augen öffneten sich, und ich hatte gerade noch Zeit, die stille, seltsame Spannung zu spüren, die den Wald durchzog, bevor ein geflügelter Schatten über mich hinwegfegte. Ich schaute auf, in der Erwartung, eine Wolke zu sehen, und entdeckte stattdessen den Grund meines Erwachens – einen Falken, der mit scharfen Augen über mir schwebte.

Ich staunte über diesen stummen Jäger und über die Welt um mich herum. Die Vögel hatten gerufen, um alle in der Umgebung wissen zu lassen, dass ein Falke unter ihnen war, und ich hatte es gehört. In den Tiefen meines schlummernden Geistes verstand ich genau, was da gesprochen wurde. Es war ein wahres Erwachen. All die Glaubenssätze, die ich immer noch in mir trug, nach denen ich immer nur am Rand stand und nie ganz Teil einer wirklichen Gemeinschaft war, lösten sich auf. Ich war hier, mitten in den Wäldern, und ich war Teil eines größeren Liedes.

Das war eine Sprache, die ich sprechen konnte, und ganz gleich, wie ungebildet ich mich manchmal fühlte, wenn ich mit der natürlichen Welt zu tun hatte, hörte ein Teil von mir doch nie auf, meine Muttersprache fließend zu sprechen. Die Erde hatte mich als Sängerin wahrgenommen, und ich war eingeladen, wieder mit allem in Einklang zu sein.

Die von der Biene gesehene Blume

Was wäre, wenn du durch die Welt gehen könntest und wüsstest, dass du gesehen wirst – von den Bäumen, den Bächen, den Falken, die leise kreisen? Was wäre, wenn du sicher wüsstest, dass du nicht allein bist und der Teil von dir, der sich danach sehnt, wieder in der Welt zu sein, in die Gemeinschaft zurückgerufen wird? Wenn wir gesehen werden, ändert sich alles. Wenn wir gesehen werden, werden wir frei, in unserer kostbaren Ganzheit wir selbst zu sein.

Die Kluft, die wir zwischen uns selbst und der Gemeinschaft der weiten Welt empfinden, ist ein Kummer in der Mitte unseres Seins. Das ist die unsichtbare Wunde, die wir ständig zu heilen versuchen.

Aber die Wunde ist nicht unheilbar, und der Balsam ist überall um uns herum. Die Natur sieht uns nicht nur, sondern sie will auch, dass wir *wissen,* dass wir gesehen werden.

Das Bedürfnis, gesehen zu werden, ist keine Anmaßung des Egos; es gehört dazu, wenn wir die Menschen werden wollen, die wir sein sollen. Wie soll die Blume die Biene anlocken, wenn sie nicht gesehen wird? Wie kannst du deine Gaben an die Gemeinschaft weitergeben, wenn du nicht von den Menschen in deiner Umgebung gesehen wirst?

Wenn du dich so sehen lässt, wie du bist, wirst du zu einer Blume für diese Welt – ein Wesen, das den Samen eines neuen Anfangs in sich trägt. Es gibt keinen Teil von dir, den die Erde nicht kennt, und so gibt es auch keinen Teil von dir, egal wie verborgen, der es nicht wert ist, gesehen zu werden. Wir müssen es nur akzeptieren, dass wir einer solchen Zugehörigkeit würdig sind.

Überall und in jedem Moment werden wir von der Welt gesehen. Gehe auf der Straße spazieren – die Bäume dort missgönnen dir dein Dasein nicht; sie akzeptieren dich so vollständig, wie ihre Blätter den Wind umarmen. Beobachte die Spinne, die in der Ecke deines Schlafzimmers ihr Netz spinnt; für sie bist du so natürlich wie die Sonne. Öffne die Tür und sieh, wie dein Hund dir entgegenspringt; lass sein überschwengliches Willkommen dir direkt unter die Haut fahren. So glücklich ist die Welt, wenn du in die Gemeinschaft zurückkehrst. So *geliebt* wurdest du schon immer, und so sehr bist du zu Hause.

ÜBUNG
Lass einen Baum dich sehen

Diese Übung ist einfach, aber wirkungsvoll. Suche dir zunächst einen Baum, an dem du dich hinsetzen kannst. Wenn du dich niedergelassen hast, sprich laut all die Dinge aus, für die du dich verurteilst. Erzähle diesem Baum alles, was du jemals getan oder gedacht hast, wofür du dich schämst. Wie Brené Brown sagt, ist Scham wie ein Teufelchen: Wir müssen sie nur dem Licht aussetzen, damit sie ihren Griff um unser Inneres lockert.[7] Erzähle diesem Baum alles. Sag alles, was dir in den Sinn kommt, und achte dann darauf, wie du dich fühlst, nachdem du das Unsagbare laut ausgesprochen hast.

Du wirst feststellen, dass es hier kein Urteil gibt, nur Akzeptanz.

Sei in der tiefen Stille offen für die Art und Weise, wie der Baum und die Welt auf dich reagieren. Vielleicht bemerkst du ein bestimmtes Gefühl, das mit der sanften Brise herüberweht, oder empfindest geerdete Unerschütterlichkeit in den Wurzeln des Baumes. Dieses Gefühl ist wertungsfrei, und genau das ist es, was die Lebenskraft dieser Welt ausmacht.

Nimm die Erde sanft an – weine, seufze, lache, singe. Du wirst bedingungslos gesehen und geliebt.

8

Junge Wälder

Eines der ersten Dinge, die mir an meinem Haus auffielen, war seine Höhe. Auf hohen Stelzen, acht Meter hoch in den Baumkronen und eingebettet in schlaksige Tulpenbäume, blickt mein Haus auf ein grünes Dickicht hinaus. Vielleicht wäre der Fachbegriff dafür ein erhöhtes Haus oder ein Pfahlhaus, aber eigentlich ist es ein Baumhaus. Den ganzen Herbst über ist die Terrasse mit einer dicken Schicht gefallener Blätter bedeckt, und im zeitigen Frühjahr kann ich aus der Vogelperspektive sehen, wie das Grün vom Boden bis zur Decke emporsprießt. Einige der Bäume um mein Haus herum sind groß, aber mein Haus steht auch vor einem Gewirr von dünnen Schösslingen in den kürzlich freigemachten Ecken des Grundstücks. Wenn ich von der hinteren Terrasse aus in das Dickicht blicke, sehe ich denselben Wald, den ich schon mein ganzes Leben lang kenne – dick, dicht gedrängt, jung. Für mich sind die dichten Bäume und die Fülle der Blätter einfach das, was den Wald ausmacht, aber wenn man ein Jahrhundert zurückgeht, sah dieses Land ganz anders aus.

Vor 1900 waren diese Berge, wie große Teile der östlichen Wälder, mit altem Baumbestand überzogen. Damals war der Wald eine Art Kathedrale aus massiven, mit Rinde bedeckten Pfeilern – Gliedmaßen, die wie kunstvoll geschnitzte Balken aussahen – und einem unendlich offenen Waldboden. Um die Jahrhundertwende wurde jedoch praktisch auch noch der letzte Winkel des Waldes abgeholzt, auch die Berge der Appalachen. Die Hinterlassenschaften dieser Jahre sind noch überall zu finden.

Der Weg, den ich von meinem Haus hinauf zum Bergrücken gehe, war einst eine alte Holzfällerstraße. In unseren heutigen Wäldern sind diese alten Straßen oft die einzigen Wanderwege, die noch zugänglich sind, da die nachwachsenden Wälder vielfach mit einem wilden Durcheinander von Büschelrosen, Giftsumach, neu ausgetriebenen Bäumen und Brombeeren angefüllt sind. Ab und zu stößt man, wenn man die schmalen Pfade entlanggeht, auf ein altes, rankenüberwuchertes Anwesen. Viele dieser Hütten, erkennbar an den Überresten von Robinienpfosten oder zerbrochener Verkleidung aus Kastanienholz, sind mehr als hundert Jahre alt und Überbleibsel aus einer Zeit, in der weite Teile des Gebirges im Zuge der ersten großen Abholzungen in Viehweiden oder Tabakfelder verwandelt wurden. So selten diese alten, aus Holz errichteten Wohnstätten auch sind, noch seltener stößt man auf ihre lebenden Vorgänger. Da sie manchmal als Grenzmarkierungen zwischen Grundstücken stehengelassen wurden, findet man hin und wieder auch einen echten alten Baum. Eine solche Eiche steht auf dem Bergrücken oberhalb meines Hauses. Ihr Stamm ist so dick, dass man vier Menschen braucht, um sie zu umfassen, und ihre Rinde hat Wirbel wie Augen. In fantastischen Formen gebogen, scheint sie sich in einem unsichtbaren Wind zu bewegen.

Seit dieses Land mit seinen zugewucherten Gärten und dem hohen Baumhaus mein ständiger Wohnsitz geworden ist, bin ich jeden Tag schnaufend die Holzfällerstraße hinaufgewandert, um diese alte Eiche zu besuchen. Beim Betrachten der uralten Wirbel in der Rinde schließe ich manchmal die Augen und stelle mir vor, wie dieses Land ausgesehen hat, als *alle* Bäume noch so groß waren. Es ist eine ehrfurchtgebietende Vorstellung, ein staunend erinnerter Traum. Doch ganz gleich, wie lange ich in dieser Träumerei verweile, öffne ich zwischendurch immer wieder die Augen, um mich dem Wald zuzuwenden.

Der Weg zur und von der Eiche führt durch Weißkiefern und schmächtige junge Buchen, Rosskastanien, die wie Unkraut in die Höhe schießen, und Gelbbirken, die regelmäßig umfallen, wenn wir einen starken Regenguss abbekommen. Es ist zweifellos ein kümmerlicher Wald, der selbst für jene, die die Geschichte nicht kennen, neu aussieht – und doch ist er wunderschön. Auf diesen Spaziergängen kann ich immer am besten nachdenken. Obwohl mein Ziel die mächtige Eiche oben auf dem Bergrücken ist, ist dieser junge, aufstrebende Wald mein Zuhause. Wenn ich in dieser neu entstehenden Landschaft umherwandere, habe ich das Gefühl, mir selbst zu begegnen. Wie viele, die diese Erde lieben, sehne ich mich oft nach dem, was verlorengegangen ist – nach alten Wäldern, verzweigten Flussmündungen und unberührten Flüssen. Ich denke zurück an das, was war, und sehne mich nach der Tiefe und Vielfalt solcher Ökosysteme. Obwohl diese Sehnsucht eine natürliche Reaktion auf die dramatischen Veränderungen der letzten Jahrhunderte ist, stelle ich fest, dass ich, wenn ich mich auf das Verschwundene konzentriere, vergesse, meine Augen für den Wert dessen zu öffnen, was jetzt wächst. In meinen jüngeren Jahren pilgerte ich in die Nationalparks, ging aber nur selten in das Dickicht, das um unser Haus herum wuchs. Ich bewunderte uralte Baumbestände, die tief im Wald lagen, und war blind für das kümmerliche Kiefernwäldchen neben dem Supermarkt. Ein jaulender Kojotenruf ertönt aus diesen neu entstandenen und wenig glamourösen Orten – den Wegrändern, den Unkrautbeständen, den jungen Wäldern. Diese Orte sprechen unsere Sprache, und was sie zu sagen haben, ist wichtig. Früher habe ich diese so gewöhnlichen, neu gewachsenen Orte ignoriert, weil ich dachte, sie könnten mir weniger beibringen als die alten Wälder. Aber es hat sich herausgestellt, dass diese jungen Wälder genau die Lehrer sind, die wir brauchen – und dass sie einige der wertvollsten Heilmittel für unsere Zeit in sich tragen.

Das mit wilden Rosskastanien bewachsene Brachland erinnert uns daran, dass es sich lohnt, neu anzufangen. Die Brombeerranken im Kahlschlag zeigen uns, wie Regeneration aussieht. Der spärliche Wald auf dem Bergrücken lehrt uns, die Schönheit in unserem eigenen Wachstum zu sehen. Als Menschen unterscheiden wir uns nicht so sehr von diesen Orten der Erneuerung. Die neuen Wälder, die heute einen so großen Teil unserer Erde bedecken, sind nicht da, um uns an unseren Verlust zu erinnern – oder um als weniger bewundernswerte Version dessen angesehen zu werden, was einmal war: Sie sind die Pioniere, die gekommen sind, um unserer Erde bei der Heilung zu helfen. Wenn wir diese Wälder in all ihrer jungen Pracht annehmen, wird uns das helfen, die wichtigen Beiträge zu erkennen, die wir als Setzlinge in dieser Welt ebenfalls leisten können.

Es ist keine leichte Aufgabe, auf der Erde zu sein. Es erfordert ungeheuren Mut, hier Wurzeln zu schlagen, und doch tut es jeder Einzelne von uns. Jeden Morgen, wenn wir aufwachen, erklären wir uns aufs Neue bereit, Teil dieses großen Experiments zu sein, bei dem es darum geht, zur Ganzheit zurückzufinden. Wir sind ehrenwerte Freiwillige, und diejenigen von uns, die zu dieser Zeit geboren wurden, haben genau die Fähigkeiten mitgebracht, die gebraucht werden, um unserer Erde bei der Heilung zu helfen – wir müssen nur auf unsere Neugier und unseren Pioniergeist vertrauen.

Die ehrenwerten Freiwilligen

Ich wollte unbedingt einen Gemüsegarten neben dem Baumhaus anlegen, das John und ich später »Highly Sensitive Sanctuary« [etwa »Schutzgebiet für hochsensible Menschen«] nennen würden, aber zuerst musste ich mich mit dem Gewirr von Brombeerranken herumschlagen, das den Garten überwuchert hatte. Der nach Süden liegende Hang gegenüber unserem Haus war einst eine gepflegte Reihe von terrassenförmig angelegten Beeten gewesen, aber nachdem sie mehrere Jahre brachgelegen hatten, waren sie von Brombeeren überwachsen.

Eines Tages im zeitigen Frühjahr zog ich meinen dicksten Overall an und machte mich an die Arbeit. Es war nicht leicht – die Brombeerranken versperrten einem ständig den Weg –, aber ich bahnte mir langsam einen Durchgang durch das erste Beet. Ich hielt inne, um mir die Stirn abzuwischen, und blickte über den Hof. Das Beet, an dem ich gearbeitet hatte, war frisch umbrochene Erde, während die anderen Beete noch immer ein Gewirr aus lila Ranken und Dornen waren. Obwohl ich vorgehabt hatte, den ganzen Garten zu roden, fragte ich mich nun, ob ich ein Beet nicht den Brombeeren überlassen sollte. Die Vögel versteckten sich gerne in ihnen, und eine Handvoll Brombeeren im Hochsommer war immer ein Genuss. Wenn ich sie stehen ließe, würde der Wald früher oder später in dieses Beet zurückwachsen. Brombeeren sind klassische Pionierpflanzen – sie sind mit die ersten, die sich den Boden zurückerobern, damit die Bäume zurückkehren können. Ich blickte auf den Wald hinter mir und auf die Brombeeren vor mir und zuckte mit den Schultern. Für heute würde ich sie stehen lassen. Schließlich handelte es sich um einige der widerstandsfähigsten Pflanzen auf diesem Planeten. Wer würde ihnen nicht gerne ein wenig Raum zum Gedeihen überlassen?

Pionierarten sind die ehrenwerten Freiwilligen der Pflanzenwelt. Als Pioniere, die in ein geschundenes oder zusammengebrochenes Ökosystem einziehen, sind diese Pflanzen Experten darin, harte Zeiten zu überstehen und nach Verwüstungen neues Leben zu schaffen. Täusche dich nicht, diese Freiwilligen sind eine zähe Truppe. Land, das durch menschliche Aktivitäten oder Naturgewalten gestört wurde, hinterlässt oft sehr dünne oder minderwertige Böden, denen die Nährstoffe fehlen, die viele Lebensformen brauchen. Als die alten Wälder der Appalachen abgeholzt wurden, verloren wir über Tausende von Jahren angesammelten Mutterboden. Während alte Wälder solche nährstoffreichen Böden zum Überleben brauchen, sind Pionierarten in der Lage, auf sehr wenig Mutterboden zu gedeihen. Mit ihren langen, den Erdboden stabilisierenden Wurzelsystemen, der Möglichkeit, Stickstoff zu binden, und der Fähigkeit, sich ungeschlechtlich oder durch Windbestäubung fortzupflanzen, sind Pionierpflanzen Engel, die kargen Orten wieder neues Leben bringen. Indem sie den Abfluss verringern, den Boden festhalten und die Biomasse erhöhen, erneuern diese Arten mit der Zeit den Boden vollständig und bauen das Ökosystem buchstäblich vom Grund her wieder auf.

In der wissenschaftlichen Terminologie wird dieser Prozess der Rückkehr zu einem stabilen Ökosystem oder einer Klimax-Gemeinschaft als *Sukzession* bezeichnet. Sukzession ist die Fähigkeit der Natur, mit Resilienz auf ein Trauma zu reagieren, auf ihre inneren Ressourcen zurückzugreifen, um nach einer Beeinträchtigung wieder ins Gleichgewicht zu finden. In der Psychotherapie gilt *Resilienz*, also die Fähigkeit, sich im gegenwärtigen Moment geerdet, ausgeglichen und getragen zu fühlen, als Schlüssel zur Heilung von Traumata. Pionierarten sind die Agenten der Resilienz der Natur. Sie machen uns vor, wie kraftvolle Heilung und neues Wachstum geschehen, wenn wir mit dem, was ist, gegenwärtig sind.

In den vergangenen sechshundert Jahren des Kapitalismus und der Kolonialisierung hat die Natur, und dazu gehört auch unsere Spezies, ein immenses Trauma erlitten. So ist es kein Wunder, dass alle, denen die natürliche Welt am Herzen liegt, mit Wehmut in die Vergangenheit zurückblicken oder ängstlich auf die Zukunft unseres Planeten schauen. Und doch ist die Fähigkeit, in diesem Prozess der inneren und äußeren Sukzession, den wir gerade erleben, präsent zu bleiben, eine Art Medizin, sowohl für uns selbst als auch für das Nervensystem unseres ganzen Planeten. Ein Trauma – etwas, das uns ständig aus dem gegenwärtigen Moment in die Vergangenheit zurückwirft oder in die Zukunft zieht – beginnt in dem Moment zu heilen, in dem wir uns in der Gegenwart erden. Mit Ehrerbietung gegenwärtig zu sein – für die neuen Wälder und für das, was im Boden unserer eigenen Seele heilt –, ist vielleicht das größte Geschenk, das wir unserer Erde heute machen können. Dieses Gewahrsein wird es uns möglich machen, bei der Heilung der Erde unsere Rolle als Pionierpflanzen zu übernehmen. Pionierpflanzen werden normalerweise in zwei Kategorien unterteilt – primäre und sekundäre Sukzessionsarten. Arten der primären Sukzession sind die allerersten Pflanzen, die auftauchen, wo das Land völlig zugrunde gerichtet wurde. Diese Arten wurzeln in Sanddünen, erkalteten Lavaströmen, freiliegenden Felsen sowie in Gebieten, die durch menschliche Übernutzung unfruchtbar geworden sind. Aus ökologischer Sicht treffen die Arten der Primärsukzession auf eine leere Tafel, auf der es nur sehr wenig Nährstoffe gibt. Diese unternehmungslustigen Arten sind Experten darin, Unfruchtbarkeit in Leben zu verwandeln. Flechten sind ein Paradebeispiel für Arten der primären Sukzession.

Flechten wachsen direkt in den winzigen Nischen mit ruhiger Luft und Feuchtigkeit, die sich in Gesteinslöchern befinden, und zersetzen langsam die Felsen, auf denen sie sich niederlassen, um einen ganzen Mikrolebensraum mit Nährstoffen zu schaffen, der es möglich macht, dass die Wälder eines Tages zurückkehren.

Arten der sekundären Sukzession sind dagegen die Pflanzen, die in Gebiete einziehen, die stark gestört wurden, aber noch einige der für das Wachstum erforderlichen Voraussetzungen aufweisen. Wälder, die nach der Abholzung wieder neu wachsen, sind ein Beispiel für sekundäre Sukzessionswälder. Obwohl bei der Abholzung des Waldes um mein Haus eine große Menge an fruchtbarem Mutterboden verlorenging, beginnt der Wald um mich herum keineswegs bei null. Die Arten der sekundären Sukzession bauen auf Vorhandenem auf, auch wenn das Fundament vielleicht etwas wackelig ist.

Einige von uns werden sich wie Menschen der ersten Stunde fühlen. Das Umfeld, aus dem wir stammen, mag trotz aller Unterstützung oder Nahrung, die es uns gegeben hat, nackter Fels gewesen sein. Für viele von uns fühlt sich das, was uns mitgegeben wurde, vielleicht so nährstoffarm an wie ein Lavafeld. Andere identifizieren sich vielleicht als Menschen der sekundären Sukzession, die mit einer dünnen Bodenschicht gesegnet sind, mit der sie anfangen können – sei es, weil sie mit den Traditionen ihrer Vorfahren aufgewachsen sind, die die Erde verehrten, weil sie ein stabiles Elternhaus hatten oder weil sie frei von Armut oder Bigotterie großgeworden sind. Ganz gleich, wer wir sind und woher wir kommen, die Gaben, die wir dieser Welt darbringen, sind alle lebenswichtig. Wie ein Löwenzahn, der aus den Rissen im Beton sprießt, geben wir diese Gaben jedes Mal, wenn wir wachsen, weiter. Unsere Erde heilt sukzessive, und dafür braucht sie uns alle – primäre und sekundäre Freiwillige gleichermaßen –, um mit unseren angeborenen Fähigkeiten zur Wiederherstellung der

Ganzheit beizutragen. Du, in deiner Unbeholfenheit, deinen langwierigen Anfängen, deinen Versuchen und manchmal deinem Scheitern, bist hier, um die Sukzession der Heilung voranzubringen – und alles, was du tun musst, ist, ganz du selbst zu sein.

Die Heilung der Abspaltung erfordert Zeit. Aber nicht nur Zeit; von uns Menschen erfordert sie Verständnis. Sie erfordert die Bereitschaft, die Denkmuster aufzulösen, die uns daran hindern, uns selbst zu sehen, damit wir die gesellschaftlichen Narrative von »beschädigt« versus »ganz«, die wir verinnerlicht haben, auflösen können und erkennen, wie wertvoll wir sind. Es bedeutet, alles an uns anzunehmen, auch das, was zu lieben uns am schwersten fällt.

Das Lösen der Knoten

Meine Füße werden vom kalten Wasser allmählich klamm, aber meine Hände halten den Rhythmus. Ich stehe im Bachbett direkt vor meinem Haus, doch es sieht aus, als sei ich mitten im Regenwald. Zu allen Seiten recken sich die verzweigten, bambusartigen Stengel des Japanischen Staudenknöterichs, die mir über den Kopf reichen und unter meinen Füßen leise knirschen. Das Blattwerk ist so dicht, dass es sich selbst in der Mitte des Baches anfühlt, als liefe ich durch Dschungelpflanzen. Mit einem Grabemesser in der Hand reiße ich alle Wurzeln, die ich finden kann, aus dem Wasser und werfe sie in einen Eimer. Die älteren Pflanzen, die sich wie geschmolzenes Wachs zwischen den Steinen festgesetzt haben, lassen sich nicht bewegen. Das einzige, was ich tun kann, ist, sie an der Basis abzuschneiden und darauf zu warten, dass sie wieder austreiben, was sie in nur wenigen Tagen tun werden. Dies ist mein jährlicher Dienst an den einheimischen Pflanzen in meinem Tal. Ich schneide den Staudenknöterich zurück, um anderen Pflanzen eine Chance zu geben, zu gedeihen. Dabei komme ich mit jenen Anteilen von mir in Kontakt, die genauso hartnäckig sind wie dieses Unkraut. Die Teile, die zu lieben am schwersten ist und die doch eine brillante Strategie verfolgen.

Unkraut gibt es überall auf der Welt. Unkrautpflanzen finden ihren Weg in jeden Winkel und jede Ritze und sind in der Regel die ersten, die an einem kürzlich gestörten Ort auftauchen – und oft auch die letzten, die ihn wieder verlassen. Wenn du schon einmal versucht hast, ein Unkraut loszuwerden, weißt du das. Unkrautpflanzen, die nicht einheimisch sind, aber die Tendenz haben, sich schnell auszubreiten und die heimische Population zu verdrängen, werden als *invasive Arten* bezeichnet. In den Bergen, in denen ich lebe, ist der Japanische Staudenknöterich zu einer der berüchtigtsten invasiven Arten geworden. Im April schießt er wie ein fremder Spargel in die Höhe, und im Mai sind fast alle Bäche voll davon. Der Japanische Staudenknöterich kam in den späten 1800er Jahren als Zierpflanze in die USA, doch schon in den 1930er Jahren wurde er zu einem Problem.[1] Wie die Menschen in dieser Gegend wissen, muss der Staudenknöterich sieben Jahre lang immer wieder zurückgeschnitten werden, bevor die Wurzel abstirbt. Selbst wenn man die Wurzel ausgräbt, kann sich die ganze Pflanze aus den kleinsten Stückchen regenerieren. Wenn ich nach dem Abschneiden ein Stück der Wurzel auf der Einfahrt liegen lasse, finde ich ein paar Tage später einen brandneuen Spross. In einer global vernetzten Welt sind invasive Arten eine Tatsache.

Die Frage, die wir jeder invasiven Pflanze stellen, die in unsere Landschaft kommt, ist die folgende: *Wer bist* du, *dass du hier wächst?* Jedes Mal, wenn wir diese Frage aussprechen, spiegeln wir zugleich unsere eigene fragende Seele wider, den Teil von uns, der ständig unbewusst mit dem Finger auf uns zeigt, um uns die gleiche Frage zu stellen: *Wer bin* ich, *dass ich hier wachse?* Viele von uns, die mit mangelndem Selbstwertgefühl zu kämpfen haben, fühlen sich schuldig für den Raum, den sie in dieser Welt einnehmen. Für diejenigen, die eng mit der Erde verbunden sind, kann sich dieses Gefühl, nicht wirklich hierher zu gehören, sogar auf das gesamte menschliche Dasein auf diesem Planeten erstrecken. Wenn es um invasive Arten geht, steht der Mensch zweifelsohne ganz oben auf der Liste. Tatsächlich sind wir der Grund dafür, dass die meisten invasiven Pflanzen überhaupt erst in fremde Lebensräume vordringen konnten. In Anbetracht dessen fragen sich viele von uns: *Wer sind* wir überhaupt, *dass wir hier sind?* Normalerweise bleibt das Gewirr dieser tiefsitzenden Überzeugungen unserem Bewusstsein verborgen, bis die verknoteten Wurzeln an die Oberfläche kommen, um gelöst zu werden.

Wenn wir einfach die Formulierung ändern, ist leicht zu erkennen, dass unsere Abneigung gegen invasive Arten eine Art Spiegel ist, der uns die Geschichten zurückspiegelt, die wir uns unbewusst über unser Dasein und unser Zugehörigkeitsgefühl erzählen. So, wie ich die Anteile von mir, die ich als unwürdig erachte, aburteile und ächte, rutsche ich oft blindlings in die Verteufelung dieser Pflanze, die den Bach überwuchert. Aber dann erinnere ich mich an etwas, das mich innehalten lässt, etwas, von dem ich nicht weiß, wie ich es vergessen konnte: Diese invasive Pflanze hat mir einst geholfen, eine der größten gesundheitlichen Herausforderungen meines Lebens zu überwinden.

Als ich mit Borreliose zu kämpfen hatte, hatte der Japanische Staudenknöterich wesentlichen Anteil an meiner Heilung. Da er eine der wenigen Pflanzen mit antibakteriellen Verbindungen ist, die speziell Spirochäten bekämpfen, das uralte Bakterium, das die Lyme-Borreliose verursacht, hat der Japanische Staudenknöterich – dieselbe Pflanze, die von fast allen heimischen Naturliebhabern verunglimpft wird – unzähligen Menschen geholfen, diese heimtückische chronische Krankheit zu überwinden. Erstaunlicherweise verlief die Ausbreitung dieser Pflanze im ganzen Land fast im Gleichschritt mit der Ausbreitung der Borreliose, einer Krankheit, die, wenn sie erst einmal chronisch geworden ist, mit konventionellen Mitteln äußerst schwer zu behandeln ist.

Immer wenn ich mich daran erinnere, öffnen sich Tore der Erkenntnis, sowohl innerlich als auch äußerlich. Bevor wir davon wissen, sind invasive Arten oft unsere liebsten Pflanzen. Für diejenigen von uns, die mit Geißblatt oder Pusteblumen aufgewachsen sind, gehören diese Kräuter zu ihren liebsten Kindheitserinnerungen und stehen für ihre gesunde Verbindung zur Erde. Für mich als Kräuterkundige sind diese invasiven Arten die ersten Heilmittel, da sie sowohl reichlich vorhanden als auch wirksam sind. Ich bin immer wieder erstaunt, wenn ich inmitten meines Schlachtfelds im Bach feststelle, dass ich diesen Pflanzen – und auch mir selbst – so widersprüchliche Gefühle wie Bewunderung und Verurteilung entgegenbringe. Wenn ich mich mit diesem inneren Zwiespalt auseinandersetze, erkenne ich, dass genau die Dinge, denen ich innerlich und äußerlich widerstrebe, immer eine ihnen innewohnende Heilwirkung haben.

Wenn ich in diese Dankbarkeit finde, wird mir klar, dass meine Abneigung ein Ausdruck meiner komplizierten Beziehung zu mir selbst ist, da auch ich jemand bin, die von Neuankömmlingen abstammt und in einem Land lebt, das weit vom Land ihrer Vorfahren entfernt ist; als jemand, die manchmal immer noch an ihrer Zugehörigkeit zu dieser Erde zweifelt. Wenn ich spüre, dass diese Gedanken in mir Wurzeln schlagen, bleibe ich im Bach stehen, halte inne in meinem unermüdlichen Tun und lasse das Wasser einfach über meine Füße laufen. Ich sehe zu, wie der Wind durch die flötenden Stengel des Staudenknöterichs streicht, die mit lila Punkten gesprenkelt und mit knieartigen Knoten versehen sind. Dann bin ich im Augenblick gegenwärtig und kann mit Dankbarkeit annehmen, wie diese invasiven Pflanzen mich lehren, das zu lieben, was in meiner Seele am schwersten auszureißen ist.

Annahme, Dankbarkeit, Großmut

Im Grunde unseres Herzens wissen wir alle, dass wir gut sind – aber im Laufe unseres Lebens entwickeln sich unweigerlich invasive Glaubenssysteme, Denkmuster, die nicht mit unserem ursprünglichen Selbst übereinstimmen und unsere ursprüngliche Ökologie des Selbstwertgefühls beeinträchtigen. Genauso wie invasive Arten als Sukzessionspflanzen fungieren, die sich in der Regel an Orten ansiedeln, die gestört wurden, schlagen unsere selbstzerstörerischen

Gedanken oft im Gefolge von Traumata Wurzeln. Wie viele von uns werden von dem Glauben geplagt, nicht genug zu sein? Oder vielleicht, dass wir *zu viel* sind? Wie eine Lücke, die sich im Blätterdach auftut, dringen diese Überzeugungen durch die Öffnungen, die durch die Störungen in unserem Leben entstanden sind. So invasiv sie sich auch anfühlen mögen, sie sind da, um uns bei der Heilung zu helfen.

Für den Menschen ist die Akzeptanz einer Gemeinschaft überlebenswichtig. Schon früh im Leben entwickeln wir Überzeugungen über uns selbst, von denen wir glauben, dass sie uns helfen, besser in unsere Familie und zu Gleichaltrigen zu passen und ihre Akzeptanz sicherzustellen. Diese Überzeugungen entspringen einem Selbsterhaltungstrieb, aber sie können kontraproduktiv und ausgesprochen gegen einen selbst gerichtet sein. In Bill Plotkins Buch *Soulcraft: Crossing into the Mysteries of Nature and Psyche* [deutsch: *Soulcraft: Die Mysterien von Natur und Seele*] heißen diese Glaubenssysteme »loyale Soldaten«.[2]

Während des Zweiten Weltkriegs war eine Gruppe japanischer Soldaten auf einer philippinischen Insel stationiert und dort zurückgeblieben. Als die Nachricht vom Ende des Krieges sie erreichte, hielten sie sie für Propaganda und hielten sich versteckt. Dreißig Jahre später wurde der letzte dieser Soldaten lebend aufgefunden, immer noch in seiner intakten Militäruniform.[3] In dem Glauben, dass der Krieg noch andauere, hatte sich der Soldat, Hiroo Onoda, all die Jahre kampfbereit gehalten. Zu dieser Zeit war der Zweite Weltkrieg für die Japaner ein schmerzhafter Einschnitt, und dennoch hießen sie Onoda mit einer großen Feier willkommen. Sie betrachteten ihn und seine Kameraden als »loyale Soldaten« und halfen ihm behutsam anzuerkennen, was er während dieser langen Jahre nicht hatte akzeptieren können: dass der Krieg vorbei war.

Unsere frühesten Glaubenssysteme sind unsere loyalen Soldaten, die auch dann noch an ihren Überzeugungen festhalten, wenn die Herausforderungen der Kindheit überstanden sind. Mögen sie auch schrecklich hartnäckig sein: Wenn wir ihnen begegnen, sollten wir diese Soldaten nicht beschimpfen, sondern sie feiern, um ihnen ein Gefühl der Sicherheit zu geben, damit sie ihre Waffen niederlegen. Der Japanische Staudenknöterich ist der loyale Soldat eines Ökosystems. Auch wenn diese Unkräuter eine Herausforderung darstellen, so sind sie ursprünglich gekommen, um eine Lücke zu füllen. Sie kamen, um gestörte Orte zu schützen und den verbliebenen Boden zu sichern. Sie bringen die Medizin, die wir brauchen, damit wir eines Tages, wenn die Störung vorbei ist, wieder zu einem gesünderen Ökosystem gelangen.

Um die Soldaten unserer invasiven Überzeugungen auszumustern, halten wir uns daran, wie die Erde mit invasiven Arten umgeht: Wir bekämpfen sie nicht, sondern arbeiten *mit* ihnen.

Die einzige invasive Art, die in unseren Bergen noch übler beleumundet ist als der Japanische Staudenknöterich, ist die Kudzu mit ihren großen Blättern. Ursprünglich als Schattenpflanze für Veranden und als Mittel gegen Erosion in die USA eingeführt, wurde Kudzu schließlich so invasiv, dass sie zu der Ranke wurde, die den Süden auffrisst. Ihre Hartnäckigkeit entspricht der Stärke ihrer Heilkraft. Kudzu-Ranken können zu Körben geflochten werden, und ihre Blätter sind ein leckeres Futter für Ziegen. Die Wurzeln der Kudzu sind in der chinesischen Medizin ein wichtiges Heilmittel und werden unter anderem zur Behandlung einer der häufigsten Krankheiten unserer Zeit eingesetzt: dem Alkoholismus. Fast alle unsere invasiven Pflanzen oder Glaubensvorstellungen enthalten Heilkraft; wir müssen nur bereit sein, uns auf sie einzulassen.

Es gibt ein altes daoistisches Sprichwort: Annahme führt zu Dankbarkeit, und Dankbarkeit führt zu Großmut. Wir sind es gewohnt, gegen das, was ist, anzukämpfen: gegen unsere Gedanken, unseren Körper oder unser Leben oder den Zustand der Erde. Wenn wir jedoch die Schönheit der Gegenwart und die damit verbundene Beharrungskraft annehmen, finden wir in unserem Herzen einen Weg, dankbar zu sein. Diese Dankbarkeit führt uns und die Welt, die wir bewohnen, ganz natürlich dorthin, wo wir die ganze Zeit hinwollten – in den Zustand des Großmuts.

Wenn ich knöcheltief im Bach stehe und einen scheinbar aussichtslosen Kampf führe, passiert es leicht, dass ich mich ärgere. Es ist verständlich, dass ich um den Verlust des alten Baumbestands trauere, der dieses Tal einst bedeckte. Es ist verständlich, wenn man sich angesichts der Probleme in der Welt, etwa des Artensterbens und der Ungerechtigkeit, als zu jung, zu schlecht gerüstet und fehl am Platz und einfach hilflos fühlt. Aber wenn ich lange genug bei dem bleibe, *was ist*, und meine Erfahrung im gegenwärtigen Augenblick wirklich annehme, kommt unweigerlich Großmut auf.

* * *

Wieder im Bach fahre ich fort, Knöterich zu schneiden, aber etwas hat sich verändert. Ich handhabe die Schere jetzt mit Ehrerbietung statt mit Widerstand. Ich gelange in eine tiefe Konzentration, ähnlich dem Zen. *Biegen, schneiden, ausreißen*. Ich höre auf, gegen die Tatsache anzukämpfen, dass der Staudenknöterich da ist, und nehme die Heilwirkung dieses Augenblicks an. Ich akzeptiere meine Rolle als jemand, der durch sein menschliches Handeln einheimischen Pflanzen helfen kann, ihre Nischen zurückzuerobern, und ich akzeptiere auch mich selbst als jemanden, der unwissentlich dazu beiträgt, die Zerstörung des Lebensraums überhaupt erst verursacht zu haben. *Biegen, schneiden, ausreißen*. Ich akzeptiere, dass ich nicht immer weiß, wie ich an der Heilung mitwirken kann. Ich akzeptiere mich selbst als jemanden, der nicht einheimisch ist und dem dieser Ort doch sehr am Herzen liegt. *Biegen, schneiden, ausreißen*. Ich erkenne, wenn ich mir einrede, nicht genug zu sein, dass das nur eine Reaktion auf die Herausforderungen ist, die mir gestellt wurden.

Biegen, schneiden, ausreißen. Irgendwann setzt, ganz leise, die Dankbarkeit ein. Für die Hartnäckigkeit dieser Pflanze. Für das Kompott, das ich aus ihren Stengeln machen werde und das so ähnlich wie Rhabarber schmeckt; für das Heilmittel, das ich aus den Wurzeln gewinnen werde, Medizin, die unzähligen Menschen bei der Heilung von Borreliose helfen wird; für die Fähigkeit, ganz bei mir zu sein, während ich wachse; für meine Bereitschaft, immer wieder mit der Gartenschere zu kommen; und für meine Nachsicht, wenn meine negativen Gedankenmuster wieder auftauchen. *Biegen, schneiden, ausreißen.* Irgendwo in diesem Ablauf fällt der Widerstand schließlich weg. Wie ein Lichtstrahl, der durch die neue Öffnung einfällt, die ich im Baldachin aufgetan habe, tritt Großmut ein.

Wenn ich mir die dünnen Pappeln und die ausladenden Stängel des Japanischen Staudenknöterichs ansehe, denke ich: So sieht junger Wald aus, und ich bin ein Teil davon. Wenn wir akzeptieren, dass im Unkraut und in den Wegrändern, in den invasiven Pflanzen und im neuen Gestrüpp Medizin steckt, können wir die Schönheit unseres eigenen Werdens annehmen.

Wir sind die jungen Wälder

Viele von uns wurden in *Kulturen* hineingeboren, die ich als *Sukzessionskulturen* bezeichne, Gesellschaften, deren Wurzeln in der Erde bei einer großen Abholzung verlorengingen, Gemeinschaften, deren Verbindung und Zugehörigkeit durch die tiefgehende Bearbeitung ihres Bodens gestört wurden. Die Wahrheit ist, dass wir alle versuchen, das, was verlorengegangen ist, wieder wachsen zu lassen, ganz gleich, ob wir uns bewusst sind, was unsere Suche antreibt oder nicht. Wenn ich heute die schmächtigen Tulpenbäume sehe, die an den Hängen rund um mein Haus wachsen, erkenne ich in ihnen mich selbst wieder, die, die langsam die Weisheit von einst nachwachsen lässt; die, die lernt, Teil der Heilung zu sein, indem sie die schwierigste Arbeit von allen vollbringt: sich selbst zu akzeptieren.

Die Regeneration jeder Kultur beginnt mit denen, die bereit sind, Pioniere bei ihrer Arbeit an sich selbst zu sein, jenen, die bereit sind, sich gedanklich in Selbstmitgefühl und einer innigen Verbindung zur lebendigen Welt zu verwurzeln. Wenn ich mich selbst umarmen kann und auch all die loyalen Soldaten in mir wahrnehme, die bereit sind, nach Hause zu kommen, heile ich nicht nur mich selbst, sondern auch die Erde als Ganzes. Es mag anfangs unangenehm sein, wenn diese Heilkraft als Brombeerranke auftaucht. Diese Medizin ist vielleicht nicht großartig, aber sie ist so hartnäckig wie Löwenzahn und so anpassungsfähig wie eine Weide.

Gemeinsam sind wir die jungen Wälder dieser Zeit. Wir sind die, die in gestörten Ökosystemen aufwachsen, an Orten, wo die Weisheit der alten Wälder gefällt wurde. Wir sind die, die jetzt mit ihrem Mut, ihrem Vertrauen und ihrer Fähigkeit zur Regeneration antreten. Wir mögen unordentlich und chaotisch erscheinen. Vielleicht stehen wir uns selbst im Weg, aber wir sind hier, um den Gebieten, in denen wir leben, bei der Heilung zu helfen. Wir sind die jungen Wälder, die gekommen sind, um diese Welt wieder mit Hoffnung zu erfüllen.

Anfängergeist und der Anfang der Welt

Manchmal sind wir ganz am Anfang am klügsten. Anfängergeist oder *Shoshin* ist ein Konzept aus dem Zen-Buddhismus, das in vielen Disziplinen geschätzt wird. Shoshin wird als die Fähigkeit beschrieben, eine unbedarfte Offenheit zu bewahren, Vorurteile loszulassen und sich auf Möglichkeiten einzulassen – Shoshin ist das Ziel der Zen-Meditation.

In einer Welt, in der man uns sagt, wir müssten in allem, was wir tun, Experten werden, ist der Anfängergeist eine erfrischende Gabe, die dazu beitragen kann, die starren Perspektiven unserer Gesellschaft zu weiten. Wie eine Weinrebe, die an einem Draht entlang gezogen wird, haben wir, wenn wir uns auf einen Weg festgelegt haben, bestimmte Bewegungsabläufe, die zur Gewohnheit werden, hölzern und steif. Der Anfängergeist ermöglicht uns, die Ranken unserer Gedanken in neue Richtungen zu lenken und Inspiration zu finden. Wie der bekannte Zen-Lehrer Shunryū Suzuki in seinem Buch *Zen Mind, Beginner's Mind* [deutsch: *Zen-Geist, Anfänger-Geist*] sagt: »Im Anfängergeist gibt es viele Möglichkeiten, im Geist des Experten nur wenige.«[4]

Als junge Wälder in einer Welt, die dringend eine neue Perspektive braucht, ist eine der wichtigsten Gaben, die wir einbringen können, unser Anfängergeist. Wenn wir eine Veränderung in dieser Welt sehen wollen – eine Erneuerung unseres heiligen Vertrages mit der Erde sowie die Verjüngung unserer Wälder, Gemeinschaften und Verwandtschaften –, dann ist das Wirkungsvollste, was wir tun können, die Tatsache zu akzeptieren, dass wir gerade erst anfangen. Es gibt einen Grund, warum wir den Begriff »grün« für »neu« verwenden. Eines der wirksamsten Dinge, die wir tun können, um die Welt zu nähren, ist, unser eigenes Grün zu kultivieren und zu pflegen. Durch unsere Bereitschaft, Anfänger zu sein, wird die Welt neu eingesät.

Neue Dinge zu tun, ist wichtig, um unseren Geist frisch zu halten. Im Gegensatz zu dem, was die Wissenschaft bisher angenommen hat, wird unser Gehirn in der Jugend nicht festgelegt, sondern bleibt ein Leben lang formbar. Unabhängig von unserem Alter können wir unser Gehirn zum Besseren umgestalten. Die Forschung zeigt, dass das Ausprobieren neuer Dinge, etwa die Aufnahme eines Hobbys oder die Einarbeitung in ein neues Thema, das Gehirn im wahrsten Sinne des Wortes jung erhält.[5] In der westlichen Kultur werden wir darauf geeicht, uns für einen Beruf zu entscheiden, darin gut zu werden und ihn für den Rest unseres Lebens auszuüben. Diese Vorstellung löst sich jetzt auf, da immer mehr Menschen Möglichkeiten finden, ihren Lebensunterhalt auf eine Weise zu verdienen, die ihnen Raum und Zeit für vielfältige Interessen und Hobbys bietet – was uns, wie sich herausstellt, nur effektiver macht. Neue Studien zeigen, dass Hobbys tatsächlich die Produktivität steigern, ganz zu schweigen von unserer allgemeinen Zufriedenheit.[6] Die Bereitschaft, etwas Neues zu beginnen, ist eine Art Medizin. Die innere Arbeit des Erlernens von Selbstmitgefühl ist ein Unterfangen, das unseren Geist flexibel hält, während wir uns in eine neue Ära der Heilung begeben.

Also, sei ein Anfänger. Fange etwas an, worin du nicht besonders geschickt bist. Du musst nicht wissen, wohin du gehst oder wohin das Ganze führt – folge einfach dem Drang deiner Neugierde. Fang an, probiere aus, mache Fehler. Es gibt keinen Anfang ohne ein paar

Patzer. Lasse die Abstürze, Ausrutscher und Schnitzer zu; sie sind ein Zeichen dafür, dass du wächst und dazu beiträgst, einen neuen Anfang für uns alle zu machen.

Ob es sich um eine Meditationspraxis, eine Therapie, ein Buch, ein Unternehmen, ein Kunstprojekt oder eine Familie handelt, fange heute an und sieh, wie die Welt dir in diesem Anfang gegenübertritt. Die ersten Triebe eines neuen Waldes sind nicht weniger wichtig als ein altes Waldstück – genauso wie Kinder nicht weniger wertvoll sind als erwachsene Menschen. Mit jeder neuen Sache, die du ausprobierst, trägst du dazu bei, eine neue Weltanschauung zu säen – eine, die in der kommenden Zeit wesentlich sein wird.

Wenn wir uns die jungen Wälder, die wir sind, zu eigen machen, schaffen wir eine neue Kultur, die so vielfältig ist wie die Samen von Wildblumen. Wenn wir dazu bereit sind, eine Lebensweise zu kultivieren, die die Erde ehrt und in der man einander akzeptiert und wo inneres Wachstum im Mittelpunkt steht, werden diese Samen uns durch die kommenden großen Veränderungen geleiten. Deine Bereitschaft, mutig wie ein Schössling zu sein, ist die Heilkraft, die helfen wird, eines Tages die majestätischen alten Wälder wiederzubekommen. Was du jetzt im Boden deines Geistes kultivierst, werden die Ableger sein, die Wurzeln schlagen und den Boden unserer Zukunft halten, wenn all die unhaltbaren Strukturen und Denkmuster zerbröckeln.

Eines Tages, sei es aufgrund eines Krankheitserregers, des steigenden Meeresspiegels oder von etwas ganz anderem, werden wir wieder mit der Erde leben müssen: als unserem wichtigsten Partner, als Spiegel, als Mutter und als Quelle. Viele Menschen ziehen in die Berge, in denen ich lebe, um sich auf diesen Tag vorzubereiten – einen Tag, der nahe bevorstehen oder noch viele Generationen entfernt sein mag. Anstatt unsere Keller mit Konserven zu füllen, glaube ich, dass wir uns am besten auf das, was kommen wird, vorbereiten, indem wir schrittweise die Wurzeln unserer Kultur verändern: indem wir ehrenwerte Freiwillige, Vordenker, Botschafter und Pioniere sind, die dabei helfen, unser Bewusstsein auf eine mitfühlendere und ausgewogenere Art des Seins auszurichten, so dass wir, wenn der Wandel kommt, wie die Brombeeren oder der Staudenknöterich bereit sind, neu anzufangen.

Eicheln, Eichen und Blaupausen

> In einer einzigen Eichel steckt die Erschaffung von tausend Wäldern.
>
> Ralph Waldo Emerson

Die Blaupause für die Heilung unserer Erde existiert in uns, ein Samenkorn, das einen vollkommenen Entwurf für das darstellt, was in unserem Leben und in dieser Welt möglich ist. In ihm sind die ursprünglichen Anweisungen dafür enthalten, wie wir unsere Gaben für diesen Planeten einbringen und sich entwickeln lassen können. Wenn wir die überbordenden Erwartungen loslassen, die wir an uns selbst haben, den Druck, in unserem Tun vollkommen sein zu müssen, geben wir diesem Samen in uns eine Chance, sich zu entfalten.

In seinem bahnbrechenden Buch *The Soul's Code*[7] [deutsch: *Charakter und Bestimmung*] nennt der Psychologe James Hillman diese uns innewohnende Möglichkeit unsere »Eichel«. Eine Eichel, die auf die Erde fällt, mag klein sein, aber in ihr sind alle Anlagen enthalten, die sie braucht, um sich zu einer mächtigen Eiche zu entwickeln. Jeder von uns trägt ein Samenkorn in sich, das weiß, was der Welt helfen wird zu wachsen. Wir müssen nichts Aufwendiges tun, um es sprießen zu lassen; wir müssen nur zu uns selbst zurückfinden – wie der Biber, der auf natürliche Weise einen völlig neuen Lebensraum schafft, indem er seine Dämme baut, oder der Präriehund, der verdichteten Boden mit Wasseradern durchzieht, wenn er seine Tunnel gräbt. Wenn du einen Weg findest, dich mit dir und mit der Erde wohlzufühlen, wirst du auf natürliche Weise deinen Beitrag leisten. Es mag einem schwierig vorkommen, im Klima der heutigen Welt zu keimen, aber der Same in dir wurde genau dafür geschaffen, vom Feuer dieser Zeit entzündet zu werden.

Im Westen unseres Landes gehen jedes Jahr große Landstriche in Flammen auf und verwüsten die menschliche und die nichtmenschliche Bevölkerung. Jedes Feuer erscheint wie eine Apokalypse, und doch ist das Feuer unverzichtbar. Kalifornien ist bekannt für seine uralten, majestätischen und langlebigen Sequoia-Bäume, deren Samen nur durch Feuer aus ihren Zapfen freikommen. Deshalb haben die Ureinwohner des heutigen Kaliforniens diese Gebiete seit jeher kontrolliert abgebrannt, und deshalb sind die Brände heute auf dem Land, das ihrer einfühlsamen Fürsorge entzogen wurde, so außer Kontrolle geraten. In der westlichen Kultur versuchen wir, das Feuer gar nicht erst entstehen zu lassen, damit alles wächst, während indigene Kulturen immer verstanden haben, dass manche Samen einfach Feuer brauchen, um aufzugehen. Wir sind wie diese feuergeborenen Samen, bereit, der Apokalypse zu begegnen, indem wir einen jungfräulichen Wald des Seins neu pflanzen. Wir mögen jung sein, aber wir sind so viel stärker, als wir denken.

Letzten Winter wurde die Straße oberhalb meines Gartens unterspült und es kam zu einem Erdrutsch. Tonnen von Schotter ergossen sich in Strömen über den Abhang und über die Gartenbeete. Ich dachte, alles außer den größten Bäumen oder den kräftigsten Setzlingen sei verschwunden, unwiderruflich begraben, aber zu meiner Überraschung und Freude tauchte im folgenden Frühjahr ein ganzer Bestand an Narzissen unter 30 Zentimeter Kies auf. Sie schoben sich zwischen den spitzen Steinen hervor und wirkten wie ein Wunder. Die Unverwüstlichkeit dieser Welt ist erstaunlich. Noch erstaunter sind wir, wenn wir uns daran erinnern, dass auch wir aus einer solchen dauerhaften, feuergeprüften, kieseltauglichen Widerstandskraft geschaffen sind.

Wir denken, wir seien zu schwach für diese Zeiten, aber in Wirklichkeit ist das genaue Gegenteil der Fall. In deiner DNA, der ererbten

Weisheit und dem wesentlichen Code deines Wesens, steckt die Fähigkeit zur Neuerfindung. Du bist hier, weil deine Vorfahren wussten, was es bedeutet, widerstandsfähig zu sein und neu anzufangen. Du bist der Nachkomme von Menschen, die allen Widrigkeiten zum Trotz überlebt haben. Wenn wir uns mit dieser Weisheit des Samens verbinden, erkennen wir unweigerlich, dass die Einsicht, die Kraft und das Wissen, *wie* wir vorankommen können, schon immer in uns angelegt waren. Wenn wir uns zugestehen, die Eichel, der Schössling im Wald, das »Unkraut«, der Anfänger und der junge Wald zu sein, finden wir unsere Fähigkeit wieder, zur Heilung der Welt beizutragen.

Es gibt ein altes chinesisches Sprichwort: »Der beste Zeitpunkt, einen Baum zu pflanzen, war vor zwanzig Jahren. Der zweitbeste Zeitpunkt ist jetzt.« Zu oft kommen wir in unserer Entwicklung nicht weiter, weil wir meinen, wir hätten schon längst anfangen sollen. Wir machen uns Vorwürfe, weil wir unsere Karriere, unsere Familie oder unsere Heilung nicht früher begonnen haben. Dabei ist die Saat schon da und bereit, gesät zu werden. Dann werden die Eicheln, die wir heute sind, zu den Eichen der nächsten Generation. Die alten Wälder, die wir jetzt wieder anlegen, werden zu unseren Lebzeiten noch nicht ausgewachsen sein. Sie werden das Erbe unserer Nachkommen sein, die es schaffen werden, noch weit mehr Heil in die Welt zu bringen, als wir uns heute vorstellen können.

Einen ganzen Wald zu pflanzen, scheint eine große Aufgabe zu sein, aber sie erscheint nicht mehr gar so groß, wenn man erkennt, dass man nur die Saat dessen nähren muss, was sich jetzt schon in einem anbahnt. Die Welt ist immer auf dem Weg der Heilung. Du, schön, ehrlich, beherzt und willig, bist ein wesentlicher Teil dieser Heilkraft. Dein Leben, wenn es sich natürlich entfaltet, ist ein wirkungsvolles Heilmittel für die Erde. Lege also deine Eichel hierher, in das Fleckchen Erde, das dein Leben ist, und lasse sie wachsen.

ÜBUNG
Auf den Ort bezogene Weissagung, um deine Gaben zu erkennen

Für diese Übung begibst du dich an einen Ort in deiner Umgebung, der deiner Meinung nach durch menschliche Eingriffe gestört, beeinträchtigt oder anderweitig negativ verändert wurde. Nimm ein Tagebuch mit und suche dir einen Platz, an dem du bequem sitzen kannst, vorzugsweise an einer Stelle, an der du nicht gestört wirst. Wenn du die Schönheit dieses Ortes auf dich wirken lässt, kannst du vernachlässigte Teile von dir entdecken und sie gutheißen und vielleicht sogar einen Blick auf den Plan werfen, den du für diese Welt in dir trägst. Versuche, ein paar tiefe Atemzüge zu tun, und spüre, wie du dich in der Erde einfindest. Wenn du bereit bist, gehe diese Schritte:

1. Was fällt dir auf?

Schau dich um, drehe deinen Kopf, um hinter dich, über dich und auf deine Füße zu schauen. Spüre den Boden unter dir. Achte darauf, wo die Luft deine Haut berührt. Schreibe alle unmittelbaren Eindrücke von dem Platz auf, an dem du sitzt: Farben, Geräusche, Texturen, Muster, Pflanzen, Tiere, Wetter, Steine. Nimm dir bis zu fünf Minuten Zeit und schreibe alles auf, was dir auffällt. Wenn dir etwas in den Sinn kommt, notiere es. Jede dieser Einzelheiten ist für dich in diesem Moment wichtig. Das alles ist ein eigener kleiner Spiegel. Du wirst feststellen, dass du bei jedem Mal etwas anderes festhältst. Die Landschaft spiegelt uns genau das wider, was wir in diesem Moment sehen sollen.

2. Wie fühlst du dich?

Richte nun deinen Blick nach innen, um zum Zeugen deiner inneren Landschaft zu werden. Wie fühlst du dich in diesem Augenblick? Notiere alle Empfindungen in deinem Körper. Achte darauf, welche Gedanken dir durch den Kopf gehen. Welche Gefühlsregungen verspürst du? Vielleicht hast du noch Eindrücke von früher am Tag in dir, oder vielleicht keimt das Gefühl in dir auf, dass sich etwas Neues in dir regt? Das ist alles in Ordnung. Wenn wir unseren Blick nach innen richten, verbinden wir die äußere und die innere Landschaft und schaffen eine sinnvolle Brücke, über die wir weitere Beziehungen erkennen und die innere Führung vernehmen können.

3. Freies Zeichnen.

Setze dich mit den unverfälschten Eindrücken deiner äußeren und inneren Landschaften hin und zeichne frei, wo du dich gerade befindest. Du musst dafür kein Künstler sein, und es muss keine genaue Landschafts- oder botanische Zeichnung sein. Tatsächlich lade ich dich ein, in deinen abstrakteren Geist einzutauchen. Einige meiner Lieblingszeichnungen wurden mit meiner nicht dominanten Hand und vielen Schnörkeln angefertigt. Bei dieser Übung geht es mehr darum, einen Moment festzuhalten. Denke nicht nach, zeichne einfach. Versuche, deinen Geist zu klären, damit die Linien und Formen sich zeigen. Ich finde, dass solch freies Zeichnen eines der besten Orakel ist.

4. Nimm die Botschaft des Landes auf.

Jetzt, da du eine Verbindung zwischen der inneren und der äußeren Welt hergestellt hast, bist du bereit, die Botschaft für diese Zeit zu empfangen. Die Welt teilt sich uns immer mit.

Wenn dieser Ort dir in diesem Moment etwas sagen könnte, was wäre es? Stell dir vor, das Land möchte dir einen bestimmten Schatz an Weisheit mitgeben: Was ist es? Auf welche Weise zeigt dir dieser Ort etwas über die Rolle, die du bei der Heilung spielen sollst? Lass dich auf einen Zustand sanfter Empfänglichkeit ein, eine Art Channeling-Zustand, in dem du loslässt und einfach aufschreibst, was auch immer kommt. Nimm beim Schreiben keine Änderungen vor, lass es einfach fließen. Lies danach, was du geschrieben hast, oder komme später am Tag darauf zurück. Lass die emotionale Übertragung dieser Übung auf dich wirken und erkenne die Vollkommenheit dieser Worte.

Nachdem du die Übung abgeschlossen hast, nimm dir so viel Zeit, wie du möchtest, um an diesem Ort zu verweilen. Wenn du ein biologisch abbaubares Geschenk hast, etwa ein paar Haare für ein Vogelnest in der Nähe, etwas Wasser oder einen Stein, kannst du es jetzt dem Land geben. Bleibe so lange hier, wie es sich gut anfühlt, und gehe dann in deinen Tag in dem Wissen, dass du einen Samen der Erkenntnis erhalten hast, der weiter wachsen und sich zeigen wird.

Teil Drei

Das Leuchten

Sich der Welt schenken

9

Weidenwasser

SCHNELL SCHRITT ICH DEN STEILEN Pfad zum Fluss hinunter, der Weg war glitschig vom Frühsommerregen. Der tiefe, frische Atem der Tannen lag in der Luft, und der Boden war rutschig, wenn ich um eine Kurve bog. Nach vielen Windungen des Serpentinenpfades erreichte ich den steilen Abhang zum Flussufer. Der war durch den Tritt von Füßen erodiert, und die einzigen erkennbaren Stufen waren die schlammigen Wurzeln der Bäume, die die Böschung zusammenhielten. Ich trat jedes Mal mit dem Fuß ganz vorsichtig auf, als ich die glitschige Strickleiter aus Wurzeln hinabkletterte. Der Körper angespannt, die Augen auf den Abstieg gerichtet, konnte ich nicht weiter sehen als bis zu meiner nächsten Stufe – und so kam es, dass ich sie roch, bevor ich sie sah.

Gerüche sind eine seltsame Sache. Sie entfalten sich in unserem Geist, bevor wir die Chance haben, damit zusammenhängende Namen oder Orte oder Zeiten zu finden, und doch drängt sich ein Gefühl davon unaufgefordert auf, sobald wir den Duft einatmen. In den Momenten, bevor unser Gedächtnis erfasst, was uns in die Nase steigt, befinden wir uns losgelöst auf den Wellen unseres Empfindens.

Da meine Gliedmaßen auf den Baumwurzeln Halt fanden, wurde das Tier in meinem Körper mit einem Mal ganz ruhig. Es fühlte sich an, als sei ich von unsichtbaren Armen umschlungen. Der Duft und das Gefühl waren mütterlich, behaglich und dabei ausgesprochen intensiv. Mir traten Tränen in die Augen – ich hatte keine Ahnung, warum.

Einen Augenblick später landete ich unten am Flussufer, beide Füße endlich auf ebenem Boden. Mein Blick hüpfte von den grauen Steinen unter mir zum graugrünen Saum am Ufer, und *da waren sie:* Direkt aus dem geborstenen Schiefergestein und im Licht der Sonnenstrahlen wuchs eine verflochtene Uferlinie aus jungen Bäumen. Mit silbernem und olivfarbenem Blattwerk winkend, begrüßten sie mich mit ausladenden tänzerischen Gesten. Ich sah, wie sich ihre Blätter wie das Glitzern von tausend Laternen im Wind des Flusses veränderten, und damit fand ich die Quelle des Duftes, der mich zu unerwarteten Tränen gerührt hatte. Es war der Duft der Weiden.

* * *

Weiden waren von Anfang an Teil meines Lebens. In den Wochen nach meiner Geburt kaufte mein Vater in einer örtlichen Baumschule eine Trauerweide und fuhr in der Julihitze langsam nach Hause, wobei die dünnen Zweige aus unserer Heckklappe lugten. Mein Großvater, ein in Brooklyn geborener und aufgewachsener Gärtner, war in jenem Sommer zu Besuch bei uns. Als mein Vater ein Loch für die Wurzeln grub, warnte uns mein Großvater, der Baum würde kaum älter als dreißig Jahre werden. Mein Vater zuckte nur mit den Achseln. Wer kann schließlich schon so weit in die Zukunft sehen? Also pflanzten sie die Weide gemeinsam ein, und einer meiner frühesten Begleiter schlug Wurzeln in meinem Leben.

Bevor Erschließung ein profitabler Weg war, die Gemeinde zu vergrößern, war das kommunale Gebiet jenseits unserer winzigen Vorstadtrasenflächen ein Sumpf. Das Gebiet wurde zwar mit Erde und Grassoden aufgefüllt, war aber immer noch anfällig für Überschwemmungen. Von Zeit zu Zeit verwandelte sich unser gesamter Hinterhof in eine Lagune. Das Wasser drohte in unseren Keller zu schwappen und führte mehr als einmal dazu, dass unsere müde Kellerpumpe den Geist aufgab, aber die Trauerweide liebte das Wasser.

Sie wuchs so schnell wie ich. Als ich acht Jahre alt war, waren die Äste so hoch, dass man darunter hindurchgehen konnte, und so lang, dass sie eine Art Vorhang um den Baumstamm bildeten. Wenn ich die schlanken Zweige teilte und zwischen ihrem Grün hindurchschlüpfte, war das wie der Eintritt in eine andere Welt. Ich übte immer wieder, durch den samtenen Vorhang hinein- und wieder aus ihm herauszuschlüpfen, um herauszufinden, ob es zwischen diesen beiden Daseinsbereichen einen Unterschied gab. Die Weide war die erste Pflanze, mit der ich gesprochen habe. Als ich älter und langbeiniger war, kletterte ich mit einem Tagebuch und einem kleinen Snack in den Baum, schrieb an ihren Stamm gelehnt Gedichte. An schweren Tagen drückte ich mein Gesicht dicht in die Furchen ihrer Rinde und flüsterte ihr Dinge zu, die ich sonst niemandem erzählen konnte. Wenn ich mein Ohr für eine Antwort an die Rinde drückte, hätte ich schwören können, eine Welle zu spüren, die sich von ihr zu mir bewegte wie das Kräuseln des Windes in ihren langen Zweigen. Ich zweifelte nie daran, dass wir ein Gespräch führten.

Unsere Fähigkeit, mit Pflanzen zu kommunizieren, ist uralt. Es ist eine Fähigkeit, die unsere Vorfahren beherrschten – und doch sind die Worte dafür, wie genau diese Konversation abläuft, schwer zu finden, vielleicht weil die Kommunikation selbst nicht auf Worten beruht, sondern auf Gefühlen, die so umfassend und subtil sind wie ein Duft.

Als mich dann die Schule und später die akademische Welt in Beschlag nahm, verbrachte ich immer weniger Zeit mit der Weide. Obwohl sie direkt vor dem Fenster stand, an dem sich mein Schreibtisch befand, war meine Nase so sehr in die Lehrbücher vertieft, dass ich vergessen habe, dass sie überhaupt da war. Als Teenager kletterte ich nicht mehr in ihre Arme. Eine Zeit lang vergaß ich sogar, dass ich überhaupt geglaubt hatte, sie könne auf meine Hilferufe hören. Aber eines Tages, in nicht allzu ferner Zukunft, würde ich mich daran erinnern.

* * *

Als ich das weidengesäumte Ufer erreichte, ließ ich mich auf den warmen Steinen am Flussufer nieder. In der Ferne hörte ich eine Gruppe von Menschen singen – oder vielleicht war es auch nur die Stimme des Wassers. Das Geräusch löste sofort Schuldgefühle aus, und mein Magen zog sich zusammen. Zwanzig Minuten zuvor hatte ich entgegen der offiziellen Empfehlung beschlossen, dem Eröffnungskreis der Konferenz fernzubleiben und zum Fluss zu gehen. Ich war dort, um bei einem großen Naturkundetreffen zu unterrichten, das in den Wäldern von Oregon auf dem Land des Takelma-Volkes stattfand. Zu dieser Zeit war ich mit den Strapazen des Unterrichtens an fernen Orten gut vertraut, aber vier Tage Camping mit fünfhundert Menschen war immer noch reichlich viel für mein empfindliches Nervensystem und meine introvertierte Seele.

Im Laufe der Jahre hatte ich gelernt, dass ich am ersten Tag meines Unterrichts, vor allem an einem neuen Ort, besonders viel Zeit brauchte, um zur Ruhe zu kommen. Ich wusste das, und doch frustrierte mich meine Unfähigkeit, gut damit zurechtzukommen. Die vielen Menschen waren zu viel für mich, und ich fühlte mich schuldig, weil ich den Morgenkreis ausgelassen hatte. Während die anderen Kollegen untergehakt zum Eröffnungskreis geströmt waren, war ich in die entgegengesetzte Richtung gelaufen und den Weg hinabgehuscht, bis ich außer Sichtweite war. Während ich den regennassen Weg zum Fluss entlanglief, tobte mein innerer Kritiker wie ein Sturm, und die überlasteten Schaltkreise meines Nervensystems führten zu einem regelrechten Blackout. Ich konnte mich nicht damit abfinden, dass mich die Situation überforderte, und rutschte in meine vertraute, ätzende Selbstverurteilung ab.

Wir alle haben Tage, an denen uns, egal wie viel Selbstliebe wir für uns entwickelt haben, überhaupt nicht danach ist, wir selbst zu sein; Zeiten, in denen wir das Gefühl haben, uns für unser Dasein entschuldigen zu müssen; diese Tage, die uns in den Wahnsinn treiben und dann einen steilen Weg zum Fluss hinunterführen, gefüllt mit einer Schwermut, die wir kaum ertragen können. Mitten in diesen Momenten kommt die Gnade mit einem unerwarteten Windhauch.

Die Weiden entlang des Flussufers standen in voller Pracht, übersät mit flaumig weichen Samenständen. Ihre Samen, die sich bei dem geringsten Windhauch auf die Reise machen, trieben wie Schneegestöber in der duftenden Brise. Als ich tief einatmete, zog der Duft der Weiden in mich ein. Weit entfernt von meinem Elternhaus in Pennsylvania fühlte ich mich wie zu Hause, geborgen hinter den Vorhängen meiner geliebten Trauerweide.

Vor überwältigender Müdigkeit schwankend, entspannte ich mich schließlich. Mein Nervensystem beruhigte sich. Mit der Brise kam eine Erkenntnis, so subtil wie ein Dufthauch – etwas, mit dem wir alle geboren wurden und das wir unterwegs vergessen. Die Weiden waren ein Chor, der mich mit sanftem Singen einhüllte, und dies war ihr Refrain: *Egal wie hart du zu dir bist oder wie hart das Leben dir zusetzt, dir ist bereits alles vergeben, was du jemals hättest tun können*. Ich war schockiert von der unmissverständlichen Klarheit dieser Botschaft, aber tief im Herzen auch beruhigt.

Mir wurde vergeben. Mir wurden meine Fehler und Irrtümer vergeben. Vergeben wurden meine Selbstzweifel. Vergeben waren all die Wege, auf denen ich diesem inneren Kritiker immer wieder begegnete, selbst wenn ich das gute Werk tat, mich in die Welt zu stellen. Ganz gleich, welche giftigen Selbstvorwürfe ich mir machte, es spielte keine Rolle. Denn die Welt hatte mir bereits verziehen, wer ich war, und die Erde liebte mich trotz allem.

Ohne es zu wissen, hatte ich die Schwere meines Herzens mitgebracht und der Welt übergeben wie ein Kind, das seine Sorgen den Armen einer Weide übergibt. Ich hatte die Erde unbewusst gefragt, ob man mir meine Fehler verzeihen könne, und ich hatte eine unmissverständliche Antwort erhalten: »Dir ist bereits vergeben.«

Ich bin nicht in einer Welt der Beichtstühle oder der Ave-Marias aufgewachsen, daher hatte ich nie diesen Moment erlebt, in dem ich alles beichtete und dann einen Daumen mit Weihwasser auf die Stirn gedrückt bekam: ein Moment der reinen, liebevollen Absolution. Hier war eine größere, weisere Macht, die mich tröstete, als ich es nicht mehr aushalten konnte. Das war wirklich ein Wunder.

Ich stand da und holte tief Luft, während mir die Tränen übers Gesicht liefen und auf die Flusssteine tropften. Die Samen der Weide bewegten sich wie winzige Engel in den Luftströmen, während die warme Brise meinen eigenen Duft aufsteigen ließ, um mit dem grünen Weihrauch des Windes zu tanzen. Ich fühlte mich wie in einem Schneetreiben, einem wohlwollenden Wirbelwind der Empfindungen. Ich streckte meine Arme aus, als wollte ich umarmt werden, und schloss die Augen. Die Luft war erfüllt von den Samen und dem Duft der Weiden, einem Gefühl für die flüchtige Kostbarkeit des Lebens und dem Wissen, dass alles gut werden würde.

Aus Umbrüchen geboren

Ich bin in dem Glauben aufgewachsen, Weiden seien anmutige Teile der Landschaft und sanfte Weggefährten der Kindheit, aber in Wahrheit gehören Weiden zu den widerstandsfähigsten Bäumen auf dem Planeten. Diese Pionierbäume, die in den schwierigsten Landschaften Wurzeln schlagen, haben sich an die Wechselfälle des Lebens angepasst – auch an wassergesättigte Orte und Flussufer. Bricht man den biegsamen Zweig einer Weide ab, so kann sie fast überall wieder Wurzeln schlagen. Mit dieser ausgeklügelten Strategie, die sich in vielen Jahrtausenden des Lebens an der Seite von Stromschnellen und stürmischen Gezeiten entwickelt hat, lassen sich Weidenzweige einfach flussabwärts tragen, wo sie wieder anwachsen können. Die aus dem Bruch geborenen Weiden heißen die Turbulenzen gut, die entstehen, wenn man sich am Ufer einer sich bewegenden Welt niederlässt, und sie können diese Turbulenzen zum Gedeihen nutzen. Ihre Fähigkeit, fast überall Wurzeln zu schlagen, ist zum Teil auf ihren hohen Gehalt an Indolbuttersäure (IBA) zurückzuführen. IBA ist ein wachstumsförderndes Pflanzenhormon, das die Regeneration so sehr fördert, dass einige Gärtner mit Weiden angereichertes Wasser verwenden, um ihren Setzlingen einen Vorsprung zu verschaffen.

Mögen sie auch zart und zerbrechlich erscheinen, sind Weiden so gebaut, dass sie in den extremsten Umgebungen gedeihen. In der rauhen Landschaft der Hochgebirge, wo selbst die stärksten Nadelbäume nicht mehr wachsen, findet man ganze Felder mit bescheidenen Zwergweiden. Wer in der Wüste Wasser sucht, tut gut daran, nach ihrem vertrauten grünen Saum zu suchen, der versteckte Wasseradern anzeigt. Weiden sind zudem besonders gut dafür geeignet, in gestörte Ökosysteme einzuziehen und ihnen bei der Heilung zu helfen.

In stärker besiedelten Gebieten der Welt werden Weidenbäume oft als Uferpuffer gepflanzt. Sie bilden natürliche Barrieren, die verhindern, dass Chemikalien in die Wasserläufe gelangen. Weiden sind so geschickt bei der Ausfilterung von Giftstoffen, dass sie sogar in Abwasseraufbereitungssystemen und bei der Landrückgewinnung eingesetzt werden. Wie Engel mit Flügeln, die groß genug sind, ein ganzes Ökosystem zu umarmen, halten Weidenbäume das Land mit ihren erdstabilisierenden Wurzeln, Schutzgürteln und Windschutzstreifen buchstäblich zusammen. Wenn man eine Weide auf den Stock setzt (ein Verfahren, bei dem die Pflanze bis auf Bodenhöhe zurückgeschnitten wird), treibt sie mit einer Fülle neuer Äste wieder aus. Erstaunlicherweise treibt ein Zweig auch dann noch aus, wenn er verkehrt herum eingepflanzt wird.

Als Kind wusste ich nichts über die Widerstandsfähigkeit dieses anmutigen Baumes – bis unsere Trauerweide abzusterben begann. Als ich Anfang zwanzig war, warf der Weidenbaum die ersten großen Äste ab. Zuerst war ich traurig, als ich vom College nach Hause kam und feststellen musste, dass mein geliebter Baum einen weiteren Ast verloren hatte. Doch während die Krone zerfiel, spross aus dem Kernholz des Baumes eine Fülle neuer, peitschenartiger Äste. Als die Weide ihre Lebenskraft langsam wieder in die Erde zurückgab, wurden ihre glänzenden Äste länger und fielen wie eine Fontäne aus silbergrünem Wasser herab. Jeder einzelne von ihnen, vorsichtig abgebrochen und an eine andere Stelle gebracht, hätte ein neuer Baum werden können. Jahrelang mähte mein Vater sorgfältig um die hohe

Fontäne herum und nahm manchmal Zweige mit, um sie auf die Fensterbank zu stellen. Ich habe zwar keinen echten Weidensteckling mit in die Berge genommen, aber die Erinnerung an diese Weide, um sie in neuer Erde wieder zu verwurzeln. Nachdem ich die Kräuterschule abgeschlossen hatte und begann, meine eigenen Produkte zu entwickeln und zu verkaufen, beschloss ich, mein neues Unternehmen *One Willow Apothecaries* zu nennen.

* * *

In einer Welt voller Umbrüche und unerwarteter Entwicklungen sind Weiden Sinnbilder für Anpassungsfähigkeit und Geschmeidigkeit. Sie verkörpern die Tatsache, dass selbst die widrigsten Orte viel mehr zu *bieten* haben, als wir uns überhaupt vorstellen können. Weiden finden Gelassenheit trotz gebrochenem Herzen, Vergebung im Kern jeder Übertretung. Wenn man über ein Weidenwäldchen stolpert, steht man vor einem Reich, das aus etwas Zerstörtem entstanden ist. Ein gesundes Dickicht dieser Bäume zu entdecken, bedeutet, die universelle Wahrheit der Welt zu sehen: Die einzige Regel, nach der diese Erde lebt, ist Wachstum.

Als Menschen mit einem Gehirn, das darauf geeicht ist, die Welt in den Farben »richtig« und »falsch« zu sehen, geraten wir leicht in die Falle des Schwarz-Weiß-Denkens. Wir üben Selbstkontrolle, um gut zu sein, und wir überziehen unsere Erfahrungen mit uns und der Erde mit strengen Verhaltensregeln. Doch jenseits der menschlichen Zuordnungen von Gut und Böse, von günstigen Wachstumsbedingungen oder schwierigen, von Wunder oder Katastrophe, findet sich die Wahrheit, dass unsere Erde *alles* als eine Chance für Wachstum betrachtet. Selbst nach einer scheinbar katastrophalen Situation stellt die Erde immer nur die Frage: *Wie kann dies dem Wachstum dienen?* Wenn in einem Wald ein Baum umstürzt, schafft er Platz für eine Vielzahl neuer Lebensformen. Wenn der Ast einer Weide abbricht, führt das zu einer ganzen Reihe von Weiden weiter flussabwärts. Unser Planet betrachtet die Dinge nur in Schattierungen des Werdens. Es gibt kein

Urteil – das hat es nie gegeben –, es gibt nur die Einladung abzulegen, was unser natürliches Gedeihen behindert.

Wachstum ist die Wahrheit, die Flechten dazu bringt, sich über Jahrtausende langsam über Steine auszubreiten, und Kudzu dazu, sich im Laufe eines heißen Sommertages an die Autobahn vorzuschieben. Es ist die Kraft, die Pilze aus den Körpern toter Riesen hervorquellen lässt, und der Segen, der Stein und Knochen und die Abfälle der lebenden Welt schließlich in Mutterboden verwandelt. Wachstum ist das Feld »jenseits der Ideen von Recht und Unrecht« – wie Rumi es so treffend ausdrückt –, und wir lernen einfach, wie wir dorthin zurückfinden können.

Als ich an diesem Tag zum Fluss hinunterging, hatte mich mein Gefühl, zu Schaden gekommen oder unrettbar verloren zu sein, daran gehindert, den Wald vor lauter Bäumen zu sehen. Doch dann erinnerten mich die Weiden daran, dass, ganz gleich, wie viele Katastrophen mir auf meinem Weg begegneten, alles immer eine Einladung zum Wachstum ist. Die Welt möchte uns wieder in diesen ständigen Strom der Erneuerung aufnehmen. Aber um Teil der Heilung zu werden, müssen wir das eine tun, das uns wieder für das Wachstum öffnet: uns selbst vergeben.

Allelopathische Wurzeln: Selbstbestrafung und was nicht wachsen will

Während Weiden und das Wasser, in dem ihre Stecklinge eingeweicht wurden, dafür bekannt sind, neues zu Leben fördern, gibt es Pflanzen, die am entgegengesetzten Ende des Spektrums lauern, Bäume, deren Bestandteile das Wachstum anderer hemmen. In der ökologischen Welt als *negative Allelopathen* bekannt, besitzt eine kleine Handvoll Pflanzen eine Biochemie, die den gegenteiligen Effekt des Weidenwassers hat, indem sie Verbindungen abgeben, die in ihrer Umgebung das Keimen von Pflanzen unterdrücken.

Über unsere zweistöckige Scheune wölbt sich ein prächtiger Schwarznussbaum. Wenn im Herbst seine tennisballgroßen Nüsse auf das Blechdach fallen, hört sich das an wie Gewehrschüsse. Wenn die Eichhörnchen sie nicht vor uns finden, werden die hartschaligen Walnüsse im November eimerweise in unserer Speisekammer gelagert. Die Schalen, zum Färben verwendet, färben die Hände dunkelbraun. Ihr vertrautes Henna ist jeden Herbst auf den Nagelbetten der Bergbewohner zu sehen. Im Laufe der Jahre habe ich auf die harte Tour gelernt, dass es sich nicht lohnt, in der Nähe dieses Baumes etwas anzupflanzen. Schwarze Walnüsse enthalten allelopathische Verbindungen, so dass unter ihnen nur sehr wenige Pflanzen gedeihen. Im Garten kann man nicht viel tun, außer den Kreis zu respektieren, den dieser Baum um sich herum zieht.

Jeden Tag bekommen wir Beispiele, dass auch der Mensch ein allelopathischer Wachstumshemmer sein kann. Wälder werden abgeholzt, Öl gelangt in unsere Gewässer, und in der Mitte des Pazifischen Ozeans gibt es eine Plastikinsel, die größer ist als der Staat Texas. Die Erzählung, nach der der Mensch ein negativ allelopathisches Wesen sei, ist uns allen bekannt. Doch genau wie die natürliche Anpassung des Walnussbaums dient auch diese Geschichte einem Zweck. Sie ist hart und notwendig wie ein kalter Schlag ins Gesicht, und weckt uns aus dem Schlaf des Vergessens. Mit der Zeit kann diese Einstellung jedoch zu einer Art Gift werden.

Manche Menschen glauben, wir Menschen hätten auf der Erde den immensen Schaden angerichtet, weil etwas grundfalsch ist an unserem Wesen – aber die Schäden, die wir anrichten, sind nicht auf ein unlösbares Problem mit unserem Gehirn zurückzuführen, sondern auf den *Glauben*, es sei mit uns von Natur aus etwas nicht in Ordnung. Das heißt: Wir schaden der Welt nicht, weil wir von Natur aus schädlich sind, sondern weil wir durch eine Gesellschaft, die vom Gift des Selbsthasses durchdrungen ist, so tief verletzt sind. Das Leid, das durch den Glauben, etwas an uns sei von Natur aus falsch oder sündhaft, verursacht wird, ist ungeheuer. Der Schaden,

den der Glaube, schlecht und unverbesserlich zu sein, anrichtet, war so stark, dass er die ganze Welt erfasst hat. Die Forschung zeigt einen eindeutigen Zusammenhang zwischen mangelndem Selbstwertgefühl und dem gestörten Verhalten, mit dem die ökologische Zerstörung stattfindet – und dazu gehört die Tendenz, selbstzerstörerische Entscheidungen zu treffen, die Bereitschaft, Misshandlungen zu tolerieren oder anderen Schaden zuzufügen.[1]

Das Wort *Allelopathie* stammt von dem griechischen *allelo* »gegenseitig« und *pathy* »leiden«. In diesem besonderen Zustand gegenseitigen Leidens haben wir ganze Wälder abgeholzt, um als wohlhabend oder mächtig zu gelten – und deshalb Respekt und Liebe zu verdienen. Wir haben uns gestohlenes Land angeeignet, das Herz der Berge ausgebeutet, gefährliche Pipelines durch einige der empfindlichsten Ökosysteme der Erde gebaut, und das alles nur, weil wir uns im Herzen nach der Gewissheit sehnen, gut zu sein, gesehen zu werden, sicher, geschätzt und umsorgt zu sein. Die Wahrheit wird mit jedem Aushub des Baggers ans Licht gebracht. Unsere Unfähigkeit, unseren Wert jenseits von Geld, Ruhm oder den falschen Vorstellungen einer Gesellschaft zu sehen, die nur ganz oberflächlich verwurzelt ist, ist etwas, das das Leben auf der ganzen Welt beeinträchtigt hat. Jeder Ort auf der Erde, der von Menschenhand geschädigt wurde, ist vom Leiden eines Menschen gezeichnet, der versucht hat, seinen Wert neu zu verorten. Wie ein altes Sprichwort sagt: »Verletzte Menschen verletzen Menschen.« Unausweichlich verletzen verletzte Menschen die Erde – aber *beide* können heilen, wenn wir uns heilen. Wenn Selbstverurteilung zu einem negativen allelopathischen Element für unsere Erde geworden ist, dann ist erneutes Wachstum etwas so Einfaches wie von Weiden durchtränktes Wasser.

Vergebung ist der Erde angeboren. Sie ist so natürlich wie Wasser, das fließt, bis es wieder klar ist. Als Menschen ist es für unsere Entwicklung unglaublich wichtig, dass wir zu vergeben lernen. Studien zeigen, dass die Fähigkeit zu vergeben zu einem höheren Selbstwertgefühl, besserer geistiger und körperlicher Gesundheit und glücklicheren Beziehungen führt.[2] Zu lernen, an den Ufern unserer heutigen

Welt zu wachsen, ist nicht einfach. Wie die vom Sturm verwüsteten Orte, an denen die Weiden wachsen, bedarf auch unsere Gesellschaft dringend der Regeneration. Vergebung – angefangen bei der Selbstvergebung – ist der Weg, die Verletzungen zu heilen.

Als ich an diesem duftenden Weidenufer stand, fragte ich mich: Inwiefern behindert die Selbstverurteilung meine Fähigkeit, wieder am Wachstum teilzuhaben? Wie behindert die Last meiner Selbstvorwürfe meine Fähigkeit, wie die schwebenden Engel der Weidensamen zu sein, eine, die von Natur aus diese Welt segnet? Wenn ich mir meine individuellen »Fehler« sowie die Fehler meiner Spezies als Ganzes verziehe, wäre es dann möglich, ein größeres Potential auszuschöpfen, als mir derzeit bewusst ist? Ich spürte eine Wahrheit darin, hell wie die Weidenzweige, die sich neben mir wiegten, gleich auf der anderen Seite des Schleiers. Wenn ich mir selbst verziehe, könnte ich wieder Zugang zu all der lebendigen Energie in mir finden und ein Teil des Traums der Erde werden – um meine Mitschöpferrolle einzunehmen und die Welt neu wachsen zu lassen.

Klar wie Wasser

Der Weg vom Zeltplatz im Wald zum Fluss war ein Labyrinth aus Zelten, Menschen und Kühltaschen. In den Bäumen hingen mit Blumen gefüllte Einmachgläser, an den Ästen Laternen, und es gab kleine Steinhaufen, die als Opfergaben gedacht waren. Es war herzerwärmend, Menschen zu sehen, die so natürlich in einem Dorf leben, das von Zedern überwachsen und von wilden Rosen gesprenkelt ist, aber es war auch ein wenig beunruhigend. Etwas in mir konnte nicht anders, als sich Sorgen zu machen – wie würde sich unser Hiersein auf das Land auswirken? Welchen Müll würden wir zurücklassen? Wurde unsere Anwesenheit hier vom Wald wirklich gutgeheißen, oder waren wir nur wieder eine Gruppe von Menschen, die sich unerlaubt hier aufhielten? Auf dem Stundenplan des Treffens standen auch Seminare über die sich verschärfende Krise des Artensterbens und des Verlusts von Lebensräumen. Diese Seminare waren sehr gut besucht und endeten oft mit einem Gefühl von Hoffnungslosigkeit, und manche Teilnehmer waren am Ende den Tränen nah.

Es gibt eine echte, deutlich spürbare Trauer über die Umweltschäden, die wir angerichtet haben. Viele von uns, die mitansehen, wie die Welt leidet, machen sich Sorgen, dass wir unseren Gegenseitigkeitsvertrag mit der Erde endgültig gebrochen haben. Das Wissen, wie sehr die lebendige Welt leidet, kann das Gefühl verstärken, dass es keine Rettung mehr gibt -- aber wenn diese Selbstverdammung nicht im Zaum gehalten wird, untergräbt sie letztlich unsere Fähigkeit, am Entstehen einer neuen Welt teilzuhaben.

Groll hemmt das Wachstum, wo immer er Wurzeln schlägt. Die Unfähigkeit zu vergeben schadet mehr, als sie nützt: in einer Partnerschaft, in einer Gemeinschaft und in der Beziehung zu uns selbst. In einer Studie wurde die Unfähigkeit zu vergeben mit einer ganzen Reihe seelischer und körperlicher Gesundheitsprobleme in Verbindung gebracht – darunter ein erhöhter Cortisolspiegel, erhöhter Blutdruck und eine erhöhte Herzfrequenz.[3] Es kann sehr klärend sein, eine Zeit lang bewusst im Gefühl der Bitterkeit des Nichtvergebens – oder der Unversöhnlichkeit – zu verweilen. Diese Erfahrung kann uns viel über uns sagen und die Mängel sichtbar machen, für die es der Biegsamkeit einer Weide bedarf, damit man weitergehen kann. Doch ganz gleich, wie weit wir uns in den Teufelskreis der Selbstbestrafung hineinsteigern, am Ende läuft alles wieder auf die unveräußerliche und unaufhaltsame Wahrheit hinaus: Wachstum.

Unbewusst nehmen wir hochsensiblen Menschen jede Übertretung wahr, bei der wir der Erde, einander oder uns selbst etwas antun. Wir gehen durchs Leben, als seien diese Verletzungen unheilbar, obwohl die Beweise für das Gegenteil an den Ufern jedes Flusses wachsen. Wir bestrafen uns, indem wir von der Welt Abstand halten, und doch wünscht sich die Welt nichts sehnlicher, als dass ihre Kinder nach Hause kommen.

Die größte Wohltat, der wir diese Erde teilhaftig werden lassen können – die Aufgabe, die im Mittelpunkt unseres Wunsches steht, wieder am Wachsen teilzuhaben –, wird unsere Fähigkeit sein, uns selbst zu vergeben. Wie Nelson Mandela nach siebenundzwanzig Jahren Gefangenschaft sagte: »Als ich durch die Tür zu dem Tor ging, das mich in die Freiheit führen würde, wusste ich, dass ich so lange im Gefängnis sitzen würde, wie ich meine Bitterkeit und meinen Hass nicht hinter mir ließe.« Durch Vergebung werden wir frei; und damit setzen wir unsere Energie frei, so dass sie wieder an der befreienden Heilung der Welt mitwirken kann. Als ich im Morgenlicht am Ufer des weidengesäumten Flusses stand, war mir die tiefe Bedeutung der Vergebung für mein eigenes Ich so klar wie Wasser.

Den Schmerz lindern

Als ich auf dem College war, nahm ich fast jeden Tag Aspirin. Da ich mit nicht diagnostizierten Lebensmittelallergien zu kämpfen hatte, die schlimme Kopfschmerzen verursachten, und unter chronischen Beckenschmerzen litt, wurde die Linderung durch Aspirin zu meiner Zuflucht. Es war für mich normal, aufzuwachen und ein Aspirin zu schlucken, bevor ich mir in meiner kleinen Zwei-Tassen-Kanne Kaffee kochte. Diese kleine Pille wurde zu meinem Rettungsring, zu einem sicheren Hafen in einer Welt voll mysteriöser Leiden und Wachstumsschmerzen, durch die ich lernte, wer ich war. Ich fühlte mich schlecht wegen meiner täglichen Abhängigkeit von dieser Droge. Erst Jahre später, als ich die Kräuterschule besuchte, erfuhr ich, dass Aspirin von einer Pflanze stammt, die in meinem Leben immer ein Quell der Heilung war.

Neben ihren üppigen, wachstumsfördernden Hormonen ist die Weide für die Produktion einer Chemikalie bekannt: Salicin. Das entzündungshemmende und schmerzlindernde Salicin ist die Verbindung, nach der unser heutiges Aspirin künstlich hergestellt wird. Die heilende Wirkung des in der Weidenrinde natürlich vorkommenden Salicins wird seit Jahrtausenden von Kulturen überall auf der Welt genutzt.

Diese Verbindung macht die Weide zu einem wirksamen Mittel zur Linderung von Kopfschmerzen, Arthrose, entzündlichen Erkrankungen wie Tendinitis [Sehnenentzündung] und anderen hartnäckigen Schmerzen. Die Verwendung von Weidenrinde als Schmerzmittel lässt sich bis zu Hippokrates' Schrift aus dem Jahr 400 v. Chr. zurückverfolgen – aber wahrscheinlich war sie schon immer Bestandteil der Hausapotheke der Menschheit.[4] Ich erinnere mich noch gut an mein Erstaunen, als ich erfuhr, dass diese vertraute Pflanze aus meiner Kindheit ein so mächtiges und heute unverzichtbares Heilmittel ist. Als ich anfing, mich mit Kräutern zu beschäftigen, verwendete ich Weidenrinde als Mittel gegen hartnäckige Kopfschmerzen, quälende Rückenschmerzen und allgemeine Muskelbeschwerden. Bevor ich sie sammelte, lernte ich, die Zweige der Weiden zu brechen und daran zu schnuppern. Je stärker der Duft nach Wintergrün war, desto wirksamer war die Medizin. Wenn ich bei einem Spaziergang Kopfschmerzen verspürte, nahm ich einen kleinen Weidenzweig und kaute darauf herum. Es ist nichts weniger als eine Offenbarung, sich daran zu erinnern: Die Natur ist die erste Apotheke. Alles, was wir brauchen, um uns besser zu fühlen, befindet sich direkt vor unserer Haustür. Meine geliebte Weide war eine Pflanze, die den Schmerz nehmen konnte, egal wie tief er war.

Wir leben in einer Zeit, in der die Weidenmedizin dringend nötig ist. Hinter dem Leid unserer kollektiven Trennung verbirgt sich eine schmerzhafte Sorge: Nimmt uns dieses ursprüngliche Wesen, das wir Natur nennen, alles übel, was wir getan haben? Missgönnt dieser Planet uns unsere Existenz? Ist die Menschheit selbst ein Auslöser von Schmerzen für die Erde?

Wieder am Flussufer in Oregon, teilte ich mit der Hand das dicke Geflecht der Weidenzweige. Ich duckte mich zwischen ihre langen Äste, kletterte in das Weidendickicht und versteckte mich darin. Dort, in ihre Arme geschmiegt, gab ich eine Haarsträhne von mir und nahm im Gegenzug einen kleinen Zweig, um daran zu knabbern. In dem Augenblick, in dem ich anfing zu kauen, wurde etwas in mir ganz weich, wie wenn Kopfschmerzen der natürlichen Erleichterung wichen, wieder in der eigenen Haut zu stecken. Alle peinigenden Sorgen verschwanden.

Wie könnte ich unrettbar verloren sein, wenn all diese Güte hier war, um mich willkommen zu heißen? Wie könnte die Welt mir etwas übelnehmen, wenn mir all diese Schönheit immer noch dargeboten wird? Ich ließ den Schmerz in meinem Herzen sich auflösen, damit ich die Botschaft, die diese Weiden immer wiederholten, wirklich hörte: *Dir ist bereits vergeben.*

Einen neuen Weg flechten

Sobald die Weidenruten aus dem Bach geholt waren, konnten wir sie riechen – der Geruch hatte sich durch die Zeit im Wasser noch verstärkt. Damit Weide so biegsam wird, dass man Körbe daraus flechten kann, muss sie eingeweicht werden. Diese Weidenruten hatten zwei Tage lang im Bach gelegen. Eine Gruppe von uns saß im Kreis und war bereit, mit dem Flechten zu beginnen. Der Duft der Weide hing wie eine Girlande in der Luft.

Anfang des Monats war mein Freund Zac aus Minnesota mit seiner dreibeinigen Hündin Bea und einem Lastwagen voller bunter Weidenstecklinge in die Berge gekommen. Als jemand, der regelmäßig im ganzen Land unterwegs ist, um traditionelle Handwerkskünste zu unterrichten, hat er fast immer das Material für verschiedene Handwerksprojekte dabei. Mit seinen hellen Hirschlederhosen, der bronzenen Weste und den blonden Haaren ist Zac von Kopf bis Fuß honigfarben und hat ein wirklich süßes Herz, das dazu passt. An diesem Nachmittag versammelte sich eine kleine Gruppe von uns, um Beerenkörbe zu flechten.

Zac hatte mehrere Weidenbündel in den nahen Bach gelegt, damit die schlanken Ruten weich wurden. Als er sie tropfend aus dem Wasser zog, konnte man ihren Duft auf der ganzen Lichtung riechen. Zac legte die Weidenzweige auf die Picknicktische und begann damit, uns die Grundlagen zu zeigen. Man beginnt diese Art von Körben, indem man die beiden Zweige, die den Rand und die Griffe bilden sollen, mit einem Flechtmittelstück, dem sogenannten *Gottesauge,* verbindet. Mit überlappenden Rauten, die an beiden Verbindungsstellen angebracht werden, hält das Gottesauge den Korb zusammen, so dass man mit dem Flechten des übrigen Korbes beginnen kann. Zu sehen, wie der Beerenkorb unter Zacs Händen Gestalt annahm, war, als sei man Zeuge der Schöpfung selbst. Als er mit seiner Demonstration fertig war, bekamen wir alle einen kleinen Stapel Weidenruten. Ich war erstaunt über die Vielfalt der Farben – Kastanie, Aschgrau und Flieder. Zac erklärte uns, dass die Farben etwas verblassen würden, sobald der Korb getrocknet sei, aber wir würden die erstaunliche Vielfarbigkeit immer noch sehen.

Weide ist auf der ganzen Welt ein traditionelles Material für die Korbflechterei, denn ihre Zweige sind biegsam und zugleich stark genug, um eine Form zu halten. Als ich mit den seidigen Stücken zu arbeiten begann, verfiel ich in Trance. Berauschend und vertraut wie Muttermilch, besänftigend wie eine Erinnerung, stieg der Duft der Weiden von meinen Händen auf, während ich flocht. Als die Stunden vergingen, vergaß ich alles außer dem Rhythmus von »drunter-drüber, drunter-drüber«. Im Rhythmus des Flechtens vergab ich mir alle Fehler, ließ alles los, was ich nicht in Ordnung bringen konnte – an mir selbst oder in der Welt –, und konzentrierte mich einfach auf die Form, die unter meinen Händen entstand. Ich entledigte mich der Last, die ich getragen hatte, und wurde wieder ein leeres Gefäß. Die meisten von uns brauchten einen ganzen Tag, um ihre Körbe zu flechten; am Ende waren wir alle wie Kinder und freuten uns über unsere Kreationen. Wir Menschen waren von Anfang an Korbflechter, unsere Aufgabe ist, an der Schöpfung mitzuwirken. Heute wird das alte Flechthandwerk wiederbelebt. Neben Zac habe ich mindestens drei Freunde, die ihren Lebensunterhalt als Korbflechter verdienen. Jedes Mal, wenn ich sehe, wie gut es ihnen geht, denke ich, dass *ein anderer Weg möglich ist*. Gerade jetzt sind wir auf der Erde aufgefordert zu lernen, wie wir uns wieder in den größeren Korb der Welt einflechten können. Wir sollen wieder eine Faser im Gesamtgewebe werden und unsere Fähigkeiten einsetzen, um für uns alle eine bessere Zukunft zu gestalten.

Heute steht mein Weidenkorb neben meinem Schreibtisch. Anstelle von Beeren bewahre ich darin Karten und andere wertvolle Erinnerungsstücke auf. Er ist unregelmäßig, mit Lücken im Geflecht und so schief, dass er leicht umkippt, aber ich liebe ihn. Jedes Mal, wenn ich diesen Weidenkorb ansehe, erinnert er mich an die Welt, die wir mit unseren Händen neu gestalten wollen. Er erinnert mich daran, dass die alten Wege nicht tot sind, sondern aus den Wurzelstöcken wieder austreiben. Er erinnert mich daran, dass ganz gleich, wie viele Schadprogramme wir im Laufe unseres Lebens erlernen, viel größere Heilungsmuster am Werk sind, die die Ganzheit wiederherstellen.

* * *

Vor ein paar Jahren fiel die Weide, die bei meiner Geburt gepflanzt worden war, schließlich um. Zum Leidwesen der Nachbarn hatten meine Eltern die Weide ihren gesamten Lebenszyklus vollenden lassen. Zum Schluss war die Weide ein wahrer Geschenkbaum geworden – ein Ausguck für Falken, ein Resonanzboden für Spechte, ein Spielplatz für Eichhörnchen und Nahrung für Käfer. Nachdem alle Äste abgefallen waren, behielten meine Eltern den größten Ast auf der Terrasse, wo er zu einer Sitzgelegenheit für die Rotkehlchen wurde. Vor ein paar Jahren hielt mein Vater eines Tages beim Rasenmähen inne, um den hohlen Baum zu berühren, und er fiel einfach um. Leicht wie eine Maisschale zerbrach er auf dem wartenden Boden in Stücke. Die Zeit dieser Weide war zu Ende – und eine neue begann. Meine Tage der Selbstbezichtigungen waren nicht für immer vorbei, aber die Ära, in der ich mir verziehen und der Welt meine Güte gezeigt und in der ich gelernt hatte, meine Gaben einzusetzen, um an der Schöpfung mitzuwirken, hatte begonnen.

Es wird immer Zeiten geben, in denen ich zum Fluss hinuntergehen muss, um die Emotionen des Tages davontragen zu lassen. Dann möchte ich mich am liebsten auf den warmen Flusssteinen zusammenrollen und mich daran erinnern, wie man gehalten wird. Dann möchte etwas in mir sich einfach in die Strömung stürzen und loslassen. Als Menschen werden wir immer Zeiten haben, in denen wir daran zweifeln, liebenswert zu sein. Dann wird dich ein Weidenbestand an einer Flussbiegung umarmen, ganz gleich, was du getan hast. Dann streckt die ganze Welt die Hand aus, um dich zu berühren. Der wohlwollende Segen der Erde wird dich so leicht und so liebenswert finden wie einen Duft in der Brise.

Jeder von uns hat schon einmal gespürt, wie die Vergebung der Welt einen berührt – in der Art, wie eine Rose ihren Duft verströmt oder wie das Wasser aus den Zapfstellen in unseren Gärten sprudelt. Wie die wirbelnden Derwische der Weidensamen im Aufwind eines Flusses bittet diese Welt dich, dir selbst zu vergeben. Denn es hat für diese Erde keinen Sinn, einen Groll zu hegen. Groll hat beim Wachsen keinen Platz.

Vergebung ist die Kraft, die ein geschundenes Land ermutigt, sich neu zu bewachsen, mit Brombeeren und Weidenröschen. Sie ist die Kraft, die die Bäume dazu bringt, tiefer zu atmen und das zusätzliche Kohlendioxid zu binden, das wir in die Atmosphäre gebracht haben. So wird die Erde dich bei jedem Schritt streicheln. Jedes Mal, wenn du deine Schuhe ausziehst, wirst du geküsst.

Vergebung ist wie mit Weiden getränktes Wasser. Alles, was damit begossen wird, wächst. Hier, in diesem Moment, kannst du dich in die Arme eines Flussufers geben, das aus solcher Vergebung geflochten ist. Trinke tief aus diesem Becher das Elixier, das mit Liebe gewärmt und mit Weidenwasser getränkt ist, und wisse, dass dir – als Mensch, als Person, als Wesen – vergeben ist.

Die Erde vergibt dir. Durch den Fluss. Durch das Wasser. Die höhere Macht des Windes vergibt dir. Die Götter der Wale und die Götter der Weiden, die ihre langen Arme ins Wasser tauchen, vergeben dir.

Komm und spül dich aus, sagen sie. Taufe dich in dem Wissen. Trink in tiefen Zügen und nimm diese Vergebung an. Denn dein Wachstum ist es, was diese Welt nähren wird.

ÜBUNG
Die Erde um Vergebung bitten

Um Vergebung zu bitten, ist ein kraftvolles Gebet der Heilung, für einen selbst und für die Welt. Wenn wir um Vergebung bitten, befreien wir die Scham von ihren Fesseln und setzen sie dem Sonnenlicht aus, wo sie in der Liebe der Welt verdunsten kann. Die Erde vergibt uns bereits alles, was wir getan haben, aber zu wissen, dass einem vergeben wurde, und es zu *fühlen*, sind zwei völlig verschiedene Dinge. In dieser Übung bist du eingeladen, die Erde um Vergebung zu bitten, damit du alle Scham auflösen kannst, die du damit verbindest, du selbst oder ein Mensch zu sein, und damit du das Wachstum annehmen kannst, das du in diese Welt bringen sollst.

1. Nimm zunächst etwas biologisch Abbaubares, das du als Opfergabe verwenden möchtest. Eine Blume, einen Stein, Weihwasser – nimm, was dir richtig erscheint.

2. Begib dich an einen ruhigen Ort in der Natur, an dem du nicht gestört wirst. Suche dir am besten einen Ort mit weichem Boden oder Sand, in dem du graben kannst.

3. Wenn möglich, grenze den Bereich mit Blättern, Ästen, Muscheln oder Steinen kreisförmig ab. Setze dich in die Mitte des Kreises und bringe deine Aufmerksamkeit tief in deinen Körper.

   Frage dich: *Was habe ich getan, was sich unverzeihlich anfühlt? Wie schwer fällt es mir, mir zu vergeben?*

4. Grabe nun ein kleines Loch in die Erde. Lege dich neben das Loch auf den Boden und flüstere all die unverzeihlichen Dinge in dieses Loch.

   Wenn du diese Dinge aufzählst, achte darauf, dass die Energie in die Erde fließt und aufgenommen und umgewandelt wird. Lass alles, was aus dir herauskommen möchte, los. Vielleicht möchtest du etwas ausspucken oder schreien oder weinen. Lass es los.

5. Wenn du alles gesagt hast, was du sagen musst, lege das mitgebrachte Geschenk in das Loch. Drücke dich dicht an die Erde und sprich ein Gebet der Vergebung in deiner Tradition oder versuche, die folgenden vier Sätze zu sprechen. Dieses Mantra, das vom hawaiianischen Ho'oponopono-Gebet inspiriert ist, wurde von Ihaleakala Hew Len formuliert, und du solltest es dir selbst gegenüber stetig wiederholen. Nach Hew Len verschwindet der Schmerz aus der Welt, wenn du den Anteilen von dir vergeben kannst, die für Verletzungen verantwortlich sind, welcher Art auch immer.

Es tut mir leid.
Bitte vergib mir.
Danke.
Ich liebe dich.

6. Verweile bei jedem Satz, bis du das Gefühl hast, eine Antwort erhalten zu haben. Nimm die feinsten Regungen deines Körpers wahr, achte auf Gefühle der Erdung und lasse los. Wenn du fertig bist, fülle das Loch wieder auf und verbringe ein paar Momente in Dankbarkeit mit dem Kopf auf der Erde.

10

Die Zuckerbienen

Ich stieg aus dem Flugzeug, und augenblicklich umgab mich hochsommerliche Hitze. Nach einigen Monaten, in denen ich im Westen unterrichtet hatte, kam ich wieder nach Hause. Als ich aufgebrochen war, hatten die Bäume gerade erst ausgeschlagen, aber jetzt standen sie in voller Pracht. Der grüne Atem des Landes war so dicht, dass es sich anfühlte, als teilte ich eine Welle, als ich den Asphalt betrat. Die Heimkehr in diese Berge vermittelt immer ein besonderes Gefühl – ein Weichwerden, ein Dahinschmelzen, ein Rauschen, als ob man sich einer gewaltigen Umarmung hingibt. Mit verkrampften Beinen und einem Jetlag fuhr ich glücklich nach Hause und war gespannt darauf, was im Garten alles zu blühen begonnen hatte.

Damals wohnte ich im obersten Stockwerk eines violett gestrichenen viktorianischen Hauses; es war ein Haus, das der Legende nach einst einem alten Bergheiler gehört hatte. Der Mann, der siebte Sohn eines siebten Sohnes, war bekannt für die Wunder, die er mit seinem Glauben und dem Auflegen der Hände bewirken konnte. Jetzt lebte dort ein freundliches und tatkräftiges Rentnerehepaar, das das Land nach und nach in ein Permakultur-Paradies mit Gewächshäusern, Terrassengärten und einem Pizzaofen verwandelte. Ich mietete das obere Stockwerk des Hauses, das über einen eigenen Eingang verfügte und einen Blick über den Garten bot.

Als ich meinen riesigen Koffer den grasbewachsenen Weg zu meiner Hintertür hinaufschleppte, sah ich sofort, dass während meiner

Abwesenheit jemand anderes in meine Wohnung eingezogen war – eine ganze Gesellschaft. Auf der Veranda angekommen, sauste ein Trupp kleiner schwarzgelb gestreifter, geflügelter Körper an mir vorbei. Wie Töne eines Symphonieorchesters flogen sie aus dem Haus nach draußen, ein Wespenvolk strömte neben meiner Haustür aus seinem neuen Domizil. Ich sah die getrocknete Lava, mit der meine Vermieter erfolglos versucht hatten, die Türverkleidung abzudichten, um ihren Eintritt zu verhindern. Die Wespen hatten die Dichtungsmasse wie weichen Ton weggenagt und flogen flink durch das neu geschaffene Loch hinein und wieder heraus.

Mit gesenktem Kopf ging ich durch ihre Flugbahnen und ins Haus, um auszupacken. Es schien nur fair zu sein, dass, während ich weg war, andere den Raum bewohnten, den ich nicht brauchte. Während ich den Inhalt meines Koffers in die Wäsche kippte, überlegte ich, ob ich etwas gegen die Wespen unternehmen sollte, aber ich schob den Gedanken zusammen mit meiner Zahnpasta und meiner Haarbürste in den Schrank.

Die Tage wurden zu Wochen und die Wochen zu Monaten, und ich lebte einfach mit meinen neuen Mitbewohnern zusammen. Jeden Tag verließ ich meine Wohnung durch den Vorhang ihrer Musik und bewegte mich so eilig, als würde ich vor der U-Bahn-Station an einem Straßenmusiker vorbeigehen. Obwohl das Spiel gekonnt und schön war, hielt ich mich nie lange auf, um zuzusehen. Normalerweise war ich zu sehr in Eile, um mich auf die Musik einzulassen.

In meinem Hinterkopf machte ich mir Sorgen über die Wespen – sollte ich sie entfernen? Und wie? Würden sie zu einer Gefahr? Schadeten sie dem Haus? Aber in den Wochen und Monaten, in denen ich ihre Musik hörte, wurde ich nicht ein einziges Mal gestochen. Also ließ ich sie in Ruhe und mit mir zusammenwohnen.

Zerbrochene Teetassen und eine Schale mit Wespen

Anfang September klopfte es eines Morgens an der Haustür. Ich war im Badezimmer, trug einen langen geblümten Bademantel und war vom Schlaf noch ganz zerknittert. Ich schwang die klapprige Fliegengittertür auf, und da stand meine Vermieterin aus dem Erdgeschoss. Sie hielt einen Strauß Gartenblumen in der Hand und lächelte verhalten, aber freundlich und ein wenig besorgt. Ich trat auf die Veranda, um mit ihr über die Herbsternte im Garten zu reden und das Ende meines Mietvertrags zu besprechen. Ich hatte gerade ein Angebot für mein zukünftiges Baumhaus abgegeben und hoffte, bis Ende des Jahres ausziehen zu können. Während wir uns unterhielten, wurde es allmählich wärmer, und die Symphonie der Flügel über unseren Köpfen wurde immer lauter.

Die Wespen kamen und gingen in immer dichter werdenden Reihen, bis schließlich eine vom Weg abkam wie ein Schelm und meiner Vermieterin gegen die Wange stieß. »Diese Zuckerbienen!«, rief sie aus. »Wir müssen etwas gegen sie unternehmen.« Ich deutete mit einer schwachen Geste in Richtung des Abdichtmaterials.

»Es ist an der Zeit, sie einzusprühen«, sagte sie sachlich, während sie bereits einige Schritte Richtung Garten ging und sich auf den Weg zum Schuppen machte. Ich schlüpfte wieder hinein, um mir die Zähne zu putzen. Als ich zurückkam, stand sie am Türrahmen, eine Sprühflasche in der Hand, und hatte bereits in die Öffnung zum Wespenbau hineingesprüht.

»Ich mache die Tür zu«, rief ich, »nur für den Fall, dass es hereinweht!« Ich schloss die Tür, stand einen Moment lang da und wusste nicht, was ich fühlen sollte. Der Teil von mir, der bereits gekündigt hatte und dabei war, auszuziehen, war bereit, diese Zuckerbienen, wie sie sie genannt hatte, mit allem anderen loszulassen. Etwas, das nicht mehr mein Problem war, wie der Stapel langweiliger Küchenutensilien, die ich für einen guten Zweck weggeben würde. Ich war fast schon ausgezogen, was also konnte ich tun, wenn es gar nicht mein Haus war? Also machte ich Tee und Frühstück und nahm es auf einem Tablett mit in mein Schlafzimmer, um zu schreiben, wobei ich die Tür als Barriere zwischen mir und dem Sterben draußen schloss.

Während ich arbeitete, musste ich immer wieder an Gaskammern und Pestizide denken. Wie war es wohl gerade im Wespennest? Was erlebten die Wespen? Jedes Mal, wenn meine Gedanken in die katakombenhafte Dunkelheit abschweiften, musste ich mich mit einer seltsam anmutenden Neugier fragen: Warum war das Leben eines ganzen Wespenvolks so viel weniger wert als mein eigenes? Wann wurde das entschieden? Und warum?

Ich erhob mich erst Stunden später. Ich war müde und streckte meine nackten Füße auf dem Parkettboden aus, dann ging ich den vertrauten Weg zur Küche hinüber. Als ich das Ende des Flurs erreichte, blieb ich stehen. Die Wespen, die einen Hinterausgang aus ihrem vergasten Nest in meine Wohnung gefunden hatten, drängten sich nun innen an den Fenstern und Türen. Einige Wespen taumelten, als seien sie betrunken. Andere lagen still wie Samenschalen, unheimlich leblos. Sie waren überall. Auf dem Küchenboden, auf Lampenschirmen oder sie krochen in langsamen, trägen Bewegungen über die Fensterscheiben. Jetzt wirkten sie weniger wie Musik, sondern wie das langsame Blubbern von Methan, das vom Grund eines Sees aufsteigt. Es waren so viele, dass es aussah, als würden sie aus den Dielenbrettern hervorkommen. Bei ihrem Anblick überfiel mich eine Welle der Trauer.

* * *

Ein paar Tage zuvor war ich von einer SMS geweckt worden mit der Mitteilung, dass eine liebe Freundin von mir ihr Leben beendet hatte. Diese Freundin war eine der ersten echten Herzensverbindungen, die ich nach meinem Umzug in die Berge geknüpft hatte. Ich lernte Aven auf einem Campingausflug in einem blaubeerreichen Teil der Wildnis kennen; ich erinnere mich noch an den Moment, als ich sie zum ersten Mal sah, wie sie auf dem Weg stand, schüchtern lächelnd hinter einer schwarz umrandeten Brille, Sanftheit und Wärme ausstrahlend. Danach trafen wir uns von Zeit zu Zeit, um über Dinge wie Pflanzenmedizin, Geistführer, unseren Glauben an Magie und unsere Herausforderungen als Hochsensible in einer Welt zu sprechen, die manchmal schwer zu ertragen war. Aven war sensibel und spirituell, fürsorglich bis zum Umfallen, und sie hatte lange Zeit schwer zu kämpfen gehabt. Unfähig, die Nachricht in der SMS zu verarbeiten, kapselte ich die Information einfach in mir ein; ich konnte die Tatsache, dass meine Freundin nicht mehr auf dieser Welt war, einfach nicht ertragen. Doch als ich jetzt diese kleinen Geschöpfe sah, die zu so vielen auf meinem Fußboden starben, zerbrach das Eis, das in meiner Brust gefroren war. Die Wand, die ich zwischen mir und der Welt, zwischen mir und meiner Traurigkeit errichtet hatte, zerbrach plötzlich wie eine Teetasse, die auf harten Steinboden fällt, und meine ganze Verzweiflung brach hervor.

In den nächsten Tagen lebten die Wespen und ich als Leidensgenossen zusammen. Sie kamen mir sehr nahe und ich ihnen. Sie waren zu meinen Zuckerbienen geworden. Sie kletterten über meine Zahnbürste, hockten auf dem Wasserkocher, bewegten sich über die Couch auf mich zu. Alles, was ich an Abschirmung und Abschottung aufgebaut hatte, fiel in sich zusammen. Obwohl ich schon seit Monaten mit ihnen lebte, hatte ich nie wirklich innegehalten, um sie *zu sehen*. Jetzt erkannte ich, dass jede von ihnen ein Individuum war, filigran, mit Flügeln so klein wie die von Feen. Ihre Gesichter waren sehr lieb und blickten von dem Boden, wo sie krabbelten, in die Welt hinaus. Aus der Nähe konnte ich sie nun als Papierwespen erkennen – Wesen mit zart gestreiften Körpern, orangefarbenen Fühlern und kleinen, onyxfarbenen Gesichtern. Einmal wollte ich einen Schal von der Garderobe herunterziehen und schrie auf. Eine von ihnen hatte mich in den Nacken gestochen, nur einmal und ganz leicht. Ich nahm diesen einzelnen Stich als Medizin.

In ihren letzten Tagen auf der Erde und meinen letzten Tagen im Haus schlich ich auf Zehenspitzen durch die Flure, wobei ich auf meine Füße achtete, um nicht auf meine Freunde zu treten, die sich ausruhten, im Sterben lagen oder beides. Mein Tagesablauf richtete sich nach dem Rhythmus ihrer letzten Tage. Mein Leben drehte sich um ihren Tod – und wie ich mit ihnen mitfühlte und daran zerbrach.

Als sie starben, fühlte ich mich verpflichtet, die Wespen einzusammeln, um ihnen ein Denkmal zu setzen. Jeden einzelnen ihrer wundersamen Körper zu ehren, schien mir der einzige Dienst zu sein, der der ihnen innewohnenden Einzigartigkeit entsprach. Jeden Tag sammelte ich die Toten ein und legte sie in eine kleine weiße Porzellanschale. Es ist schwer, die Zärtlichkeit in Worte zu fassen, die man für ein einzelnes geflügeltes Wesen empfinden kann, das so winzig ist wie ein Daumennagel, müde neben der Serviette auf dem Esstisch liegt und vor unseren Augen vergeht. In einer Flut von Trauer und Schwermut habe ich dieses kleine Ritual durchgeführt; es war wohl das Einzige, was ich tun *konnte*.

Ich stellte die Schale in die Mitte eines kleinen Mandalas aus Rosenquarz und Blütenblättern, das ich angefertigt hatte, als ich von Avens Tod erfuhr. Das kleine Denkmal erstreckte sich über den Boden vor den nach Süden ausgerichteten Fenstern meines Schlafzimmers und wurde zu einem Ort, an dem ich sitzen, weinen und mich erinnern konnte. Jetzt waren sie alle zusammen – Aven und die Zuckerbienen – auf diesem sonnenbeschienenen Stück Boden, in dieser perfekten kleinen Schale. Zum ersten Mal hatte ich das Gefühl, dass ich alles ertragen konnte.

Einen Bienenstock umsorgen

Es gab Zeiten in meinem Leben, in denen ich mich von der Last all der Traurigkeit und des Verlustes in der Welt erdrückt fühlte. Als junge Erwachsene stürzte ich mich in leidenschaftlichen Aktivismus und sammelte Details zu all den Ungerechtigkeiten, bis ich buchstäblich nichts mehr aufnehmen konnte. Ich brach gefühlsmäßig zusammen. Das Unrecht fühlte sich zu gewaltig an, der Kummer war zu groß und ich unendlich klein. Ich hatte gedacht, ich müsse auf das, was so schrecklich kaputt war, reagieren, indem ich es reparierte. Ich sollte auf eine neue Politik drängen, durch die Grünanlagen der National Mall marschieren und auf dem Times Square protestieren, bis die Dinge wieder in Ordnung gebracht würden. Aber ganz gleich, wie viel ich organisierte oder wie viel Geld ich sammelte, es schien nie genug zu sein. Am Ende des Studiums hatte ich aufgegeben. Emotional aufgewühlt verließ ich New York mit dem Gefühl, dass ich einfach zu sensibel war, um mit all dem Leid klarzukommen. In gewisser Weise hatte ich Recht. Ich war nie dazu bestimmt, im Alleingang zu reparieren, was zerbrochen war. So wurde ich nicht geschaffen, und ich vermute, auch die meisten von uns nicht. Doch andererseits habe ich mich geirrt. Ich war nicht zu sensibel, um etwas zu bewirken. Und ich war auch nicht zu klein, um etwas zu tun – zumindest nicht für die Dinge, die ich hier tun sollte.

Die Wahrheit ist, dass es uns nicht bestimmt ist, die Last der ganzen Welt zu tragen. Der Mensch ist dafür einfach nicht geschaffen. Aber wir *sind* groß genug, um einen einzelnen Bienenstock zu umsorgen, den kleinen Geburten und Todesfällen um uns herum Raum zu geben, uns selbst und unsere Nachbarn zu umsorgen, die Mitbewohner, mit denen wir diese Erde teilen. Uns ist bestimmt, Hüter zu sein, die sich um das Wohlergehen des Ganzen kümmern, indem wir eine innige Beziehung zueinander eingehen. Wir sind hier, um uns um die kleinen Welten zu kümmern, die uns umgeben – unsere innere Landschaft, die Wildblumen auf dem Grundstück nebenan, den Nachbarn, dessen Hund Gassi gehen muss, die Spinne, die in der Ecke unseres Fensters ihr Netz baut.

Die Liebe ermutigt uns, über uns hinauszuwachsen. Wenn wir eine Herzensverbindung zu unserem innersten Selbst aufbauen, ebenso wie zu den Wesen, die unsere kleinen Bereiche auf der Erde mit uns teilen, werden wir offen für diesen Moment auf der Erde. Wenn wir jedoch aufhören, die lebenden Individuen zu sehen, die unsere Welt ausmachen, verschließen wir uns vor der Unermesslichkeit der Liebe, die wir in uns tragen *können*. Wenn wir die Würde, die Einzigartigkeit und die Persönlichkeit aller Wesen, die unser Zuhause mit uns teilen, anerkennen, werden wir groß genug, um sie alle mit einzubeziehen.

Die zarten Gesichter der Zuckerbienen zu lieben, hat mir geholfen, mehr durchzustehen, als ich je für möglich gehalten hätte – auch den Verlust meiner Freundin und die allgemeine Traurigkeit der Nachrichten in diesem schwierigen Herbst. Wir können vielleicht nicht die ganze Welt umarmen, aber wir können eine Porzellanschale mit Wespen halten oder den warmen Panzer einer Schildkröte, die versucht, die Straße zu überqueren, oder die Hand eines trauernden Freundes. Wir mögen uns zu klein fühlen für die Aufgaben, die in der Welt anstehen, aber in Wirklichkeit waren wir schon immer groß genug, um Liebe für alles zu empfinden. Die Verbindungen, die du pflegst, werden den Schutzraum deines Herzens vergrößern.

Indem wir uns selbst dafür verzeihen lernen, so zu sein, wie wir sind – menschlich, empfindsam, fehlbar –, können wir uns wieder bewusst machen, wie viel Liebe wir in uns tragen. Der Kummer, die Traurigkeit, der Verlust; die sterbenden Bienen und die fallenden Bäume: Wir können das alles vielleicht nicht in Ordnung bringen – das kann letztlich nur die Erde selbst –, aber wir können einander in all dem Halt geben. Wir können uns um unsere Nachbarn, unsere Lieben, unsere Verwandten mit Flügeln, Füßen und Federn kümmern. Denn uns an diese Verbundenheit und Fürsorge zu erinnern, ist letztlich alles, was die Erde von uns erwartet.

So viel das Herz tragen kann

> Wird man in dunklen Zeiten singen?
> Ja, man wird singen. Über die dunklen Zeiten.
>
> Bertolt Brecht

Ganz gleich, welche Herausforderungen wir zu bestehen haben, ganz gleich, wie dunkel die Tage sind oder wie plötzlich eine einzelne Melodie verstummt, die Musik hört nie auf. Nachdem die letzte

Wespe gestorben war, stellte ich die kleine Porzellanschale zurück auf den behelfsmäßigen Altar, den ich für sie und Aven geschaffen hatte. Die Schale war nun ganz gefüllt und fühlte sich nicht schwerer an als zu Beginn. An jenem Morgen saß ich in der Mitte meiner Gedenkstätte am Boden, hielt die Leichtigkeit dieser unmöglich vollen Schale in der Hand und sang. Ich sang die Melodien jedes einzelnen ihrer Körper, die sich nun im ewigen Flug befanden. Ich sang den Schmerz und die Freude darüber, sie gekannt zu haben. Ich sang, um dem Teil von ihnen zu helfen, der noch auf dem Weg zur Heimat auf der anderen Seite war. Ich sang, weil diese Töne in der Dunkelheit ein Licht waren.

Einige Wochen später versammelte sich eine Gruppe von uns zu einer Mahnwache für Aven. Im Kreis herum erzählten wir von unseren Erinnerungen an sie. Als uns die Worte ausgingen, stimmte ein gemeinsamer Freund, der die alten Balladen dieser Berge am Leben erhält, ein Lied für uns an. Wir weinten zusammen, sangen zusammen, aßen zusammen, und obwohl der Schmerz so groß war, wurde alles irgendwie erträglich. Ich hatte gedacht, dass ich das alles nicht durchstehen würde, aber in dieser Gemeinschaft fühlte ich mich stärker. Wir hielten nicht »zusammen«, sondern hielten uns einfach gegenseitig. An diesem Abend erkannte ich erstaunt, wie viel das Herz tragen kann, wenn es Liebe in sich trägt.

Die Menschen sagen, dass die Tiefe unseres Kummers der Tiefe unserer Liebe entspricht. Wenn das stimmt, dann sind die überwältigenden Emotionen, die wir empfinden, wenn wir all die ökologischen Verluste in unserer heutigen Welt sehen, ein Maß dafür, wie sehr wir diesen Planeten lieben, und vielleicht auch dafür, wie sehr die Erde im Gegenzug uns liebt.

Wir meinen, zu zerbrechlich für diese Zeiten zu sein, aber das sind wir nicht. Während gesündere Kulturen zu sprießen beginnen und gesündere Beziehungsformen wieder Wurzeln schlagen, lernen wir die eine Fähigkeit, die wir brauchen, um das alles zu überleben: wie wir uns von der Erde halten lassen können, damit wir uns daran erinnern, wie wir uns selbst halten können. Wenn wir das wissen, werden wir, ganz gleich, wie dunkel es wird, einander stets finden – um uns mit unseren Liebsten in der menschlichen und in der nichtmenschlichen Welt die Hände zu reichen, während wir die Lieder finden, die uns weiterbringen. Letztendlich wird von uns nur verlangt, nicht stehenzubleiben oder unsere Sachen zu packen, ohne uns umzusehen. Alles, worum man uns bittet, ist, dass wir hierbleiben. Dass wir uns gestatten zu fühlen. Dass wir dabeibleiben – denn *hier* wohnt die Liebe.

Ich habe einmal eine Geschichte über einen tantrischen Meister gehört, der an ein Dickicht von Brombeeren kam. Die Schaulustigen, ebenfalls spirituelle Menschen, hatten alle möglichen Vorschläge, wie man hindurchkommen könnte – eine Brücke bauen, einen Weg freimachen, es als Zeichen nehmen, nach einem anderen Weg zu suchen. Aber für den tantrischen Meister, der durch die körperliche Erfahrung des Lebendigseins mit dem Göttlichen in Verbindung stand, gab es nur einen Weg – direkt in die Arme der Dornen. Je tiefer ich in das Dickicht des Lebens eindringe, desto mehr wird mir bewusst, wie wahr der alte Spruch ist: *Der einzige Ausweg ist hindurch.* Die tiefgehendste Heilung, für uns und für die Erde, ergibt sich aus der einfachen Entscheidung, mit dem, was ist, gegenwärtig zu bleiben; das Lied von Anfang bis Ende zu erleben und zu warten, bis der Refrain wieder beginnt.

Glücklicherweise ist die Wahl einfach. Entweder du bist dabei – dabei, das Leben gutzuheißen; dabei, all die Gefühle, Emotionen, den Herzschmerz und die Freude zu erleben; dabei, dein Herz zu öffnen und zu sehen, wie all die unscheinbaren Leben um dich herum sich entfachen, aufflammen, sterben und wiederkehren – oder du bist nicht dabei.

Beim nächsten Vollmond nahm ich die Schale mit den Zuckerbienen mit nach draußen und grub ein Loch. Ich begrub die Wespen zusammen mit einem Stück Rosenquarz aus Avens Mandala. Ein verworrener Schwall von Trauer und Verzweiflung stieg in mir auf, aber anstatt den Ansturm von Gefühlen wegzuschieben, hieß ich ihn willkommen. Wie ein Kind, das schon viel zu lange nicht mehr umarmt worden ist, hielt ich die Gefühle fest und nahm sie an. Als die Tränen flossen, sagte ich laut, und die Worte klangen in der kalten Bergluft wie ein Lied: »Ich bin dabei.« Ich sprach zu den Engeln, den Ahnen, der Luft – zu allen, die es hören wollten, auch zu mir selbst: »Ich bin dabei.« Ich bin dabei wegen der Gefühle und des Stachels. Ich bin dabei wegen dieser kostbaren Erfahrung, lebendig zu sein. Ich bin dabei wegen der Liebe und der Trauer. Wenn es das ist, was es heißt, hier zu sein, dann bin ich dabei.

In diesem Moment wurde mir klar, dass ich eine Wahl getroffen hatte. Ich entschied mich dafür, zu fühlen, zu leben und trotz allem hier zu sein – auch wenn andere eine andere Wahl trafen oder davongingen. Ich setzte mich in das Licht der Perlen inmitten des taufeuchten Grases und versprach allen, die ich liebte, den Bienen und den Geliebten, die gegangen waren: Ich werde hierbleiben. Ich blickte hinauf zu den kalten, hellen Sternen und versprach, sowohl in der Trauer als auch in der Begeisterung gegenwärtig zu bleiben. Ich wollte meinen Weg des Selbstmitgefühls und der Vergebung, des Zerbrechens und wieder Ganzwerdens weitergehen. Am Ende entschied ich mich für die Brombeerranken, weil ich jetzt sehen konnte, dass Herzensleid Teil der Liebe ist. »Wenn das das Leben ist«, sagte ich laut, »dann bin ich dabei.«

Zen-Meister wie Sozialarbeiter werden dir sagen, dass es in Zeiten der Not das Hilfreichste ist, einfach da zu sein. Wenn wir gegenwärtig sind, kommen wir der Wahrheit des Augenblicks, dem Herzen unserer Gefährten und der Seele der Erde näher. Wenn es hart auf hart kommt, reißen sich unser Verstand und unser Geist oft am Riemen – erpicht darauf, den Schmerz zu bekämpfen oder vor ihm zu fliehen –, aber eines der kostbarsten Geschenke, die wir diesem Planeten machen können, ist es, einfach mit dem Schmerz gegenwärtig zu sein. Dazusitzen und jemandem aktiv zuzuhören, der leidet, mag als kleiner Gefallen erscheinen, aber für diesen Menschen bedeutet es alles. Mit der Erde da zu sein, während Heilung stattfindet, mag als unbedeutende Geste erscheinen, aber für die nichtmenschlichen Wesen unseres Planeten ist diese Anwesenheit – eine Kraft, die in ihrer Beziehung zur Menschheit zu lange gefehlt hat – alles.

Je gegenwärtiger wir sind, desto freundlicher, sanfter und weiser wird unsere Welt. Je mehr wir uns selbst verstehen und Mitgefühl für uns aufbringen, desto größer wird unsere Fähigkeit, gegenwärtig zu sein. Wenn die Flucht aus unserem Körper etwas ist, was die Menschheit in diesen Schlamassel gebracht hat, dann ist Gewahrwerden das Gegenmittel. Das ist das Lied, das wir darbieten können. Das ist das Einzige, was die Welt wirklich von uns will – *hier zu sein* mit der Schönheit der Wälder und den Tiefen unserer Trauer, mit der Freude des Vogelgesangs oder dem Klang des Wassers, das ans Ufer schlägt. Wenn wir anwesend sind, können wir die tiefste Musik der Erde hören, das Lied, das sie nie aufgehört hat zu singen und auch nie zu singen aufhören wird – die *Hoffnung stirbt nie. Jedes Ende ist ein Anfang. Ein neuer Weg entsteht, auch jetzt noch.*

ÜBUNG
Ein Trauerritual

Wenn wir um unsere Trauer ein Ritual gestalten, geben wir uns den Raum, um die mit der Trauer verbundene Ladung abfließen zu lassen. In der chinesischen Medizin sind alle gesundheitlichen Ungleichgewichte auf eine Blockade des Qi, der Lebensenergie, zurückzuführen. Indem wir unsere Trauer ritualisieren, bringen wir die ihr zugrunde liegende Energie in Fluss und schaffen so Gesundheit und Vitalität in uns und in der Welt im Ganzen. Gegenwärtig gibt es auf der Erde einen Rückstau von Trauer, die nicht den Raum bekommen hat, gefühlt zu werden. Wenn wir uns ein Gefäß schaffen, in dem wir diese Trauer auf gesunde Weise fühlen und ausdrücken können, setzen wir nicht nur unsere eigene Energie frei, sondern helfen auch, das festgefahrene Qi der Erde in Bewegung zu bringen, wodurch Erneuerung für uns alle stattfindet.

Dieses Trauerritual ist von der irischen Keening-Tradition meiner Vorfahren inspiriert. Das Wort *keening* kommt vom irisch-schottischen gälischen Begriff *caoineadh*, »weinen, heulen«. In Irland ist es seit langem Tradition, den Leichnam vor und während der Beerdigung zu beklagen. Das Keening wird oft als Weinen oder Wehklagen gesehen, enthält aber auch poetische Elemente wie die Auflistung der Abstammung des Verstorbenen und Lobpreisungen. Der Einsatz unserer Stimme in der Trauer ist ein kraftvolles Mittel, um die Energie in Bewegung zu bringen.

Im Zentrum unseres Nervensystems befindet sich der Vagusnerv, ein langer Nerv, der von unserem Becken bis zu unserem Hals verläuft. Er ist der zentrale Kommunikationsstrang unseres Körpers und entscheidend für unsere Fähigkeit, von einem Zustand der Aktivität in einen Zustand der Ruhe zu wechseln. Wenn ein Gefühl zu überwältigend ist, um sofort verarbeitet zu werden, und wir inmitten der Aktivierung erstarren, bilden wir das, was wir Trauma nennen. Wenn wir singen, intonieren oder summen, wird der Vagusnerv stimuliert, so dass wir gestaute Energie entladen und unseren ganzen Körper in Wohlbefinden schwingen lassen können.

Um dieses Ritual durchzuführen, suche dir einen ungestörten Ort, an dem du dich sicher fühlst und laut sein kannst, ohne dir Sorgen machen zu müssen, dass dich jemand hört. Du kannst die Schritte dieses Rituals bis zum Ende durchführen oder mittendrin aufhören, wann immer es sich für dich richtig anfühlt.

Ablauf des Rituals

1. Schaffe die richtige Atmosphäre, indem du eine Kerze anzündest, wenn du drinnen bist, oder nimm fünf tiefe Atemzüge. Beginne damit, die Stelle wahrzunehmen, wo dein Körper der Erde begegnet. Achte auf den Bereich, an dem deine Haut mit der Luft in Berührung kommt, vielleicht an deinen Händen oder im Gesicht. Sieh dich in deiner Umgebung um und achte auf die Qualität des Lichts, die Farben oder Texturen. Du kannst deinen Blick auf allem ruhen lassen, was dir Trost oder Entspannung bringt.
2. Lenke deine Aufmerksamkeit nun wieder auf dich und versetze dich in deine Trauer. Sprich laut aus, worüber du heute traurig bist. Beginne mit etwas Kleinem. Vielleicht bist du traurig, weil

du nichts von einem Freund gehört hast; oder weil du keine Gelegenheit hattest, mit deinem Partner zu frühstücken, bevor er zur Arbeit gegangen ist. Sobald du diese kleinste Traurigkeit gefunden hast, kannst du dich von dort aus weiter vortasten. Nimm dir so viel Zeit, wie du brauchst, und benenne alles, worüber du traurig bist.

Wenn es dir schwerfällt, mit Traurigkeit zu beginnen, beginne mit Wut. Was macht dich wütend? Sage laut: »Ich bin wütend über ...« und zähle die Dinge auf, die dich zornig machen. Wenn wir unsere Trauer nicht empfinden können, liegt das oft daran, dass wir zuerst Wut empfinden müssen. Lass dich von dieser Traurigkeit oder Wut so sehr einnehmen, wie du willst – und sprich die größeren Themen der Gesellschaft, der Natur und der Welt an.

3. Wenn du am Ende deiner Liste angelangt bist oder an einen Punkt kommst, an dem die Emotionen zu stark werden, versuche, sie zu äußern. Knurre, jaule, stöhne. Bringe deine Stimme zum Einsatz und erlaube dir, alle möglichen Geräusche zu machen, die von selbst entstehen. Wenn du dich wie betäubt fühlst, nimm ein Kissen oder drücke dein Gesicht auf den Boden und stoße dann einen Schrei aus. Eines meiner persönlichen Mantras lautet: »Wenn du nicht weinen kannst, versuche zu schreien.« Wenn ich mich zu taub fühle, um meine Gefühle zu empfinden, muss ich nur einmal kräftig und von innen heraus aufheulen, und plötzlich laufen mir die Tränen über das Gesicht.

   Erinnerst du dich daran, wie du dir als Kind die Seele aus dem Leib geschrien oder einen Wutanfall bekommen hast? Das war nicht nur Theater; du hast buchstäblich Energie aus deinem Körper abgelassen. In diesem Trauerritual darfst du so lange und so laut schluchzen, dich schütteln und schreien, wie du möchtest.

4. Wenn du die Trauer überwunden oder das Gefühl hast, mit deinem Wehklagen für diesen Tag fertig zu sein, zähle mindestens zehn Dinge (auch Menschen oder Wesen) auf, die du liebst.

Trauer zeigt uns, wie tief wir lieben. Lass dieses Ritual dir zeigen, wie tief du liebst, und erlaube dieser Liebe, dein Wesen zu durchdringen.

Stelle dir vor, wie all die Kraft deiner Gefühle und dieser Liebe von dir in die Erde fließt. Sieh, wie der Boden all diese Gefühle aufnimmt und von ihrer Lebendigkeit genährt wird. Deine Gefühle sind Nahrung für die Erde; wenn du sie loslässt, gibst du dem Boden unter dir Nahrung.

5. Verweile so lange in diesem Raum, wie du brauchst, und nimm wahr, wie die Energie der Trauer, der Liebe und des Lebendigseins dich jetzt durchströmt. Danke dir für diese Zeit und diesen Raum.

11

Kastanienhaine und das Aufkeimen von Hoffnung

NIEMAND HATTE MIR GESAGT, dass sie kommen würden. Die Sonne war noch hinter den eisblauen Hügeln verborgen, als eine Reihe von Lastwagen die Auffahrt heraufholperte, was sich von weitem anhörte wie ein Drache, der mit seinem Bauch über Kies schleift. Bevor ich in dem lila gestrichenen viktorianischen Haus mit den Zuckerbienen lebte, hatte ich das Glück, einen Winter lang auf dem Gelände eines hundert Jahre alten Sommercamps zu wohnen. Eingebettet in einen Hain alter Bäume und bestehend aus Hütten aus der Jahrhundertwende, war das Camp ein Wunderland mit unberührten Wäldern und Bächen. In jenem Winter wohnte ich im Haus des ersten Camp-Besitzers, einem wunderschön restaurierten Haus mit glänzenden Kastanienholzwänden und Blick auf die Berge. Die neuen Besitzer des Camps – Johns Tante und Onkel – waren bis April verreist. Als ich an diesem Morgen die Lastwagen die Straße herauffahren sah, war ich zunächst verwirrt – bis ich die Schutzhelme, Ketten und Sägen sah. Ein Team von Baumpflegern war gekommen, um die majestätischen kränkelnden Hemlocktannen auf den Bergen zu fällen.

Das Wort *Baumpfleger* kam mir immer ganz besonders vor – ein Substantiv, das an leichtfüßige Akrobaten erinnert. Die Arbeit von Baumpflegern ist jedoch etwas bodenständiger. Ich sah vom Fenster aus, wie sie mit dem größten Baum begannen, der krank und am

Absterben war. Sie schnitten zuerst die Äste und einen großen Teil der Krone ab. Jeder abgebrochene Ast war so groß wie ein ganzer Baum. Es dauerte eine Stunde, die Hemlocktanne so stark einzukürzen, dass man den Stamm sicher fällen konnte. Obwohl ich wusste, was geschah, bekam das Animalische in meinem Körper es mit der Angst zu tun. Das Aufschlagen der Äste auf die Erde hörte sich an wie das gewaltige Donnern eines Sturms über mir.

Schließlich war die riesige Hemlocktanne, die sicher 25 Meter hoch war, so weit, dass man den Stamm fällen konnte. Ich hatte Angst – sowohl davor, sie fallen zu sehen, als auch davor, was geschehen würde, wenn ich ihr den Rücken zukehrte. Die Baumpfleger waren bereit, aber ich war es nicht. Das Fallen geschah irgendwie schnell und langsam zugleich, so wie ich mir eine riesige Welle vorstelle, wenn sie mich überrollt. Das Geräusch des Aufpralls, als der Stamm auf dem Boden aufschlug, war lauter als jeder Donner und vernebelte die Sinne wie ein Schneesturm. Der Boden wankte wie bei einem Erdbeben. Während meinem rationalen Denken klar war, was geschah, stieß mein Körper noch immer ein zusammenhangloses Jaulen aus. Die plötzliche, instinktive Angst war so überwältigend wie das Geräusch selbst. Dann war es vorbei. Ich zitterte noch immer, als sich die Deckel der Kräutergläser wieder beruhigten. Ich setzte den Wasserkessel auf und machte mich auf das nächste Beben gefasst. Es waren noch zwei weitere Bäume zu fällen.

* * *

Die östliche Hemlocktanne (*Tsuga canadensis*) ist ein stattlicher immergrüner Baum, der über fünfhundert Jahre alt werden kann. Die einst als »Redwood of the East« bezeichnete Hemlock- oder Schierlingstanne gehört zu den bekanntesten Bäumen der Blue Ridge Mountains. Entlang von Bächen schaffen Hemlocktannen ein kühles, dämmriges Mikroklima und bieten Vögeln und Salamandern einzigartige Nischen. Das Verschwinden der Schierlingstannen, die als Schlüsselbäume gelten, könnte nach Angaben des National Park

Service die gesamte Artenvielfalt in unseren Bergen um ein Drittel oder mehr reduzieren.[1] Leider sind die Schierlingstannen vom Aussterben bedroht. Im Jahr 1951 gelangte ein kleines Insekt namens Hemlock-Wollaus (*Adelges tsugae*) aus Asien an die Nordküste des Kontinents, wahrscheinlich mit einem Zierpflanzenimport. Seitdem nistet es sich in den Spitzen der Schierlingstannen ein, ernährt sich vom Saft der Pflanze und bringt diese prächtigen Bäume langsam zum Absterben. Seit die Wollaus in den späten 1980er Jahren in den südlichen Appalachen auftauchte, sind bis zu 80 Prozent unserer Schierlingstannenbestände verlorengegangen.[2] Die riesigen Bäume, die vor meinem Fenster gefällt wurden, waren einige der letzten ihrer Art, aber sie waren nicht die ersten Schlüsselarten der Region, die in diesen Bergen so dezimiert wurden.

Kastaniengeister

Heute sind die meisten Hänge, die die Gehöfte in den südlichen Appalachen umgeben, mit einem dichten Gewirr von Buschwerk bewachsen, mit Brombeeren und Schösslingen der nachwachsenden Bäume der ersten Sukzession. Aber als die Hütten, die sich an die Hänge dieses Camps schmiegten, gebaut wurden, prägten zwei uralte Baumgesellschaften diese Berghänge – Hemlocktannen und Amerikanische Kastanien (*Castanea dentata*).

Als prächtige Riesen, die mit ihrem schnell wachsenden Holz und ihrer reichhaltigen Nahrung ganze Gemeinschaften ernährten, waren die Kastanien für die südlichen Appalachen so charakteristisch wie der rauchige Dunst, der über ihre blauen Bergrücken zieht. Vor etwas mehr als hundert Jahren war jeder vierte Baum in diesen Wäldern eine Amerikanische Kastanie. Die Professorin Charlotte Ross von der Appalachian State University schrieb: »Wenn es je einen Ort gab, der durch einen Baum charakterisiert war, dann waren es die Appalachen.«[3] Die Kastanie galt als der perfekte Baum, denn sie wuchs schnell und geradlinig bis in die Baumkrone hinauf und lieferte reichlich leichtes, starkes und vielseitig verwendbares Holz. »In der Zeit, in der aus dem Holz der Weiß-Eiche Baseballschläger wurden«, schrieb der Autor J. Russel Smith um die Jahrhundertwende, »wurden aus dem Stamm der Kastanie Eisenbahnschwellen.«[4] Die Kastanien selbst waren ein Grundnahrungsmittel, nicht nur für den Menschen, sondern für eine ganze Reihe von Tieren, darunter Bären, Truthähne, Waschbären, Hirsche, Eichhörnchen, Auerhühner, Rundschwanzhabichte und Luchse. Die Kastanienwälder produzierten jedes Jahr so viele Nüsse, dass man in manchen Hainen bis zu den Knien in den Früchten stehen konnte.[5]

Noch vor hundert Jahren prägten die riesigen Strebepfeiler dieser alten Bäume die Wälder der südlichen Appalachen. Die frühen schottisch-irischen Siedler, die im 18. Jahrhundert hierherkamen, müssen geglaubt haben, sie hätten einen wilden Garten Eden betreten. Es gibt jedoch zahlreiche Anhaltspunkte dafür, dass diese Kastanienwälder, wie viele andere »Wildnisse« auf dem Kontinent, nicht natürlich entstanden, sondern der erstaunlichen Geschicklichkeit der indigenen Völker zu verdanken waren. Heute behaupten viele Paläobotaniker und Ökologen, dass die wild gewachsenen Wälder des Ostens fachmännisch bewirtschaftet wurden und dass die Wälder der Appalachen, wie wir sie kennen, ein Ergebnis der sorgfältigen Pflege durch indigene Gemeinschaften waren.[6] Diese Wälder wurden von den Ureinwohnern gestaltet, gepflanzt, gehegt und geliebt. Von allen Schlüsselarten in den Appalachen, die durch den Kolonialismus vernichtet wurden und eine Flut von zerstörerischen Auswirkungen auf das gesamte Ökosystem hatten, war der Verlust der indigenen Gemeinschaften zweifellos einer der schwerwiegendsten. Obwohl die Eastern Band of Cherokee noch heute fest in ihrem angestammten Bergland verwurzelt sind, war die Zwangsumsiedlung von über sechzehntausend *Tsalagi* (oder ᎠᏂᏴᏫᏯ *Aniyunwiya*) durch die Regierung Mitte des 18. Jahrhunderts auf dem Trail of Tears ein ökologischer und humanitärer Holocaust, der bis heute im Land nachwirkt. Eine Generation nach der Vertreibung begann der Niedergang der Kastanienwälder.

Einst muss es unvorstellbar gewesen sein, die Appalachen ohne die prächtigen Säulen ihrer Kastanien, die offenen Kirchen der Wälder, zu sehen. Das wäre, als wollte man sich den Ozean ohne Wellen vorstellen. Doch heute sind nur noch Schösslinge übrig. Denn im Jahr 1904 traf ein winziger blinder Passagier aus einer asiatischen Baumschule ein. Es war eine Handvoll Sporen von einem Pilz namens *Cryphonectria parasitica,* einem relativ häufigen Parasiten der chinesischen Kastanie, der sich für unsere heimische *Castanea* jedoch als tödlich erwies. *C. parasitica* dringt durch kleine Wunden in der Rinde ein und tötet das Kambium des Baumes langsam ab, so dass dieser praktisch entkernt wird. Der Pilz, der in beängstigend feuerroten Tentakeln blüht, verursacht eine Kaskade infizierter Krebsgeschwüre am Baum hinauf und hinunter, bevor er ihn von der Krone bis zu den Wurzeln abtötet.

Es dauerte fünfundzwanzig Jahre, bis der Pilz, der einfach »The Blight« genannt wurde, die südlichen Appalachen erreichte. Dort angekommen, war er nicht mehr aufzuhalten. Er erschien als glutrotes Lauffeuer auf fernen Hügeln und nahm in einer einzigen Saison ganze Bergkämme ein. Die Regierung glaubte, die Bäume seien dem Untergang geweiht, und forderte die Menschen auf, alle Kastanien zu fällen, bevor sie abstarben, um das Holz zu retten. Erst Jahrzehnte später wurde klar, dass wir mit dem Fällen aller Bäume auch den kleinen Prozentsatz der Population vernichtet hatten, der möglicherweise das genetische Geheimnis für die Resistenz gegen die Kastanienseuche in sich trug und die Rückkehr dieser Schlüsselart eingeläutet hätte. Damals sah die Regierung diese Möglichkeit nicht – also fielen die Kastanien.

Innerhalb von vierzig Jahren wurde der gesamte nordamerikanische Kastanienbestand von vier Milliarden Exemplaren vernichtet – zwei Bäume für jeden Menschen auf dem Planeten zu jener Zeit. Das Leben in den Appalachen war nicht mehr dasselbe. In ihrem Buch *American Chestnut: The Life, Death and Rebirth of a Perfect Tree* [*Amerikanische Kastanie: Leben, Tod und Wiedergeburt eines perfekten Baumes*] fasst Susan Freinkel die bis heute nachwirkende Tragweite dieses

Verlustes zusammen: »Als die Kraut- und Knollenfäule die Appalachen erreichte und die geliebten Bäume gefällt werden mussten, wurde die Region von Verzweiflung erfasst, einer ökologischen Trauer, die sich mit der Zeit abschwächte, aber immer noch wie ein Dunst in der Luft liegt.«[7] Anders als Hartriegel oder Ulme war die Kastanie eher ein Baum der Landbevölkerung. Ihr Tod betraf vor allem die armen Leute, deren Geschichten überwiegend mündlich überliefert wurden. Noch heute sprechen die Menschen von den alten Kastanienhainen, als berichteten sie vom schmerzlichen Verlust ihrer Großmutter.

Obwohl es die Haine nicht mehr gibt, ist man hier in den Bergen auch heute nie weit von einer Kastanie entfernt. Jedes Mal, wenn ich die Tür zu einer der alten Sommercamphütten öffnete, fand ich ihre Geister in den Dielen und Wänden. Einige der Hölzer der Hütten stammten von Bäumen, die vor dem Auftreten des Pilzes gefällt worden waren, andere wiederum waren die Nachwirkungen des Pilzes. Diese wertvollen pockennarbigen Bretter, die sogenannten wurmstichigen Kastanien, wurden oft erst Jahrzehnte nach dem Fällen des Baumes verarbeitet. Die Kastanien sind so widerstandsfähig gegen Fäulnis, dass sie trotz der anhaltenden Regenfälle in den Bergen jahrelang am Waldboden liegenbleiben können und stark und nutzbar bleiben. Destillateure sagten früher, der Duft einer Pflanze beherberge ihren Geist. Wenn du an einem Kastanienholzbrett kratzt und den Duft einatmest, wirst du feststellen, dass die Seele dieses Baumes in den Appalachen noch immer lebendig ist.

Ich hörte einmal eine faszinierende Geschichte über den Palo Santo, den südamerikanischen Baum, dessen Späne um ihres aromatischen Rauchs willen verbrannt werden. Auf einer Konferenz mit einem Ethnobotaniker aus Kolumbien hörte ich fasziniert zu, als er mir das weite Geflecht von Überlieferungen erklärte, das sich um diesen heiligen Baum rankt. In den dortigen Wäldern ist überall bekannt, dass das Holz des Palo Santo nicht duftet, wenn man ihn fällt; man muss warten, bis er von selbst abstirbt, bevor sich sein reiches harzigzitrusartiges Aroma entfaltet. Den Indigenen zufolge ist der Duft schwach, solange der Baum lebt, und kaum wahrzunehmen. Sein legendärer Duft reift erst, wenn der Baum sein Leben auf natürliche Weise beendet und auf dem Waldboden liegt. Vielleicht, so fragte sich der Ethnobotaniker, ist dies nur ein Märchen, das man erzählt, um die Abholzung dieser Bäume aufgrund der Gier der Konzerne zu verhindern, aber für die indigenen Gemeinschaften, die seit jeher mit diesem Baum leben, ist es die Wahrheit. »Wenn der Palo Santo ein Flakon mit Parfüm ist«, sagte der Ethnobotaniker schließlich in schwärmerischem Ton, »dann ist der Verschluss der Wald selbst.«

Obwohl die Kastanien in unserem Wald gefallen sind, bleiben ihre ätherischen Geister. Während ich in der Hütte stand, als die nächste Hemlocktanne für die Fällung vorbereitet wurde, fragte ich mich, ob sich nicht sogar inmitten der Verwüstung und dieser Todesfälle ein unsichtbares zweites Leben abzeichnete. Den ganzen Winter über hatte ich am Holzofen meiner Hütte gesessen, während die Glut ihre Farben des Sonnenuntergangs über die Kastanienverkleidung flackern ließ. In diesen Momenten hätte ich schwören können, dass ich ihn riechen konnte: den Duft einer neuerlich aufblühenden Ära. Er war so hartnäckig wie Pfeifenrauch – wehmütig, ergreifend und durchdringend. Wann immer ich über die Hänge des Lagers wanderte und mich in die alten Häuser aus Kastanienholz hineinschlich, konnte ich spüren, wie in all diesem Verlust neues Leben keimte, das wie bittersüße Triebe zwischen den Dielen emporwuchs. Als ich an diesem Tag zusah, wie die Hemlocktannen gefällt wurden, rüttelten ihre Erdbeben etwas in mir wach. Was wäre, wenn das Geschenk all dieses Todes darin bestünde, dass wir lernten, an die Kraft des Neubeginns zu glauben – an die Macht der Möglichkeiten?

Es ist nur natürlich, erschüttert zu sein von abgeholzten Wäldern; niedergeschlagen zu sein von der Trauer über all das, was im Beben des Anthropozäns verlorengegangen ist; uns in unser Bett verkriechen und nicht mehr herauskommen zu wollen. Aber es gibt auch eine andere Betrachtungsweise, eine vergessene Schatztruhe der Hoffnung, die zedernhell und ausdauernd am Fußende unseres Bettes steht. Es gibt eine Perspektive, die die Menschheit seit Jahrtausenden am Leben erhält: jemand zu sein, der sowohl die Schönheit dessen, *was war*, als auch die Möglichkeit dessen, *was sein kann*, erkennt; jemand, der all die gefallenen Bäume sieht, dabei jedoch für das Unbekannte offenbleibt. In dieser Schatztruhe der Hoffnung liegt eine Sichtweise, die die Wälder unseres menschlichen Wohlbefindens neu aufkeimen lassen kann. Wenn man einem Endpunkt ins Herz schaut, wird man die immerwährende Magie der *Möglichkeiten* sehen.

Die Granny-Hexen

Als ich sieben Jahre alt war, wollte ich zu Halloween eine Hexe sein. »Mit Warzen am Kinn und krausem Haar?« stichelte mein älterer Nachbarsjunge feixend.

»Nein!« sagte ich abwehrend. »Eine schöne Hexe mit lockigem Haar und Glitzern.«

Er verdrehte die Augen und spielte wieder mit seinen Flaschenraketen. Von meinen Besuchen in den Halloween-Läden wusste ich, dass Hexen oft mit Dingen in Verbindung gebracht wurden, die nachts herumgeistern, aber das war nicht die Art von Hexe, die ich sein wollte. Ich sah Hexen anders. Für mich waren sie eher gute Feen als Ungeheuer. In jenem Jahr war ich also eine Hexe mit orangefarbenen Rüschen an den Ärmeln, funkelnden Ohrsteckern und einem schwarz glänzenden Hut. Als ich an Halloween von Tür zu Tür ging, um Süßigkeiten zu erbetteln, erzählte ich den Hausbewohnern schnell, bevor sie fragen konnten, dass ich eine »gute« Hexe sei, nur für den Fall, dass sie irritiert waren. Ich hatte starke Gefühle in Bezug darauf, was es hieß, eine Hexe zu sein – ich hatte nur nicht die Worte, sie zu beschreiben. Heute weiß ich, dass diese Frustration ein Symptom dafür war, wie tief die uralte Bedeutung dieses Wortes vergraben ist. Damals wusste ich es noch nicht, aber die wunderschön knorrigen Wurzeln des Wortes *Hexe* reichen so weit in die Geschichte zurück, dass man, wenn man dem nachgeht, die Pfahlwurzel eines lange verschütteten Perspektivwechsels findet.

Hexe ist ein Begriff, der so wandelbar und unbeständig ist wie Quecksilber. Im Laufe der Zeit war er eine Anschuldigung, ein Schimpfwort, eine Angst, ein Märchen und eine Verkleidung. In jüngerer Zeit ist er in Kreisen von Kräuterkundigen, Aktivisten und Heilern zu einer Ehrenbezeichnung geworden. Ursprünglich war eine Hexe jedoch einfach jemand, der eine unmittelbare Beziehung zur Heilkraft der Dinge hatte, die wir nicht sehen können, und dazu gehört die Lebenskraft aller Wesen. Die etymologischen Wurzeln des Wortes *witch* (*Hexe*) sind unklar, undurchsichtig und ein wenig mysteriös, aber Wissenschaftler wie Max Dashu von den Suppressed History Archives behaupten, dass *witch* auf die indoeuropäische Wortwurzel *weg* zurückgeführt werden kann, die »leben« bedeutet. Aus dieser Wurzel ging später das Wort *wick* (*Docht*) hervor, ein Wort, das sich sowohl auf die zentrale Lebenskraft von etwas bezog – den Faden, der die Flamme einer Kerze hält – als auch auf die gewundenen Muster der Lebenskraft, die der gesamten Natur zugrunde liegen.[8] Eine Hexe war eine, die die größeren Zusammenhänge wahrnahm, das Leben in der Mitte aller Dinge, eine Wurzel immer neuer Möglichkeiten, wo andere nur Tod, Ende oder Erstarrung sahen.

In vielen alten europäischen Traditionen war eine Hexe gleichbedeutend mit einem Heiler, der mit Heilweisen arbeiten konnte, die über das unmittelbar Wahrgenommene hinausgingen. Heiler im traditionellen Sinne unterscheiden sich von unseren heutigen Ärzten. Während die Ärzte von heute zu reparieren versuchen, versucht der traditionelle Heiler zu *verstehen*. Das letztliche Ziel eines Heilers besteht nicht darin, ein Symptom zu lindern, sondern zu erkennen, wo die Lebenskraft unausgewogen ist, und sie wieder ins Lot zu bringen. Ein Heiler zu sein, heißt,Möglichkeiten zu sehen. Wo es Schmerz gibt, kann es Linderung geben. Wo Sterben ist, kann Regeneration stattfinden. Wenn wir unseren Geist öffnen, um Möglichkeiten wahrzunehmen – einschließlich der Möglichkeit der Heilung –, öffnen wir unser Bewusstsein für eine völlig neue Art des Sehens.

Obwohl Hexen früher für ihre Visionen hochgeachtet waren, hat man diese traditionellen Heiler des alten Europa im Mittelalter sowohl wegen ihrer Fähigkeiten als auch wegen ihrer Ansichten unterdrückt und dämonisiert. Als sich religiös begründete Herrschaftsformen über den Kontinent ausbreiteten, wurde der historische Bund mit der Heiligkeit allen Lebens – die Grundlage jeder Hexenmagie – zu einer Quelle der Angst. Ab den 1450er Jahren führte der Wahn der europäischen Hexenverfolgung zu schätzungsweise 100.000 Hinrichtungen.[9] Die Hexen, die verbrannt wurden, waren meist Frauen, aber auch Männer und nicht-binäre Menschen. Sie waren Heiler, Mystiker, Kräuterkundige, Hebammen, Weisheitsbewahrer – oder manchmal auch nur diejenigen, die Land oder Ressourcen besaßen, die die mächtigere Elite zu besitzen wünschte. Die Hexen bewahrten eine andere Sichtweise, die in der traumatisierten Kultur, die den europäischen Kontinent beherrschte, nicht mehr willkommen war. Als die Hexen verschwanden, ging mit ihnen ein zentraler Stützpfeiler der vorchristlichen europäischen Traditionen unter. Sie waren die Kastanien ihrer Kulturen, die in einem historischen Beben starben – und doch haben hier in den Bergen die Hexentradition und ihre alten Sichtweisen überlebt.

Seit einigen Jahrhunderten leben in den Tälern der Appalachen ganze Netzwerke von Granny-Hexen – auch Granny-Frauen, Granny-Heilerinnen oder Granny-Ärzte genannt. In der Zeit, als es noch keine befestigten Straßen gab, bedeutete das Leben in den Bergen, dass man sich auf das Land und die Hilfe der Nachbarn verlassen musste, um gesund zu bleiben. Weit entfernt von einem Krankenhaus waren es die Granny-Hexen, die sich um die Menschen kümmerten. Als Heilerinnen, die sich mit Hebammenkunst, Kräuterkunde, Wahrsagerei, Zauberei und Energiearbeit auskannten, konnten die Granny-Hexen, in der Regel die ältesten Frauen in ihrer Gemeinde, ein Leiden heilen, das Wetter vorhersagen, spirituellen Beistand leisten oder ein Baby auf die Welt bringen. Obwohl die Kultur der Granny-Hexen ihre Wurzeln in den Heilkünsten des Alten Europa hat, wird ihr heutiges Wissen aus einer Vielzahl von Quellen gespeist, darunter den Weisheitstraditionen der Cherokee, der afrikanischen Diaspora und des Volkschristentums.

Ebenso erstaunlich wie das Überleben dieser vielfältigen Praktiken ist die Tatsache, dass die Begriffe *Hexe*, *Hexerei*, *Zauber* und *Zauberspruch* in der Kultur der Appalachen nie tabuisiert waren. Wie Ginger Strivelli, eine lokale Bergschriftstellerin und Hexe, berichtet, »hatte fast jede Berg- und ›Holler‹-Gemeinde ihre örtliche ›Hexe‹, die offen so genannt wurde. Es war ein Ehrentitel, keine Beleidigung oder Anklage, womit der Begriff in anderen, eher städtischen amerikanischen Kulturen des siebzehnten, achtzehnten und neunzehnten Jahrhunderts in Verbindung gebracht wurde.«[10] Vergleichbar mit der Kastanienseuche, schienen die Hexenjagden das Ende der Volkstraditionen des Alten Europa zu sein – aber dem war nicht so. Das Überleben der Granny-Hexentradition erinnert uns daran, dass selbst inmitten eines scheinbar endgültigen Zusammenbruchs die Samen der Möglichkeiten erhalten bleiben, wir müssen nur bereit sein, nach ihnen zu suchen. Wenn wir diese Samen gefunden haben, können sie das heilen, was als einziges das Schicksal unseres Planeten wirklich verändern kann: unsere Perspektive.

Zauberei

Eine Medizinperson gleich welcher Abstammung zu sein bedeutet, die direkte Verbindung zwischen Vorstellungskraft und Heilung zu verstehen. Traditionelle Heiler wissen, dass unser Geist und unser Bewusstsein unsere Erfahrung der Wirklichkeit bestimmen, und das ist der Grund, warum Zaubersprüche ein wesentlicher Bestandteil der Arbeit einer Granny-Hexe sind. Zaubersprüche und Beschwörungen verändern die Wirklichkeit, indem sie in einer bestimmten Situation unsere Wahrnehmung verändern. Ein Beispiel aus den Appalachen: Granny-Hexen legten eine Axt unter das Bett von Frauen, die in den Wehen lagen, um »den Schmerz zu spalten«. Oder nach dem Tod eines Menschen wurde ein Spiegel mit Tüchern verhängt, um der Seele zu helfen, sich in das große Licht zu begeben, das sie erwartet.[11] Die Menschen in diesen Bergen blieben durch solchen Zauber körperlich und geistig gesund, weil sie verstanden, dass die Vorstellungskraft die Wirklichkeit verändert.

Im zeitgenössischen wissenschaftlichen Denken wird diese Art der Heilung oft »Placebo-Effekt« genannt und als Einbildung abgetan – aber das ändert nichts an der Kraft der Heilung durch Vorstellungskraft. Die kann Veränderungen so wirksam machen, dass einige Forscher behaupten, bis zu 75 Prozent der Wirksamkeit von Antidepressiva seien auf diesen sogenannten Placebo-Effekt zurückzuführen.[12] In Anbetracht dessen ist es vielleicht an der Zeit aufzuhören, diese Art von Heilung *Placebo* zu nennen, sondern einfach den Namen der Granny-Hexen zu verwenden: Medizin. Wie wäre es, wenn wir die Wirksamkeit dieser Art von Zauberei, Zaubersprüchen und Medizin als Beweis dafür ansähen, wie mächtig unsere Vorstellungskraft sein kann, anstatt die Tatsache zu ignorieren, dass die Veränderung unserer Überzeugungen unsere Wirklichkeit verändern kann?

In den in ihrer Wahrnehmung beschränkten Gesellschaften Europas und des kolonialen Amerikas wurden Hexen vielfach wegen ihrer lebensbejahenden und eindeutig animistischen Ansichten und Überzeugungen getötet. Wenn wir unsere Welt verändern wollen, wenn wir die Sackgasse der Verwüstung in einen Docht des neuen Lebens verwandeln wollen, müssen wir zunächst neugierig darauf sein, was wir eigentlich alles wahrnehmen können. Wir müssen uns auf die Möglichkeit einlassen, dass die Heilung, auf die wir gewartet haben, ganz natürlich eintritt, wenn wir unsere Sichtweise ändern. Die Hexenverfolgungen endeten, als die europäischen Regierungen die Starrheit des religiösen Denkens gegen wissenschaftliche Erkenntnis eintauschten. Doch schon im Laufe des »Zeitalters der Vernunft« wurde deutlich, dass diese Denker lediglich die eine enge Sichtweise gegen eine andere austauschten. Im Zuge dieser Hinwendung zu einem Materialismus ohne Mystik verengte sich unser kollektiver Blick und schloss alles, was wir nicht mit eigenen Augen sehen oder mit unseren modernen Technologien erklären können, als unwichtig oder gar nichtexistent aus. Ironischerweise ist es dieselbe verengte Perspektive, die uns früher daran hinderte, Dinge wie Bakterien oder dunkle Materie zu erkennen. Deshalb verstehen wir immer noch nicht, wie die alte Medizin, die Medizin der Hexen, Schamanen, Volksheiler und Wahrnehmungswandler wirklich funktioniert.

Für manche ist *Hexe* immer noch ein angstauslösendes Wort, gleichbedeutend mit jemandem, der die beängstigende Fähigkeit besitzt, die Wirklichkeit zu kontrollieren. Im Grunde bedeutet Hexe zu sein jedoch nicht, die Welt nach eigenem Gutdünken zu manipulieren; es bedeutet, vielfältige Möglichkeiten sehen und herbeirufen zu können. Es bedeutet, dass deine Wahrnehmung der Wirklichkeit über das hinausgeht, was vorgegeben scheint, dass du die Gegenwart von Freiheit und Heilung in allen Dingen wahrnehmen kannst. Das ist der Grund, warum das Wort *Hexe* bis heute in unserer Kultur verankert ist – und warum es jetzt unter denjenigen wiederauflebt, deren Arbeit auf die Befreiung unseres Geistes, unseres Körpers und unseres Denkens ausgerichtet ist.

Das alte deutsche Wort *wikkiyaz*, das möglicherweise mit dem Wortstamm *witch* (*Hexe*) verwandt ist, bedeutet »jemand, der die Toten erweckt«.[13] Aus Sicht einer Hexe ist ein Ende nur eine Einladung zu schauen, was hervorkommen möchte. Eine zu Boden gefallene Kastanie kann zu den Wänden eines Hauses werden, das Jahrhunderte überdauert. Der sich zersetzende Baum kann sich in ein Pilzgeflecht verwandeln, und sein Fehlen kann eine Lücke im Blätterdach schaffen für neue Blumen oder Kräuter. Im gewundenen Docht der Ökologie eröffnet jede Wunde, jeder Verlust und jede Krankheit neue Möglichkeiten.

Über all das dachte ich nach, als ich an diesem Nachmittag zusah, wie die Baumpfleger die gefällten Hemlocktannen in unserer Einfahrt stapelten. Ich blinzelte aus dem Fenster, als die großen Stämme aufeinandergelegt wurden. Ein Teil von mir wünschte sich, ich könnte einen Zauber wirken: um die Bäume zu heilen, um die Adelgiden und die Fäule und den Schmerz des Traumas, der Unterdrückung und des Kolonialismus dorthin zurückzuschicken, wo sie herkamen, um alles wieder in Ordnung zu bringen. Aber die Granny-Hexe in mir erkannte, dass wahre Heilung schon darin lag, hier zu sitzen und offen zu sein für die Möglichkeit von neuem Leben, das aus diesem Verlust entstehen könnte.

Wir brauchen keine großartigen Einweihungsriten, keine langen Pilgerreisen, keinen esoterischen Schnickschnack und keine Prüfungen, um Hexen, Magier oder Heiler zu werden. Alles, was wir tun müssen, ist, uns für die Möglichkeiten zu öffnen. Wenn wir uns auf das Vorhandensein von Möglichkeiten einlassen – dass nichts in Stein gemeißelt, nichts irreparabel und nichts wirklich verloren ist –, wird das ganze Leben von Magie durchdrungen, denn Magie ist einfach die Anerkenntnis der Möglichkeiten des Lebens.

Realisten einer umfassenderen Realität

Was geschieht, wenn die spärlichen Wälder, die unsere Berge bedekken, nicht mehr als Überbleibsel von etwas betrachtet werden, was einmal war, sondern als einzigartige Gelegenheit zu einer kulturellen Wiedergeburt? Was ändert sich, wenn wir die wunderschönen Umrisse einer Hütte aus Kastanienholz betrachten und darin die rohen und schlichten Segnungen eines Neuanfangs sehen?

Im Frühjahr, nachdem die riesigen Hemlocktannen an den Hängen des Camps gefällt worden waren, wurde ein Garten mit Gladiolen und Rosen angelegt. In der Lücke zwischen den gefällten Bäumen gab es reichlich Sonne und Platz für die pfirsichfarbenen, burgunderroten und pastellfarbenen Blüten, die Coral Knockouts und Queen of Sweden's, die Earth Angels und Ebb Tides. Ein paar Sommer später fand auf dem Grundstück eine Familienhochzeit statt. Die Hochzeit, bei der die Heirat zweier Frauen gefeiert wurde, die sich innig liebten, war schlicht und schön. Bei ihrem Treuegelöbnis fiel mir ein, dass diese Zeremonie noch vor wenigen Jahren in North Carolina rechtlich nicht möglich gewesen wäre. Als die Kapelle, in der sie heirateten, um die Jahrhundertwende gebaut wurde, wäre diese Verbindung ein ferner und unvorstellbarer Traum gewesen. Diese Erkenntnis trieb mir die Tränen in die Augen. Viele der Blumenarrangements, die die hohen, mit Spitze bedeckten Tische schmückten, stammten direkt aus diesem Garten, der zwischen den Wurzeln der Hemlocktanne angelegt worden war. Jedes einzelne fühlte sich wie der Blütenkopf einer Heiligen an – und ihre Vorstellung neuer Möglichkeiten wie eine Art Heilsversprechen.

So sehr ich mir auch Sorgen mache über die Entwicklung unseres Planeten, über die politischen und ökologischen Rückschritte und reaktionären Einschnitte, so bleibt doch hinter all dem die tiefere Wahrheit einer Wiedergeburt, die sich immer wieder neu vollzieht. Unsere Erde kennt kein Ende, nur Veränderung, nur Möglichkeit. Jedes Mal, wenn ein Baum im Wald fällt, wächst in seinem Gefolge wilder Nachwuchs aus Blumen, Sträuchern und Schösslingen. Jedes Mal, wenn ein Vogel stirbt, ein Feld überschwemmt wird oder eine Dürre die Bäume kahlfegt, werden neues Leben und neue Lebensweisen genährt und erfunden. In der Natur gibt es kein Gut oder Böse. Sie wird einfach anders, verändert sich. Möglichkeit ist die Sprache, die unser Planet spricht.

Wir befinden uns derzeit mitten in dem, was Ökologen das Aussterbeereignis des Anthropozäns nennen, die Zeit eines massenhaften Artensterbens, dessen Ursache und Zeuge der Mensch ist. Für jene, die hinschauen, ist es ein täglicher Grund zur Sorge, aber es ist nicht das erste Mal, dass solche Genbanken verlorengegangen sind. Es wäre ein Fehler, unsere Hoffnung zu begraben, unsere Vorstellungskraft zu beschneiden und vor Trauer nicht weitermachen zu wollen. Heute fordert die Erde von uns, sowohl um das Verlorengegangene zu trauern als auch den Garten der Möglichkeiten zu pflegen. Denn es ist genau diese veränderte Sichtweise, die uns helfen wird, eine neue Zukunft zu erträumen.

Bei der Verleihung der National Book Awards 2014 hielt die verstorbene Ursula Le Guin, eine wahre Magierin des Wortes und der Welten, eine Rede, in der sie all jene, die solche Möglichkeiten sehen können, aufforderte, weiter zu träumen. Die legendäre Autorin in fast allen Genres nahm den Preis im Namen all jener entgegen, die bei solchen Preisverleihungen normalerweise ausgelassen werden, darunter »Autoren von Fantasy und Science-Fiction, Schriftsteller der Vorstellungskraft, die 50 Jahre lang zusehen mussten, wie die großen Preise an die sogenannten Realisten gingen.« Le Guin fuhr fort: »[In den kommenden schweren Zeiten] werden wir die Stimmen derer brauchen, die Alternativen zu unserem jetzigen Leben sehen und durch unsere angstbesetzte Gesellschaft und ihre obsessiven Technologien hindurch auf andere Möglichkeiten des Seins schauen und sich sogar einige echte Gründe für Hoffnung vorstellen können. Wir werden Schriftsteller brauchen, die sich an die Freiheit erinnern können – Dichter, Visionäre; die Realisten einer größeren Realität.«[14]

Am Ende ist es nicht der sogenannte Realismus, der ein verhärtetes Herz oder eine Generation von Wäldern regenerieren kann – es ist das unscheinbare Kaleidoskop der Möglichkeiten, das darauf wartet, unsere Vorstellungskraft zu beflügeln. Angst hemmt die Vorstellungskraft – ganz zu schweigen von der normalen Funktionsweise unseres Gehirns. Manchmal befinden wir uns in Situationen, in denen wir an unser Überleben denken müssen, aber die meiste Zeit sind wir aufgefordert, diesen versteinerten Umhang namens Fatalismus bewusst abzulegen. Hoffnung bedeutet, die Samen der Zukunft in der Hand zu halten, so winzig und unersetzlich, und zu wissen, dass in die offene Handfläche einer solchen Möglichkeit ein ganzer Wald passt.

Die Welt um uns herum wird sich weiter verändern, aber der Schlüssel, der den Lauf der Welt verändern wird, ist unsere Fähigkeit, sich etwas anderes vorzustellen. Wenn du die Visionäre, Science-Fiction-Autoren, Dichter und Hexen – die Realisten einer größeren Realität – über die Vision der Angst und des Endes befragst, die uns jeden Tag präsentiert wird, garantiere ich, sie werden sagen, dass von allen Zauberwörtern, die die Realität wirklich verändern können, das vermutlich wichtigste »vielleicht« ist.

Die Magie des Vielleicht

Magie – die Macht, Ereignisse durch geheimnisvolle Kräfte zu beeinflussen – ist nicht übernatürlicher als Elektrizität oder Mitgefühl. Bei echter Magie geht es, wie jeder Zauberkünstler bestätigen wird, einfach darum, deine Wahrnehmung zu verändern. In *The Spell of the Sensuous* [deutsch: *Im Bann der sinnlichen Natur*] bringt der Zauberkünstler und Ökophilosoph David Abram diese Wahrheit mühelos auf den Punkt. »Die Aufgabe des Magiers«, flüstert er, »ist es, unsere Sinne aufzurütteln und uns von überholten Denkweisen zu befreien.«[15] In seinem Buch, in dem er über seine Forschungsreisen nach Bali berichtet, beobachtet Abram, wie *Dukuns,* traditionelle balinesische Schamanen, ganz ähnliche Techniken anwenden wie gewöhnliche Bühnenzauberer.[16] Mit Hilfe von theatralischen Heilungszeremonien helfen Dukuns, die Wahrnehmung der kranken Person zu verändern, was eine handfeste Heilung bewirkt. Im Gegensatz zum Bühnenzauberer versuchen die Dukuns jedoch nicht, zu unterhalten oder zu täuschen; sie arbeiten bewusst mit der sehr realen Magie des Glaubens und all den Möglichkeiten der Heilung, die darin angelegt sind. Magie beginnt, wenn wir uns von dem Paradigma des Unvermeidlichen lösen und in unserer Vorstellungskraft den Weg für Quantensprünge öffnen. Magie beginnt, wenn wir es schaffen, unsere eingefahrenen Überzeugungen zu hinterfragen, jene Denkmuster, die wir oft für Naturgesetze halten. Magie schlägt Wurzeln, wenn wir am Ende einer Sackgasse weitergehen können, weil wir das Mantra *Vielleicht* sprechen.

Dazu gibt es eine alte daoistische Geschichte.

Es war einmal ein alter Bauer, der sein Land viele Jahre lang bearbeitet hatte. Eines Tages lief sein Pferd davon. Als die Nachbarn die Nachricht hörten, riefen sie: »Was für ein Pech!« Darauf antwortete er nur: »Vielleicht ...«

Am nächsten Morgen kehrte das Pferd mit drei wilden Ponys im Schlepptau zurück. »Was für ein Glück!«, riefen die Nachbarn dieses Mal aus. Worauf der Bauer wieder sagte: »Vielleicht ...«

Am nächsten Tag versuchte der Sohn des Bauern, auf einem dieser neuen Ponys zu reiten, wurde abgeworfen und brach sich das Bein. Die Nachbarn kamen wieder einmal, um ihr Mitgefühl zu bekunden. »Was für ein Unglück«, brummten sie im Chor, aber der Bauer dachte nur: »Vielleicht …«

Schon am nächsten Tag kam das Militär ins Dorf, um alle jungen Männer zum Dienst einzuberufen. Jeder arbeitsfähige Sohn des Dorfes wurde zur Armee eingezogen, aber weil sein Bein gebrochen war, durfte der junge Sohn zu Hause bleiben. Natürlich beglückwünschten alle im Dorf den Bauern zu diesem scheinbar überragenden Glück. Der Bauer nickte und antwortete nur mit einem Lächeln: »Vielleicht.«

* * *

Es war früher Abend, als die Baumpfleger die in transportierbare Stücke gesägten Hemlocktannen ordentlich auf dem Rasen gestapelt zurückließen. Als die Sonne hinter der Wand des Waldes im Westen verschwand, ging ich hinaus, um die gefallenen Bäume zu besichtigen. Neben der Einfahrt liegend, sahen die Stämme wie gestrandete Wale aus, majestätisch und unheimlich, ihrem Element entrissen. Da es nun gegen Abend kühler wurde, begannen meine behandschuhten Hände zu kribbeln. Ich schüttelte die Kälte ab, nahm meinen Zeigefinger und zählte, an der Rinde beginnend, die Ringe. Eine Dekade, dann zwei, dann drei. Als ich in der Mitte ankam, war meine Fingerspitze taub. Ich hatte über hundertfünfzig Ringe gezählt. Dieses Wesen war fünfmal so alt wie ich, und jetzt war es nicht mehr da.

Ich spürte den verführerischen Drang, in Schwermut zu verfallen, einen Puffer aufzubauen zwischen mir und dem Augenblick, indem ich mich einfach in die alles verschlingende Schwärze, in den Fatalismus zurückzog. Einerseits wollte ich in der Sackgasse stehenbleiben, weil das einfacher war, als mir einzugestehen, dass es noch einen Weg gab. Doch andererseits schaute ich weiter. Denn ich konnte nicht umhin zu bemerken, dass auf der anderen Seite dieser Trostlosigkeit etwas schimmerte. Ich konnte spüren, wie sie wie Tauwetter in mir aufstieg, eine Reihe von Fragen, die vom Kernholz dieser Bäume ausgingen: *Was würde in diesem Moment geschehen, wenn du deine Hoffnung so hoch heben könntest wie die alten Hemlocktannen? Was wäre, wenn du dich nicht mit dem offensichtlichen Ende abfändest, sondern weiter den Baum der Möglichkeiten erklömmest? Was wäre, wenn du deine Vorstellungskraft für eine andere Art der Wahrnehmung öffnetest? Was könntest du dann sehen?*

* * *

Im selben Jahr, als ich mich zu Halloween als Hexe verkleidete, interessierte ich mich für Wale. Ich weiß nicht mehr, wann ich zum ersten Mal etwas über Wale oder ihre Bedrohung erfuhr, aber ich erinnere mich an die Intensität meiner Leidenschaft und Trauer. In der Schule nannten sie mich »Walmädchen«. Bis heute ist einer der häufigen Google-Treffer für meinen Namen ein Zitat von mir in unserer Lokalzeitung. Als ich zur Erweiterung der Schulbibliothek befragt wurde, sagte ich, ich freue mich darauf, weil ich schon alle Bücher über Wale in den Regalen gelesen hatte. In meiner Freizeit recherchierte ich fleißig und saugte alle Einzelheiten über die verschiedenen Walarten des Meeres, ihre Lebensgewohnheiten, ihr Wesen und ihre Wanderungen auf. Ich erinnere mich vor allem an den Moment, als ich erfuhr, dass Wale genauso intelligent sind wie Menschen. Als ich mit einem dicken Buch auf dem Schoß dasaß, fühlte es sich an, als würde die Wirklichkeit aufblitzen. Hier wurde etwas bestätigt, das ich schon immer gewusst hatte: Die Erde ist empfindungsfähig; die Welt ist so viel magischer, als man es uns erzählt. Ich war voller Ehrfurcht, aber auch entsetzt. Wenn diese wunderbaren intelligenten Wesen ausstürben, was würde dann aus dem Zauber der Welt?

Ich erinnere mich, dass mich die Bilder von Walen quälten, die irregeführt von Schallwellen oder angeschlagen von Chemikalien gestrandet waren. Meine Faszination für Wale öffnete mir die Augen; sie lehrte mich etwas über das Leiden am ökologischen Desaster, aber sie lehrte mich auch, wie ich diesen Kummer nutzen konnte, um einen anderen Traum zu verwirklichen. Ich stellte fest, dass ich, wenn ich in Verzweiflung schwelgte, nur noch tiefer in traurige Trägheit versank. Wenn ich aber auf die Hoffnung auf neue Möglichkeiten schaute, erfüllte mich plötzlich Kreativität. Ich könnte eine Diashow machen, um meine Mitschüler aufzuklären. Ich könnte Organisationen recherchieren, die helfen. Ich könnte eine Tombola organisieren, um Geld für den Schutz der Wale zu sammeln. So hielt ich die Traurigkeit in der einen und meine Hoffnung in der anderen Hand und träumte von einer neuen Zukunft für die Wale – und für alle Lebewesen der Erde.

Als ich an diesem Abend bei den Giganten der gefällten Hemlocktannen stand, zog ich meine Handschuhe aus und legte beide Handflächen auf die Stellen, an denen sie gefällt worden waren. Ich ließ meinen Kummer ganz von selbst aufsteigen, und im Gegenzug spürte ich, wie mich aus dem Kernholz der Bäume eine Welle durchwogte. Sie war so unverständlich wie Walgesang und doch genauso bewegend, klar und tief. Es klang wie das Wort *vielleicht* und fühlte sich an wie Vergebung. Ich war in tiefer Trauer zu diesen gefällten Stämmen gegangen, und im Gegenzug hatten sie mir eine Möglichkeit aufgezeigt.

Sie waren zwar keine wachsenden Bäume mehr, aber sie würden die Wände eines Hauses, Tische zum Essen und Mulch für den Garten werden. Sie würden eine Brutstätte für medizinische Reishi-Pilze und Myzel sein. Ihre Rinde würde Häute gerben und zu Tauwerk werden. Das am meisten Lebenspendende war, dass dieses Ende, wie alle Enden, die wir jetzt erleben, die Möglichkeit in sich trug, meine Wahrnehmung zu verändern, mir zu helfen, mich mit der Art und Weise, wie die Erde die Dinge sieht, in Einklang zu bringen. Der Tod kann unsere Herzen verwandeln. Er kann uns nicht nur zeigen, was zu Ende geht, sondern auch, was sich danach sehnt, neu zu beginnen. In unseren schlimmsten Momenten flüstert uns die Erde zu: Wenn wir uns bloß für die Möglichkeiten öffnen, wird das Leben niemals enden.

Kastanienschösslinge

Als ich einmal bei meiner Akupunktur-Lehrerin im Unterricht saß, erfuhr ich das Geheimnis der Unsterblichkeit. »In der chinesischen Medizin«, sagte sie, »geht man davon aus, dass, wenn ein Mensch an Altersschwäche stirbt, sein Herz aufgehört hat, an die Möglichkeiten des Lebens zu glauben.« Aus Sicht der chinesischen Medizin verliert unser Herz seine Elastizität und hört schließlich auf zu schlagen, wenn sich die möglichen Wege, die wir im Leben eingeschlagen haben, verfestigen und verschließen. Letztendlich wird unser Tod buchstäblich durch unsere Unfähigkeit verursacht, die weiteren Möglichkeiten des Lebens zu sehen. Alles ändert sich, wenn wir beim Betrachten des Sterbens der Welt nicht das Ende, sondern den Anfang sehen. Die Möglichkeiten, die dem Kolonialismus, dem Kapitalismus und dem hierarchischen Denken innewohnen, sterben. Wo wir einst ein weites Feld an Möglichkeiten sahen, müssen wir nun erkennen, dass dieser Weg, der uns nie weit hat bringen können, seinen Höhepunkt erreicht hat. Dieses kulturelle Paradigma ist an das Ende seines natürlichen Lebens gelangt. Wenn wir diese Weltanschauung an Altersschwäche sterben lassen, können wir eine neue Gestalt annehmen, eine, die von irdischer Regeneration und den ewigen Möglichkeiten durchdrungen ist, die einem Paradigma innewohnen, das die Lebendigkeit in allen Wesen achtet. Wir rufen dieses neue Zeitalter ins Leben, indem wir einfach die Art und Weise ändern, wie wir die Wirklichkeit wahrnehmen.

Vor einigen Jahren nahm ich an einer Hypnotherapie-Schulung für Angehörige der Gesundheitsberufe teil. Zu Beginn des Kurses versprach der Lehrer, die verschiedenen Techniken zu demonstrieren, die wir dort lernen sollten. Doch bevor er begann, erklärte er uns, dass die wirkungsvollsten Sitzungen nicht allein durch die Technik zustande kämen. Wenn wir unseren Klienten wirklich helfen wollten, müssten wir zuerst unsere eigene Wahrnehmung verändern. Er erklärte uns mit einem sanften Lächeln, dass die Texte, die wir verwenden würden, um Menschen in einen meditativen Zustand zu versetzen, darauf ausgelegt seien, zunächst unser *eigenes* Bewusstsein zu verändern. Bei seiner Arbeit auf Bali bemerkte David Abram dasselbe bei den Dukuns. »Nur wenn der Magier tief in Trance eintaucht«, so seine Schlussfolgerung, »werden die anderen dazu gebracht, die Trance so tief und intensiv zu erleben wie der Magier.«[17] Wenn wir wollen, dass sich die Welt verändert, müssen wir zuerst die Art und Weise ändern, wie wir die Welt sehen. Wenn wir der Erde in ihrem natürlichen Prozess helfen wollen, alle Begrenzungen dieser Ära zu überwinden, müssen wir unsere eigenen inneren Wirklichkeiten verändern, indem wir die lebenspendende Kraft neuer Möglichkeiten nutzen.

* * *

Während der Jahre des »Blight« gab es mehrere Versuche, die Kastanien zu retten. Die Menschen versuchten alles, von der Abholzung ganzer Gürtel von Ansteckungsgebieten bis hin zum Auftragen von Schlamm auf die offenen Wunden der Bäume, aber nichts schien zu funktionieren. Als die Kastanienseuche über die Bergkämme der Appalachen zog, hatten die meisten die Hoffnung schon aufgegeben – aber nicht alle. Seitdem die Seuche zum ersten Mal diagnostiziert worden war, hat eine bunt zusammengewürfelte Gruppe von Wissenschaftlern, Ökologen, Botanikern und Optimisten an einer Lösung getüftelt. In den Jahren nach dem Auftreten der Kastanienpest wurde deutlich, dass die Infektion die Bäume zwar oberirdisch auf schreckliche Weise dezimiert, aber die Wurzeln nicht abtötet. Unterirdisch überlebt der Großteil der Kastanien. Noch heute kann man in den Wäldern Kastanienschösslinge finden, die aus den alten Wurzelsystemen wachsen. Die Hoffnung lebt wirklich ewig.

Normalerweise gelangen diese Schösslinge nicht zur Reife, bevor sie vom Pilz befallen werden. Eine Gruppe von Forschern arbeitet jedoch daran, eine gegen den Kastanienbrand resistente Sorte zu züchten, die unsere Wälder wieder bevölkern könnte – die ersten Früchte ihrer Arbeit wurden bereits in unseren Appalachen gepflanzt.

Ich hörte zum ersten Mal von der American Chestnut Foundation (TACF), als ich in die Berge zog. Da sich ihr Büro in meiner Nähe befindet, dachte ich, die Organisation sei eine kleine Gruppe, die sich dafür einsetzt, die Erinnerung an die Kastanie in unserer Gegend lebendig zu halten. Doch mit Ortsgruppen in zwanzig Staaten verfolgt die TACF seit dreißig Jahren eine klare Mission: die Wiederansiedlung der ikonischen Amerikanischen Kastanie in ihren ursprünglichen Lebensräumen.

Nach jahrzehntelanger Rückkreuzung, bei der Gene der Amerikanischen Kastanie mit der widerstandsfähigeren chinesischen Kastanie gekreuzt wurden, begann die TACF im Herbst 2007 mit der Ernte ihrer ersten gegen Kastanienbrand resistenten Amerikanischen Kastanien.[18] Bis heute sind viele dieser Samen an TACF-Sektionen im ganzen Land verteilt worden. Es ist möglich, dass wir gerade jetzt die Anfänge der Wiederherstellung von Kastanienwäldern an der gesamten Ostküste erleben. In Zusammenarbeit mit Aufforstungsinitiativen hat die TACF auch dazu beigetragen, mehr als 1,8 Millionen Setzlinge auf vom Bergbau zerstörten Flächen zu pflanzen. Aufgrund ihrer hohen Toleranz gegenüber bestimmten Chemikalien und ihrer Vorliebe für Bergkuppen können die robusten Amerikanischen Kastanien an den unwahrscheinlichsten Orten gedeihen, darunter auch auf Bergkuppen, die für den Abbau von Mineralien abgetragen worden waren. Bis heute hat die TACF über 3000 Hektar wiederhergestellt. Diese Aktivisten weigerten sich, die Möglichkeit des Überlebens der Kastanie aufzugeben, und jetzt helfen die Kastanien, die am stärksten zerstörten Orte in diesen Bergen wieder zum Leben zu erwecken. Die Kastanie lebt, und mit ihr unser Glaube an die Möglichkeit der Heilung.

* * *

Meine Zeit als Haussitterin im Camp endete nur wenige Monate, nachdem die Hemlocktannen gefällt worden waren, aber bei einem späteren Besuch sah ich, was aus diesen Ältesten geworden war.

Claus und Debbie, die großzügigen Besitzer des Camps, zeigten mir, wo die Äste zerkleinert und als Mulch in den sonnigen, blumenbestandenen Gärten verteilt worden waren. Sie hatten Baumstämme zu Brettern sägen lassen und auf dem gesamten Grundstück verwendet, um ältere Hütten zu reparieren und sie für künftige Generationen zu erhalten, und in ihrem Haus stand ein wunderschöner neuer Esszimmertisch. Nach unserem Spaziergang nahm ich den gewundenen Pfad über das Grundstück, um die renovierten Gebäude zu besichtigen. Die Sorgfalt, mit der die Hütten restauriert worden waren, war an jedem Brett abzulesen. Im Schatten der Hemlocktannen, die noch zwischen den Ahornbäumen und Birken stehen, schlenderte ich den Waldweg hinauf zur alten Kapelle.

Der Platz mit der Kapelle, die auf einer Anhöhe auf einer Waldlichtung steht, war schon immer einer meiner Lieblingsplätze im Camp. Es ist ein weitläufiger, friedlicher Ort mit einem kleinen Friedhof unter zwei riesigen Tulpenbäumen. Die Kapelle, in der im Vorjahr die blumengeschmückte Hochzeit stattgefunden hatte, strahlte noch immer von diesem glücklichen Abend. Als ich mich den Bänken unter freiem Himmel näherte, blieb ich stehen und schielte den Berg hinauf, um zu sehen, was ich in meiner Erinnerung noch ganz deutlich vor Augen hatte: zwei junge Amerikanische Kastanien. Claus und Debbie hatten im Rahmen ihres örtlichen TACF-Zweiges beschlossen, die beiden wertvollen gekreuzten Bäumchen als eine Art Gebet vor der Kapelle zu pflanzen. Mir ging das Herz auf, als ich sah, dass sie jetzt größer waren als zu der Zeit, als ich noch hier wohnte. Jedes Jahr wachsen sie, und mit ihnen wächst auch unsere Hoffnung.

Die Welt geht nicht unter – sie fängt gerade erst neu an. Die starren Sichtweisen, die uns an diesen Punkt der Geschichte geführt haben, lösen sich auf, und der von der Erde angeleitete Weg der immerwährenden Regeneration nimmt wieder Gestalt an. Wenn wir nur bereit sind, das loszulassen, was wir zu wissen glauben, und uns auf die Möglichkeiten dessen einzulassen, was kommen könnte, können wir uns auf die neue Erde einstellen, die gerade entsteht.

ÜBUNG
Das Vielleicht-Spiel

Kinder haben ein Spiel, das ich zu lieben gelernt habe – oder, um ehrlich zu sein, ich habe *nie aufgehört,* es wie in meiner eigenen Kindheit zu lieben. Die Kinder stellen eine Frage, und dann geht die Frage ewig weiter mit Hilfe des einfachen Zusatzes: Warum?

Im Vielleicht-Spiel knüpfen wir an diesen Forschergeist an und erweitern unsere Vorstellungen von der Wirklichkeit, indem wir allem, was wir für wahr halten, ein *Vielleicht* hinzufügen. Mit diesem »*Vielleicht*« erkennen wir, wie wir unsere Wirklichkeit einfach verändern können, indem wir unsere Wahrnehmung verschieben.

1. Erstelle eine Liste mit allen Dingen, die in deinem Leben schmerzhaft sind (die Probleme in deinem Leben, die Menschheit, die Politik, das Schicksal der Welt und so weiter). *Beispiel: Unsere Umwelt steht kurz vor dem Kollaps.*

2. Schreibe nun neben jeden Satz *oder vielleicht…* und füge dann deine positive Alternative hinzu. Sei so phantasievoll und einfallsreich wie möglich. Wie könntest du diese schmerzvollen Sackgassen in Möglichkeiten verwandeln? Was könnte in deinem Traum der Träume wahr sein? *Beispiel: Unsere Umwelt steht kurz vor dem Kollaps … oder vielleicht steht sie an der Schwelle zu einer großen Wiedergeburt.*

3. Gehe zurück und lies jede ursprüngliche Aussage noch einmal, bevor du deine »Vielleichts« hinzufügst. Halte inne und nimm deinen Körper wahr. Welche Empfindungen hast du? Wo spürst du sie?

4. Lies nun jede Aussage noch einmal mit ihrer positiven Ergänzung. Kehre zu den Empfindungen deines Körpers zurück. Was fühlst du jetzt? Wie unterscheidet sich dieses Gefühl von dem vorherigen?

5. Man redet uns oft ein, es sei am wichtigsten, »vernünftig« oder »realistisch« zu sein, aber selten fragen wir uns, welche Art der Wahrnehmung wirklich erfüllend ist. Wenn du an alle ursprünglichen Aussagen zurückdenkst, bevor du deine Vielleicht-Aussagen mit ihren positiven Alternativen hinzugefügt hast, frage dich: *Nährt dieser erste Standpunkt den schöpferischen Funken des Neubeginns oder erschöpft er meine Fähigkeit, an das Gute in den Dingen zu glauben?*

   Gehe ehrlich in dich: Welche Aussage war deinem Leben zuträglicher? Die ursprüngliche oder die alternative? Erinnere dich an einen Moment der Offenbarung, der tiefen Inspiration oder einen Durchbruch in deinem Leben. Wie hat sich dein Körper damals angefühlt? Was entspricht am ehesten dem Gefühl, das du damals in deinem Körper hattest: das Gefühl, das du hast, wenn du die ursprüngliche Aussage liest, oder wenn du die Ergänzung liest? Sei offen.

6. Abschließend solltest du dich fragen: *Welche Überzeugungen öffnen mein Herz, so dass ich mehr Möglichkeiten wahrnehmen kann?* Probiere jede Aussage aus und finde heraus, ob sie tatsächlich besser zu dem Leben passt, das du führen möchtest.

12

Der Reishi-Baum

Ich zog meine Wanderschuhe aus und ließ sie am Wegrand liegen. Der watteweiche Waldboden lud zum Barfußlaufen ein. Meine Socken und Leggings folgten bald. Ich wollte so wenig wie möglich zwischen mir und dieser unvergleichlichen Weichheit des Waldes nach einem Sommerregen haben. Die Erde war so schmiegsam wie eine Wange, und jedes Blatt schien zu glitzern, um mich willkommen zu heißen.

Ich verließ den ausgetretenen Pfad und begann vorsichtig den steilen Abhang zum Bach hinabzusteigen, wobei ich jeden Fuß schräg aufsetzte, um Halt zu finden. Schon von weitem konnte ich erkennen, dass das Wasser vom Regen angeschwollen war und sich kraftvoll über die glatten Steine des Ufers ergoss. Es war Frühsommer, und die Baumkronen waren bereits so dicht, dass es im Wald dunkel wie bei einem Gewitter war. Die Luft war schwer von Wasser, der Geruch der Erde so dicht wie Regen. Als ich mich den Hang hinabbewegte, konnte ich fast dabei zusehen, wie die Laubreste unter mir aufweichten und sich in den reichen Kompost des Herbstes verwandelten. Es war der perfekte Nachmittag für die Pilzsuche.

Mitten in der warmen Jahreszeit, wenn der Regen in Strömen fließt, platzen die Berge der Appalachen aus allen Nähten: ein rotes Feuerwerk von Bienenbalsam und die blassen Spitzen von Hortensien, Rhododendren, die wie Kerzen in dunklen Höhlen leuchten, und flammende Azaleen. Aber nicht alle Blüten, die unsere sommerlichen Berge zieren, sind Blumen; viele sind nicht einmal Pflanzen.

Mitten in den regenreichsten Monaten geht eine andere Art von Blüte in den Wäldern auf: in den Körpern der Bäume, auf Waldwegen, eingebettet in sorgfältig angelegten Mulch kommen Pilze hervor.

Eigentlich wissen wir noch sehr wenig über Pilze – bis heute sind nur zehn Prozent der weltweiten Pilzarten überhaupt identifiziert.[1] Wir wissen, dass manche Pilze als Nahrung dienen, andere als Medizin, und wieder andere können uns auf der Stelle töten. Wir wissen auch, dass Pilze Sauerstoff atmen, genau wie Säugetiere. Auch wenn wir Kräuter und Pilze oft in einen Topf werfen, sind Pilze enger mit Tieren als mit dem Pflanzenreich verwandt. Evolutionär gesehen sind sie eher menschlich als pflanzlich. Tatsächlich hatten Menschen und Pilze vor sechs Millionen Jahren einen gemeinsamen Vorfahren.

Überall auf der Welt ranken sich uralte Überlieferungen um Pilze. In Irland werden Pilze, die in einem Kreis wachsen, Feenringe genannt. Man glaubt, sie seien ein Portal in die Anderswelt. Wenn man in einem dieser Ringe versehentlich einschläft, kann es sein, dass man in den Hallen der Kleinen Leute wieder erwacht. In der litauischen Volksüberlieferung werden Pilze als die langen Finger von Velnias, dem litauischen Gott der Toten, angesehen, die den Schleier durchdringen, um den weniger Glücklichen etwas zu essen zu bringen.[2] Das Pilzesammeln ist ein so beliebter Teil der litauischen Kultur, dass es sogar ein Wort gibt, das den Moment beschreibt, in dem man beim Pilzesammeln im Wald sowohl den Faden des Gesprächs als auch die Orientierung verliert – *nugrybauti*.[3] Manche Menschen glauben sogar, dass Pilze, wenn sie blühen, Musik in die Welt bringen. Der zeitgenössische tschechische Komponist Václav Hálek hat über sechstausend Lieder komponiert, die auf den Symphonien beruhen, die er im Pilzreich gehört hat.[4]

Im Alltag verstehen wir unter *Pilz* die Fruchtkörper (auch bekannt als die Blüten), die die unterirdischen Pilze ausbilden. Pilze wachsen, wo anderes Leben sich abbaut, und sie ernähren sich von sich zersetzendem Material. Sie sind die Engel des Ökosystems und erleichtern den Übergang vom Leben zum Leben nach dem Tod. Nach einem starken Regen scheinen viele Pilze über Nacht aus dem Boden zu schießen – etwas Geheimnisvolles, das bei Morgendämmerung erscheint. In der Sprache der Anishinaabe gibt es sogar ein Wort für die Kraft, die Pilze über Nacht aus dem Boden treibt – *Puhpowee*.[5] Wie Robin Wall Kimmerer schreibt, nachdem sie dieses Wort zum ersten Mal von der Anishinaabe-Ethnobotanikerin Keewaydinoquay gehört hatte: »Die Erfinder dieses Wortes verstanden eine Welt des Seins, die voll von unsichtbaren Energien war, die alles belebten.«[6] Wann immer wir das tiefe Mysterium der Lebendigkeit der Erde vergessen haben, sind Pilze da, um uns zu erinnern.

Das riesige Pilzgeflecht, das sich in unserem Boden ausbreitet, wird *Myzel* genannt. Wenn man einen Baumstamm, der auf dem Waldboden liegt, hochnimmt, findet man hauchdünne weiße Fäden, die sich wie Spinnweben durch das zerfallende Holz ziehen. Bis vor kurzem war das Myzel in der westlichen wissenschaftlichen Welt noch unerforscht – aber als wir anfingen, es mit unseren Mikroskopen zu betrachten, sahen wir etwas Unglaubliches. Diese feinen weißen Fäden erstrecken sich nicht nur unter Totholz, sondern unter unserer gesamten Welt. Das Myzel ist so eng mit einer bestimmten Ökologie verwoben, dass ein einziger Kubikzentimeter Mutterboden so viele Pilzzellen enthalten kann, dass sie sich über acht Kilometer erstrecken könnten. Der Mykologe Paul Stamets hat errechnet, dass jeder Schritt im Wald mehr als 500 Kilometer Myzel beeinflussen kann. Noch unglaublicher ist: Forscher haben herausgefunden, dass das Myzel mit Pflanzen in der Nähe Austauschbeziehungen eingeht und so ein Netz ökologischer Zusammenarbeit und Kommunikation schafft, das 450 Millionen Jahre älter ist als das Internet. Dieses Netzwerk, manchmal auch als Wood Wide Web bezeichnet, verbindet Pilze und Pflanzen in einer vorteilhaften Beziehung, die es den Bäumen ermöglicht, Nährstoffe auszutauschen und miteinander zu kommunizieren, Signale der Freude oder Gefahr zu senden und sogar anderen Baumarten in Not zu helfen. Stamets bezeichnet das Myzel als das neurologische Netzwerk der Natur. Forschungen zeigen, dass alle Lebensräume auf der Erde auf Pilze angewiesen sind.

Ohne sie, so Stamets, »würde das Lebenserhaltungssystem der Erde bald zusammenbrechen«.[7] Myzelnetzwerke halten nicht nur unseren Boden buchstäblich zusammen, sondern ihre Pilzenzyme, Säuren und Antibiotika schaffen den Boden, wie wir ihn kennen. Pilze, jene anderweltlichen Engel des Todes, sind das unsichtbare Rückgrat unserer Welt.

Pilze sind großartig, rätselhaft und beeindruckend, sie sprengen die Grenzen unseres Verständnisses und öffnen unser Bewusstsein für das Nicht-Wahrnehmbare. Wie Stamets staunend schreibt: »Das Aufregende an der Mykologie ist, dass die Tiefe des vor uns liegenden unentdeckten Wissens größer ist, als wir uns vorstellen können.«[8] Die Grenzbereiche der Pilzforschung sind sowohl aufregend geheimnisvoll als auch revolutionär in ihren Folgerungen. Heute beginnen Umweltschützer und Mykologen zu erforschen, wie Pilze uns helfen können, den Schaden, den wir in der Welt angerichtet haben, rückgängig zu machen, etwa durch die Regenerierung von Böden, den Wiederaufbau von Wäldern, die Filterung von Wasser und die Vorbeugung von Infektionskrankheiten. Da Pilze sehr geschickt darin sind, komplexe Moleküle in einfachere Verbindungen aufzuspalten, haben sie das Potential, bei der Beseitigung von Umweltverschmutzung zu helfen und viele verschiedene Arten von Toxinen aus der Umwelt zu entfernen. *Mykoremediation*, ein von Stamets geprägter Begriff, könnte in Zukunft dabei helfen, Ölverschmutzungen zu beseitigen, Schwermetalle abzubauen und kontaminierte Böden zu heilen.[9] Vielleicht ist dies genau das, was die Erde immer beabsichtigt hat. In seinem Buch *Mycelium Running* [deutsch: *Das große Netz*] stellt Stamets die Hypothese auf, dass das Myzelnetzwerk als bewusstes Nervensystem unseres Planeten dazu da ist, die Träume einer empfindungsfähigen Erde zu verwirklichen. Es ist eine interessante Frage, ob Pilze und unsere Beziehung zu ihnen das Geheimnis sind, das unsere Welt eines Tages retten wird.

* * *

In der ersten warmen Zeit des Jahres, wenn die Tage länger werden und die Pilzsaison beginnt, bin ich immer auf einer ganz besonderen Mission unterwegs. Mit einem scharfen Messer und Sammeltaschen mache ich mich auf den Weg in die Wälder, um nach einem Pilz zu suchen – dem Reishi (*Ganoderma lingzhi*). Aus der Ferne betrachtet schimmern die Reishi-Pilze wie Lackfarbe in den sommerdunklen Wäldern. In unseren Bergen markieren die Wochen vor der Sommersonnenwende den Höhepunkt der Saison dieses Pilzes. Um mich vorzubereiten, versuche ich normalerweise, meine Reishi-Vorkommen schon im frühen Frühling ausfindig zu machen, wenn die Pilze gerade mit ihren weißen Spitzen aus der Rinde sprießen, weich und unschuldig wie Schnee. Wenn sie erntereif sind, hat jeder Reishi-Pilz eine muschelartige Platte gebildet, die in einem Neunzig-Grad-Winkel aus der Rinde ragt. Reishi, die von handtellergroß bis brustbreit wachsen, sind leicht an ihrer porösen, cremefarbenen Unterseite und den glänzenden roten Rändern zu erkennen, die zu einer gelben und weißen Rinde verblassen.

Reishi-Pilze wachsen überall auf der Welt. Unsere hiesige Reishi-Art, *Ganoderma tsugae*, ist nach der Gattung des Baumes benannt, auf dem sie gedeihen, der berühmten Kanadischen Hemlocktanne (*Tsuga canadensis*) – jenem prächtigen Immergrün, das unsere Wälder einst prägte. Da die invasive Hemlock-Wolllaus immer tiefer in unsere Wälder eindringt, sterben die Hemlocktannen in Massen ab. Wenn du einen alten Wald besuchst, wirst du sie unweigerlich sehen, dunkle Gestalten mit absterbenden Gliedmaßen, die sich von dem leuchtenden Grün des Waldes abheben. Wie die Hemlocktannen, die in jenem Winter vor meiner Hütte im Camp gefällt wurden, bedeutet ihr Ableben eine grundlegende Veränderung unserer Wälder. Für alle, die die Wälder lieben, ist das ein großer Schmerz. Aber die Hemlocktanne ist der einzige Baum, der diesen mythischen Pilz wachsen lässt. Wenn also die Hemlocktannen fallen, haben die Reishis Hochkonjunktur.

Ein Psychedelikum der Seele

Reishi-Pilze werden seit Jahrtausenden als Heilmittel gesammelt. Die am weitesten zurückreichende schriftliche Aufzeichnung über die medizinische Verwendung stammt aus China, wo der Reishi seit über zweitausend Jahren geschätzt wird. Im Chinesischen als *Ling zhi* oder »Seelenpflanze« bekannt, gilt die asiatische Reishi-Art (*Ganoderma lucidum*) als Elixier für die inkarnierte Seele. In der traditionellen chinesischen Medizin wird dieser vitale wilde Pilz für seine Fähigkeit geschätzt, das Herz zu nähren und das *Shen* zu schützen. Nicht unähnlich der westlichen Vorstellung von Seele, ist Shen das chinesische Wort für jenen Teil der individuellen Seele eines Menschen, der den Körper belebt und dem physischen Leib den Lebensfunken einhaucht. Unser Shen ist im Herzen beheimatet, und seine Präsenz leuchtet aus unseren Augen. Wenn jemand ein gut verankertes Shen hat, erkennt man das daran, dass seine Augen wie ein Gewässer funkeln. Eine Störung oder Trennung von unserem Shen kann sich in Form von Angstzuständen, Launenhaftigkeit, Gedächtnisschwäche und einer Trübung der Augen äußern. Die meisten von uns kennen diesen entrückten Blick nur zu gut und haben ihn wahrscheinlich auch schon einmal bei sich selbst gesehen. Die Trennung von unserem individuellen Shen und dem Herzen, das es beherbergt, ist in unserer Kultur eine Epidemie. Aber es ist nicht nur unser inneres Shen, mit dem uns der Reishi verbindet.

In der chinesischen Medizin hat das Zeichen für Shen verschiedene Bedeutungen. Eine Möglichkeit, der Vielfalt einen Sinn zu geben, besteht darin, zu verstehen, dass es zwei verschiedene Shen gibt. Es gibt unser kleines Shen, den Aspekt des Lichts unserer individuellen Seele, der unser gegenwärtiges Selbst belebt, und unser großes Shen: den viel umfassenderen Geist oder die Überseele, aus der unsere individuellen Seelen hervorgehen. Manche Leute benutzen gerne den Begriff *höheres Selbst*, um diesen Teil von uns zu beschreiben, aber ich bevorzuge den Begriff *größeres Selbst*. Der Reishi kann als Medizin dazu beitragen, unser kleines Shen, unseren individuellen Lichtstrahl, so gut zu nähren, dass wir uns des größeren Shen, aus dem wir kommen, bewusst werden und mit ihm zusammenwirken können. Wenn wir unser kleines Shen nähren, stellen wir eine unmittelbare Verbindung mit dem ewigen Aspekt von uns her, jenem, der das sich ständig verändernde Geschehen von Geburt, Tod und Wiedergeburt beobachtet. Es ist kein Wunder, dass ein anderer alter Name für den Reishi »Unsterblichkeitspilz« ist.

Die Wirkungen des Reishi in unserem physischen Körper spiegeln seine eher metaphysischen Anlagen wider. In der heutigen wie der traditionellen Kräuterkunde wird der Reishi als kraftvolles Tonikum für Langlebigkeit gepriesen. Er gilt unter anderem als Adaptogen (eine Substanz, die unserem Körper hilft, mit Stress umzugehen), als Immunmodulator (ein Mittel, das sowohl einem schwachen als auch einem hyperaktiven Immunsystem hilft, sein natürliches Gleichgewicht wiederzufinden), als antivirales Mittel, als Leberschutzmittel und als Nervenstärkung (ein Mittel, das unser Nervensystem beruhigt). Der Reishi wird in China und Japan traditionell bei einer ganzen Reihe von Erkrankungen wie Asthma, Hepatitis und Bluthochdruck eingesetzt und hat eine starke Beziehung zu unseren Lungen und dem Herzen. Er ist auch ein beliebtes Mittel gegen Krebs, das sowohl zur Vorbeugung als auch zur Behandlung und zum Schutz vor den negativen Nebenwirkungen von Chemotherapie und Bestrahlung eingesetzt wird. Du wirst es in keinem Buch finden (außer in diesem), aber Reishi hat noch eine weitere Eigenschaft, die mir schon immer aufgefallen ist: Reishi ist ein Psychedelikum. Wir haben den Begriff »psychedelisch« untrennbar mit bestimmten Pflanzen und Pilzen verbunden, die psychoaktive oder halluzinatorische Verbindungen enthalten, aber ein echtes Psychedelikum ist viel mehr als eine Gruppe von Molekülen, die deine Welt ins Wanken bringen. Im Grunde bedeutet das Wort *psychedelisch* »bewusstseinserweiternd« oder »aufschlussreich«. Psychedelika können alles sein, was unsere Perspektive verändert und die Tore unserer Seele öffnet, so dass wir die Welt umfassender erleben. Sonnenuntergänge können psychedelisch sein, genauso wie ein nachdenkliches Gespräch mit einer Freundin oder der Moment, in dem dein Blick in den Wald fällt und du für eine Sekunde schwören könntest, einen Hirsch gesehen zu haben.

Ich habe festgestellt, dass die meisten Pilze von Natur aus psychedelisch sind. Wir sehen sie, und unser Verstand versucht, sie zu verstehen. *Wie konnte dieses Wesen, das aus Haut besteht und Sauerstoff atmet, über Nacht aus dem Boden auftauchen? Und* wer *ist es genau? Rund wie eine Scheibe oder groß wie ein Kugelfisch oder glänzend und lackiert wie ein antiker chinesischer Schrank. Ist es ein Meerestier, ein Erdwesen, ein menschliches Wesen oder etwas anderes?* Pilze fordern uns ständig auf, unseren Horizont zu erweitern; sie verlangen, dass wir neue Wege finden, um mit dem Unbeschreiblichen zu arbeiten. Pilze fesseln unsere Sinne, sind in unserer Sprache eingegangen und prägen seit sehr langer Zeit unsere Rituale der spirituellen Verbindung. Ohne dass wir auf einem einzigen Hütchen herumkauen, stellt die gesamte Familie der Pilze unsere Wahrnehmung auf den Kopf.

Als Erweiterer unseres Shen gehört es zum Dao des Reishi, uns in einen größeren, mythischeren Seinszustand zu bringen. Obwohl viel subtiler als eine Droge wie Psilocybin, hat der Reishi die Fähigkeit, unsere Wahrnehmung zu verschieben und unsere Erfahrung der Wirklichkeit zu verändern. Auf körperlicher Ebene hilft der Reishi unserem Körper, zu gesunden Gefäßen zu werden, die diese Verbindung zu unserem größeren Selbst halten und nähren können. Auf der geistigen Ebene hilft der Reishi, die Energie und die Perspektive dieses größeren Selbst in unser tägliches Bewusstsein zu holen, damit wir das Licht sehen, das durch alle Dinge hindurchscheint. Abgekocht getrunken, kann der Reishi Gefühle von Ausdehnung, Verbundenheit und einer durchleuchteten Wirklichkeit auslösen. Im Laufe der Jahre habe ich so manche Erfahrung gemacht, als ich an Reishi-Tee nippte und eindeutig in einen veränderten Seinszustand eintrat. Ich erinnere mich besonders an einen Tag, an dem ich an meiner früheren Alma Mater – der Chestnut School for Herbal Medicine – einen Kurs über Blütenessenzen gab und von einer Tasse frischem Reishi so ergriffen war, dass meine inzwischen liebe Freundin Juliet Blankespoor zu mir sagte: »Wenn ich dich nicht besser kennen würde, würde ich denken, du bist high!« – Worauf ich mit unbändigem Überschwang erwiderte: »*Bin* ich doch – vom Reishi!«

Eine weitere Perspektive einnehmen

Das Sammeln von Pilzen ist nicht wie das Sammeln von Pflanzen in der freien Natur. Das Zeitfenster zum Sammeln ist oft kurz. Normalerweise sollte man sich nach einem Regen auf den Weg machen, und wenn man sie nicht sofort erwischt, können manche Pilze innerhalb weniger Tage dahin sein. Anders als die meisten Pflanzen wachsen Pilze nicht jedes Jahr an denselben Stellen, so dass man ein geübtes Auge braucht, um sie zu entdecken. Pilze sind von Natur aus unberechenbar. In einem Jahr hat man vielleicht eine Pilzschwemme und im nächsten sind sie wie von Geisterhand verschwunden. Viele Pilze kommen und gehen mit dem Regen, sind flüchtiger als Regenbögen. Schon der Versuch, eine Beziehung zu Pilzen aufzubauen, wird die Muster deiner Wahrnehmung verändern und dich aus deinem Schlummer wachrütteln, so dass du die Spielarten des Lichts erkennst, die es überall gibt.

Wenn wir Pflanzen sammeln, nennen wir das Ernten. Aber wenn es um Pilze geht, ist es eine Jagd – man braucht Glück, Geschick und ein bisschen Umwerben. Reishis verstecken sich gerne – wie viele andere Pilze auch. Es gab unzählige Male, in denen ich von einem mir bekannten und mehrmals besuchten Standort aus auf die Jagd nach Reishis ging, nur um festzustellen, dass sie verschwunden waren. Frage die ernsthaften Pilzsammler, und sie werden dir sagen, dass das Finden von Reishis oder anderen Pilzen etwas Mystisches ist. Zwei erfolgreiche Freunde von mir, Freigeister mit langen Haaren, die jeden Tag mit einer einzigen Avocado als Mittagsmahlzeit hinausgehen, verdienen ihren Lebensunterhalt mit dem Sammeln von Wildpilzen. Sie sagen, dass ihr Schlüssel zum Erfolg nicht so sehr darin liege, die besten Stellen zu kennen, sondern dass sie zuerst immer am Eingang des Waldes stehen und sich in den Reishi hineinfühlen, der ihnen zuruft: Shen zu Shen.

Selbst die biedersten Pilzsammler werden bestätigen, dass die Pilzsuche etwas Magisches hat. Es ist hilfreich, jede Menge Tipps und Tricks zu kennen, aber in Wahrheit finden die Pilze *meistens dich.* Das Bewusstsein der Pilze hat von Natur aus etwas Schelmenhaftes. Sie locken dich vom Weg, die Böschung hinunter, über Flusssteine und tief in das Herz des Waldes. Sie rufen wie Sirenen, ziehen dich fort von den vorhersehbaren Pfaden der Bewegung und des Denkens, um dich auf einen fast unsichtbaren Wildwechsel zu schicken, einen Feenpfad durch einen sagenumwobenen Wald, der dich an einen völlig neuen Ort bringen wird.

* * *

Die an Reishi reiche Stelle hatte ich schon zu einem früheren Zeitpunkt ausfindig gemacht, und zu der wanderte ich jetzt. Vor der Sonnenwende war ich die gesamte Länge dieses Baches mit seinen umgestürzten Hemlocktannen abgegangen und durch ein dunkles Labyrinth aus großen Steinen gekrochen, um *den* Baum zu finden. Er reckte sich zwischen zwei Felsbrocken und überbrückte mit seinen Wurzeln einen kleinen Wasserlauf, der zwischen ihnen hindurchfloss. Er hatte sich zu beiden Seiten der aufrechtstehenden Steine in der Erde verankert und schien den kleinen Wasserfall unter ihm zu gebären. Dunkel, breit und hoch und im Absterben strahlte diese Hemlocktanne die ganze Macht eines Torwächters aus. Ganz sicher war die an diesem Ort gesammelte Medizin sehr wirksam. Hemlocktannen sind, wie alle immergrünen Bäume, Zeichen des ewigen Lebens. Als ich den Baum berührte und versprach, in ein paar Wochen wiederzukommen, kam ich nicht umhin, mich zu fragen: Was passiert, wenn das Grün, das nie verblasst, ganz zu verschwinden beginnt? Was wird geboren, wenn das Immergrüne stirbt?

Man kann nicht Pilzsammler werden, ohne sich der Macht des Todes und seiner Fähigkeit, Leben hervorzubringen, zu verschreiben.

Mit Pilzen zu arbeiten, bedeutet, zu verstehen, dass der Tod auf molekularer Ebene der Baustein des Lebens ist. Der Autor, Kulturaktivist und Palliativmediziner Stephen Jenkinson bringt es auf den Punkt: »Das Leben ernährt sich nicht vom Leben ... Der Tod ernährt das Leben. Jedes verwurzelte Ding weiß das und geht entsprechend vor. Der Tod ist das Lebenspendende.«[10] Er schafft die neu verfügbaren Nährstoffe von Kompost und Humus – der Tod ist das unsichtbare Element, das unsere Welt immergrün erhält.

Pilze bieten uns im Gegensatz zu Pflanzen keine Unterkunft, keine Kleidung und nicht einmal viel Nahrung. Die meisten Pilzarten sind ungenießbar, und einige bringen einen regelrecht um. Pilze sind nicht dazu da, unser Leben aufzubauen. Sie sind dazu da, es abzubauen, um das Alte aufzulösen, um zu zersetzen, was man zu kennen glaubte oder womit man sich identifizierte, und um die Seele für die direkt dahinterliegenden Möglichkeiten zu öffnen. Als Torwächter zwischen Leben und Tod haben Pilze eine ganz besondere Botschaft für alle, die in dieser Zeit des Artenverlusts und des scheinbaren Niedergangs geboren wurden: Wir sind nicht nur hier, um das Ende mitzuerleben, sondern auch, um Teil des Anfangs zu sein.

Ruine und Reishi

Ein Monat war vergangen, seit ich die mit Reishi-Pilzen besetzte Helmlocktanne über dem Wasserfall entdeckt hatte. Seitdem hatte ich fast jeden Tag an sie gedacht und mich gefragt, wie groß die Pilze wohl geworden waren. Dann, eines Morgens Anfang Juli, wachte ich nach dem Rauschen des Gewitters vom Vortag auf und wusste, es war Zeit. Da ich nie das Glück hatte, ein Morgenmensch zu sein, war es schon nach Mittag, als ich gefrühstückt und meinen Rucksack mit Stoffbeuteln und einem scharfen Messer, einem Wasserglas und einem weichen Taschentuch mit ein paar Glitzersteinen von meinem letzten Ausflug auf den Seegrund ausgestattet hatte – Geschenke, die ich dem Reishi und der Hemlocktanne vor der Ernte geben wollte.

Ich war schon auf dem Weg nach draußen, als mich eine alte Freundin anrief. Wir hatten schon eine Weile nicht mehr gesprochen, also blieb ich auf der Veranda stehen, um mit ihr zu reden, wobei ich mit meinen Füßen Kreise auf das Holz malte, während meine Gedanken schon über die blauen Wellen der Berge hinauf in den Wald schwebten. Bald war das Gespräch zu Ende, der Abschluss so natürlich wie eine Stoffserviette, die in die alten Falten zurückfällt; die Kunst des Beendens ist bei alten Freundinnen eine Selbstverständlichkeit. Als letzte beiläufige Bemerkung fragte sie mich, wohin ich heute unterwegs sei. In dieser tiefen, fast gedankenlosen Natürlichkeit antwortete ich: »Ich besuche einen Reishi-Baum.«

Die Worte purzelten mir aus dem Mund wie Nüsse aus dem Geäst. Wo, in aller Welt, kamen sie her? Wieso fühlten sie sich so richtig an? Und warum kann ich nicht anders, als mich über sie zu freuen? Ich stand wie erstarrt auf der Veranda. Ich erinnere mich, dass ein Schmetterling auf der Zinnie neben mir landete. Es fühlte sich an, als sei die Welt entlang einer unbemerkten Naht aufgesprungen. Meiner Freundin, die es gewohnt ist, von meinen Ausflügen in die Natur zu hören, aber nicht einmal den Unterschied zwischen einer Hemlocktanne und einer Kiefer kennt, fiel nicht auf, wie seltsam meine Worte waren. Sie wünschte mir Glück und legte auf. Das Telefonat war beendet, aber ich stand immer noch mit dem Telefon in der Hand da und klebte wie Harz an dieser Stelle auf der Veranda.

Reishi-Baum? Ein *Reishi-Baum?* So etwas wie einen *Reishi-Baum* gibt es nicht. Wie konnte ich so etwas sagen? Und noch interessanter: Was war das für ein *Gefühl,* das ich jetzt in meinem Körper hatte? Dieses Kribbeln im Hintergrund meiner Sinne? Meine Augen konnte ich nicht scharfstellen – blickte ich auf etwas, das ich noch nicht wahrnehmen konnte?

Worte sind Beschwörungen; sie können uns in Bann schlagen. Genau wie Zaubersprüche *verzaubern* sie nicht nur, sie öffnen zugleich eine Art *Eingang* zu einer neuen Wirklichkeit. Die Sprache, die Art und Weise, wie wir sie verändern und wie sie uns verändert, ist eine Möglichkeit, die Zukunft zu gestalten. Die Worte, auf die wir zurückgreifen, haben einen unmittelbaren Einfluss darauf, wie wir die Welt sehen – und wie wir uns unsere Zukunft vorstellen. Zweisprachige und polyglotte Menschen können bestätigen, dass man oft anders *denkt*, wenn man mehrere Sprachen spricht – wie sollte es anders sein? Unsere Worte erschaffen unsere Wirklichkeit. Die Lebenserfahrung eines englischen Muttersprachlers, dessen Sprache zu mindestens 40 Prozent aus Substantiven (also Objekten) besteht, wird völlig anders sein als die eines Muttersprachlers der Sprache, die uns *Puhpowee* beschert hat.[11] Die Ojibwe-Sprache, die zu 70 bis 80 Prozent aus Verben besteht, schafft eine Welt, in der alles immer von der Bewegung des Belebten beseelt ist.[12] Wenn wir wollen, dass sich unsere Zukunft verändert, müssen wir bereit sein, unsere Sprache sich nicht nur weiterentwickeln zu lassen, sondern zu Handwerkern einer neuen Sprache zu werden. Die Geburt eines neuen Wortes ist die Geburt einer neuen *Welt* – und wie bei allen Geburten gibt es einen Übergangsbereich, den man betreten muss, wenn dieses Neue Gestalt annimmt.

Ich fuhr in einer Art Wolke in den Wald, immer noch in diesem seltsamen Trancezustand des Wortes *Reishi-Baum*, und fragte mich, was es bedeutete und warum ich mich so verändert fühlte, als ich es sagte. Ich schwebte immer noch in diesem abgedimmten Zustand der Wissbegierde, als ich meine Schuhe am Wegesrand zurückließ und mich auf den Weg hinunter zum Bach machte. Barfuß und aufgeregt rutschte ich die letzten paar Meter zum Ufer, kletterte über die Walrücken der großen Steine, und da war er über mir – der sterbende Hemlockturm, der über dem Durchlass zweier von der Zeit ergrauter Felsblöcke thronte, ein Torwächter, der einen Wasserfall gebar. Und da, genau wie ich es in Erinnerung hatte, waren die Reishis, die die Wirbelsäule des Baumes in Wellen von Sonnenuntergangsrot säumten und auf Hochglanz poliert waren. Die Annäherung fühlte sich bedeutsam und heilig an. Versteckt am Grunde des Bachbettes zog ich den Rest meiner Kleidung aus und beugte meinen Kopf in den Wasserfall, der sich aus den Wurzeln des Baumes ergoss. Das kalte Wasser strömte sofort über mein Gesicht, über meine Brust und meinen Bauch. Der helle Schock ließ die Konturen des Tages sofort klarer und lebendiger erscheinen.

Erfrischt und immer noch triefend vor kaltem Wasser, steckte ich mein weiches Taschentuch mit den Geschenken in einen Beutel um meinen Hals und hängte mein Messer an ein Holster an meiner Taille, damit ich die Felsen unbehindert erklimmen konnte. Die Felsbrocken rund um den Baum waren zu hoch, als dass ich sie direkt hätte erklimmen können, also kroch ich in einem weiten Bogen um den Wasserfall herum und setzte meine Füße vorsichtig auf die Kanten und in die Ritzen der Steine. Es dauerte mehrere Minuten, bis ich mich über umgestürzte Äste und kleinere Sturzbäche vorgearbeitet hatte, aber schließlich war ich bei der prächtigen Hemlocktanne und ihrem wasserreichen Stammgrund angelangt.

Manchmal sind die Botschaften sonnenklar – *geh hierhin, lass das los, sprich deine Gedanken aus.* Meistens jedoch sind unsere intuitiven Eingebungen so vage, dass wir ihre volle Bedeutung zunächst nicht verstehen. Es müssen Stunden, Tage oder Jahre vergehen, bis wir das, was verworren und vielleicht ein wenig vergraben ist, sinnvoll in Stränge zerlegen können. Erst wenn die Zeit ihre Arbeit getan hat, können wir erkennen, dass das, was sich wie ein dichtes Knäuel anfühlte, in Wirklichkeit die Fäden eines neuen Schicksals enthält. Das Wort *Reishi-Baum* hatten mich aus der Fassung gebracht, aber ich wusste nicht, warum. Erst als ich mich dem Baum näherte, mit einem Fuß auf einem Felsen und einem auf dem Netz der alten Wurzeln der Hemlocktanne, kam die Antwort. So plötzlich wie ein kalter Wasserguss verstand ich. *Dies* war ein *Reishi-Baum.*

Er war keine Hemlocktanne mehr – dieser gefallene Riese und Symbol einer zu Ende gegangenen Ära – und auch nicht nur ein Substrat für eine neue Pilzblüte. Dieser Baum, der mit dem letzten Rest seiner Hemlock-Lebenskraft im Felsen verankert war und dessen Kern die Fasern des Reishi-Myzels durchzogen, hatte sich in etwas völlig anderes verwandelt. Er hatte eine mächtige alchemistische Transformation durchlaufen und war nun weder das eine noch das andere. Stattdessen war er etwas völlig Neues und zutiefst Ganzes –

ein Reishi-Baum. Ich lehnte meine nackte Brust gegen die Baumrinde, das Erntemesser in der Hand, und hielt staunend inne, bevor ich einen einzelnen Pilz abschnitt.

Ich presste mein Herz an den Stamm und probierte etwas aus. Ich atmete tief ein und bat darum, das Shen dieses Wesens zu spüren. Und mit einem Mal konnte ich die unbeschreibliche Einzigartigkeit der Seele dieses Baumes spüren. Obwohl ich in meinem Leben schon mit vielen Hemlocktannen zu tun hatte, verstand ich in diesem Moment sofort, dass es sich nicht um eine von ihnen handelte, auch nicht um irgendein totes Material, auf dem dieses Pilzbewusstsein erblühte. Das ganze Wesen war zu etwas anderem geworden: zu einem Reishi-Baum. Der Satz selbst fühlte sich an wie eine Beschwörung, ein Zauberspruch, eine Einladung, mich nicht länger mit dem zu identifizieren, was stirbt, sowohl in unserer Welt als auch in meinem eigenen Leben, sondern die Kraft dessen anzunehmen, was geboren wird; alles loszulassen, was mich davon abhielt, mein wahres Selbst zu sein, damit ich die lebendige Ganzheit dessen verkörpern konnte, was kommen wird. *Dies* war ein Reishi-Baum. Und *wir* sind es auch.

Der Weg über den Tod hinaus

Wenn etwas stirbt – ein Mensch, ein Haustier, ein Teil von uns – halten wir es reflexhaft fest, als könne unser Griff den Fluss der Zeit umkehren. Wenn wir eine Veränderung in uns selbst erleben, klammern wir uns an den Menschen, der wir einmal waren. Wir fangen an, die abgenutzten Geschichten unseres Lebens nachzuerzählen, weil wir nicht sicher sind, wie die neue Geschichte aussehen wird. Wir sind so sehr damit beschäftigt, die Vergangenheit zu entschlüsseln, dass wir die winzigen Sporen dessen, was gerade geboren wird, übersehen. Doch je mehr wir an dem festhalten, was im Sterben liegt, desto mehr gewinnt der Fluss der Erneuerung an Kraft. In der Zwischenzeit warten die Blumen des Bodens darauf, uns bei der Transformation zu helfen. Während die Giganten der Vergangenheit fallen, erblüht die neue Zukunft. *Puhpowee.* Wenn wir es zulassen, könnte die Transformation in die nächste Phase sogar über Nacht stattfinden. Die Kunst des Werdens ist – wie ein Pilz – von Natur aus geheimnisvoll. Derzeit wissen wir, dass die alten Wege auf unserer Erde sterben, aber wir wissen nicht, was an ihre Stelle treten wird. Mit dem *Reishi-Baum* bekommen wir einen Eindruck davon, wie sich diese Transformation vollziehen wird.

In unserer Welt gehen gerade viele Dinge zu Ende, aber die größte aller Läuterungen ist der Tod einer Weltanschauung, die die Erde und all ihre Geschöpfe nicht als etwas Lebendiges, als empfindungsfähiges Wunder betrachten konnte. Wenn so viele geliebte Wesen unsere Erde verlassen – die Hemlocktannen, die Kastanien, die Eisbären, die Bienen –, ist ihr Sterben ein deutlicher Ruf, eine Öffnung in eine andere Welt. Es ist eine Einladung – einzigartig, großzügig, großmütig und grundlegend –, den umfassenden Tod, der sich ereignet, alles hinwegfegen zu lassen, was in uns nicht mehr funktioniert, alle Überzeugungen loszulassen, die uns von der Welt getrennt haben, damit wir wieder Teil von allem werden können. Es ist klar, dass wir nicht länger in der Welt leben können, die unsere Weltanschauung geschaffen hat. Diese Welt, die uns vorgegeben wurde, in Linien der Hierarchie und Trennung gezeichnet, hat ihr Verfallsdatum erreicht – und wir sind die Träger sowohl ihres Untergangs als auch ihrer Wiedergeburt.

Wenn ein Baum von dem unterirdischen Netzwerk der Myzelien isoliert ist, kann er so geschwächt werden, dass er schließlich stirbt. Die Art und Weise, wie wir uns von der Erde getrennt haben, hat nicht nur uns krank gemacht, sondern damit auch die ganze vernetzte Welt, der wir angehören. Vor ein paar Jahren machte eine Jugendfreundin von mir eine unglaublich schwere Zeit durch. Wir alle wussten, dass sie litt, aber als ich sie sah, war ich ganz erschüttert, wie trüb ihre Augen geworden waren. Es war, als ob die Lichter tief in ihrer Seele erloschen wären. Das war es, was mir mehr als alles andere Angst machte. Ich wusste nicht, wohin ihr Shen gegangen war, aber ich wusste, warum es gegangen war.

Unsere Seelen sind hierhergekommen, um mit dem kollektiven, gemeinschaftlichen Licht dieser Welt in Beziehung zu treten. Wenn wir das Shen, das durch alle Dinge scheint, nicht sehen können, verlieren wir die Verbindung zu dem Licht und dem Sinn in uns.

Wenn wir uns von dieser größeren Verbindung abschneiden, verlieren wir unsere Lebenskraft. Wir werden zu einem Wald von geschwächten Bäumen, die kurz davor sind, umzufallen. Und doch – eine ältere Art des Seins leuchtet noch in uns. Wie Sporen unter der Oberfläche verborgen, ist diese Art, die Wirklichkeit wahrzunehmen, bereit, erneut Früchte zu tragen.

Eine der am häufigsten berichteten Nebenwirkungen der Einnahme psychedelischer Drogen ist die Fähigkeit, die Energien der Natur zu sehen, etwa die lichtvolle Aura, die einen Baum umgibt. Etwas, was Psychedelika so heilsam macht, ist, dass sie uns helfen, die Lebendigkeit der Welt und die unglaubliche Tatsache, dass wir zu diesem Wunder gehören, mit tiefer Klarheit wahrzunehmen. In einer John-Hopkins-Studie mit Psilocybin-Pilzen bezeichnete ein Drittel aller Teilnehmer die Erfahrung als die spirituell bedeutsamste ihres Lebens.[13] Heutzutage ist unsere natürliche Fähigkeit, diese Lebendigkeit und Verbundenheit zu erkennen, durch unsere Narrative von Abgetrenntheit so unterdrückt, dass wir manchmal die Kraft von Entheogenen – psychoaktiven Substanzen – brauchen, um diesen Felsbrocken von unserem Herzen zu wälzen. Aber du brauchst kein Halluzinogen, um Zugang zu diesem erweiterten Bewusstsein zu bekommen. Es passiert jedes Mal, wenn du das Sonnenlicht auf deiner Haut spürst und weich wirst; oder wenn du das Auto anhältst, um dich an den blühenden Straßenrand zu setzen und dich in deinem Glück zu sonnen. Es ist da, wenn du einen Stein findest, der wie ein Gesicht aussieht, oder wenn du einem Vogel ins Gebüsch folgst, oder wenn du mit deinem Fingerknöchel den Ast eines Baumes nachzeichnest und dich fragst, welcher Strudel der Weisheit dort lebt. In jedem myzelartigen Moment der Langsamkeit, der Selbstliebe und der Verbundenheit wirst du daran erinnert, dass *du dazugehörst*. Wenn du die Lebendigkeit, die dich umgibt, sehen kannst, wird die Erde ganz bei dir sein und dein Licht zurückwerfen. Es sind Momente wie diese – wenn das Shen der Erde unser Herz berührt –, in denen sich die Welt vor unseren Augen verändert.

Bei Nahtoderfahrungen (NTE) berichten Menschen oft, dass das Sterben die glücklichste Erfahrung ihres ganzen Lebens war. Sie kehren von diesen Erfahrungen voller Staunen zurück und berichten, dass der Tod überhaupt kein Ende war, sondern ein Erwachen. Das Gefühl des Sterbens, so sagen sie, war das einer Heimkehr nach einer langen Zeit in der Fremde. Wenn sie ins Leben zurückkehren, haben diese Menschen oft ein Gefühl dafür, wie unendlich wertvoll ihr individuelles Leben ist und wie gesegnet wir sind, hier auf diesem Planeten zu sein.

In unserer heutigen Kultur sehen wir den Tod oft als endgültig an, aber jene, die sich über diese Schwelle hinausgewagt haben, sind zurückgekommen, um zu berichten, dass es einen Weg über den Tod hinaus gibt – und dieser Weg ist ein *Nach-Hause-Kommen*. Wenn wir zu uns zurückkehren, zur Lebendigkeit der Welt und zu diesem Spiegel unseres Gutseins, erhellen wir den vor uns liegenden Weg. Wenn wir Selbstliebe als die Kraft der ökologischen Heilung erkennen, die sie ist, können wir die Fährte des Wildes wahrnehmen, die uns von diesem gepflasterten, ins Nirgendwo führenden Weg abbringt, und auf einen wahren Himmel auf Erden zugehen. Wenn der Tod nichts anderes ist als das, was uns letztendlich wieder nach Hause bringt, dann haben wir die Kraft, die wir auf dem Planeten gerade jetzt brauchen, und können sie einsetzen und diese Wiedergeburt unterstützen. Wenn die Heimat unser letztes Ziel ist, ist die Rückkehr zu unserer Zugehörigkeit ein Segen, der so unaufhaltsam ist wie eine Pilzblüte nach einem starken Regen.

Wir, die wir in diese Welt hineingeboren wurden, sind es gewohnt, uns über das zu definieren, was wir verloren haben. Unsere Generation muss damit leben, dass wir als heutige Menschen die Last der von Menschen verursachten Auslöschung zu tragen haben. Für jene von uns, denen es gelungen ist, ihre Herzen wieder für die kostbare Schönheit unserer Heimat zu öffnen, ist der Schmerz über diese Schuld immens. Wir können nicht anders, als uns selbst als Todbringer, Waldabholzer, Müllverursacher und Minengräber zu sehen. Wir haben uns als eine Art Strafe an diese Definitionen geklammert, unentrinnbar und verdammend – und doch haben wir uns dadurch an genau die Lebensweise gefesselt, die im Sterben liegt, anstatt dem die Hände zu reichen, was gerade geboren wird.

Wir sind nicht hier, um Agenten des Todes zu sein; wir sind hier, um Engel des neuen Lebens zu sein. Wir sind hier, um diejenigen zu sein, die der Menschheit helfen, in die nächste Phase ihres Daseins zu gehen, indem wir eine Seinsweise, die uns unser Leben geraubt hat, zu Staub zerfallen lassen. Jedes Mal, wenn wir nach Hause kommen, um das Licht einzuschalten und unser Shen wieder in unser wunderbares Herz einzuladen, helfen wir bei dieser Wiedergeburt. Wie sehr wir uns auch nach der Vergangenheit sehnen mögen, niemand von uns wurde zur falschen Zeit geboren. Du bist für diese Zeit geschaffen, und jedes Mal, wenn du ganz bei dir bist, wirst du dich daran erinnern: Du bist hier, um ein Reishi-Baum in einer neuen Welt zu werden.

Reishi-Bäume werden

> Nach einer Zeit des Verfalls kommt der Wendepunkt. Das mächtige Licht, das verbannt war, kehrt zurück.
>
> I Ging, Hexagramm 24

Das Erbe, das uns hinterlassen wurde, ist im Verfall begriffen. Viele von uns haben es gespürt, seit wir laufen können – als man uns sagte, wir sollten die Brombeeren nicht essen, die wuchsen, wo unter den Stromleitungen gespritzt wurde, oder dass unser Lieblingstier auf der Liste der gefährdeten Arten stand. Wir wissen es, seit der spärliche Wald, der unser Zufluchtsort war, einem neuen Schaufenster gewichen ist, während die Reiher aus dem Bach verschwanden.

Dort, wo ich aufgewachsen bin, gab es eine große Grünfläche hinter der langen Biegung mit Doppelhäusern. Wir durften dort spielen, aber es war uns ausdrücklich verboten, das überwucherte Feld des benachbarten Grundstücks zu betreten. Niemand erklärte uns, warum wir nicht dorthin durften, außer, dass wir furchtbar krank werden konnten, wenn wir den Boden dort berührten. Dieses Feld nahm in meiner Vorstellung einen geheimnisvollen dunklen Farbton an. In meinen Alpträumen kletterte ich durch den Zaun, und Schwärze verschluckte mich. Erst als ich älter wurde, erfuhr ich den Grund, warum ich nicht auf das Grundstück durfte. Ein Jahrzehnt vor meiner Geburt hatte ein Unternehmen, das Füllmaterial für Autositze herstellte, seinen gesamten Abfall dort abgeladen, und so wurde das Gelände zu einem Altlastengebiet erklärt. Ich weiß nicht, was ihnen das Recht gab, dort Chemikalien abzukippen, ein Gebiet mit einem Bach und einem Wald inmitten einer Auenlandschaft. Aber ein paar Jahre nach meiner Geburt erkrankte ein Mädchen im Teenageralter, das am Rande des Feldes wohnte, an Blasenkrebs, und danach durften die Kinder nicht mehr dorthin.

Wie häufig sind solche Geschichten? Wir kennen sie so gut, wie unsere Vorfahren ihre Schöpfungsmythen kannten. Wir sind die Kinder von Plastiktellern und Feldern, die wir nicht betreten durften. Wir sind die Nachkommen von Supermärkten, die früher Sümpfe waren, in denen Reiher staksten; Kinder, die lernten, Weinbergslauch zu essen, und ihn für ein Wunder hielten; und Kinder, die aufgehört hatten, nach Wundern Ausschau zu halten, weil man uns beibrachte, dass es sie gar nicht gibt. – Aber es gibt sie.

Brombeeren wachsen, um gedankenlos gerodetes Land zurückzugewinnen. Quellwasser fließt noch. Pilze sanieren ganze Landstriche mit verseuchtem Boden. Selbst unsere Hoffnung, die wie ein Falke von den unsichtbaren Winden des Glaubens getragen wird, ist ein Wunder. Wunder haben nie aufgehört zu existieren; wir haben nur aufgehört, sie zu sehen, weil unsere Weltanschauung ihnen keinen Raum ließ.

Wir erleben gerade das sich entwickelnde Wunder, das wächst, wenn die alten Denkstrukturen fallen. Seeadler, die in England bereits als ausgestorben galten, sind gerade in das Land zurückgekehrt. Nach 140 Jahren wurden dem Fluss Te Awa Tupua in Neuseeland, dem angestammten Wasserlauf des Whanganui-Volkes, endlich die gleichen Rechte wie einem Menschen zuerkannt – eine Entscheidung, die ein Präzedenzfall für die staatliche Anerkennung von Landschaften als lebende Wesen in Ländern auf der ganzen Welt ist. Solche Wunder zeigen uns, dass es eine andere Art zu leben gibt; eine, die so viel erfüllender, reizvoller, reicher und bunter ist als alles, was wir bisher kannten. Wenn wir das Alte kompostieren, kann das Neue in unserer Seele sprießen.

Unsterblichkeit ist ein komisches Wort. Wie den heiligen Gral suchen die Menschen seit Jahrtausenden nach ihr, ohne wirklich zu glauben, dass es sie gibt. Doch unsere Vorfahren, die ihr Leben nach dem Lauf der Erde ausrichteten, wussten, dass es Unsterblichkeit *tatsächlich gibt*; sie hatte nur einen anderen Namen: Wiedergeburt. Unsterblichkeit ist nur ein anderes Wort für die Erinnerung daran, dass es eine Essenz, ein Shen, gibt, das über den Tod hinaus bestehen bleibt, auch wenn der Körper verrottet und die Säulen einer Kultur einstürzen. Die Blüte einer Ära mag kommen und gehen, aber die myzelartigen Wurzeln unserer Seele bleiben ewig bestehen. Wahre Unsterblichkeit ist es, das Rad von Leben-Tod-Leben zu durchlaufen und zu wissen, dass man bei der Wiedergeburt eine Aufgabe hat.

In der alten daoistischen Praxis des *Neidan*, einer Disziplin der inneren Alchemie, ging es nicht darum, unedle Metalle in Gold zu verwandeln, sondern darum, die eigene Transformation zu vollenden, den Prozess der Selbstverwirklichung so vollständig anzunehmen, dass man, wiedervereint mit seinem wahren Licht, unsterblich wird.

Die alten Daoisten glaubten, man könne Tod, Verfall und die Kräfte der Entropie nicht überwinden, indem man ihnen widerstrebt, sondern indem man sie so vollständig annimmt, dass eine neue Art von Bewusstsein geboren wird. Wie die Akupunkteurin Lorie Eve Dechar in ihrem Buch *Five Spirits: Alchemical Acupuncture for Psychological and Spiritual Healing* [*Fünf Geister: Alchemistische Akupunktur für psychologische und spirituelle Heilung*] erläutert, werden im alchemistischen Prozess »nicht mehr effiziente Systeme« zerschlagen und zu »einer neuen, kraftvolleren und komplexeren Ganzheit« reorganisiert.[14] Alchemie geschieht, wenn wir bereit sind, in die Tiefen des Myzels vorzudringen, dorthin, wo etwas zerbrochen ist und stirbt, damit wir den Funken Gold in der Dunkelheit finden können.

Gold wurde in der ganzen Alten Welt geschätzt, weil es ein Metall ist, das nie seinen Glanz verliert. Im Gegensatz zu Messing oder Kupfer ist Gold vom Tag seiner Entstehung bis zu dem Tag, an dem es ausgegraben wird, und bis zu dem Tag, an dem es wieder vergraben wird, so hell wie die Sonne. In den alten daoistischen alchemistischen Texten wird der Funke der inneren Neugeburt, der aus unserer Bereitschaft entsteht, in die todgeweihten Tiefen zu gehen, als *Goldene Blüte* bezeichnet. »Die Blüte ist das Selbst«, beschreibt Dechar, »das unfassbare Licht, sowohl sterblich als auch göttlich, das im leeren Mittelpunkt unseres Wesens leuchtet.«[15] Sobald diese Goldene Blüte entsteht, wird der unvermeidliche Zerfall umgekehrt, die Entropie nimmt einen anderen Verlauf, und das Leben selbst wird wiedergeboren. Manche Menschen stellen sich diese Blüte als Lotus vor, aber ich kann mir vorstellen, dass sie ein wenig wie ein Reishi-Pilz aussieht, der aus dem Herzen einer Hemlocktanne aufblüht.

Wahre Alchemie besteht darin, das, was in Teile zerfallen ist, das Schlichte, was uns in die Hand gegeben wurde, zu nehmen und es in Gold zu verwandeln. Es ist die Fähigkeit, die Bestandteile dessen, was *war*, in etwas zu verwandeln, das in seiner Gesamtheit absolut unerwartet ist. Pilze sind Experten der Alchemie, sie verwandeln den Tod in neues Leben; das ist einfach Teil ihres Dao. Genau wie die Pilze haben auch wir die Fähigkeit, dieses Vermächtnis des Vergehens mittels Alchemie in etwas Goldenes zu verwandeln. Dechar erklärt weiter: »Jeder Mensch, der diese Erschütterung ertragen hat, ohne in Bitterkeit, Hoffnungslosigkeit und Verzweiflung zu verfallen, der Schmerz und Leid in Mitgefühl und eine beständige, spontane

Freude und Dankbarkeit für die Erfahrungen des Lebens verwandelt hat, war an einem inneren alchemistischen Geheimnis beteiligt.«[16] Unsere Bereitschaft, diese Zeit der Not bewusst zu durchleben und den Weg zu gehen, die Goldene Blüte des Selbstmitgefühls, der Möglichkeiten und der Hoffnung in uns zu entdecken, wird helfen, uns in die Akteure der Alchemie zu verwandeln, die wir für diese Welt sein sollen. Wie der traditionelle daoistische Alchemist Liu I-ming einst beschrieb, können wir nur dann wieder zu wahren »Gefährten der Erde« werden, wenn wir bereit sind, diesen inneren Weg zu gehen.

Wir sind die Kinder einer neuen und zugleich alten Welt. Wir sind nicht nur die sterbende Tanne und auch nicht der aufkeimende Reishi – sondern eine alchemistische Verschmelzung von beidem. Wir räumen in unseren Körpern auf, was nicht mehr in Ordnung ist, was bereits im Sterben liegt. Wir erkennen es als Selbstzweifel und Verurteilung, Krankheit, Unterdrückung und Stress. Und wir tragen die Sporen eines Neuanfangs in uns – Selbstmitgefühl, Einfühlungsvermögen, eine Beziehung zur lebendigen Welt und ein tiefes Vertrauen in einen umfassenderen, aus sich heraus entfaltenden Prozess.

Ein Reishi-Baum zu sein, bedeutet, sich im Selbstvertrauen zu verwurzeln, trotz all der Zweifel, die uns mitgegeben wurden. Es bedeutet, zu wissen, dass man würdig ist und die alchemistischen Werkzeuge hat, die man braucht, um an der Neugeburt mitzuwirken. So wie die Fäden des Myzeliums in einer Hemlocktanne lange, bevor die Pilze erscheinen, ihren Anfang nehmen, beginnt diese Umwälzung in unserem Kernholz, und sie hat sich bereits eingenistet.

Bis heute habe ich keine Ahnung, wo und wann und wie der Reishi blühen wird. Pilze, wie die Geburt, kommen zu ihrer Zeit, auf ihre eigene unvorhersehbare Weise. Letztlich ist es nicht an uns, zu verstehen, wie diese neue Ära eintritt. Unsere Aufgabe besteht schlicht und einfach darin, *sie zu sein*, indem wir die Integration, die jetzt in uns stattfindet, in ihrer ganzen Tiefe mitgehen.

Hebammen für eine sterbende Welt

Ich lehnte mich immer noch an den Baum und hielt eine Handvoll Reishis in einer Hand und in der anderen ein scharfes Messer, um mehr von der weichen Rinde zu lösen. Ich schnitt jeden einzelnen Reishi ganz behutsam ab. Meine Füße drohten bei der Arbeit auf den nassen Wurzeln abzugleiten, aber jedes Mal, wenn ich das Gefühl hatte, ich könne fallen, lehnte ich meinen Körper noch enger an den Reishi-Baum, um mich besser zu halten. Anschließend kletterte ich, die Reishis in den Armen haltend, vorsichtig die Felsbrocken mit ihrem strömenden Wasser hinunter und tat die Pilze in meinen bereitstehenden Rucksack. Ich sammelte nur eine Handvoll, gerade genug, um sie zu einem starken Sud einzukochen und dann in einer großen Tropfflasche aufzubewahren. In den Jahren, in denen ich in der Wildnis Medizin sammelte, habe ich gelernt, dass eine kleine Menge viel bewirken und das Leben der Menschen dauerhaft verändern kann.

Ich blickte noch einmal zu dem Baum auf, der über dem Wasserfall thronte, zu diesem Torwächter zwischen den Welten, der meine Sicht auf mich und die Rolle, die ich in dieser Welt zu spielen habe, für immer verändert hatte. Aus seiner Rinde leuchteten noch Dutzende von Reishis. Von unten wirkte der Stamm wie mit warmen Reispapierlaternen bestückt. Jeder Pilz war ein eigenes bronze-oranges Licht in der Dunkelheit des Waldes. Ich spürte, wie sich meine Augen mit Tränen füllten, die aus einem tiefen Inneren aufstiegen. Über das Rauschen des Wassers hinweg konnte ich hören, wie sie sich alle verabschiedeten: ein Chor aus Pilzen, Wasser, Bäumen und Licht, der ein Loblied auf das neue Leben sang.

Nachdem ich die Pilze vorsichtig in meinem Rucksack verstaut hatte, suchte ich meine Kleidungsstücke zusammen, die ich am Bachufer und am Waldabhang verstreut hatte. Ich zog mich wieder an und ließ den nassen Strang meines Haares auf meine Schultern fallen. Ich hob mein halb gegessenes Mittagessen, meine Socken und Schuhe auf. Ich jonglierte alles in meinen Händen, damit der Reishi in meinem Rucksack nicht verunreinigt wurde. Einmal geerntet, sind Reishi-Pilze zart wie Neugeborene und bekommen leicht blaue Flecken, vor allem an der weichen weißen Unterseite ihres Bauches. Auf dem Rückweg zum Hauptweg und dann hinunter zu meinem geparkten Auto ging ich, als trüge ich ein Baby in einer Wiege auf dem Rücken; ich war Trägerin von etwas ganz und gar Neuem, Kostbarem und Wichtigem. Wie bei der Geburt eines Kindes war dieser Ruf, ein Reishi-Baum zu werden, eine neue Welt zu schaffen, indem ich zu mir selbst heimkehre, vielleicht nichts, was ich zu meinen Lebzeiten ganz verwirklichen könnte – aber jeder Schritt, den ich tat, fühlte sich so verschwenderisch an wie Sonnenlicht. In diesem Moment verstand ich, dass es der Sinn meines Lebens war, die Sporen dieses Neuanfangs zu bringen. Ich war eine Hebamme für die Wiedergeburt.

Wenn eine Hemlocktanne stirbt, dringt das Myzel in jede Pore des Baumes ein. Dann wird der Baum mehr zum Reishi als zur Tanne. Oder anders ausgedrückt: Der Baum wird zu beidem. Bei meinem Auto angelangt, wurde mir klar, dass ich von einer Persona – der wilden Frau, die sich auszieht und auf Felsen klettert, um Pilze zu sammeln – in eine andere wechselte. Ich wurde die vorsichtige Fahrerin, die sich anschnallt, bevor sie Gas gibt, und die bei jeder Abbiegung auf den verlassenen Straßen im Hinterland den Blinker setzt. Ich war sowohl das hochsensible Kind, das es liebte, die Hänge seines Geistes zu durchstreifen, als auch eine verwurzelte Kämpferin für die Erde, die sich bei Bedarf in eine extrovertierte Führerin verwandeln kann. Ich war die Schülerin in der Kräuterschule, die am ersten Tag nichts über Pflanzen wusste, und ich war die erfahrene Lehrerin, die auf der ganzen Welt Schüler hatte. Ich war die Person, die manchmal immer noch an ihrem Gutsein zweifelte, und diejenige, die ohne jeden Zweifel wusste, dass sie dieser Welt ein wertvolles Geschenk zu machen hatte.

Das Wort Alchemie stammt von dem griechischen Wort *chemeia* ab, was »Vermischung« oder »Infusion« bedeutet. Bei echten alchemistischen Prozessen geht es darum, die inneren Kräfte so zusammenzubringen, dass aus den unterschiedlichen Elementen etwas völlig Neues entsteht. Im Daoismus heißt es, einst habe ein perfektes Gleichgewicht und eine perfekte Wechselwirkung zwischen den Menschen und der Welt geherrscht. Als Teil des natürlichen Verlaufs des Kosmos zerbrach diese Einheit, die Ganzheit spaltete sich auf. Diese Aufspaltung führte dazu, dass die Menschen nicht mehr im Einklang mit den Gesetzen der Natur lebten. Nach dem Glauben der Daoisten ist diese Aufspaltung keine Erbsünde und kein tragischer Fehler in der menschlichen Natur, sondern ein organischer Teil des kosmischen Prozesses, der Traum einer empfindungsfähigen Erde – denn nur durch diese Trennung können die Hälften wieder zusammenfinden, um ein größeres Ganzes zu schaffen. In dieser Denkweise hat die Erde diese Aufspaltung inszeniert, weil sie wusste, dass eine noch vollere Ganzheit möglich war. Für die alten Daoisten findet Alchemie statt, wenn man den Versuch aufgibt, das einmal Gewesene, diese erste Vollkommenheit, wiederzuerlangen, und sich bewusst auf die unbekannte Zukunft zubewegt, diesen Traum von Ganzheit, der nur erreicht werden kann, wenn wir uns in der wundervollen Vielschichtigkeit unseres Selbst beheimaten.

Wir befinden uns gerade in einem geschichtlichen Moment, in dem wir die Dualität in all ihren Formen überwinden: Belebtes und Unbelebtes, Gut und Schlecht, Ende und Anfang. Ein Reishi-Baum zu werden, bedeutet unter anderem, über die Dualität und ihren Fatalismus hinauszuwachsen, um einfach mit dem zu sein, *was ist*. Du bist sensibel und du bist stark. Du bist introvertiert und du bist ein Heilmittel für die Erde. Du bist der Tod, der das Leben gebiert, und das Leben, das uns vom Pfad des Todes wegführen wird. Du bist die Hemlocktanne und der Pilz – der Reishi-Baum, der über diesem großen Riss in der Welt thront.

Umarme also den wilden Zwiespalt in dir. Halte den Teil von dir, der an deinem Gutsein zweifelt, in Zärtlichkeit fest, und verwurzele dich in dem größeren Licht, das dich nie verlassen hat. Ehre den Teil von dir, der sowohl mit der Zerstörung verbunden ist als auch den Samen des Neubeginns in sich trägt. Wie die Hemlocktanne, die zwischen den beiden Felsbrocken steht, sind wir in dieser Welt, weil wir wissen, wie man zwischen Felsen, an einem harten Ort lebt, um diese tiefe Kluft zwischen dem, was stirbt, und dem, was geboren wird, zu überbrücken. Öffne dich für die Brücke, die du bist, und wir alle können von einer Seite des Sturzbachs zur anderen wechseln. Jeder von uns ist ein Torwächter des Dazwischen; wir sind die Hebammen für eine sterbende Welt.

Du trägst Medizin in dir; du bist genauso reich beladen wie ein Reishi-Baum, und deine Gaben sind heilender Balsam, der das Bewusstsein dieser Welt erweitern kann. Wie die alten Daoisten wussten, geraten wir nur dann aus dem Einklang mit dem Dao, wenn wir unsere wahre Natur vergessen. Wenn wir den Tod unserer verinnerlichten Selbstzweifel und Verletzungen »alchemieren«, vereinen wir wieder unsere Ganzheit und verändern die Welt von innen heraus. Wenn du so lebst, dass du die Empfindsamkeit der Erde und das kostbare Geschenk feierst, du selbst zu sein, wirst du zu einem Psychedelikum, das den Geist der menschlichen Kultur erweitern kann. Wenn du dich selbst als den Reishi-Baum annimmst, der du bist, rufst du eine durch und durch alchemistische Reinkarnation unserer gegenwärtigen Weltanschauung ins Leben.

Eine alte Welt liegt im Sterben – die Welt, die in Selbstzweifeln und Bindungslosigkeit erstarrt ist, eine Welt, in der dein Wert in Frage gestellt werden konnte, in der das, was du bist, nicht als wichtige Medizin für die Erde anerkannt wurde. Und jetzt wird eine neue Welt geboren – eine Welt, in der du von Natur aus weißt, wie gut du bist. Eine, in der du dich selbst so vollständig akzeptierst, dass du endlich Zugang zu den Gaben der Erneuerung, der Zuwendung, der Verbundenheit und des Verständnisses hast, die von jeher bereit waren, das Ruder herumzureißen; die Gaben, die wie warme, ruhige Hände sind, die eine neue Welt hervorbringen. Im tiefsten Inneren, wo sich die Myzelien und die Wurzeln verflechten, wusstest du seit jeher, dass du deshalb hier bist; dass tatsächlich alles dich hierhergeführt hat. Du hast dieses Buch in die Hand genommen, weil du den Ruf vernommen hast – wie das Lied der Pilze, die aus dem Boden auftauchen –, dich selbst zu sehen, dich zu akzeptieren, dich so zu lieben, wie du wirklich bist, und von dort aus zu erblühen. Wenn wir uns im Spiegel der Erde sehen und wieder eine Beziehung mit dem glühenden Shen in uns und dem größeren Shen dieses lebendigen Planeten herstellen, werden wir zu einem Licht für diese Welt. Die Erde hat dich gebeten, dich auf dieses mutige Werk der inneren Alchemie einzulassen, denn so wird neue Ganzheit für uns alle geschaffen. Du bist diesen Weg gegangen, um dich daran zu erinnern, ein Reishi-Baum zu werden – ein Wesen, das auf der Erde eine neue Zukunft sät – einfach dadurch, dass du dein ganzes Selbst bist.

Schau also freundlich auf die Welt und lass die Güte der Welt in dich ein. Lass die Erde dir zeigen, wie wertvoll du bist. Wenn du ausgelaugt bist, geh an den Berghang und knie nieder, trinke tief von der Güte, die dort ist. Ein neuer und zugleich alter Weg sprudelt aus der Tiefe empor, und du bist ein Vermittler dieses Wunders.

Wenn die Dinge schwierig werden, denke daran, dich im liebevollen Spiegel der Erde zu betrachten. Schütze, was in dir ist, bereit zu wachsen. Lass deine innere Welt die Erde nähren. Nimm jeden Schlag in deinem Leben als etwas, das dich einzigartig macht. Vertraue deinem Zeitmaß. Würdige, was an dir klein, zart und fehlbar ist. Wisse, dass die Welt dich sieht und jedes Jota von dir gutheißt. Dir wird verziehen. Dein Herz ist groß genug, um alles zu tragen. Jedes Mal, wenn du an eine neue Möglichkeit für dein Leben und das Leben dieser Welt glaubst, nährst du die unergründliche Heilung der Erde. Du bist hier, um mitzuwirken, eine neue Zukunft zu säen, und du musst nichts Besonderes tun, um diesen Traum Wirklichkeit werden zu lassen; du brauchst dich nur auf diesen zutiefst alchemistischen Weg der Selbstwerdung einzulassen.

Dies ist nicht das Ende, es ist der Anfang. Wer du bist, ist das Geschenk, das du auf diese Erde bringen sollst. Du bist ein Reishi-Baum, und dein Hiersein ist genau das, was für die große Wiedergeburt benötigt wird.

Danksagungen

DANKBARKEIT NÄHRT DIE WELT – und ich bin bei der Entstehung dieses Buches von vielen förderlichen Quellen genährt worden. Danke an all die Heiler und Lehrer, die mein Leben berührt haben, darunter Sarah Thomas, Jeffrey Yuen, Robert Moss und Shannon O'Neil. Dank sage ich Juliet Blankespoor, meiner ersten Lehrerin in der Kräuterwelt und lieben Freundin. Ich habe einen weiten Weg zurückgelegt, seit ich beim Baum-Quiz fast durchgefallen wäre; danke, dass du an mich geglaubt und mich in jeder Hinsicht unterstützt hast. Ich bin auch all den indigenen Autoren, Philosophen und Künstlern zu großem Dank verpflichtet, deren Weisheit die Grundlage für viele der Schulungen bildet, die meinen Weg geprägt haben. Ohne diese Lehrer wäre ich in meinem Denken, meiner Wahrnehmung und meiner Bildung nicht da, wo ich heute bin. Meine tiefe Dankbarkeit gilt insbesondere meiner Studienberaterin Professor Molly McGlennen, deren Brillanz, Liebenswürdigkeit und Führung mir die Augen öffnete und mich auf einen Weg brachte, der mich mein ganzes Leben begleiten sollte.

Alle Heilung geschieht in Beziehungen. Dieses Buch wäre nicht möglich gewesen ohne all die Freunde und Weggefährten, die mich gelehrt, herausgefordert, mit mir unter den Sternen gezeltet und mich durch die vielen Stationen dieses Weges begleitet haben. Euch allen, die ihr in diesem Buch auftaucht, namentlich oder ungenannt, danke ich dafür, dass ihr in meinem Leben Spiegel seid.

Tiefe Dankbarkeit gegenüber meinem geliebten One-Willow-Team, früher und heute, das mich während der Entstehung dieses Buches und darüber hinaus unterstützt hat. Danke an Catelynn, Shannon, Andrés, Ann, Noel und die unbezwingbare Aleli – die geholfen hat, dieses Schiff durch so viele Untiefen zu steuern.

Ein herzliches Dankeschön an alle, die Teile dieses Buches gelesen haben, während es entstand, einschließlich Miranda, Juliet, Sylvia, Shannon und meiner Schreibfreundin Samantha Fey, die dieses Buch durch ihr Feedback unschätzbar bereichert hat. Ein großes Dankeschön auch an all die wunderbaren Leute bei North Atlantic Books, darunter Allison Knowles, Keith Donnell, Trisha Peck und Rebecca Rider.

Tief empfundene Dankbarkeit gegenüber meinen Eltern, die vom ersten Tag an meine schriftstellerischen Betreuer waren und mich bei jedem Schritt ermutigt und bestärkt haben. Sie haben dieses Buch zu dem gemacht, was es heute ist. Ich bin so gesegnet, in meinem Leben solche liebevollen Spiegel zu haben.

Ich danke allen Studenten, Kunden und Lesern, mit denen ich im Laufe der Jahre in Kontakt gekommen bin. Ihr habt mich gelehrt, gestärkt und inspiriert, mehr als ihr jemals wissen werdet.

Dieses Buch ist, wie alles im Leben, ein Gemeinschaftswerk. Es würde nicht existieren, wenn es nicht all die Führer gäbe, denen ich in der nichtmenschlichen Welt begegnet bin: den Pflanzen und Steinen, Geschöpfen und Lehrern in der sichtbaren und unsichtbaren Welt – danke. Mein Leben ist nur dank eurer Liebe möglich. Und dir, Großmutter dieser Berge, danke ich für die Art, wie du mich hältst. Hier in deinen Tälern zu leben, ist ein unvorstellbarer Segen. Danke, dass du mir gezeigt hast, was Wohlwollen und Weisheit wirklich bedeuten.

Und schließlich John: *mo sheasamh ort lá no choise tinne*. Danke, dass du ein Ort bist, an dem ich sein kann, wenn ich müde bin, der Boden, auf dem ich ausruhen kann.

Anmerkungen

Einführung

1 Wilma Dykeman und Douglas W. Gorsline, *The French Broad* (Knoxville: University of Tennessee Press, 1965), 269-270.

2 Bradley Thomas Lepper, *Ohio Archaeology: An Illustrated Chronicle of Ohio's Ancient American Indian Cultures* (Wilmington, OH: Orange Frazer Press, 2005), 110.

3 Der Ausdruck »the-more-than-human world«, hier übersetzt als »nichtmenschliche Welt« wurde von dem ökologischen Philosophen David Abram geprägt.

4 George Constantz, *Hollows, Peepers, and Highlanders: An Appalachian Mountain Ecology* (Missoula, MT: Mountain Press Publishing, 1994), 45.

5 Robin A. Smith, »Study Reveals How Eastern U.S. Forests Came to Be«, *Duke Today*, 20. Mai 2015, https://today.duke.edu/2015/05/osternforests.

6 Robin Wall Kimmerer, *Braiding Sweetgrass: Indigenous Wisdom, Scientific Knowledge and the Teachings of Plants* (Minneapolis, MN: Milkweed Editions, 2013), 229.
Dt: *Geflochtenes Süßgras*, Berlin: Aufbau, 21, 265.

7 Xue Wang, Zhansheng Chen, Kai-Tak Poon, Fei Teng und Shenghua Jin, »Self-Compassion Decreases Acceptance of Own Immoral Behaviors«, *Personality and Individual Differences* 106 (1. Februar 2017): 329-333, https://doi.org/10.1016/j.paid.2016.10.030.

8 Stefanie B. Waschull und Michael H. Kernis, »Level and Stability of Self-Esteem as Predictors of Children's Intrinsic Motivation and Reasons for Anger«, *SAGE Journals*, 1. Januar 1996, https://doi.org/10.1177/0146167296221001.

9 Lyla June, Zitat aus einer Unterrichtsaufzeichnung. Mehr über Patricia Davis und ihre Weisheit finden Sie unter Patricia Anne Davis, »Living the Loving Way, a Reverent Revolution«, Whole System Design Portfolio, Center for Creative Change, Antioch University, Juni 2005.

Kapitel 1: Grenzen des Gartens und das Paradies auf Erden

1 Wikipedia, s.v. »History of Gardening«, zuletzt geändert am 1. September 2021, https://en.wikipedia.org/wiki/History_of_gardening.

2 Gabor Maté, *When the Body Says No: The Cost of Hidden Stress,* (London: Scribe, 2019).
Dt.: *Wenn der Körper nein sagt: Wie chronischer Stress krank macht Stress,* Kandern: Unimedica, 2020.

3 »When the Body Says No – Caring for Ourselves While Caring for Others. Dr. Gabor Maté« YouTube, hochgeladen von SCSASmithers, 6. März 2013, https://youtu.be/c6IL8WVyMMs.

Kapitel 2: Florida und innere Welten

1 Zenaida Kotala, »Florida Declared a Global Biodiversity Hotspot: Orlando News«, *University of Central Florida News | UCF Today*, 2. Juli 2018, https://today.ucf.edu/florida-declared-a-global-biodiversity-hotspot/.

2 Graham Harvey, *Animism: Respecting the Living World* (London: C. Hurst and Company, 2017), xi.

3 Robert Moss, *The Boy Who Died and Came Back: Adventures of a Dream Archaeologist in the Multiverse* (Novato, CA: New World Library, 2014), 176.

4 John Tierney, »Discovering the Virtues of a Wandering Mind«, *New York Times*, 28. Juni 2010, https://www.nytimes. com/2010/06/29/science/29tier.html; Christine Dell'Amore, »Five Surprising Facts about Daydreaming«, *National Geographic*, 12. Juni 2016, https://www.nationalgeographic.com/news/2013/7/130716-daydreaming-science-health-brain/; David B. Feldman und Diane E. Dreher, »Can Hope Be Changed in 90 Minutes? Testing the Efficacy of a Single-Session Goal-Pursuit Intervention for College Students«, *Journal of Happiness Studies* 13 (2012): 745-759, https://link.springer.com/article/10.1007/s10902-0119292-4; Marjorie Taylor, Candice M. Mottweiler, Emilee R. Naylor und Jacob G. Levernier, »Imaginary Worlds in Middle Childhood: A Qualitative Study of Two Pairs of Coordinated Paracosms«, *Creativity Research Journal* 27, Nr. 2 (Juni 2015): 167-174, https://doi.org/10.1080/10400419.2015.1030318.

5 Christine Judith Nicholls, »›Dreamtime‹ and ›The Dreaming‹ – An Introduction«, *The Conversation*, 22. Januar 2014, https:// theconversation.com/dreamtime-and-the-dreaming-an-introduction-20833.

6 Elina Helander-Renvall, »Animism, Personhood and the Nature of Reality: Sami Perspectives«, *Polar Record* 46, Nr. 1 (Januar 2010): 44-56, https://doi.org/10.1017/S0032247409990040.

Kapitel 3: Die Jahreszeiten des Traumas

1 Jeremy Deaton, »Summer Is about Here. For That You Can Thank a 4-Billion-Year-Old Rock,« *Washington Post*, 15. August 2019, https://www.washingtonpost.com/weather/2019/06/20/summer-is-about-here-that-you-can-thank-billion-year-old-rock/.

2 Peter A. Levine mit Ann Frederick (Mitwirkende), *Waking the Tiger: Healing Trauma: The Innate Capacity to Transform Overwhelming Experiences* (Berkeley, CA: North Atlantic Books, 1997), 2.
Dt.: *Trauma-Heilung*, Essen: Synhesis, 1998.

3 Levine, *Waking the Tiger*, 19.

4 Levine, *Waking the Tiger*, 12.

5 Yasmin Anwar, »Nature Is Proving to Be Awesome Medicine for PTSD«, *Berkeley News*, 16. Juli 2018, https://news.berkeley. edu/2018/07/12/awe-nature-ptsd/; Dorthe Varning Poulsen, Ulrika K. Stigsdotter, Dorthe Djernis und Ulrik Sidenius, »›Everything Just Seems Much More Right in Nature‹: How Veterans with Post-Traumatic Stress Disorder Experience Nature-Based Activities in a Forest Therapy Garden«, *Health Psychology Open*, 31. März 2016, https://www.ncbi.nlm.nih.gov/pmc/articles/PMC5193293/; James K. Summers und Deborah N. Vivian, »Ecotherapy – A Forgotten Ecosystem Service: A Review«, *Frontiers in Psychology*, 3. August 2018, https://www.ncbi.nlm.nih.gov/pmc/articles/PMC6085576/.

6 Caroline Casey, »Way of the Trickster: Liberating Your Soul to Liberate the World«, Shift Network live video training, 17. Juli 2018, https://theshiftnetwork.com/course/13138.

7 Wikipedia, s.v. »Theia«, zuletzt geändert am 7. Oktober 2020, https://en.wikipedia.org/wiki/Theia.

8 Levine, *Waking the Tiger*, 193.

Kapitel 4: Die, die ihr Laub behalten

1 Richard Gast, »Marcescence: An Ecological Mystery«, *The Adirondack Almanack*, 16. November 2017, https://www.adirondack almanack.com/2017/11/marcescence-ecological-mystery.html.

Kapitel 5: Zarter Frühling

1 Brené Brown, *Rising Strong: How the Ability to Reset Transforms the Way We Live, Love, Parent, and Lead* (New York: Random House, 2017), 4.
Dt.: *Entdecke deine innere Stärke*, München: Goldmann, 2018.

2 Harvard Health Publishing, »Optimism and Your Health«, *Harvard Health*, 1. Mai 2008, https://www.health.harvard.edu/Herz-Gesundheit/Optimismus-und-Ihre-Gesundheit.

3 Brené Brown, *Daring Greatly: How the Courage to Be Vulnerable Transforms the Way We Live, Love, Parent, and Lead* (New York: Avery, an Imprint of Penguin Random House, 2015), 145-146.
Dt.: *Verletzlichkeit macht stark*, München: Goldmann, 2017.

4 Brown, *Daring Greatly*, 34.

5 Associated Press, »Poll: Nearly 8 in 10 Americans Believe in Angels«, *CBS News*, 23. Dezember 2011, https://www.cbsnews.com/news/poll-nearly-8-in-10-americans-believe-in-angels/.

6 Belinda Womack, *Lessons from the Twelve Archangels: Divine Intervention in Daily Life* (Rochester, VT: Bear & Company, 2015), 138.

Kapitel 6: Die Dosis verringern

1 Deborah Rogers, »Inequality: Why Egalitarian Societies Died Out«, *New Scientist*, 25. Juli 2012, https://www.newscientist.com/article/dn22071-inequality-why-egalitarian-societies-died-out//.

2 »Dr. Bach«, The Bach Centre, abgerufen am 9. Juni 2020, https://www.bachcentre.com/de/about-us/history/dr-bach/.

3 Wikipedia, s.v. »Indigenous Peoples of Florida«, zuletzt geändert am 11. Juli 2021, https://en.wikipedia.org/wiki/Indigenous_peoples_ of_Florida.

4 Darcie A. MacMahon und William H. Marquardt, *The Calusa and Their Legacy: South Florida People and Their Environments* (Gainesville, FL: University Press of Florida, 2004).

5 MacMahon und Marquardt, *Die Calusa and Their Legacy*, 83.

6 MacMahon und Marquardt, *Die Calusa and Their Legacy*, 121.

7 Robin Wall Kimmerer, *Braiding Sweetgrass: Indigenous Wisdom, Scientific Knowledge and the Teachings of Plants* (Minneapolis, MN: Milkweed Editions, 2013), 23-24.
Dt.: *Geflochtenes Süßgras*, Berlin: Aufbau, 2021, 35-36.

Kapitel 7: Die Welt sieht dich

1 Dale Neal, »Madison County's Bounty of Old Ballads«, *The Asheville Citizen Times*, 20. Juli 2016, https://www.citizen-times.com/story/news/local/2016/07/20/madison-countys-bounty-old-ballads/86919840/.

2 Sarah E. Earp und Donna L. Maney, »Birdsong: Is It Music to Their Ears?«, *Frontiers in Evolutionary Neuroscience*, 28. November 2012, https://www.frontiersin.org/articles/10.3389/fnevo.2012.00014/full; Colin Barras, »Humans and Birds Share the Same Singing Genes«, *New Scientist*, 11. Dezember 2014, https://www.new scientist.com/article/dn26694-humans-and-birds-share-the-same-singing-genes/; C. Claiborne Ray, »Do Birds Listen When You Play Music?«, *New York Times*, 19. Juni 2017, https://www.nytimes.com/2017/06/19/science/do-birds-listen-when-you-play-music.html.

3 Christopher Chabris und Daniel Simons, *The Invisible Gorilla: And Other Ways Our Intuitions Deceive Us*, 2010, http://www.theinvisiblegorilla.com/gorilla_experiment.html.

4 »Plants Are ›in Touch‹ with the World around Them«, The University of Western Australia, 25. Mai 2016, https://www.news.uwa.edu.au/201605258690/international/plants-are-touch-world-around-them.

5 Linda Hogan, *The Radiant Lives of Animals* (Boston: Beacon Press, 2020), 16.

6 Michael Erard und Catherine Matacic, »Can These Birds Explain How Language First Evolved?«, *Science*, 2. August 2018, https://www.science.org/content/article/can-these-birds-explain-how-language-first-evolved.

7 Brené Brown, *Daring Greatly: How the Courage to Be Vulnerable Transforms the*

Way We Live, Love, Parent, and Lead (London: Penguin Life, 2015).
Dt.: *Entdecke deine innere Stärke*, München: Goldmann, 2018.

Kapitel 8: Junge Wälder

1 »Japanese Knotweed«, *New York Invasive Species Information*, 2. Juli 2019, http://nyis.info/invasive_species/japanese-knotweed/.
2 Bill Plotkin, *Soulcraft: Crossing into the Mysteries of Nature and Psyche* (Novato, CA: New World Library, 2003).
Dt.: *Soulcraft: Das Mysterium von Natur und Seele*, Engerda: Arun, 2011.
3 *Wikipedia*, s.v. »Hiroo Onoda«, zuletzt geändert am 3. September 2021, https://en.wikipedia.org/wiki/Hiroo_Onoda.
4 Suzuki Shunryū, *Zen Mind, Beginner's Mind: Informal Talks on Zen Meditation and Practice* (Boulder, CO: Shambhala Publications, 2011), 1.
Dt.: *Zen-Geist, Anfänger-Geist*, Bielefeld: Theseus, 2016.
5 Max Planck Florida Institute, »Persistent Sensory Experience Is Good for Aging Brain«, *ScienceDaily*, 24. Mai 2012, https://www.sciencedaily.com/releases/2012/05/120524123209.htm; Marcel Oberlaender, Alejandro Ramirez und Randy M. Bruno, »Sensory Experience Restructures Thalamocortical Axons during Adulthood«, *Neuron* 74,4 (2012): 648.
6 Jaya Saxena, »The Case for Having a Hobby«, *New York Times*, 10. Mai 2018, https://www.nytimes.com/2018/05/10/smarter-living/the-case-for-hobbies-ideas.html.
7 James Hillman, *The Soul's Code: In Search of Character and Calling* (New York: Ballantine Books, 2017).
Dt.: *Charakter und Bestimmung*, München: Goldmann, 1998.

Kapitel 9: Weidenwasser

1 Elizabeth Venzin, »How Does Low Self-Esteem Negatively Affect You?«, *PsychCentral*, 1. März 2014, https://psychcentral.com/blog/how-does-low-self-esteem-negatively-affect-you/.
2 Everett L. Worthington Jr., »The New Science of Forgiveness«, *Greater Good Magazine*, 1. September 2004, https://greatergood.berkeley.edu/article/item/the_new_science_of_forgiveness.
3 Worthington Jr., »New Science of Forgiveness«.
4 Wikipedia, s.v. »History of Aspirin«, zuletzt geändert am 11. August 2021, https://en.wikipedia.org/wiki/History_of_aspirin.

Kapitel 11: Kastanienhaine und das Aufkeimen von Hoffnung

1 National Park Service, »Hemlock Woolly Adelgid«, Great Smoky Mountains National Park, 18. Juni 2015, https://www.nps.gov/grsm/learn/nature/hemlock-woolly-adelgid.htm.

2 National Park Service, »Hemlock Woolly Adelgid«.
3 Susan Freinkel, *American Chestnut: The Life, Death, and Rebirth of a Perfect Tree* (Berkeley, CA: University of California Press, 2009), 17.
4 Freinkel, *American Chestnut*, 19.
5 Freinkel, *American Chestnut*, 20.
6 Marc D. Abrams und Gregory J. Nowacki, »Native Americans as Active and Passive Promoters of Mast and Fruit Trees in the Eastern USA«, *The Holocene* 18, Nr. 7 (1. November 2008): 1123-1137, https://doi.org/10.1177/0959683608095581.
7 Freinkel, *American Chestnut*, 72.
8 Max Dashu, *Witches and Pagans: Women in European Folk Religion, 700-1100* (Richmond, CA: Veleda Press, 2016), 50-52.
9 Wikipedia, s.v. »Witch-Hunt«, zuletzt geändert am 19. September 2021, https://en.wikipedia.org/wiki/Witch-hunt.
10 Ginger Strivelli, »Appalachian Granny Magic«, In *Pagan Traditions: An Overview of Belief System* (The Witches' Voice Inc., 8. Januar 2001).
11 H. Byron Ballard und Lauryn Heineman, *Roots, Branches & Spirits: The Folkways & Witchery of Appalachia* (Woodbury, MN: Llewellyn Publications, 2021), 96.
12 Andrew F. Leuchter, Ian A. Cook, Elise A. Witte, Melinda Morgan und Michelle Abrams, »Changes in Brain Function of Depressed Subjects During Treatment with Placebo«, *American Journal of Psychiatry* 159, Nr. 1 (1. Januar 2002): 122-129, https://ajp.psychiatryonline.org/doi/full/10.1176/appi.ajp.159.1.122.
13 Dashu, *Witches and Pagans*, 50.
14 Ursula K. Le Guin, »Speech in Acceptance of the National Book Foundation Medal for Distinguished Contribution to American Letters«, *Ursula K. Le Guin*, 19. November 2014, https://www.ursulakleguin.com/nbf-medal.
15 Scott London, »The Ecology of Magic: An Interview with David Abram« [Die Ökologie der Magie: Ein Interview mit David Abram], adaptiert von *Insight & Outlook*, National Public Radio, Claremont, Kalifornien, 1999, https://scott.london/interviews/abram.html.
16 David Abram, *The Spell of the Sensuous: Perceptions and Language in a More-Than-Human World* (New York: Vintage Books, 1996).
Dt.: *Im Bann der sinnlichen Natur*, Klein Jasedow: thinkOya, 2015.
17 London, »The Ecology of Magic«.
18 The American Chestnut Foundation, *Using Science to Save the American Chestnut Tree*, abgerufen am 27. Juli 2020, https://www.acf.org/our-work/reforestation-projects/.

Kapitel 12: Der Reishi-Baum

1 Paul Stamets, *Mycelium Running: How Mushrooms Can Help Save the World* (Berkeley, CA: Ten Speed Press, 2005), 11.

2 Norbertas Velius, Rita Dapkute und Dainova V. Kupcinskaite, *Lithuanian Etiological Tales and Legends* (Vilnius, LT: VAGA Publishers, 1998).

3 Laima Vincė, *Mushroom Hunting in Vermont – Lithuanian Style*, Deep Baltic, 12. Oktober 2016, https://deepbaltic.com/2016/10/12/mushroom-hunting-in-vermont-lithuanian-style/.

4 Radeq Brousil und Tomas Zilvar, *The Mushroom Whisperer*, VICE Media, 27. Oktober 2011, https://www.vice.com/amp/en_us/article/wdp5e9/Vaclav-Halek-makes-mushroom-music.

5 Robin Wall Kimmerer, *Braiding Sweetgrass: Indigenous Wisdom, Scientific Knowledge and the Teachings of Plants* (Minneapolis, MN: Milkweed Editions, 2013), 48-49.
Dt. *Geflochtenes Süßgras*, Berlin: Aufbau, 2021, 63.

6 Kimmerer, *Braiding Sweetgrass*, 49.
Dt. *Geflochtenes Süßgras*, Berlin: Aufbau, 2021, 64.

7 Stamets, *Mycelium Running*, 8.

8 Stamets, *Mycelium Running*, 12.

9 Stamets, *Mycelium Running.*

10 Stephen Jenkinson, *Die Wise: A Manifesto for Sanity and Soul* (Berkeley, CA: North Atlantic Books, 2015), 371-372.

11 Luca Onnis und Morten H. Christiansen, »New Beginnings and Happy Endings: Psychological Plausibility in Computational Models of Language Acquisition«, *Cognitive Science – COGSCI*, 1. Januar 2005.

12 Brenda Austin, »Language of the People Forever: Bay Mills Spins Thread Tying Ojibwa Communities Together«, *Tribal College Journal of American Indian Higher Education*, 16. November 2011, https://tribalcollegejournal.org/language-people-forever-bay-mills-spins-thread-tying-ojibwa-communities/; Kimmerer, *Braiding Sweetgrass*, 53. Dt: *Geflochtenes Süßgras*, 69.

13 Johns Hopkins Medicine, »Hopkins Scientists Show Hallucinogen in Mushrooms Creates Universal ›Mystical‹ Experience«, Pressemitteilung, 11. Juli 2006, https://www.hopkinsmedicine.org/Press_releases/2006/07_11_06.html.

14 Lorie Dechar, *Five Spirits: Alchemical Acupuncture for Psychological and Spiritual Healing* (New York: Chiron Publications/Lantern Books, 2006), 362.

15 Dechar, *Five Spirits*, 345.

16 Dechar, *Five Spirits*, 312.

Über die Autorin

Foto von John Suler

Asia Suler lebt in den Falten der Blue Ridge Mountains und ist Lehrerin der Pflanzenheilkunde, Erdintuitive und ökologische Philosophin. Sie ist die Gründerin von One Willow Apothecaries, einem in den Appalachen beheimateten Unternehmen, das handgefertigte Kräutermedizin und Bildungserfahrungen in Kräuterkunde, Animismus, Ahnenheilung und erdzentriertem persönlichen Wachstum anbietet. Asia hat über zwanzigtausend Studenten in mehr als siebzig Ländern durch ihre Online-Programme geführt. Mit ihren Schriften und Lehren hilft sie den Menschen, ihre einzigartige Medizin durch eine freudige Befassung mit der natürlichen Welt anzunehmen. *Spiegel der Erde* ist ihr erstes Buch.

Stichwortverzeichnis

A

Aborigines, 65
Abram, David, 268, 273
Absolution, 220
Aktivismus, 242
Akzeptanz, 202. *Siehe auch* Selbstakzeptanz
Alchemie, 298–299, 302, 303
Alkoholismus, 203
Allelopathen, 224
Allelopathie, 226
alte Wälder, 195
Amerikanische Kastanie 254 ff
Amerikanische Kastanien-Stiftung (TACF), 274
Anfängergeist, 206 ff
Animismus, 62 ff
Apalachee-Volk, 157
Appalachen
  Abholzung von, 191, 195
  China und, 10
  Florida und, 53
  Frühlingsephemera in, 123 f
  Glimmer in, 1
  Grannyhexen in, 229
  Hemlocktanne und Adelgid in, 256
  Kastanienfäule in, 254 f
  Musik in, 174
  Wohnort der Autorin in, 36
Aron, Elaine, 29
Artensterben 266
Artensterben, 266
Aspirin, 229
Aven, 240 ff

B

Bach, Edward, 151
Baumfällung, 252 f
Baumpfleger, 252 f
Ben Cao, 10 f
Berührung, 181
Biodiversitäts-Hotspot 53
Blankespoor, Juliet, 122, 285
Bloodroot, 122 f
Blütenessenzen, 149 ff
Boden, 195
Bohr, Niels, 64, 156
Böse, das, 33
Brecht, Bertolt, 244
Brill, Steve, 179
Brombeeren, 192
Brooklyn
  Gärtnern in, 24 ff, 39
  Spazierengehen in, 105 ff
Brown, Brené, 124, 134, 190

C

Calusa-Völker, 157 ff
Casey, Caroline, 93
Chabris, Christopher, 178
Chinesische Medizin
  Reishi in, 271
  Shen in, 283
  Steinheilkunde, 10
  und *Qi-Blockade*, 248
Constantz, Georg, 10
Cook, Frank, 179
Creek-Volk, 50
Cryphonectria parasitica, 256

D

Dankbarkeit, 201 ff, 236
Daoismus, 303
Dashu, Max, 260
Davis, Patricia, 18
Dechar, Lorie Eve, 298 f

Diamanten, Quarz, 143 f
Dillard, Annie, 40
Dissoziation, 96
DNA, 72
Dualität, jenseits der, 303
dukuns (balinesische Schamanen), 268

E
Eiche, 58, 192 f
Eicheln, 209–210
Einfühlungsvermögen, 16, 136
Einstein, Albert, 64, 129
EMDR (Eye Movement Desensitization and Reprocessing), 84
Emerson, Ralph Waldo, 209
Emotion
  in der Kindheit, 13
  Raum für alle halten, 244 f
  Zulassen, 93 ff, 234
Empathen. *Siehe* hochsensible Menschen
Ephemere
  Frühling, 120 ff, 135 f
Erdachse, geneigte 78
Erde
  Als engelhafter Beschützer, 141
  als Spiegel, 14 ff, 296
  Animistische Sichtweise von, 62
  Auswirkung von Theia auf, 77 f, 85 f
  Bedeutung der Jahreszeiten für, 79
  Blaupause für Heilung, 209 f
  empfindungsfähige, 303 f
  Gaben an, 163 f
  gekippte Achse von, 79, 83
  Heilung durch Selbstmitgefühl, 17
  Hilfe erbitten von, 103
  Lebenskraft der, 8, 292
  Raum halten mit, 214-216
  Vergebung der, 235 f
Erdrutsch, 210
Estés, Clarissa Pinkola, 99
Evolution
  beim Volk der Calusa, 157 f, 159

F
Falke, 188
Feenringe, 279
Fernando, 37-38
Finn, Perdita, 160
Firefly-Treffen, 176
Florida, 50 ff
Foster, Russel, 78
Frauenschuh, 126 f
Freinkel, Susan, 256
Frühlingsephemere, 123 f

G
Gärten
  als Medizin für Empfindsame, 30
  als Umhegung, 38
  Arbeit der Autorin in, 32 f
  Beliebtheit von, 33 f
  Grenzen in, 39 f
  Pionierpflanzen in, 195
  »Wildnis« der Indigenen, 47, 254
Geflochtenes Süßgras (Kimmerer), 15, 161
Geschlecht, 26
Glimmer, 3 ff
Gold, 298
Gottesauge, 232
Granny-Hexen, 259 ff
Great Smoky Mountains-Nationalpark, 122
Griffin, 182 f
grüne Wand, 178 f

H
Halek, Vaclav, 279
Hansen, Matt, 124

Harvey, Graham, 62
Heiligtum für Hochsensible, 47
Helander-Renvall, Elina, 68
Hemlocktannen, 252 ff, 258, 264 f, 269 f
Herz, *Shen* im Herzen, 247
Hew Len, Ihaleakala, 236
Hexen, 259 ff
Hillman, James, 209
Hippokrates, 230
Ho'oponopono, 236
hochsensible Menschen (HSP), 28 ff
Hogan, Linda, 184
Homöopathie, 151
Hopewell-Kultur, 4
Hundszahn, 135 f
Hypervigilanz, 89

I
I Ging, 296
I-ming, Liu, 300
Imagozellen, 72
Immergrüne, 287
Impfstoffe, 151
Indigene Völker
  Calusa, 157 f
  Kontrollierter Abbrand durch, 210
  Kultivierung von »Wildnis«, 48, 254
  Permakultur, wie sie von, 29
  Rolle von Glimmer für, 4
  Traumzeit für, 65 f
Indolbuttersäure (IBA), 221
Intuitive Pflanzenheilkunde, 22
invasive Arten, 23, 199 ff
  als Medizin, 199 ff
  Hemlock-Wolllaus, 282
  Knoblauchrauke, 41
  Knöterich, 204
  Sukzession und, 195
Isinglas, 4

J
japanische Soldaten, vergessene, 202 f
Japanische Teezeremonien, 160 f
Japanischer Mythos, 99
Japanischer Staudenknöterich 198 ff
Jenkinson, Stephen, 288
June, Lyla, 18

K
Kampf-Flucht-Erstarren-Impuls, 87
Kastanien, 254 ff
Keewaydinoquay, 280
Keimung, Unterdrückung, 196
Kimmerer, Robin Wall, 15, 161, 280
Korbflechterei, 230
Kudzu, 36, 203

L
Landwirtschaft, 148
Langlebigkeit, 284
Laubbäume, 108 f
Laurel, 169
Le Guin, Ursula, 266 f
Levine, Peter, 79, 85 f
Ling zhi (Geistpflanze), 283
Litauische Kultur, 279
Lyme-Borreliose, 34 ff, 200

M
Mandela, Nelson, 229
Marzeszenz 110 ff
Maté, Gabor, 34
materia medica, 11
McCartney, Paul, 64
Metamorphose, 73
Mikroklimata, 111
Missbrauch, 13–14, 91, 115
Mo Xi Shi (Quellstein), 11
Mond, 94 ff
Mondsichel-Bär, 99

Monokultur, 148
Moss, Robert, 64
Mutterboden, 195
Mutteressenz, 166 f
Mysterium, 280
Myzel, 280

N
Nahtoderlebnisse 295
Natur
als Älteste und Spiegel, 15
Bewusstsein der, 15
Heilung durch, 8, 59, 88, 94
Resilienz in, 196
wird gesehen von, 172 ff
Negativitätsbias, 129
neidan, 298
nugrybauti, 279

O
Objektivität, 68 f
Ojibwe-Sprache, 290
Ökotherapie, 89
Oliver, Mary, 163
One Willow-Apothecaries, 6, 223
Onoda, Hiroo, 202
Optimismus, 129 f
Optimismus, dispositioneller, 129 f
Orchideen, 111

P
Palo Santo, 257 f
Paradies, definiert, 32
Permakultur, 27, 42 f, 237
Pilze, 279 ff
Pilzsuche, 287
Pioniere, 194 f, 205
Placebo-Effekt, 263
Plotkin, Bill, 202
Primärsukzession, Arten der, 197
Psilocybin, 285
Psychedelika, 284, 294
puhpowee, 280, 290, 293
Punk-Kultur, 132 f

Q
Qi, 62, 248
Quantenphysik, 155 f
Quantensprünge, 156
Quarzkristalle, 143
Quellwasser, 70, 151

R
Rasseln, 113
Raupe zu Schmetterling
Umwandlung, 72
Realismus, 267
Reiki, 33
Reishi-Baum, 278 ff
Reishi-Pilze, 271 ff
Rogers, Fred, 182
Ross, Charlotte, 254
Royal London Homeopathic Hospital, 151
Rumi, 91, 224

S
Saatgut, 181-182
Salicin, 229
Scham, 17 f, 190
auflösen 235
Schamanismus, 96
Selbstakzeptanz, 1
Selbstannahme, 2, 5, 18, 100, 134, 145
Selbsthass, 225
Selbstmitgefühl, 2, 15 ff, 18 f, 156, 205, 207, 247, 300
Selbstverurteilung, 10, 18, 107, 219, 226 f
Selbstzweifel, 5, 17 f, 46, 109, 147, 220, 300, 304
Sharp, Cecil, 168, 171

Shaw, George Bernard, 72
Shen (Geist im physischen Körper), 283 ff
Shoshin (Anfängergeist), 206
Simons, Daniel, 178
Smith, J. Russel, 255
Spiegel, 2 f, 9, 13 ff, 208, 262, 305
Sprache, 289 f
Springkraut, 179 f
Stamets, Paul, 280 f
Staudenknöterich, 198 ff
Stieglitz, 173 f
Strand, Clark, 160
Strivelli, Ginger, 262
Subjektivität, 67 f
Sukzessionskulturen, 205
Suzuki, Shunryū, 206

T

Tagträume, 55 f, 64, 75
Te Awa Tupua Fluss, 298
Teezeremonie, 160 f
Theia
  Aufnahme durch Erde, 100
  Heilung nach, 85
  Jahreszeiten, entstanden durch, 77 f
  Name definiert, 98
  Wirkung auf den Mond, 97 f
Thomas, Sarah, 10
Timucua-Volk, 50, 157
Torwächter, 32, 287 ff, 301
Trail of Tears, 255
Trauer
  Liebe und, 213
  Möglichkeit innerhalb, 266
  Ökologisch, 258
  Ritual für, 248 ff
Überwältigung durch, 212
  Verlorene Ökosysteme, 109, 228, 233
  Zulassen, 107
Trauma
  als Einfrieren, 87 f
  als subjektiv, 91 f
  Autounfall, 83 ff
  definiert, 85
  Entstehung, 83
  Lernen von, 79
  Natur als Ort der Heilung, 9
  PTBS und, 115
  Symptome von, 84
  und in der Gegenwart sein, 196
  Unvermeidbarkeit von, 91 f
  Vagusnerv und, 249
Träume
  Hoffnung und, 141
  von einer neuen Zukunft, 252
Traumzeit, 65
Tsalagi (Cherokee), 255
Tsalagi Volk, 255
Tubman, Harriett, 64

U

Umweltschäden, 228
Unfälle, 80–83
Unsichtbarkeit, 168 ff
Unsterblichkeit, 298

V

Vagusnerv, 249
Vergebung
  die Erde um Vergebung bitten, 235 f
  durch die Erde, 226
  Freiheit durch, 229
Verlust von Schlüsselarten, 254
victory gardens (Siegesgärten), 25
Vielleicht-Spiel, 276 f
Vogelbeobachtung, 176 f
Vogelgesang, 186 ff
Vulvodynie, 8, 12, 57

W
Wale, 270
Weiden
als Pioniere, 221 f
Beziehung der Autorin in ihrer Kindheit, 217 f, 222, 232
Duft von, 216 ff, 231
Korbflechten mit, 231 f
Medizin aus, 230
Wespen, 237 ff
Wiedergeburt, 157, 256, 276, 284, 295
Reishi Baum als, 255, 305
Unsterblichkeit als, 298
Wiederverwilderung unserer Welt, 61
wikkiyaz, 264
Wildblumen, 120 ff
Wildnis
als Garten, 42
Fertigkeiten, 175 f
Floridas, 52 f, 159
Kultivierung durch Indigene, 42 f, 255
Womack, Belinda, 141
Wood Wide Web, 280
Woodstock, Unsere Liebe Frau von, 160

Y
Yuen, Jeffrey, 10

Z
Zac, 231 f
Zweiter Weltkrieg
Zypressenwurzeln, 61

Weitere Titel bei
Neue Erde

Der Mensch wird die Erde nicht retten…
aber vielleicht die Erde den Menschen

In ihrer Rückschau in die Menschheitsgeschichte, durch ihre Fragen, was Geist, Gehirn und Denken eigentlich sind, und in ihrer Betrachtung der Lebensstufen des Menschen legt Dolores LaChapelle überzeugend dar, dass nur-menschliches Wissen allein nicht ausreicht, um ein globales ökologisches Gleichgewicht zu erreichen.

Dolores LaChapelle
Weisheit der Erde
Von der Erde lernen heißt leben lernen
Paperback, 384 Seiten, mit 25 s/w-Fotos
ISBN 978-3-89060-610-1

Alles teilt den einen Atem

Diese brandaktuelle Sammlung von Essays, geschrieben von Leitfiguren der Spiritualität und des Naturschutzes rund um die Welt, beleuchtet den grundlegenden Zusammenhang unserer gegenwärtigen ökologischen Krise mit unserem fehlenden Bewusstsein für die Heiligkeit der Schöpfung. Diese 20 Beiträge zeigen uns, wie die Menschheit ihre Beziehung zur Erde wandeln und erneuern kann.

Llewellyn Vaughan-Lee (Hrsg.)
Spirituelle Ökologie
Der Ruf der Erde
Paperback, 256 Seiten
ISBN 978-3-89060-654-5

Die Wildnis als Spiegel unserer Seele

Dieses Buch ist eine Einladung, die wilden Landschaften der Erde kennenzulernen, um uns selbst darin wiederzufinden: unser wahrhaftiges und tiefes, unser wildes und freies Selbst. Denn die Landschaften und ihre Attribute finden sich in uns: die Stille der Wüste, die Weisheit der Wälder, die Sehnsucht der Flüsse und Meere, die Festigkeit der Berge oder die Sinnlichkeit der Graslande. Unsere Seele ist der Erde entsprungen, und wir müssen sie wieder mit ihr verbinden, wenn wir ganz und heil sein wollen. Dazu ist dieses Buch ein faszinierender Reiseführer.

Mary Reynolds Thompson
Der Ruf der wilden Seele
Wie uns die Landschaften der Erde
unsere Ganzheit zurückgeben
Paperback, 224 Seiten
ISBN 978-3-89060-729-0

Die Seele ist wild und will frei sein

Allzu leicht vergessen wir, dass wir als Menschen uns in den mehr als 200.000 Jahren unserer Entwicklung zumeist in der wilden Natur bewegt haben; sie ist es, die uns tiefinnerlich geprägt hat. Heute ist die Natur gezähmt, unterjocht, vor unseren Karren gespannt – und so ist es auch unsere Seele. In ihren Kursen für Frauen arbeitet Mary Reynolds Thompson daran, die wilde Natur der Seele wieder freizulegen: anhand der Archetypen von fünf Landschaften. Diese sind alles andere als Konstrukte des Verstandes, sondern lebensvolle Bildekräfte der Seele, die durch die Arbeit mit diesem Buch wieder befreit werden können.

Mary Reynolds Thompson
Wild Soul Woman
Wege in die volle Frauenkraft
Klappenbroschur, 368 Seiten
ISBN 978-3-89060-855-6

Veränderung ist möglich: Ein Mensch, ein Stück Land, ein Schritt nach dem anderen

Der Einzelne kann die Welt nicht allein retten. Aber wenn Millionen von uns zusammenarbeiten, um unser eigenes Stückchen Erde zu retten, dann haben wir wirklich eine Chance. Wie machen wir das? Mit Taten der wiederherstellenden Zuwendung (Acts of Regenerative Kindness, kurz ARKs). Ark bedeutet Arche und ist ein wiederhergestelltes einheimisches Ökosystem. Eine solche Arche in der Flut des Artensterbens ist ein wachsendes Fleckchen einheimischer Pflanzen und Lebewesen, die sich im Rahmen der intelligenten, sukzessiven Prozesse der natürlichen Wiederherstellung der Erde wieder ansiedeln können.

Mary Reynolds
Wir sind die Arche
Die Artenvielfalt retten
Unsere Gärten in ihre wahre Natur zurückverwandeln durch Taten wiederherstellender Zuwendung
Hardcover, 276 Seiten, mit farbigen Illustrationen von Ruth Evans
ISBN 978-3-89060-877-8

Sehnsuchtsort Wald

Das Buch ist ein liebevoller Begleiter auf dem Weg in die Waldverbundenheit. Es möchte daran erinnern, dass im Wald der Ursprung unseres Lebens liegt, dass wir Menschen Teil der Natur sind. Die im Buch vermittelten Erfahrungen knüpfen an mystische Naturerfahrungen aus der Kindheit an, in denen wir sehr gegenwärtig waren und ganz unmittelbar empfanden, dass alles mit allem verbunden ist.

Andrea Wichterich mit Reiner Angermeier
Waldverbunden
Eintauchen in die Präsenz des Waldes
Klappenbroschur, 176 Seiten, mit Abbildungen
ISBN 978-3-89060-742-9

Die wilde Natur kennt den Weg

Ausgehend von ihren eigenen Erfahrungen mit dem Rewilding ihres Anwesens – dokumentiert in Buch und Film »Wildes Land« –, beschreiben hier Praktiker, wie jeder zum Rewilding beitragen kann: auf größeren Landflächen oder bloß im eigenen Garten. Dabei geht es um die Schaffung von Lebensräumen für die Artenvielfalt und die Bereitstellung von Entfaltungsräumen, in denen die Regenerationskräfte der Natur zum Tragen kommen. Nur diese Kräfte allein können für unser Überleben als Menschheit sorgen, und sie sind ungleich preiswerter und wirkungsvoller als menschliches Management, brauchen aber Raum und Unterstützung. Wie das geht, erfahren Sie in diesem Buch.

Isabella Tree & Charlie Burrell
Das Buch vom Wilding
Eine praktische Anleitung zum Rewilding im Großen und im Kleinen
Hardcover, 336 Seiten, durchgehend farbig mit Fotos und Tabellen
ISBN 978-3-89060-884-6

Ein Jahreskurs in Naturverbundenheit

Das Buch gibt den Lesern einen Leitfaden an die Hand, um in der Natur wieder wirklich heimisch zu werden. Vier Jahreszeiten lang führt es ihn in 32 Kapiteln durch die Bereiche Naturwahrnehmung, Naturwissen, Naturhandwerk und Naturspiritualität. Diese Bandbreite ermöglicht sowohl ein weites Erfahrungswissen um die Natur, als auch eine kraftvolle Verbindung mit ihr.

Matthias Blaß
Freundschaft mit der Natur
Sich verwurzeln – Kraft schöpfen – Den Himmel berühren
Klappenbroschur, 368 Seiten
ISBN 978-3-89060-832-7